開成をつくった男、佐野鼎

柳原三佳

講談社

共立学校職員生徒記念写真

（明治六年一月七日撮影）

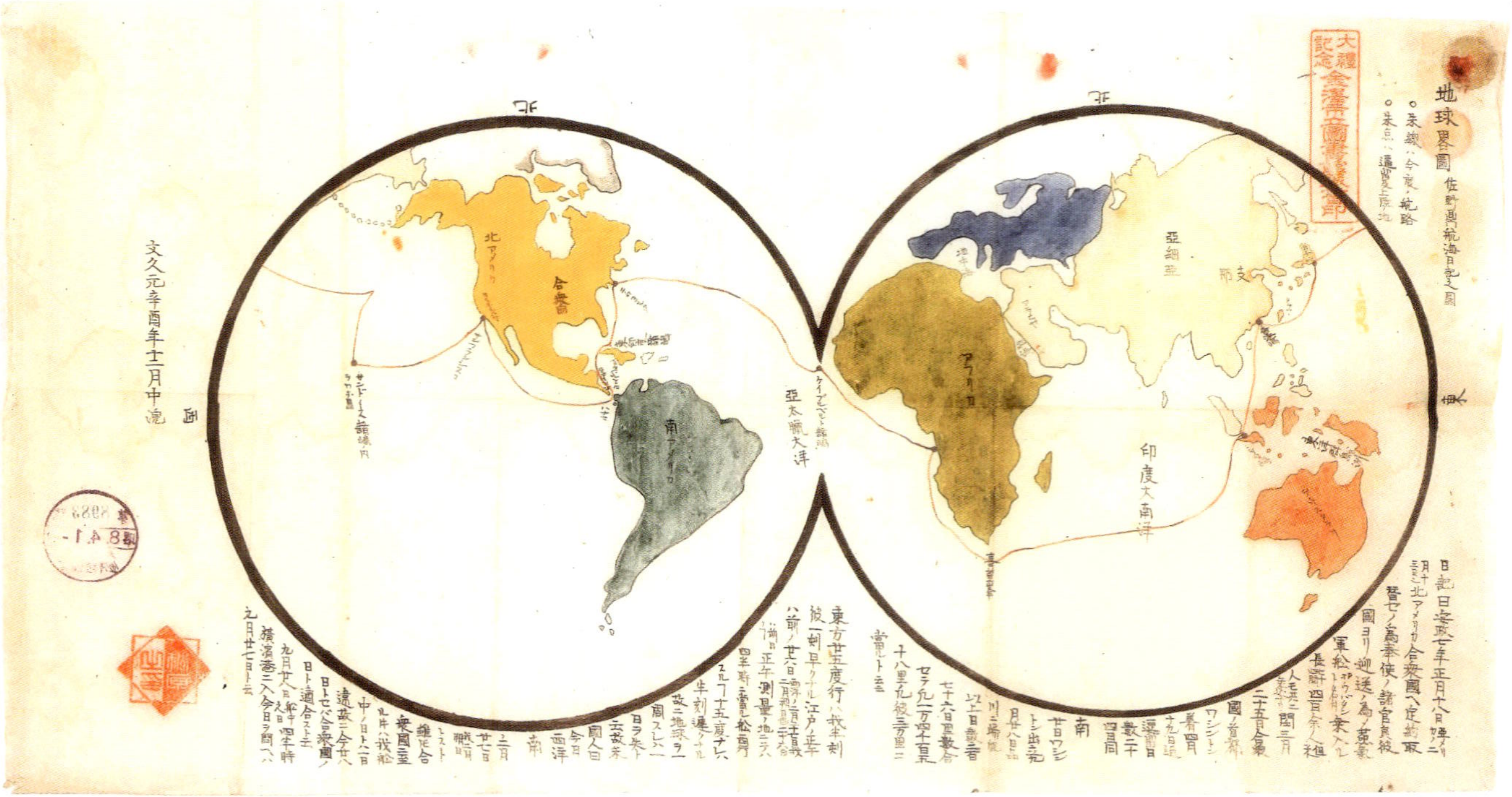

「地球略図」佐野鼎航海日記の図

（文久元年）

開成をつくった男、佐野鼎

ＪＲの御茶《おちゃ》ノ水駅《みずえき》から南東に向かって少し坂を下ると、近代的な複合ビル「ＷＡＴＥＲＲＡＳ《ワテラス》」が人々の目を引きつける。

その敷地の北側に一基の石碑《せきひ》がひっそりと佇《たたず》んでいることを、ご存知だろうか。

黒御影《くろみかげ》の石板には、『開成学園発祥《かいせいがくえんはっしょう》の地《ち》』という文字と、ペンと剣が交差する校章が描かれている。その裏側に目をやると、こう碑文《ひぶん》が刻まれている。

明治四年　佐野鼎共立学校《さのかなえきょうりゅうがっこう》を創立

明治十一年　高橋是清《たかはしこれきよ》初代校長に就任

明治の初め、この地に学校が創られたことを知る人は、ほとんどいないだろう。

その名を「共立学校」といった。

現在、東京大学《とうきょうだいがく》への進学者数で圧倒的な優位を誇《ほこ》る「開成学園」の前身である。

長く続いた武士の世が終焉《しゅうえん》を迎え、近代化へと大きく舵《かじ》を切り始めた幕末、日本の誰よりも早く、アメリカ、ヨーロッパの土を踏み、文化や教育の現状を見聞し、『人の仕立て方』こそが国を創ると予見し、自らの官位を捨て、人を育てる事業に私財と己を投じた男がいた。

佐野鼎。

これは、まだ学制が発布される前、近代日本に新しい教育の礎《いしずえ》を築き、後の世に多くの逸材《いつざい》を輩出《はいしゅつ》することになる、一人の男の物語である。
※本書のなかには、現代では差別語、不適切語とみなされる言葉が使われていますが、佐野鼎をはじめとする遣米・遣欧使節団随員たちの日記に使われている表記を踏襲し、彼らが生きた時代背景を鑑みて掲載しております。不当に他者を差別する意図はないことをご理解ください。

目次

写真

【カバー表1】
文久二年遣欧使節竹内下野守一行随員ノ写真
（東京大学史料編纂所所蔵）

【口絵　表】
共立学校職員生徒記念写真
（東京国立博物館所蔵／TNM Image Archives）

【口絵　裏、カバー表4、各章扉】
奉使米行航海日記「地球略図」
（金沢市立玉川図書館所蔵）

第一章　遣米使節

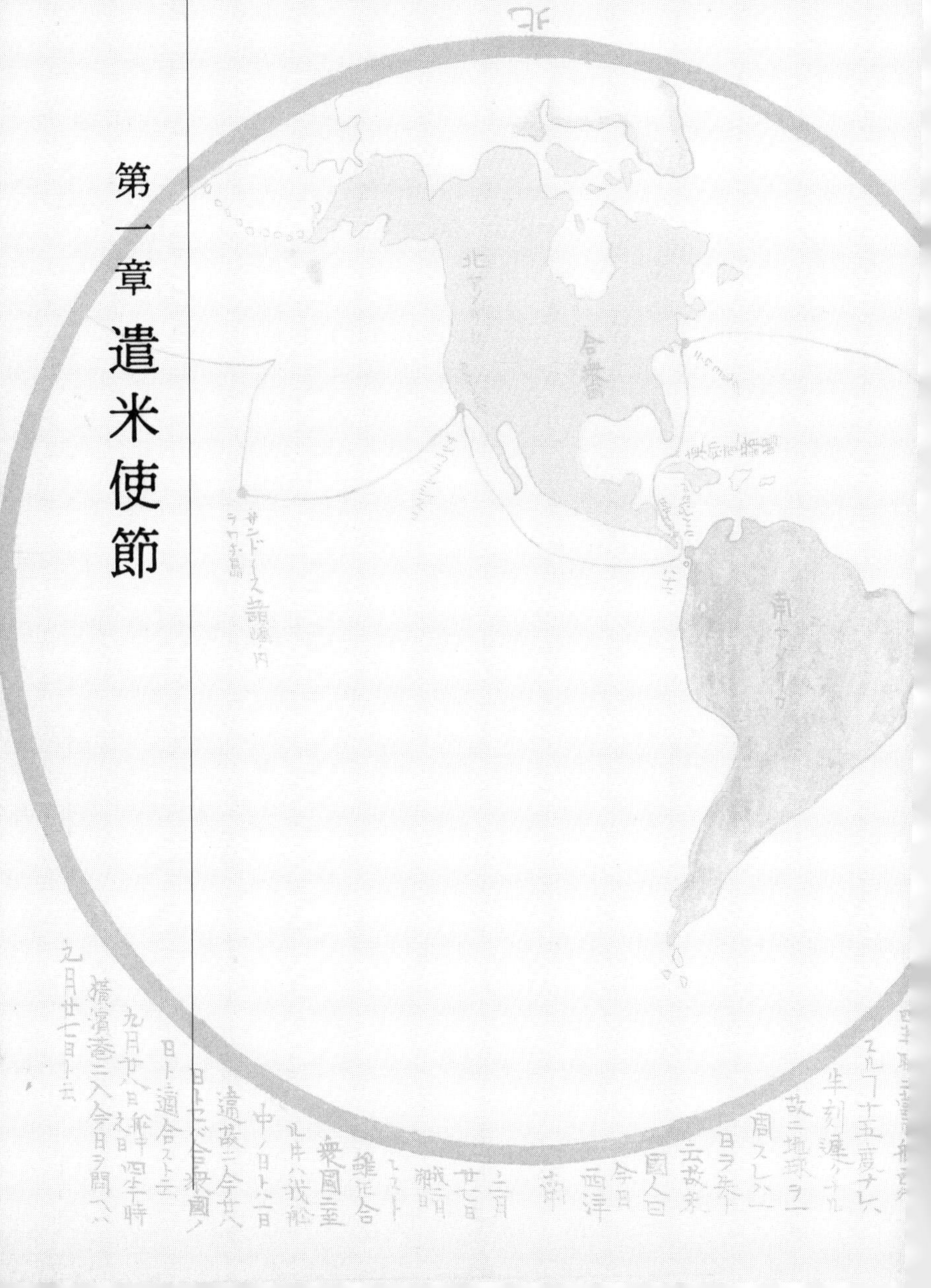

築地軍艦操練所《つきじぐんかんそうれんじょ》の教場から海に面した桟橋《さんばし》へ出た鼎《かなえ》は、一月の冷たく澄《す》んだ潮風を大きく吸い込んだ。

一重《ひとえ》の鋭《するど》い目を遠く西のほうへ向けると、江戸湾《えどわん》の向こうに雪化粧《ゆきげしょう》した富士《ふじ》が、くっきりとその姿を浮かび上がらせている。

『富士の山は、不死の山』

耳の奥に、ふと、幼き日に聞いた柔《やわ》らかな声が蘇《よみがえ》った。

母は、その言葉のあとに、必ずこう付け加えたものだ。

『富士の山は、いつもそなたを守ってくださるのですよ』

駿河国《するがのくに》（静岡県）で生まれた鼎にとって、麓《ふもと》から間近に仰《あお》ぎ見《み》るあの壮大《そうだい》な姿こそ、まさしく富士の山であった。

江戸へ出てから見るそれはあまりに遠く、何とも落ち着かない心持ちがしたものだが、それでも今日のように頂《いただき》まで見渡せる清々《すがすが》しい朝は、火打ち石で切り火を切ったような縁起《えんぎ》のよさを覚える。

安政七年（一八六〇年）一月十八日。この日、江戸湾は凪《な》いでいた。

湾の向こう、品川台場の付近には、数日前からアメリカ海軍の勇壮《ゆうそう》な軍艦、ポーハタン号が停《てい》泊《はく》している。

太い煙突が突き出す黒い艦体の中央には、蒸気で回転する大きな外輪が備えられ、その舷《ふなべり》には、船首から船尾にかけて紅色の帯が一直線に施《ほどこ》されている。

三本のマストは空に向かって高く伸び、それぞれの帆桁《ほげた》をつないで綾取《あやと》り糸《いと》のように張《は》り巡《めぐ》らされた吊《つ》り網《あみ》は、真冬の透き通った陽《ひ》に照らされてきらきらと輝きを放っている。

『あと数刻で、あの艦上の人となる』

時折吹き付ける北風は頰《ほお》を刺《さ》したが、鼎はそれを思うだけで、全身に滾《たぎ》るような熱さを感じていた。

アメリカの軍艦が「黒船」と恐れられたのは、もはやひと昔前のこと。アメリカと日本の間では二年前に「日米修好通商条約」が結ばれ、首都ワシントンで正式に批准書《ひじゅんしょ》を交わすことになっていた。そこでアメリカ側は、幕府の外交使節団を迎えるため、ポーハタン号をはるばる江戸まで差し向けたのだ。

このあたりの海域は、大川《おおかわ》（現在の隅田川《すみだがわ》）から流れ出た土砂が堆積《たいせき》しているため極端《きょくたん》な遠浅で、大型船は湾の奥深くまで入り込むことができない。そのため、江戸湾に面した築地軍艦操練所の桟橋《さんばし》にその巨大な艦を直接寄せることはできず、品川台場から一里（約三・九キロメートル）

ほど沖《おき》に停泊し、今日まで出航の準備を整えていたのだ。

「今日の富士は、格別に美しいな」

「下曾根《しもそね》先生」

背後から近づく声に、驚いたように振り返った鼎は姿勢を正した。

「いよいよだな。我が下曾根門下から、佐野《さの》が遣米使節団《けんべいしせつだん》の一員として推挙されたことは、何よりの誇《ほこ》りだ」

「いえ、これも皆、先生の長年のご指導のおかげです」

鼎は深々と頭を下げた。

築地軍艦操練所で教授を務める下曾根信敦《のぶあつ》は、若き日に長崎の高島秋帆《たかしましゅうはん》からオランダ式の西洋《せいよう》砲術《ほうじゅつ》を直々に学び、「高島流砲術秘伝書」を伝授。その後、江戸で鷹懲館《ようちょうかん》という塾を開き、幕府公認の西洋砲術師範《しはん》としてその名を轟《とどろ》かせてきた。鼎は十代の頃、下曾根の塾に入門し西洋砲術を学んできたのだ。

「あの艦に乗って、アメリカへ渡るのだな」

「はい、ポーハタン号です。ペリー提督《ていとく》が浦賀《うらが》来航の折に乗っておられた、サスケハナ号と同型です」

「サスケハナ号か、懐《なつ》かしいものよ」

下曾根はそう言って目を細めた。

鼎が異国の軍艦を初めて間近で見たのは、この七年前、嘉永六年（一八五三年）のことだった。アメリカ東《ひがし》インド艦隊《かんたい》司令長官、マシュー・ペリーが四隻《せき》の軍艦を率いて、三浦半島と房総半島の間に位置する浦賀水道に現れた際のことである。

ペリーの来航はその数ヵ月前、すでにオランダを通して日本に通告されており、幕府は水面下で対策を練っていた。幕府から洋式歩兵警備隊の指揮を任されていた下曾根は、この年の六月、ペリーが長崎への回航を拒否し浦賀沖に投錨《とうびょう》すると聞き、すぐに久里浜《くりはま》へ出向いた。鼎はそのとき、下曾根の従者として同行していたのだ。

黒く巨大な軍艦の上甲板《じょうかんぱん》に配置された重厚な九門の大砲、船尾に掲《かか》げられ誇《ほこ》らしげにはためく星条旗《せいじょうき》、それらを仰《あお》ぎ見《み》たときに覚えた、身体が痺《しび》れるようなあの感覚を、鼎は今もはっきりと記憶《きおく》している。それは、異国の圧倒的な軍備を目の当たりにした恐怖《きょうふ》だったのか、それとも、心の底から湧《わ》き上《あ》がる憧憬《しょうけい》だったのか……。

「ところで、佐野はいくつになった」

「三十一になりました」

「そうか、三十一か。早いものだ」

下曾根はそう言い、鼎の肩に軽く手をやった。

出航を前に自分でも気付かぬうちに緊張《きんちょう》していたのだろう。鼎は自分の肩に置かれたその手の温《ぬく》もりで、自然と心がほぐされるのを感じていた。

西洋列強からの侵略《しんりゃく》や攻撃《こうげき》を恐れた各藩にとって、自藩の領地を守るためには自らも西洋式の砲術《ほうじゅつ》や兵法を積極的に取り入れ、最新式の武器を備えることが必須《ひっす》だった。そのためにはまず、先進的な知識を身に付けた、優秀な人材の確保が不可欠であった。

そして急速な時代の変化は、将軍への御目見得《おめみえ》など到底叶《とうていかな》わぬ下級の身分の青年たちにとって初めて訪れた好機だった。封建的《ほうけんてき》な身分制度から脱《ぬ》け出《だ》すには医師か僧侶《そうりょ》の道を選ぶほかなかったが、外国船の脅威《きょうい》に晒《さら》され、新しい人材への需要《じゅよう》が急速に高まったことで風向きは大きく変わったのだ。聡明《そうめい》な頭脳に恵《めぐ》まれた若者たちはひたすらに学び、藩という枠《わく》を越《こ》え、いつしか〝国〟の未来に思いを馳《は》せるようになっていた。

佐野鼎も、そんな風を摑《つか》んだ一人だった。

旗本に仕える父に伴《ともな》われて駿河国から江戸に上り、その後、下曾根塾に入門したのは弘化二年（一八四五年）、十六歳のことである。

塾には全国各地の大名家から送り込まれた秀才たちが集まり、オランダ語をはじめ、数学、地理、暦学《れきがく》、測量、天文学などを学ぶほか、オランダ式の大砲を使っての実弾《じつだん》演習や兵法の稽古《けいこ》なども重ねていた。

一時、塾生は千二百名を数えたが、中でも成績優秀だった鼎は、十九歳という若さで塾頭となって下曾根の補佐的《ほさてき》な役目を任されてきた。五年前に長崎の海軍伝習所で学ぶことができたのも、下曾根の計らいだった。

海軍伝習所は、幕府が海軍士官養成のために作った教育施設である。それだけに伝習生は、基本的に幕臣に限られていた。下曾根は郷士《ごうし》の身分にすぎない鼎を、自身の息子である下曾根次郎《じろ》助《すけ》の「草履取《ぞうりと》り」という名目で長崎へ送り込み、いわば「員外聴講生《いんがいちょうこうせい》」としてオランダ仕込みの最先端の知識と技術を身に付ける機会を与えたのだ。

「今回の使節一行の中に佐野が入ったと知ったときはまことに嬉《うれ》しかったぞ。して、どなたのご従者として」

「はい、勘定組頭支配普請役である益頭駿次郎尚俊《ましずしゅんじろうひさとし》どのの従者というかたちで、何とか収まりました」

「そうであったか。この機会に何としても異国の地を踏みたいと願いながら、それが叶《かな》わぬ者が我が門下にも、どれほどおったことか。芦田《あしだ》などはひと足先に出航した咸臨丸《かんりんまる》を見送った折、これでアメリカ行きの夢は潰《つい》えたと、悔《くや》し涙《なみだ》に濡《ぬ》れておったわ」

「芦田さんが……」

下曾根塾の同門であり、長崎海軍伝習所でもともに学んだ信州上田藩士の芦田清次郎《せいじろう》（後の赤《あか》松小三郎《まつこさぶろう》）とは同い年で、互いに算術と蘭学《らんがく》において〝鬼《おに》〟と称されるほどの学問好きでとおっていた。下曾根塾を終えた芦田は、幕臣である勝海舟《かつかいしゅう》に随行《ずいこう》して長崎へ遊学したため、その勝が艦長を務める咸臨丸には何としても乗り組みたいと望んでいたのだろう。

その咸臨丸は五日前、米軍艦《べいぐんかん》に乗り込む使節団の随伴船《ずいはんせん》として、ひと足先に横浜《よこはま》から出港していた。乗組員は日本人が九十五人、ジョン・ブルック大尉《たいい》をはじめ、アメリカ人が十一人、計百六名を数えた。提督《ていとく》には軍艦奉行《ぶぎょう》の木村喜毅《きむらよしたけ》、艦長には勝海舟が任ぜられ、英語の通訳にはかつて土佐《とさ》（高知県）から漂流し、アメリカで生活した経験を持つ中浜万次郎《なかはままんじろう》、提督付きの従者には中津《なかつ》（大分県）藩士《はんし》の福沢諭吉《ふくざわゆきち》が選ばれていた。

今回、咸臨丸に与えられた表向きの役割は「随伴船」であったが、無事にアメリカの西海岸まで到達すれば、日本が所有する艦が、日本人の手によって初めて太平洋横断を成功させたことになり、幕府の役人はじめ、航海術を学んできた若者たちからは大きな期待が寄せられていた。

とはいえ、咸臨丸の行程は江戸とサンフランシスコの往復のみ。ポーハタン号に乗り込む使節たちは、ワシントンやニューヨークなどアメリカの東海岸に至り、その後、大西洋を渡って日本に帰着するという旅程であり、ほぼ世界を一周するという壮大《そうだい》な航海であった。

下曾根は鼎の目を見据《みす》えて言った。

「今回の通商条約は、日本を一変させるだろう。おそらくアメリカ側は、今回の使節受け入れを、自国の技術や軍備の充実ぶりを見せつける絶好の機会と捉《とら》えているに違いない。それなら我が方もこの渡航を好機と捉え、しかと異国の状況を見聞して参るがよい。先を見据え、これからの日本に必要なものは何なのか、そのことに目を向けるのだ」

「はい」
鼎は通り過ぎた海風にはためく羽織の袖《そで》を押さえながら、下曾根の言葉を噛《か》みしめた。
日本初の遣米使節という重い命を受けた幕臣たちは、この日の朝、それぞれの屋敷から大勢の家来を伴《ともな》って築地まで移動していた。それが同じ時間帯に重なったため、築地界隈《かいわい》は早朝から、さながら大名行列のような賑《にぎ》わいを見せていた。
今回、幕府が全権大使としてワシントンに差し向けたのは、
正使／新見豊前守正興《しんみぶぜんのかみまさおき》（外国奉行《がいこくぶぎょう》・神奈川《かながわ》奉行兼任《けんにん》）
副使／村垣淡路守範正《むらがきあわじのかみのりまさ》（外国奉行・神奈川奉行兼任）
監察《かんさつ》／小栗豊後守忠順《おぐりぶんごのかみただまさ》（目付）
の三使である。このほか、幕府の役人十七名、各藩から集まったそれぞれの従者、医師、通詞《つうじ》、炊事《すいじ》や雑事を担当する賄《まかな》い方《かた》などを合わせ、使節団は総勢七十七名という大所帯となった。
四つ半（午前十一時）にもなると、主を無事に運び終えた駕籠《かご》かきや馬、足軽たちは帰路に就き始めたが、持参した刀や槍《やり》、鎧《よろい》、陣笠《じんがさ》、提灯《ちょうちん》、季節に応じた裃《かみしも》、さらにはアメリカ側への土産物など、多くの荷物が収められた挟箱《はさみばこ》や行李《こうり》で、築地の操練所は足の踏み場もないほどごった返している。昼どきになり、鼎ら下級の従者らにも出航前の昼の膳《ぜん》と祝い酒が振《ふ》る舞《ま》われた。身分も出身藩も経歴もさまざまだが、これから長い船旅をともに過ごす同志である。銘々《めいめい》のお国言

葉で自己紹介《じこしょうかい》を交わす者もおり、張りつめた緊張感《きんちょうかん》の中にも、しばし和《なご》やかな空気が流れた。

「佐野さん！」

和綴《わと》じの書物を何冊も片腕に抱《かか》え、待ちきれない様子で声を掛けてきたのは、仙台藩士の玉虫《たまむし》左太夫《さだゆう》である。

「おお、これは玉虫さん。大変ご無沙汰《ぶさた》いたしておりました。よもやここでご一緒できるとは」

「まことに。拙者《せっしゃ》らの身分では、まずメリケン行きなど叶《かな》わぬかと思っておりましたからな」

そう言いながら、玉虫は嬉《うれ》しそうに鼎の手を取る。

「で、玉虫さんは、どちらのご従者で」

「拙者はこのたび、正使である新見豊前守殿の従者として記録係を仰《おお》せつかりました。こうしてメリケン行きが叶いましたからには、この目でしかと見聞して参ろうと」

満面に笑みを湛《たた》えて話す玉虫は、鼎より少し年上の三十七歳。若くして妻に先立たれ、乳飲《ちの》み子《ご》を親族に預けて江戸へ出ると、ペリーとの交渉役《こうしょうやく》を担った儒学者《じゅがくしゃ》、林復斎《はやしふくさい》の門下生となり、藩校の順造館《じゅんぞうかん》では師範《しはん》にまで上《のぼ》り詰《つ》めた。苦労を重ねて学問を修めた男だ。

「佐野さんも加賀藩《かがはん》（石川県）からお許しが出たのですな」

「はい、実は渡航《とこう》の許可願を出すのに少々手間取り、藩から正式なお許しが出たのはつい数日前のことでした」

「なんと、数日前とは」

「加賀藩には強硬《きょうこう》な攘夷派《じょういは》の年寄や家老も多いため、当初、アメリカ行きは伏《ふ》せ、長崎への遊学という名目で願いを出しておったのです。しかし、対応されたお役人から、それもよろしくないだろうとのご意見があり、改めて事の次第を話したところ、おかげさまでお許しが出たのです」

下曾根塾の塾頭《じゅくとう》を務めたことや、長崎海軍伝習所での成績のよさが評判になっていた鼎は、四年前の安政三年（一八五六年）に、日本一の大藩《たいはん》である加賀藩から招聘《しょうへい》され、百五十石取りの待《たい》遇《ぐう》で「西洋砲術師範棟取役」として召《め》し抱《かか》えられていた。

加賀藩の領地である能登半島《のとはんとう》の七尾港《ななおこう》は日本海に面した良港で、諸外国はこぞって開港を狙《ねら》っていた。そうした事情もあり、加賀藩は海岸防備のため、西洋式の砲術や兵法の専門家を藩外から雇《やと》い入《い》れる必要に迫られていたのだ。

立ち話する鼎と玉虫に、二重《ふたえ》の大きな目を輝《かがや》かせながら近づいてきた男がいる。木村鉄太《きむらてった》だ。

「おお、木村さん、お待ちしておりましたぞ」

木村鉄太は肥後藩《ひごはん》（熊本県）高瀬町《たかせまち》の裕福《ゆうふく》な郷士《ごうし》の息子として生まれ育ち、江戸へ遊学に出てからは漢学や朱子学《しゅしがく》を、その後、著名な蘭学者《らんがくしゃ》である手塚律蔵《てづかりつぞう》のもとで洋学や兵学を学んだ。手塚と親しかった鼎は、いつしか同い年の木村と懇意《こんい》になっており、顔を合わせるたびに、いつか異国の地を踏もうと夢を語り合ってきた。

「今朝、神田駿河台《かんだするがだい》の殿のお屋敷を出て、日本橋を渡ってようやくこちらに到着《とうちゃく》したのですが、いやあ、見物人が多く出ており驚きました」

「神田駿河台ということは」

「はい、私は小栗上野介《こうずけのすけ》殿の従者通弁役《つうべんやく》として随行《ずいこう》させていただくことになりました」

「そうですか、小栗殿の……」

三使の一人である小栗上野介は洋学に長《た》けた若手の幕臣で、江戸城でその名を知らぬ者はいなかった。その小栗と木村も同い年で、ともに昌平坂学問所《しょうへいざかがくもんじょ》（昌平黌《しょうへいこう》）で学んだ時期があったため、同門のよしみから従者に選ばれたようだ。

「私も間際まで支度が調わず肝《きも》を冷やしました。幸い郷里の知人が藩に掛け合ってくれ、そのうえ二百両を工面してくれたおかげで、何とか……」

「そうでしたか。互いに船出の段階から座礁《ざしょう》しかかっておった、ということですな。結局、先立つものがなければ何も始まりませぬ」

玉虫の屈託《くったく》のない笑顔につられ、鼎と木村も思わず破顔した。


黒船と呼ばれた米艦隊が初めて浦賀に来航した際、ペリーはアメリカの捕鯨船《ほげいせん》をはじめとする船団が日本沿岸で遭難《そうなん》した場合を想定し、乗員の保護はもちろん、食糧、水、燃料の補給についても協力するよう強く求めた。ところが、幕府側は即答《そくとう》せず、いったん話し合いを打ち切った。

翌年の安政元年（一八五四年）、再び横浜に現れたペリーは、幕府と根気強く交渉を重ね、結果的に日米和親条約を締結《ていけつ》する運びとなる。

さらにそれから二年後、今度はアメリカ総領事のタウンゼント・ハリスが、ポーハタン号を旗艦《きかん》として下田《しもだ》に現れた。目的は、より自由な貿易ができる「通商条約」を日本と結ぶことだった。ペリーが果たそうとして果たせなかった、課題でもあった。

アメリカ側は、神奈川、兵庫、新潟、箱館《はこだて》、長崎の新規開港のほか、江戸、大坂《おおさか》の開市、幕府役人が干渉しない自由貿易の実施、関税を両国で協議して決定する「協定関税制」、日本国内で罪を犯した外国人に対し、日本駐在《ちゅうざい》の外国人領事が裁判を請《う》け負《お》うという「治外法権」などを求めてきたが、日本にとって不利な内容が盛り込まれていたこともあり、朝廷《ちょうてい》は条約締結に強く反対していた。

しかし、幕府はもうこれ以上アメリカを待たせることはできないと判断した。

時の大老、井伊直弼《いいなおすけ》は、朝廷の勅許《ちょっきょ》を得ることなく話し合いを進め、二年後の安政五年（一八五八年）六月、半ば強引に日米修好通商条約を締結させた。その調印式が行われたのが、まさにポーハタン号の艦上であった。

朝廷の反対を押し切っての条約締結だけに、今後の動向に政治的な不安を抱《いだ》いている者も少なくなかったが、鼎たちのような気鋭の洋学者にとっては、今回のアメリカ行きは千載一遇《せんざいいちぐう》の好機であった。幕府が正式な外交儀礼《がいこうぎれい》として派遣《はけん》するとなれば、本来は幕府の役人、身分の高い幕臣のみに限られる。だが、幕府としても今回の航海には、外国語や最新の洋学の知識を身に付けた者の参加は不可欠だった。そこで、幕臣ではない下級の鼎たちは、建て前上、「幕臣の従者」というかたちをとって使節に名を連ねることとなったのだった。

「何はともあれ、アメリカ行きが叶《かな》ったからには、異国の状況を、しかとこの目で見極め、研鑽《けんさん》を積もうではありませんか」

先ほど交わした祝い酒のせいもあるだろう。互いに心なしか紅潮しているように見えた。


築地から二里（約七・八キロメートル）ほど先の品川沖に停泊中のポーハタン号では、すでに日本のサムライたちを迎える準備が万端《ばんたん》整い、出航の時が刻々と近づいていた。

身分の高い正使らが分乗する小舟には、それぞれの家紋《かもん》が染《そ》め抜《ぬ》かれた正絹《しょうけん》の幟旗《のぼりばた》が掲《かか》げられ、冷たい潮風を受け、晴れ晴れしく誇《ほこ》らしげにはためいている。

小舟が沖《おき》に近づくにつれ、ポーハタン号は徐々《じょじょ》に大きな姿となって使節らの眼前に迫《せま》ってきた。前方のマストには日の丸の旗が、後方のマストには星条旗が掲げられ、幾重《いくえ》にも張られた白い帆《ほ》は、北から吹き付ける風をはらんでいた。

「これが黒船……アメリカの軍艦なのか……」

「艦から大砲がいくつも突き出ておるぞ」

誰からともなく、感嘆《かんたん》とも畏《おそ》れともつかない声が漏《も》れる。

至近距離《しきんきょり》から仰《あお》ぎ見《み》るその迫力は、蒸気船での航海実習経験を持たない者たちにとって、想像を絶するものであったはずだ。艦の全長は二百八十フィート（約八十五メートル）。黒い艦体に並ぶ小窓からは、いくつもの砲口《ほうこう》がこちらに向けられており、甲板《かんぱん》中央に突き出た巨大な煙突は、すでに天高く黒い煙を吐《は》き出《だ》している。

甲板の左側には、帽子《ぼうし》と金ボタンのついた揃《そろ》いの制服を身に着けた五十人ほどの水兵たちが、剣のついた銃を前面に捧《ささ》げて整然と並び、指揮官の号令に従って儀礼《ぎれい》を表している。

正使の新見、副使の村垣、監察《かんさつ》の小栗が順にポーハタン号の甲板に上り終えると、水夫長がホイッスルを鳴らした。その合図に従い、甲板に備え付けられた大砲の導火線に火がつけられると、一瞬《いっしゅん》、間をおいて、ドーンという轟音《ごうおん》とともに、艦体と周囲の空気が大きく揺《ゆ》さぶられた。

「な、何事だ！」

「大砲が発射されたのか！」

火薬特有の臭《にお》いが甲板に立ち込めている。腸《はらわた》に響くほどの音と風圧に、後ずさりする者、顔を見合わせてざわつく者、反射的に刀に手をかける者もいる。これほど間近で大砲の発射音を聞いたことのある者のほうが少ない。

「心配はご無用。これは礼砲《れいほう》です」

淡々《たんたん》とした口調で、鼎は周囲を鎮《しず》めた。

「礼砲……、つまり拙者《せっしゃ》らを歓迎しておると？」

「はい。いずれも空砲《くうほう》ですのでご安心いただきたい」

船に備え付けられた大砲の場合、砲弾を発射したあと、一度大砲を艦内に引き込まなければ再《さい》充塡《じゅうてん》はできない。つまり、連続しての発射は空砲の証であり、交戦する意思はないというアピールでもある。その慣習が「礼砲」として伝わっているのだ。

鼎と周囲のやり取りを聞いて、慌《あわ》てた者たちはばつが悪そうに居住まいを正したが、格下の者にたしなめられたことが悔《くや》しかったのだろう、

「ふん、下っ端《したっぱ》の分際で、何を偉《えら》そうに」

そう態度を変えて、吐《は》き捨《す》てるように言った。

このたびアメリカへの使節団に加わった者のすべてが、鼎たちのように、大航海に胸を躍《おど》らせたわけではない。幕府から渡航を言い渡された幕臣の中には、外《はず》れ籤《くじ》のようなものだと落胆《らくたん》の色を露《あらわ》にした者もいた。口には出さずとも、二度と江戸の地は踏めぬと覚悟した者もいた。それだけに、若き洋学者たちが嬉々《きき》としていることに対して、どこか苦々しく感じている者も少なくなかった。

「……この先、少々思いやられますな」

すぐ隣にいた佐賀藩士の小出千之助《こいでせんのすけ》は、苦笑いを浮かべ、小声でそう耳打ちした。

小出と鼎は長崎海軍伝習所の同期生として知り合い、とくに親しい間柄《あいだがら》だった。同じく伝習所の同期では、佐賀藩士の島内栄之助《しまうちえいのすけ》、佐賀藩の医師の川崎道民《かわさきどうみん》、杵築《きつき》（大分県）藩士の佐藤恒蔵《さとうつねぞう》らの姿もあった。彼らもまた、鼎と同じく幕臣ではなかったが、この機会に異国の地を踏みたいと切望していた洋学者仲間であった。

鼎は懐《ふところ》から野帳《やちょう》と矢立《やたて》を取り出すと、今しがた目にしたことを即座に書き留めた。

『奉使全權の諸官乗船し、昇るや否や、祝砲二十一発。この発砲の数は帝国ならざれば用いずと聞く。甲板上左側には、海軍の歩卒五十人を二行に列し、剣付銃を面前に捧持《ほうじ》し、指揮官剣を執りて令を下し、戎禮を施す。船の前檣《ぜんしょう》上には日之丸の御國號を懸け、後檣の斜桁には米國の旗號懸く』

加賀藩という大藩に仕える家来の中で、異国の土を正式に踏むのは、言うまでもなく自分が初めてとなる。それだけに、このたびの航海については仔細《しさい》にわたり藩主に報告をしなければならぬと、鼎は強く心に決めていた。特に、西洋砲術や航海術など、洋式兵学の知識や技術を買われて召し抱えられていた鼎にとって、異国の軍備や軍制を間近で見られることは、このうえない機会だったのだ。

間もなくポーハタン号の甲板《かんぱん》の上では、アメリカ人乗組員で結成された軍楽隊によって日本人使節を歓迎する演奏が始まった。

「なんだ、あの金色の尺八は？　相当曲がっておるが、あれでよく音が出るものだ」

「太鼓《たいこ》も我が方のそれとは、音もかたちも随分《ずいぶん》違っているようですな」

初めて見る金管楽器の音色に、使節たちからはまたしても驚きの声が漏《も》れる。

使節団の全員が甲板に並び終えると、黒羅紗《くろらしゃ》に金ボタンの軍服を着た艦長、ジョサイア・タットナル提督《ていとく》が、白い羽根のようなものがついた帽子を左手に持って敬礼する。透き通るようなブルーの目を一同に向けると、穏《おだ》やかな笑みを浮かべて挨拶《あいさつ》を始めた。

日本人使節の通詞《つうじ》として乗船していた名村五八郎元度《なむらごはちろうもとのり》が、提督の言葉を訳した。

「日本を代表する皆様を、我がアメリカ合衆国にお迎えすることを心より光栄に思います。軍艦での長旅にはご不自由なこともあると思いますが、どうぞおくつろぎになって、快適な航海をなされることを祈念《きねん》いたしております」

正使の新見豊前守正興は恭《うやうや》しく一礼すると、丁重に返礼の言葉を返した。


錨《いかり》が引き揚げられた。

ポーハタン号の胎内《たいない》から、ガー、シャン、ガー、シャンという規則正しい蒸気エンジンの大きな金属音が響き、煙突から煙がもうもうと立ち上り始める。ゆっくりとその向きを大きく西のほうに変えると、今夜の停泊地《ていはくち》である横浜港に向かって進み始めた。

江戸の町が、遠ざかっていく。

石炭の燃える独特の匂《にお》いに、いよいよ出航の時がきたことを悟《さと》った使節一行は、海風を受けて甲板《かんぱん》に立った。富士の山が夕陽《ゆうひ》に染まり、くっきりと浮かび上がる。鼎はその勇壮《ゆうそう》な姿に目を細め、帯に下げていた根付《ねつけ》を手にした。

今朝、自邸《じてい》を出発するとき、妻の春《はる》がお守りだと言って託《たく》してくれたそれは、いつ誂《あつら》えたものなのか、富士の山を象《かたど》った精巧《せいこう》な象牙細工《ぞうげざいく》だった。

駿河国に生まれた鼎は、物心ついた頃から富士の山を間近に仰《あお》ぎ見《み》て育った。十六で下曾根塾に入門してからというもの、故郷に戻ることはほとんどなかったが、目を閉じて瞼《まぶた》の奥に浮かぶのは、やはりあの雄大《ゆうだい》な富士の姿だった。

つい先日、春は戌《いぬ》の帯《おび》の祝いを済ませたところだった。順調にいけば、この夏にも初めての子が生まれる。我が子をこの腕に抱《だ》くためにも、この航海を無事に遂《と》げなければならない――。

『春にも、礼砲の音は届いただろうか……』

鼎は祈る気持ちで富士の根付を強く握《にぎ》りしめた。


「おお、横浜港が見えてきましたぞ。もう五里（約十九・五キロメートル）も進んだのですか。この水の流れ、まるで矢が飛んでいるかのようだ」

甲板《かんぱん》の上の手すりから身を乗り出した木村は、力強く回転する車輪が白く掻《か》き上《あ》げる水しぶきを見下ろして、興奮気味に声を上げた。

品川を発《た》ってからほとんど船端《ふなばた》に立っていた玉虫も、蒸気エンジンの音に声を掻き消されそうになりながら、初めて乗った異国の軍艦の迫力に圧倒されているようだ。

「本当の速さがわかるのは、外海に出てからですよ」

鼎はそう声を掛《か》けつつも、船首のほうで海面を覗《のぞ》き込《こ》むアメリカ人水夫らの動きが気になって仕方なかった。

そこへ通りかかったのは、十七歳になったばかりの立石斧次郎《たていしおのじろう》だ。若いながら、英語通詞《つうじ》として乗船している。

「おお、ちょうどよいところへ来てくださった。少しよろしいか」

「はい、お呼びですか！」

斧次郎は白い歯を見せ、弾《はじ》けるような笑顔で駆け寄ってきた。

幼少の頃から横浜運上所《うんじょうしょ》（税関）で外国の商人らを相手に働いていた彼は、英語で会話する能力を身に付けている。天性の人懐《ひとなつ》こさから誰にでも可愛がられ、早くもポーハタン号の水夫たちと親しくなり、「トミー」という愛称《あいしょう》で呼ばれていた。

「斧次郎どのは横浜におられただけあって、英語が堪能《たんのう》ですな。私も学び始めてはいるのですが、蘭学《らんがく》を修めてきた者にはどうも発音が難しく、難儀《なんぎ》しております」

「いやあ、アメリカ人と話をしていれば、自然と聞き取れるようになりますよ」

斧次郎は屈託《くったく》なく答える。

「ところで、水夫たちが斧次郎どのことを〝とみい〟と呼んでいるようですが」

「実は私、幼名を為八《ためはち》と申しまして、一緒にこの船に乗っている父が、私のことを〝ためー〟と呼ぶものですから、アメリカ人には、それが〝トミー〟と聞こえるようで」

「なるほど。〝ためー〟が、〝トミー〟に」

斧次郎が父と呼んでいるのは、やはり通詞《つうじ》として乗船している立石得十郎《とくじゅうろう》のことである。

「ところでトミーどの、今、船首のほうでアメリカ人の水夫たちが何をされているのか、少し尋ねてみたいのだが」

「はい、承知しました。早速聞いて参ります」

斧次郎はそう言うと、甲板《かんぱん》中央の煙突の横を小走りですり抜け、船首で作業をしていた水夫たちに説明を求めた。どうやら、こういうことだった。艦では毎日、朝、正午、夕方に太陽の位置を測定し、六分儀《ろくぶんぎ》などでその地点の度数を測り、船足の距離を計算するのだ。また、気温や湿度、気圧は一刻《いっとき》ごとに計測し、雨風や台風などを予測している。水夫たちはその計測をしていたのだ。

鼎は長崎の海軍伝習所で学んでいた頃、オランダ海軍で使われていた『ピラールの教科書《きょうかしょ》』という書物で、航海術に必要な数学、地理学、天文学等の知識を得ていた。ざっと観察したところ、アメリカ海軍における大洋推測航法《たいようすいそくこうほう》や天測十節決定法《てんそくじっせつけっていほう》にも大差はないようだ。

計測を終えた水夫らは鼎と斧次郎を伴《ともな》って艦内を案内し、ポーハタン号の諸元《しょげん》（性能）のほか、艦に備えられている大砲や火薬などの設備についても詳《くわ》しく説明してくれた。

鼎はすかさず懐《ふところ》から矢立《やたて》を取り出すと、記録を始めた。

『この船、長さ二百八十フウト（約八十四メートル）、幅《はば》四十五フウト（約十三・五メートル）、深さ二十八フウト（約八・四メートル）にして、口径七寸二分二厘《りん》（約二十一・七センチメートル）強の鉄の大砲十挺《ちょう》と、口径九寸二分（約二十七・六センチメートル）の大砲一挺、および五寸（十五センチメートル）口径銅造のボートホウイツスル（小型の大砲のこと）四挺を備えている。蒸気は両側の車輪にして、これを馬の力に比すれば八百馬力とし、その船の積載《せきさい》する重量総計二千四百八十トンなり……。』

使節団が乗り込んだポーハタン号は、アメリカの東インド艦隊に属し、小型・高速・軽武装が特徴の「フリゲート艦」と呼ばれる軍艦である。鼎が幕府の役人から聞いた話では、ポーハタン号には、すでにアメリカ人の船員だけで三百十二名が乗り組んでいるということだった。ひと足早くアメリカに向けて出港した咸臨丸と比べれば大型ではあるが、そこに日本人使節七十七人が加われば四百人に手が届く。どう考えても飽和《ほうわ》状態だ。

正使や副使ら身分の高い者の部屋は、艦の中層と上層に割り当てられた清潔な個室で、一人ひとりに寝台も備えられている。一方、従者たちに与えられた寝室は、お世辞にも「寝室」とは呼べない代物《しろもの》だった。木村鉄太ら小栗の従者に割り当てられた階下の個室には、二段になった小さな寝台が四つ設けられているだけだ。

「これは、まさに蚕棚《かいこだな》だな。寝返りも打てん」

当然のことながら、四つの寝台は従者の中でも身分の高い者から順に使うことになる。寝台がふさがっても床《ゆか》を使えば、あと三人は何とか寝られる。そこからあぶれ、寝床が確保できない従者たちには、「ハンモック」と呼ばれる吊《つ》り床《どこ》があてがわれた。それでも艦内に設けられた既存《きぞん》の船室だけではとても足りず、甲板《かんぱん》にはにわか作りの小屋が十室ほど設けられた。

大砲を撤去《てっきょ》して作られたそれは、長屋のようなかたちをしており、広いものでも六畳《じょう》から四畳半程度、狭《せま》いもので二畳ほどしかない。板張りのデッキの上に一応畳が敷かれているものの、甲板に雨や波が入り込んでくれば、たちまち畳が濡《ぬ》れてしまうであろうことは、誰の目にも明らかだった。従者たちは不安を感じながらも、金鎚《かなづち》を取り出し、小屋の壁に刀掛《かたなか》けや荷物用の棚をこしらえた。

間もなく陽《ひ》は暮れ、気温は急激に低下してきた。


次に使節たちを戸惑《とまど》わせたのは、「厠《かわや》」の問題だった。

アメリカ人の水夫らに案内され、船首のほうに向かった者たちが、しばらくすると、

「無理じゃ、無理じゃ。あれは単なる〝穴〟ではないか」

「下を見ると落ちそうで、近づくこともできぬ」

と、困り果てた顔で口々に文句を言っては、船首から戻ってくる。

鼎たちも早速、その〝穴〟とやらのある場所へ行ってみたが、なるほど、船首の一番先の部分には、穴が両側に五つずつ並んでいるだけで、屋根はもちろん、隣《となり》と遮蔽《しゃへい》する壁すらない。

アメリカ人の水夫らは、そこに座って鼻歌を歌い、隣の者と雑談しながら用を足すのだが、航海が初めての者にとって、上下動のもっとも激しい船首の、さらに前に突き出した部分に座るなど、恐ろしくてとてもできることではない。何より、遮蔽された厠しか経験のない日本人にとって、どうしても馴染《なじ》めるものではない。

もちろん、艦内に個室の厠がなかったわけではない。だが、規則で右方の厠は第一上官用、左方は第二上官用と決められ、日本人でそこを使えるのは、身分の高い者だけとされていた。

しかし、通詞《つうじ》がアメリカ側に丁寧《ていねい》に説明をしたところ、「日本人に限っては、従者であっても上官用の厠を使用してよい」という沙汰《さた》となり、何とか落としどころが見えたのだった。

甲板《かんぱん》に設《しつら》えられた日本人用の厨房《ちゅうぼう》では、すでにかまどに火が入り、ポーハタン号での初めての夕食の支度が始まっていた。正使の新見、副使の村垣、監察《かんさつ》の小栗は、アメリカ側が用意したディナーを艦長室でとることになっていたが、ほかの随員や従者たちの夕食は賄《まかな》い方《かた》の手に委ねられていたのだ。

このかまどは今回の航海のために、日本人の職人が特別に備え付けたものだ。炭を燃やすための炉《ろ》が下部にあり、扉が開閉できるようになっている。上には銅製の大きな四つの鍋がかけられ、ひとたび火を熾《おこ》せば、二百人分の食事を一度に煮炊《にた》きできるよう工夫されていた。

初日のこの夜は、大釜《おおがま》で約七十人分の白飯が炊き上げられ、塩鮭《しおざけ》の切り身が炭火で焼かれた。汁物《しるもの》は若芽《わかめ》の味噌汁《みそしる》だ。アメリカ人水夫たちはかまどの構造が珍しいらしく、入れ替わり替わり、調理の様子を見に来た。

賄い方が香《こう》の物《もの》に使うため、樽《たる》から大根漬《だいこんづ》けを取り出そうとしたそのとき、アメリカ人水夫ら数人が血相を変えて駆《か》け寄《よ》ってきた。彼らは鼻をつまんで、何やら声を荒らげている。

どうやら大根漬けの臭《にお》いに耐えられず、海に廃棄《はいき》するよう命じていたのだ。慌《あわ》てて駆けつけた通詞《つうじ》の名村が、懸命《けんめい》に説明を始めた。

「いえいえ、これは腐《くさ》っているのではございません。日本人が毎日食べている漬物です。これは我々の食事には欠かせないメニューです。どうかご理解いただきたい……」

騒動を横で見ていた鼎は、一人鼻をつまみながら、苦笑いを浮かべる。

「まあ、アメリカ人の気持ちはよくわかります。私は今すぐにでもこの樽を海に投げ込んでいただいても構わないのですが……」

「ははは、そうでしたな。佐野さんの漬物嫌《ぎら》い、思い出しました」

傍《かたわ》らにいた玉虫は失笑した。

結局、アメリカ側が折れるかたちで大根漬けの樽の廃棄処分は免《まぬが》れたものの、船の上での初めての配膳《はいぜん》は混乱を極めた。甲板《かんぱん》の上は日本人使節たちと彼らの荷物でごった返しており、満足に座る余地もない。

玉虫は懐《ふところ》から日誌帳を取り出すと、『まるで戦争のような状態である』と綴《つづ》った。


ポーハタン号はその夜から三日間、横浜港に立ち寄ることになった。

アメリカ人水兵らはこぞって上陸し、米ドルと日本の小判を両替《りょうがえ》していた。日本の小判は金の含有率《がんゆうりつ》が高いらしく、ドルと交換《こうかん》するだけで何倍も儲《もう》かるのだという。既に大量の小判（金）が外国に流出し、大きな問題となっていた。

甲板の上では鶏、豚、牛が飼育されており、航海中の貴重な食糧となっていた。ポーハタン号に賄《まかな》いとして雇《やと》われている黒人や支那人《しなじん》たちが解体を行い、部位ごとに目方を量っては厨房《ちゅうぼう》に分配する。解体された肉はバターなどでソテーし、パンやピクルスなどとともに提供される。アメリカ人だけで三百人以上乗船しているため、大きな牛であっても、平らげるのはあっという間だ。ただし、甲板の小屋をあてがわれた日本人の従者にしてみれば、鶏は朝早くから鳴き始め、動物の糞《ふん》は臭《にお》いをまき散らし、初日から頭痛の種だった。

その「肉」を巡《めぐ》って、思いがけぬ事故が起きたのは、横浜港に停泊二日目、一月二十一日のことだった。

夕方、低気圧の急激な接近のため北風が強まってくる中、買い物帰りのアメリカ人給仕が、小舟を操る日本人の船頭と何やら身振り手振りで押し問答をしている。購入《こうにゅう》した食材を積んで、すぐにポーハタン号に戻ってほしいと頼んでいるのだ。

ただし、給仕が買い求めたのは、食糧用の鶏数十羽と七百キログラムを超《こ》す和牛一頭である。船頭は、そんなものは運べないと断ったが、それでも給仕は聞き入れようとしない。結局、船頭が根負けして小舟を出した。

事故が起こったのは、港を離れてすぐのことだった。波で小舟が大きく揺《ゆ》れると、怖《こわ》がった牛が突然暴れ出したのだ。次の瞬間、小舟はくるりと逆さまになって転覆《てんぷく》した。

鶏の入った木箱にしがみついた船頭は救助されたが、一月の冷たい海に投げ出されたアメリカ人給仕と牛は、もがく様子を見せたものの、海面に泡《あわ》を噴き上げ、海の底へと姿を消した。

その夜、横浜は久しぶりの大雪となった。甲板《かんぱん》にはみるみるうちに膝下《ひざした》あたりまで埋《う》まるほどの雪が積もり、一面真っ白になった。アメリカ人水夫たちは革靴《かわぐつ》のため少々の雪では動じないが、足袋《たび》に草履《ぞうり》の日本人の足には、すぐに雪が解《と》けてしみこんでくる。身体は芯《しん》から凍《こお》りついた。


一月二十二日、朝六時半。昨夜の雪雲は去り、空は晴れ渡っている。

横浜港から出港したポーハタン号は、南へと舵《かじ》を切った。それまで向かい風だったため帆《ほ》は使わず、大きなエンジン音を轟《とどろ》かせながら蒸気のみで航行し、半刻《はんとき》（一時間）ほどであっという間に横須賀沖まで進んだ。北西には見事な富士の山を望むことができた。

沖へ漁に出ていた四隻《せき》の小さな日本の漁船とすれ違った。その船影《せんえい》も瞬《また》く間《ま》に視界から消え、房総半島の南端《なんたん》とともに霞《かすみ》の向こうへ吸い込まれていく。

ほどなく、甲板から見る景色は、見渡す限り白波を立てる藍色《あいいろ》の海だけとなった。

太平洋に出てからは徐々《じょじょ》に波が高くなり、日本人の中には早くも船酔《ふなよ》いの症状《しょうじょう》に苦しむ者が出始めていた。

「うむ、これはかなり揺《ゆ》れてきたな……。そういえば『旅行用心集《りょこうようじんしゅう》』に、船酔いのときに水を飲むと即死するので気をつけるように、と書いてあったぞ」

「特効薬として、赤子の便を粉末にしたものか、大人の尿《にょう》を飲めばよいとも書いてあったが」

「糞《くそ》や尿だと。いやだいやだ、それだけはご免《めん》こうむる」

「わしは昔から、梅干しをへその穴に入れると良いと聞いておるが」

「いや、生の大根のしぼり汁が一番効くらしい」

そんな冗談《じょうだん》めかした会話を交わせたのも束の間だった。船室から言葉は消え、ほとんどの者が起き上がることすらできなくなった。

鼎や小出ら海軍伝習所の出身者は少々の揺れには動じなかったが、そんな彼らでさえも、外海に出てからは、風の強さと波の高さが尋常《じんじょう》ではないと感じていた。

アメリカ人水夫たちは、上官の指示に従ってきびきびと動き始めていた。

風雨は次第に強くなって艦は上下に大きく揺《ゆ》れ、立って歩くこともままならない。

二十四日、嵐は多少収まったが、日本人の大半は船酔《ふなよ》いが酷《ひど》く、丸二日間、ほとんど寝たきりだった。食事をとることもできず、顔も青ざめている。その状況を見て気の毒がったタットナル提督《ていとく》は、通詞《つうじ》を連れて自ら日本人使節らの部屋を見舞った。

「甲板《かんぱん》へ出て爽《さわ》やかな風を吸い込んではいかがですか？」

そう気遣《きづか》ったが、船酔いの辛《つら》さは一朝一夕で収まるものではない。

嵐が去ったと安堵《あんど》したのも束の間、二十七日の午後からは再び激しい南風が吹き付け、空の色がどす黒い鉛色《なまりいろ》に変化した。アメリカ人水夫たちは上官からの指示を受け、マストに登ると、横桁《よこげた》のほとんどを下ろして大風に備えた。

日暮れが近づいた頃、風と波が一層激しくなった。艦は押し寄せる高波を乗り越えるたびに船首を大きく上に反らせたかと思うと、ドドーンという轟音《ごうおん》を立てて艦体を海面に打ち付ける。

今夜の時化《しけ》は三日前の比ではない。

使節団の大半は船酔いで突《つ》っ伏《ぷ》しながら、恐怖心《きょうふしん》を押し殺し、最期かもしれぬ、と覚悟を決めた。それほど酷い揺れの中でも、やはりアメリカ人の水夫たちは何食わぬ顔で艦内を点検して回り、割れた陶器類《とうきるい》などを手際よく片付けている。

「ダイジョウブ？　ケガ、ナイデスカ？」

「ヂキ、ヂキ」

そう言って日本人の部屋を一つひとつ回っては片言の日本語で声を掛け、ブランケットとビスケットを配っていく。「ヂキ、ヂキ」とは、「直に収まりますよ」そんな思いやりを込めた、にわか仕込みの日本語のようだ。中には歌を歌い、あえて陽気に振る舞う者もいる。

しかし、尋常《じんじょう》でない揺《ゆ》れは収まる気配もなく、波の塊《かたまり》が小屋の屋根と壁にまともにぶつかってくる有り様だった。

『ひたすら天運を待つしかない……』と誰もが祈っていた次の瞬間、バキバキッという音がしたかと思うと、甲板《かんぱん》に打ち付ける激しい波は、玉虫たちの寝床となっていた小屋の壁を打ち破った。

床《ゆか》に倒れた玉虫は、海水で息ができなくなる。失神しかけて我に返り、『武士の命……』とばかり、真っ暗な小屋の隅《すみ》に手を伸ばした。流される前に両刀を探り当てたのは奇跡《きせき》であった。

小屋を流され、ずぶ濡《ぬ》れになった玉虫らは、救助に来たアメリカ人水夫らに抱《かか》えられ、大揺れに揺れる艦の中を何とか階下へと避難した。一歩間違えば、あのまま海に投げ出されていた。

鼎は、同じ甲板の上で玉虫らが過酷《かこく》な目に遭《あ》っているとは知らず、激しい揺れに筆をとられながらも、その状況を日誌に記していた。

『正月二七日晴れ。暖度五十六度（摂氏十三・三度）。正午までに百九十海里弱（約三百五十二キロメートル)。北緯《ほくい》三十六度二十三分三十九秒、東経百五十九度二十八分。この日、午後より南風甚《はなは》だ強く、夜になるとさらに激しくなる。米人いわく、今夜大いに難儀《なんぎ》ならんと。』

これほど酷《ひど》い時化《しけ》に耐えられるのは、ポーハタン号がアメリカ海軍所有のうちで、もっとも堅《けん》牢《ろう》な軍艦だからだ。咸臨丸の艦体は、ポーハタン号よりひと回り小さい。もし彼らが同じ航路を辿《たど》っていれば、この大嵐に巻き込まれていることは間違いない。

「無事に再会できればよいが……」

鼎は甲板上《かんぱんじょう》の小屋に容赦《ようしゃ》なく叩き付ける雨と波の音を聞きながら、しばし浅い眠りについた。

カンカンカン、カンカンカンカン……。

激しい雨の音に交じって、どこからか半鐘《はんしょう》の音が聞こえてくる。

カンカンカン、カンカンカンカン……。

耳の奥で遠く鳴り続けるそれは、幼き日、嵐の夜に何度も聞いた、あのけたたましい半鐘に違いなかった。

叩き付ける激しい雨は、深夜になっても勢いを緩《ゆる》めることがない。

「水が上がってきたぞ。いかん、川が氾濫《はんらん》するやもしれん」

「すぐに村の者を避難させよ」

雨と半鐘の音に掻《か》き消《け》されそうになりながら、屋外で大人たちの怒号《どごう》が飛び交っている。その切迫した声に気付いた貞助《ていすけ》（鼎の通称）は、すぐに身支度を整えた。

九月も終わりに近づいた頃から長雨が続いていた。今夜はその長雨とは別で、颶風《ぐふう》（台風）が近づいてきたことによるものだ。ただ事では済まないかもしれない。身支度を整えると貞助は急いで、佐野の本家である代官屋敷《だいかんやしき》へと走った。

富士山の麓《ふもと》に位置する駿河国富士郡水戸島村《みとじまむら》（静岡県富士市）。富士川と潤井川《うるいがわ》に挟《はさ》まれた加島《かじま》平野は、「加島五千石の米どころ」と呼ばれる豊かな水田地帯だったが、遠い昔から度重なる河川の氾濫と大規模な水害に苦しめられてきた。

とくに富士川の流れは、険しい山々から駿河湾に向かって一気に駆《か》け下《お》りる。そのため、ひとたび大雨になると手の付けられない激流となって民家や田畑をことごとく押し流し、数えきれないほど多くの人命を奪ってきた。

叩き付けるような雨の音に、地響きを伴《ともな》うほどの雷鳴が轟《とどろ》く。

貞助はふと、『あの娘《むすめ》には、今夜のこの激しい音さえ聞こえないのだ……』と思った。

幼い頃、富士川べりでときどき見かけた同い年くらいの少女は、雪うさぎのように色白で、くりっとした真っ黒な瞳《ひとみ》が印象的だった。

しかし、笑顔を見せることはなかった。

後ろで子供たちの賑《にぎ》やかな声がしても、振り向くことはない。着ているものは丈《たけ》の短いみすぼらしい着物で、いつも寂《さび》しそうな目をして川を見つめて佇《たたず》んでいた。

「耳が聞こえず、口も利《き》けん。まあ、いずれは唖乞食《おしこじき》にでもなって生きていくしかなかろう」

「可哀《かわい》そうだが、川が溢《あふ》れたら人柱《ひとばしら》にでもなってもらうとするか」

近所に住む大人たちの、冗談《じょうだん》とも本気ともつかぬ、冷笑を伴《ともな》った話を耳にしたことがある。

なぜ、あの娘は話すことができないのか。

なぜ、あの娘が乞食や人柱にならねばならぬのか。

元服前の貞助には理解できなかった。ただ、世の中にはさまざまな宿業《しゅくごう》を背負って生きている人がいる、という漠然《ばくぜん》とした悲しさを、まだ恋とは言えぬほのかな想いとともに心に植え付けた、そんな小さな出会いでもあった。

佐野の本家は代々、代官を務めており、地元では「お陣屋《じんや》さま」と呼ばれていた。

領地は将軍直属の家臣である旗本の曽我《そが》家が治めていたが、旗本は常に江戸に居住する義務があったため、直接的な支配に当たっては「陣屋」と呼ばれる役所に代官をおき、その管理や事務を任せていた。その役目を代々担ってきたのが、地元の郷士《ごうし》である佐野家だった。代官職はこの頃、本家の佐野小左衛門《こさえもん》が継《つ》いでおり、いずれその嫡男《ちゃくなん》である吉十郎《きちじゅうろう》が継ぐことになっていた。

一方、分家筋にあたる貞助の父、佐野小右衛門《こえもん》は、旗本の秋山家《あきやまけ》に仕えていた。佐野貞助鼎は
この小右衛門の嫡男《ちゃくなん》として、文政十二年（一八二九年）十一月、水戸島村に生を受けた。
母の名は林《りん》という。子供は貞助一人だけだったため、母は常に傍《そば》にいて、子守唄や昔話をよく聞かせてくれた。

そんな母が、一人で郷《さと》へ戻ったのは、貞助が七歳のときである。

離縁《りえん》の理由が何であったのか、父は多くを語らぬため、定かではない。しかし、突然、母と引き離されたときの、あの言いようのない悲しさは、元服を迎える年になっても胸を締《し》め付《つ》けた。

その後、父とともに江戸に上ってから間もなく父は再婚し、実母の林は亡くなったと聞いている。優しく穏《おだ》やかなあの声を、今もうっすらと覚えてはいるが、その笑顔はすでに遠い記憶となっていた。


貞助が地元の和算塾《わさんじゅく》で学問にのめり込み始めたのは、母と別れた頃だった。

寂《さび》しさを紛《まぎ》らわせるかのように学問に没頭《ぼっとう》し、十歳を過ぎる頃にはすでに代数や整数方程式、解析学《かいせきがく》、幾何学《きかがく》など高度な算学の基礎《きそ》を身に付け、その秀才ぶりを発揮していた。

貞助を算学の道に進ませたのは、皮肉にも富士川流域に位置するこの地域が長い間背負ってきた、水害の歴史が影響していたのだった。

一六〇〇年代の中頃、この地方を代官として治めていた豪族《ごうぞく》の古郡氏《ふるごおりし》が、親子三代、約五十年にわたって総延長一里（約三・九キロメートル）の堤防を築き上げる大工事を手がけた。そのかた

ちが、雁《かり》の群れがかぎ状になって飛ぶ姿に似ていることから、この堤防はいつしか「雁堤《かりがねづつみ》」と呼ばれるようになった。

堤が完成したあとも、集中豪雨に見舞われると大きな洪水被害をもたらすことがたびたびあった。田畑や家を流された民衆は生きる気力さえ奪われた。

それを鎮《しず》めたのは「人柱《ひとばしら》」であったという伝説が、この地では語《かた》り継《つ》がれている。生きた人間をそのまま土の中に埋《う》める、人身御供《ひとみごくう》のことだ。

神仏に頼って何とか川の怒《いか》りを鎮めようと、富士川を渡ってきた千人目の巡礼者《じゅんれいしゃ》を人柱として、生きたまま地中に埋めた——。貞助が生まれる百五十年ほど前の話だ。

この言い伝えは、幼い貞助の心に何とも言えぬ悲しさを残した。雁堤のどこかに巡礼者が埋められているのだと思うと、近づくのも怖かった。

そして、あの雪うさぎのような少女も、いつか人柱にされてしまうのではないかと思うと、恐ろしく、泣きたい気持ちになった。

実用的な算学を教える和算塾がこの地に多数存在したのは、堅牢《けんろう》な堤防や土手、水路の建設が求められ、領地の正確な測量が必須《ひっす》の技術であったからだ。

和算塾で身に付けた高度な算学の知識を、地元で普請《ふしん》に役立てる道もあっただろう。しかし、貞助は幼い日、父に連れられて伊豆《いず》の韮山《にらやま》で見た洋式の大砲調練《たいほうちょうれん》の迫力が、どうしても忘れられなかった。

韮山で代官を務めていた江川英龍《えがわひでたつ》は、長崎の高島秋帆に弟子入りして砲術を学び、幕府の命を受け、全国に西洋式の砲術を広めていた。佐野家と江川家は縁戚関係にあり、交流も深かったため、貞助は自然と海防問題にも関心を持つようになり、いつしか、元服を終えたら洋式兵学の道へ進みたいと夢見るようになっていたのだった。

第二章　英学指南

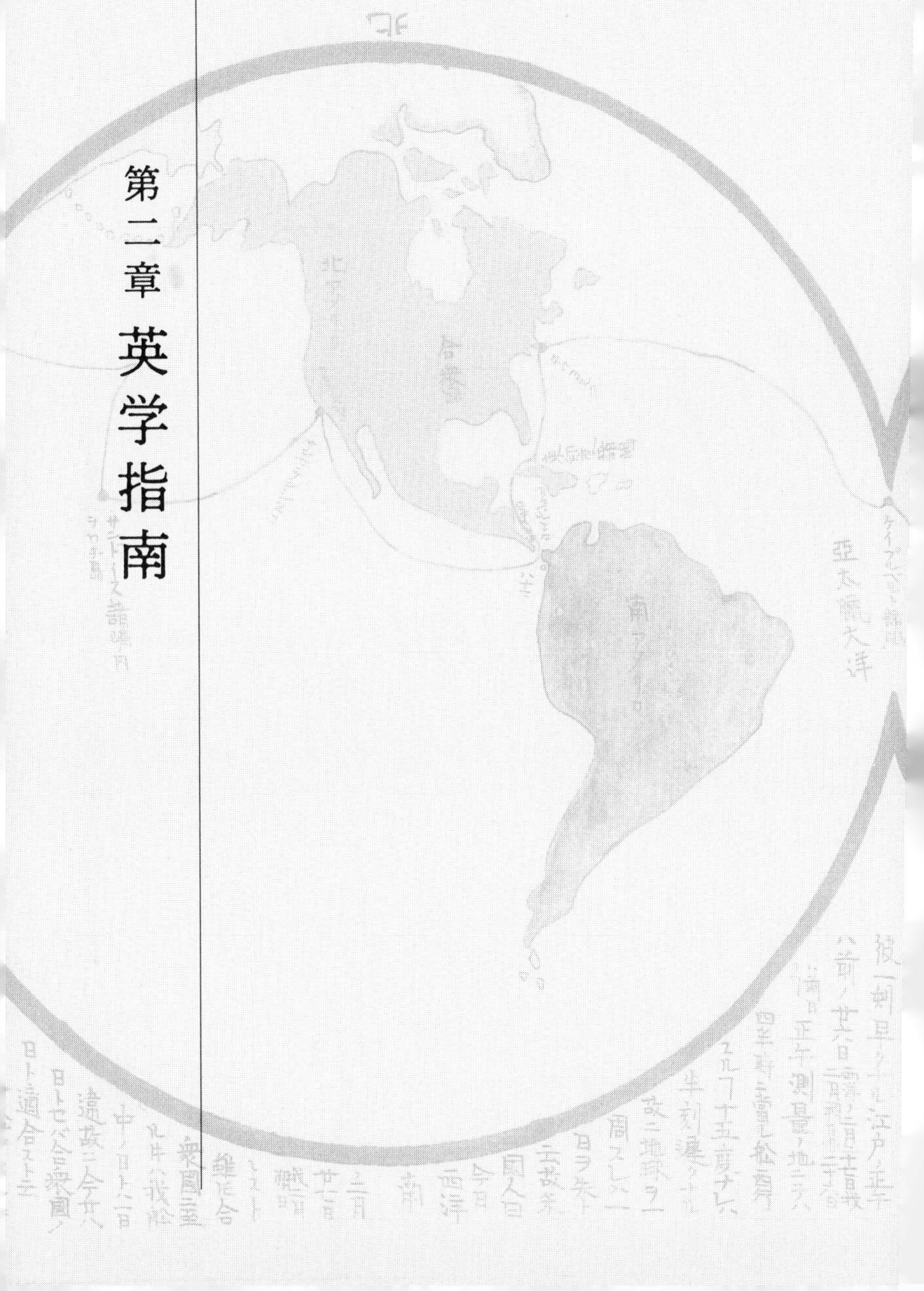

ふと気付くと、雨と風の音が少し収まっていた。

瞼《まぶた》を開くと、板張りの見慣れぬ天井が鼎《かなえ》の目に入った。

大嵐による高波で艦が傾く中、甲板《かんぱん》に設《しつら》えられたこの部屋に戻ったのは、たしか暁《あかつき》八つ（午前二時）を過ぎた頃だった。

あれから一刻《いっとき》（二時間）ほど経っただろうか。押し寄せる波と雨に濡《ぬ》れ、疲弊《ひへい》しきった身体を横たえているうちに、しばし浅い眠りについたようだ。

甲板へ出てみると、水平線の向こう側の空はすでに白々《しらじら》と明け始めていた。

アメリカ人水夫たちは、何事もなかったかのように各所を点検し、片付けに追われていたが、日本人使節の大半は朝になっても伏《ふ》せっており、どうやらまともに歩ける者はほとんどいないようだった。

「佐野《さの》さん……、ご無事でしたか」

鼎の後ろからそう声を掛けてきたのは、賄《まかな》い方《かた》として乗船していた加藤素毛《かとうそもう》だ。鼎とは知人の山岡鉄舟《やまおかてっしゅう》を通じて江戸で知り合った。

素毛は国学や和歌に精通した文人だ。武士ではなく農民の身分だが、幕府の直轄地《ちょっかつち》であった飛《ひ》驒《だ》（岐阜県）の益田郡下原村《ましたぐんしもはらむら》では五大老とも呼ばれ、苗字《みょうじ》帯刀を許された裕福《ゆうふく》な名主の次男であった。素毛がどのような伝手《つて》を使って使節団に加わることができたのか、詳《くわ》しいいきさつは知らなかったが、この男のように藩や身分を超えた幅広い人脈があれば、決して不思議なことではなかった。

大時化《おおしけ》がよほど堪《こた》えたのだろう、素毛の顔色は透き通るように青白く、声にも張りはない。

「素毛さんこそ、お怪我《けが》はありませんでしたか」

「はい、幸い怪我はございませんが……」

素毛は溜《た》め息《いき》をつきながら、鼎とともに甲板《かんぱん》の惨状《さんじょう》を見渡した。

艦の両舷《りょうげん》は破砕《はさい》し、片方の外輪が壊《こわ》れている。小型のボートが一艘《そう》流され、昨日まであったはずの機器類も流れてしまったのだろう、どこにも見当たらない。何より驚いたのは、日本人のための寝床として甲板に作られた小屋のうち、ふたつが大きく破損していたことだ。周囲には海水でずぶ濡《ぬ》れになった荷物や書物、陶器類《とうきるい》が散乱している。

「ここはたしか、玉虫《たまむし》どのに割り当てられていた小屋のはず……」

眉間《みけん》に皺《しわ》を寄せ鼎が言うと、

「ええ、先ほど伺《うかが》ったのですが、玉虫さんたちは階下のお奉行《ぶぎょう》の隣の部屋に避難され、何とか全員無事だったようです」

「そうですか、それはよかった」

「取り急ぎ、朝餉《あさげ》の支度をしようと思ったのですが、賄《まかな》い方《かた》もほとんど船酔《ふなよ》いで伏《ふ》せっており、何より甲板《かんぱん》の上に置いてあった食材がほとんど波にさらわれてしまったようで」

鼎は甲板中央に設《しつら》えられた、日本人向けの厨房《ちゅうぼう》付近に目をやった。

「なんと、何もないではありませんか」

「はい、大根の漬物樽《つけものだる》に醬油《しょうゆ》樽、味噌《みそ》樽、酢《す》の樽も見当たりません」

「すべて波に……」

「そのようです。ここにあった大きな飯櫃《めしびつ》も、薪《たきぎ》の束も、皆流されてしまいました。炊事場《すいじば》はこの通り水浸《みずびた》しです」

素毛は困り果てた様子で甲板に立ち尽くしている。

「これでは飯を炊《た》くこともできませんな……」

と、目の前に、一人甲斐甲斐《かいがい》しく動き回っている男がいる。

どこから集めてきたのか、乾いた炭を七輪に入れて手際よく火を熾《おこ》すと、その上に金網《かなあみ》を載せ、階下の食品貯蔵庫の中から取り出してきた餅《もち》を黙々と焼き始めた。

「なるほど、その手がありましたな」

鼎は感心したように頷《うなず》いた。

江戸を離れてまだ日は浅いが、焼き餅の香《こう》ばしい匂《にお》いが無性に懐《なつ》かしく、疲《つか》れ切《き》った身体に食欲を蘇《よみがえ》らせた。

陽《ひ》に灼《や》け、赤銅色《しゃくどういろ》の身体をした使用人の名は、武蔵国久良岐郡《むさしのくにくらきぐん》（神奈川県）出身の久保寺半次郎《くぼでらはんじろう》。昔は大船の水夫をしていたというが、ほとんど口を開かぬ寡黙《かもく》な男だ。半次郎は節くれだった太い指で餅《もち》をつまんでは裏返し、良い加減に焼き色をつけていく。歳は四十半ばだが、筋肉が盛り上がった屈強《くっきょう》な肉体は、鼎や素毛とは異なる世界で生きてきたことを物語っていた。

鼎と素毛も焼きたての餅を皿に移すと、玉虫たちが避難している船室へと向かった。階下の細い廊下《ろうか》を進みドアを開けると、その小さな部屋には、頭から海水を浴び、まだ身体が濡《ぬ》れたままの従者たちが寒さに震《ふる》えながら、折り重なるようにして身体を横たえていた。

「皆様、とにかくご無事でよかった。さあ、餅が焼けています。お召し上がりください」

半次郎が機転を利《き》かせて焼いた餅は、ここ数日の大時化《おおしけ》で食うや食わずだった日本人の彼らにとって、久しぶりの食事となった。

餅を配り終えた鼎と素毛が甲板《かんぱん》に戻ろうとしたとき、よくとおる張りのある声が廊下の向こうから聞こえてきた。

「使節団の皆様、おはようございます。提督《ていとく》と僧士官《そうしかん》どのが、昨夜の嵐のお見舞いにお越しくださっています」

声の主は、トミーこと立石斧次郎《たていしおのじろう》だ。

恰幅《かっぷく》のよいタットナル提督とともに姿を現したのは、黒の祭服に身を包む、白髪のヘンリー・ウッド牧師だった。二人は、着衣が濡れたままの日本人に気の毒そうな表情を向けると、英語で何やら語りかけてくる。斧次郎は早速、その言葉を訳した。

「昨夜のような大嵐に遭遇《そうぐう》したのは、二十年に及ぶ航海の中で初めてでした。何かお困りのことがあれば、どうか遠慮《えんりょ》なくお申し付けください」

説明を聞きながら、鼎は背筋の凍る思いがした。

昨夜の大時化《おおしけ》は、この提督《ていとく》をして、二十年間で初めてと言わしめるほどのものだったのか——。

タットナル提督は、さらに大きな身振りを交えながら、少し困惑《こんわく》した様子で続けた。

「実は、昨夜の大時化でこの艦は船底などを破損し、急ぎの修復が必要です。そのうえ、逆風の中、蒸気エンジンを全開にしたため石炭を過剰《かじょう》に消費してしまいました。その補充もあって、急遽《きゅうきょ》ホノルル港へ立ち寄ることにします」

鼎は、先に出航した咸臨丸《かんりんまる》の安否や今後の航路などについて詳《くわ》しく尋ねたいと思いながらも、自由に英語が話せない自分がもどかしかった。

午後からはすっかり晴れ間が広がり、陽《ひ》の光が甲板《かんぱん》に降り注いだ。風は少し強かったものの、昨夜の揺《ゆ》れからみれば穏《おだ》やかすぎるほどだった。

玉虫らも顔の色は冴《さ》えないものの、回復したようで、甲板にその姿を現した。

「いやあ、参りました。ようやく起き上がれましたが、腹の中が空っぽで、どうにも力が入りません……。おっと、いかんいかん、まだ身体が揺れておる」

「とにかく陽《ひ》が射《さ》しているうちに、海水で濡《ぬ》れたものを乾かしておいたほうがよいでしょう。荷物を出して干してしまいましょう。お手伝いいたします」

鼎は、海水をかぶった書物や衣類などを甲板《かんぱん》に広げ始めた。

「これは、かたじけない」

ようやく寝床から起き上がった従者らも、濡れた布団や着物を干し、割れた道具を片付ける。たちまち、甲板の上は足の踏み場もないほど、もので溢《あふ》れかえった。

書物を甲板に並べていると、先ほど提督《ていとく》とともに見舞いに訪れたウッド牧師が、興味深げに近づいてきた。鼎たち日本人が使っている英語の教本に関心を示しているようだ。

ウッド牧師の口から「ジョン」という単語が出たところをみると、英語の例文集を書いたジョン万次郎《まんじろう》こと中浜《なかはま》万次郎のことは知っているようだ。咸臨丸で通詞《つうじ》を務める中浜万次郎は、漁に出た折に大嵐に遭遇《そうぐう》し、漂流《ひょうりゅう》した末にアメリカの捕鯨船《ほげいせん》に助けられ、船長の養子となってアメリカで語学のほか、数学、航海術、造船技術など高い教育を受けた人物だ。

牧師と通詞の斧次郎との会話から、蔵書について話していることを察した玉虫は、

「どうぞご覧ください。昨夜の嵐で少々濡れてしまっておりますが」

そう言って、書物をウッド牧師に手渡した。

「アリガトウゴザイマス」

ウッド牧師は穏《おだ》やかな笑みを浮《う》かべながら礼を言うと、濡れた頁《ページ》をめくり始めた。

『英米対話捷径《えいべいたいわしょうけい》』という表題のついたこの書物は、一年前に編纂《へんさん》された日本初の英会話教本だ。「エベセ之文字／ABC of the letter」「ナンブア／数／Number」という章から始まり、日常的な英会話のフレーズが、「安否類」「時候類」「雑話類」それぞれの内容に応じて分類されたうえで、二百十三の会話例が収録されている。


「Good day Sir.／グーリ　デイ　シヤアー／善（よき）日で　ござる」

「How do you do Sir?／ハヲ　ヅー　ユー　ヅー　シヤァー／君（あなたさま）平（ごきげん）安（よふ）ござるか　如何《いかが》」

「Can you speak English?／キャン　ユー　スパーカ　エンゲレセ／あなた　いきりすことばを　言ひ　かなへるか」

「Speak soft.／スヘーケ　ショーフト／和（ものやわらか）に　いへ」


「縦書きですので僧士官《そうしかん》どのには読み難いと存じますが、こちらが英文字で、その隣《となり》には片仮名でこの文の読み方、つまり発音が書かれています。そして、その隣には単語や文の意味が書き記されているのです」

アメリカとの交渉が始まってからというもの、鼎たちのように蘭学《らんがく》を究めてきた洋学者たちの多くが、蘭英辞典を頼りに英語の習得を始めていた。ただ、日本語からオランダ語、オランダ語から英語に置《お》き換《か》えての意思の伝達は効率も悪く、何よりこの方法では英語の発音の上達は望めない。そこで、初めて英語に触《ふ》れる日本人の中には、もっともアメリカ人に近い発音で英会話のできる中浜の手による指南書ということで、この本を拠《よ》り所《どころ》にしている者も少なくなかった。

斧次郎とウッド牧師のやり取りを聞きながら、鼎は焦《あせ》りを感じていた。会話の内容を少しでも理解したいと思い、集中して耳を傾けてはみるものの、ほとんど意味がわからないのだ。ポーハタン号に乗船してから多くのアメリカ人と接して、机上で学んだ文法や例文が、会話においてはほとんど役に立たないという現実を突き付けられた。

ウッド牧師は鼎の心情を見透かしたかのようだった。斧次郎を通じて、こんな提案を投げかけてきたのだ。

「よろしければ私と一緒に英語を学ばれませんか？　ご存知の通り、オランダがイギリスに敗退してからというもの、イギリスは世界各国に植民地を広げています。そして英語はイギリスが支配しているあらゆる国で使われているのです。この先、ハワイからサンフランシスコ経由でパナマに到着するまでには、まだ数ヵ月かかります。その時間を有効に使われてはいかがでしょう。これからの日本の外交発展のために、お役に立てれば私も嬉《うれ》しく思います」

ポーハタン号の乗組員が一昨年の九月から十月にかけて長崎《ながさき》に停泊《ていはく》していた折、ウッド牧師は長崎奉行《ぶぎょう》からの依頼を受け、数名の日本人通詞《つうじ》に英語伝習を行ったことがあった。二ヵ月という短い期間ではあったが、今回、遣米使節団《けんべいしせつだん》に通詞として名を連ねている名村五八郎《なむらごはちろう》も生徒の一人で、このときの指導によって見違えるように英語が上達したという。

キリスト教の牧師から英語伝習を受けるとなれば、幕府の上役からお咎《とが》めがあるかもしれない。しかし、ウッド牧師には、すでに長崎で日本人に英語を教えた実績がある。きっと許しが出るはずだ。何より、もう、オランダ語の時代ではない――。鼎は、腹の中で己を説《と》き伏《ふ》せた。

「ウッド僧士官《そうしかん》どのから直接ご教授いただけるとは光栄の極みです。私はこれまで蘭学《らんがく》のほうを修めて参りましたので、英語については知識がございません。上役の方々のお許しさえ下りれば、この機会に、ぜひ」

玉虫も鼎に後《おく》れを取るまいと、すかさず名乗りを上げた。

「私もぜひ、英語の稽古《けいこ》をお願いしたい」

二人の反応を見ていたウッド牧師は、満足そうに笑みを浮かべると、

「承知しました。目的地のワシントンでは、あなた方にぜひ英語で会話していただけるよう頑張りましょう」

そう言って、二人に手を差し出した。

すると、斧次郎がおかしさを堪《こら》えきれぬといった様子で口を挟《はさ》んだ。

「いやあ、それにしても僧士官さまがご無事で本当に何よりでした。もしもあのとき、浅草寺《せんそうじ》で斬《き》られていたら、英語伝習どころか、今ごろ大変なことになっていましたよ」

斧次郎はそう言いながら、両手で刀を振り下ろす身振りをする。

「斬《き》られる？　これはまた穏《おだ》やかではありませんな」

鼎が驚いたように尋ねると、ウッド牧師は肩をすくめる。斧次郎が、引き取って続けた。

「実は、ポーハタン号が品川を出航する少し前に、ちょっとした事件がありましてね」

「事件ですと？」

「幕府のお役人の間では、『命知らずのウッド僧士官《そうしかん》さま』と呼ばれておられます」

斧次郎はもったいぶるようにひと呼吸おいて、鼎と玉虫にことの顚末《てんまつ》を話し始めた。

「アメリカで発行されている江戸の案内帳を事前に読み込んでおられた僧士官さまは、『タイクーン（大君＝将軍）の住む場所から少し離れたところにあり、常に多くの人で賑《にぎ》わっている大寺院』というのがどんなところなのか、かねてからひと目見たいと思っておられたそうです」

「それが浅草寺、だったのですか」

「いかにも。そこで、品川に停泊中の今こそ好機到来《こうきとうらい》とお考えになり、早速、アメリカ公使館の秘書官であるヒュースケンさまにその旨《むね》を伝え、馬と案内役の手配を依頼されたのです」

「まさか。そう簡単にはゆかぬでしょう」

玉虫が口を挟《はさ》む。

「おっしゃる通りです。外国人が江戸城下に侵入すれば攘夷派《じょういは》の刺客《しかく》に殺されるかもしれない。日本人の役人に身辺警護を頼むように、との警告が幕府のほうから発せられたそうです。ところが僧士官さまは、その護衛をあっさり断られ、日本人の子供を一人だけ案内役につけると、馬に乗ってさっさと出掛けてしまわれたのです」

「なんと無謀《むぼう》な……。お一人で浅草寺までお出掛けになったのですか」

「にわかに信じられぬ……」

鼎と玉虫は思わず顔を見合わせた。

正月で賑《にぎ》わう浅草寺の境内《けいだい》に、突如《とつじょ》として現れた青い目の外国人。その姿に驚きと奇異《きい》の目が注がれぬはずがない。幕府の不安は的中し、参拝客の誰かがウッド牧師に石を投げつけ始めたというのだ。

「そのとき、そっとあとをつけてきた幕府のお役人たちが急いで僧士官さまを保護し、すぐに公使館へお連れになったのです」

アメリカとの条約批准書交換《じょうやくひじゅんしょこうかん》を前に、あろうことか使節団を迎えにきたポーハタン号の牧師が日本人に殺されたとなれば、いったいどうなっていたことか。

しかし、当のウッド牧師はやはり肩をすくめて、何事かを伝える。斧次郎もやれやれといった様子で、鼎たちに解説した。

「僧士官さまは、『あのときは日本のお役人と警備の方たちに迷惑をかけてしまいました。でも、念願だった浅草寺とあの大きな門、そして、出店が建ち並ぶ参道の賑《にぎ》わいを見ることができたのでラッキー、幸運でした』と、そうおっしゃっています」

命の危険も顧《かえり》みず、奔放《ほんぽう》に我が道をゆくウッド牧師の話を聞きながら、鼎は、その豪快《ごうかい》な人柄《ひとがら》になぜか惹《ひ》かれていた。

ひとしきり笑い話を終えると、ウッド牧師は斧次郎の肩に手をおき、大きく頷《うなず》いた。斧次郎もまた、瞳《ひとみ》を輝かせ、これから始まる英語伝習に意気込みを感じているようだった。

斧次郎は、鼎たちにこう伝えた。

「英語の伝習では、僧士官《そうしかん》さまの通詞《つうじ》として席を同じくさせていただきます。よろしくお願い申し上げます。早速、僧士官さまから英語伝習のお申し出があったことをお奉行《ぶぎょう》方にお伝えします。そうだ、ほかにも英語を習得したいという方々がきっとおられるはずです。皆さんにも声を掛けてみなくては。さあ、これは忙しくなるぞ！」

ウッド牧師に頼りにされたことが嬉《うれ》しかったのか、斧次郎は頰《ほお》を紅潮させて甲板《かんぱん》の上を駆《か》けていった。

鼎のその後の人生に大きな影響《えいきょう》を与えることになるヘンリー・ウッドは、このとき六十四歳。一七九六年、ニューハンプシャー州に生まれ、ダートマス大学で学位を取得後、プリンストン神学校で神学を学び、二十代のときハンプデン・シドニー大学でラテン語とギリシャ語の教員を務めた。プロテスタントの牧師になったのは三十歳のときだが、ジャーナリストとしての顔も併《あわ》せ持《も》ち、四十五歳で宗教新聞を創刊。牧師をしながら、新聞者の社主と記者の仕事を十三年もの間、両立させていた。

その後、アメリカ海軍に所属し、安政五年（一八五八年）からはポーハタン号付きの牧師として世界各国を航海しながら、アメリカの新聞、『The New York Journal of Commerce』にたびたび記事を送っていた。実に旺盛《おうせい》な好奇心の持ち主だった。

江戸を発《た》って十六日目の朝、ウッド牧師による英語伝習は、ポーハタン号の甲板《かんぱん》に建てられたにわか造りの小屋を使って始まった。ウッド牧師の傍《かたわ》らで、斧次郎が話を訳して伝える。

「私の名前はヘンリー・ウッドです。牧師になる前は母国のアメリカでラテン語やギリシャ語の教師をしていました。今回は短い期間ではありますが、皆《みな》さんとともに英語の授業を行っていきたいと思います」

正座していた生徒たちは改めて居住まいを正し、深々と礼をする。

狭く薄暗い一室にひしめき合うように集まったのは、佐野鼎、玉虫左太夫《さだゆう》、福島義言《ふくしまよしこと》（小栗《おぐり》の従者）、佐藤藤七《さとうとうしち》（小栗の従者）、小出千之助《こいでせんのすけ》、島内栄之助《しまうちえいのすけ》、加藤素毛、佐藤恒蔵《さとうつねぞう》ら計十二名である。生徒たちは皆《みな》、蘭英辞典《らんえいじてん》を持参していた。

上役の幕臣たちがこの英語伝習を快諾《かいだく》したかといえば、必ずしもそうではなかった。だが、アメリカ側からの善意の申し出を真っ向から断ってしまうのも角が立つと判断したのだろう。何より、英語を理解できる者が一人でも増えることは好都合ということもあり、あくまでもキリスト教の話はご法度《はっと》ということで許可が下りたのだ。

「さて、これから皆さんはサンフランシスコ経由でワシントンに向かわれるわけですが、途中《とちゅう》のパナマ港でポーハタン号を下りていただかねばなりません」

蒸気エンジンの音で掻《か》き消《け》されそうになるウッド牧師の言葉を、鼎らは一言も聞《き》き洩《も》らすまいと懸命《けんめい》に耳を傾けた。

「北アメリカと南アメリカのちょうど境に当たるパナマから東側へは、船で進むことができないので、steam locomotive に乗ってアスピンウォールへと移動し、そこから先は再び我が国の軍艦ロアノーク号に乗《の》り換《か》えてワシントンを目指していただく予定です」

「スチームロコモティブ……」

一同は目を輝かせる。

この頃、パナマ運河はまだ開通していない。アメリカ大陸の西海岸から東海岸へ移動するためにはカリブ海側まで汽車で移動し、そこから別の船に乗り換えなければならなかった。

“steam locomotive”、つまり蒸気機関車については、ペリーが二度目に来航したとき、その模型が日本に持ち込まれ、横浜の応接所で実際に走らせたことがある。佐賀藩ではすでに小型の模型を試走させていたこともあり、一行の中にその存在を知る者は多かった。しかし、鉄道の実物については見た者も、乗った者も、もちろんいない。それだけに、蒸気機関の仕組みを習得していた者たちは、“steam locomotive”という単語を聞いただけで色めき立った。

ウッド牧師は授業の最初に、全員に少し厚めのカードを配った。

「皆さん、まずは、ご自身の名前を日本の文字と英文字の両方で書いてください」

生徒たちは緊張《きんちょう》して矢立《やたて》から筆を取り出すと、言われた通りふたつの名前を書いた。皆それぞれに、アメリカで配るための名刺《めいし》を用意していたため、自身の名前をローマ字で正しく綴《つづ》ることは難なくできた。

「これから皆さんには、たくさんの英作文を書いていただくことになります。このカードは、これから書く作文を綴るときの表紙にします。きっとこの授業が終わる頃には、見事な一冊の帳面ができあがっていることでしょう」

ウッド牧師はそう言いながら、一人ひとりの名前を確認しながらカードを回収した。

艦上での英語伝習は、ウッド牧師が提供した『スペリングブック』という、小さな青表紙の英語の基礎読本《きそとくほん》を参考書として始められ、斧次郎が不明な点を通訳して補助した。

「まずはアルファベットの基本的な発音を覚え、一音節の単語へ。その後、二音節から六音節へと進んでいきます。発音と同時に、数字や航海でよく使う単語、さらに、生活に必要な言葉の読み書きを習得していただくことにしましょう。皆さんは、私が書くアルファベットを書き写してください。そして、私のあとについて発音し、すべて覚えてください」

「ba, be, bi, bo, bu, by」

「ba, be, bi, bo, bu, by」

英語の必要性を痛感していた彼らは、ウッド牧師の発音を聞き洩《き も》らさぬよう、口元の動きを凝《ぎょう》視《し》し、その言葉を復唱しながら単語をアルファベットで綴《つづ》り、日本語の意味、そして、あとで発音を復習できるよう耳で聞いた読みをカタカナで書き留めていく。

「forty→四十・ハウテ」「fifty→五十・ヘフティ」「sixty→六十・セキステ」「seventy→七十・セムテイ」「one hundred→百・ハンレイテ」「one thousand→千・ワンサウセンテ」「million→百万・ミリューウン」「rain→雨・ライン」「wind→風・ウヰンド」「sea→海・セー」「lake→湖・レイケイ」「book→書籍《しょせき》・ボーク」「fight→戦《イクサ》・ヒウト」

長崎で通詞《つうじ》たちを教えた経験から、ウッド牧師は日本の侍《さむらい》たちの礼儀《れいぎ》のよさについて十分に理解していた。今回のメンバーも無論、師である自分に敬意を向けている。だが、それ以上に、短期間で英語を学ばなければならないという必死さをウッド牧師は感じていた。その熱意は、長崎の生徒を上回るものではあったが、英語力については、前回と比べてかなり劣《おと》っていることにも気付いた。長崎では、奉行《ぶぎょう》から差し向けられた英語の通詞を目指している者たちが対象だったが、今回は鼎をはじめ、オランダ語しか話せぬ者がほとんどだった。このレベルの生徒たちに英語を基礎《きそ》から教えるには、あまりに時間が限られている。

朝九時から正午まで、午後は四時から五時半まで、日曜を除くほぼ毎日、休憩もとらず、徹底的に英語指導が行われることになった。揺《ゆ》れる船の中、筆を使っての筆記は乱れることもあったが、日本人生徒たちの熱意に、高齢《こうれい》のウッド牧師は力の限り応えた。

二月七日、昼過ぎ。太平洋を北東へ進んでいたポーハタン号は、その針路を大きく東南の方向に変えた。大時化《おおしけ》で石炭を過剰《かじょう》に消費したため、当初の予定を変更してサンドイッチ諸島のオワフ島に立ち寄ることになったのだ。

しかし、たとえ悪天候に遭遇《そうぐう》したとはいえ、航海術を究める者ならば、そうした緊急事態《きんきゅうじたい》もある程度は想定できたはずだ。その結果、大きく迂回《うかい》することになったアメリカ側の見込みの甘《あま》さに対する苛立《いらだ》ちを、鼎は日誌に記した。

『此《こ》の船初より直ちに北アメリカ新カリホルニアの地方サンフランシスコ港に行くべき筈《はず》なりしに、去月二七日の暴風後意外に逆風多く、石炭も過多消費し、今はサンフランシスコ港に至るにはその貯用不足したり。依《よ》りて已《や》むことを得ず、これよりサントイス嶋《とう》に行き、石炭・食料等を取りて、再びサンフランシスコ港に行くべき策を決せりとて、午後より舵を転じて南に向かふ。思ふに、これ大いに迂闊《うかつ》にして、その水程甚《はなは》だ遠し。石炭の不足は稍《やや》以前に算を成し、その限を知るべきはずなるに、今に及《およ》んでこの事あるは不詮議《ふせんぎ》のことなりといふべし。併《しか》しサントイス嶋に行くまでは、貯用あることと見えたり。船中の衆皆《みな》船に倦《う》み、早く何《いず》れの地方なりとも着岸せんことを希望す。』（※文中のサントイス嶋は、現在のハワイ諸島を指す）

とはいえ、英語伝習を一日でも長く続けたいと思っていた鼎にとって、ポーハタン号の想定外の寄り道は、逆に幸運な出来事でもあった。

「山だ、山が見える」

二月十四日、朝六時。ポーハタン号は前後のマストに日の丸と星条旗《せいじょうき》を高々と掲《かか》げ、ホノルルの港に近づいた。透き通るような青さをたたえる海面には、眩《まぶ》しい陽《ひ》の光が反射している。

アメリカ人の水夫たちはそれぞれの持ち場で、着岸の準備に忙しく動き始めた。

半月のような湾《わん》には外国の商船が大小十隻《せき》ほど停泊し、ヤシの木が茂《しげ》った赤土の丘には、真っ白な洋館から草葺《くさぶ》きの質素な小屋まで混在して建ち並んでいる。

「日本ではまだ雪が舞う季節だというのに、緯度《いど》が変わるだけで気候がこれほど変わるとは」

鼎が呟《つぶや》くと、隣にいた素毛は少し不満げに、

「うむ、実に暑い……。これでは季節がさっぱりわからず、句をひねることもできません」

と苦笑いする。

甲板《かんぱん》の上では久しぶりに歓声《かんせい》が上がった。南国のからりとした東風は、大時化《おおしけ》で憔悴《しょうすい》気味だった日本人使節たちの意気を蘇《よみがえ》らせた。中には久しぶりに陸地を踏みしめられると、喜びのあまり涙を流す者もいる。思えば、横浜港を離れてからの二十三日間は、まさに試練の連続だった。

それだけに、初めての寄港地は、日本人たちにとって、まさに夢の島に見えた。

だが、上陸するという段になっても、正使の新見豊前守《しんみぶぜんのかみ》や副使の村垣淡路守《むらがきあわじのかみ》には、『サントイ

ス嶋は日本とは国交のない国なので、控《ひか》えたほうがよいのではないか』という躊躇《ちゅうちょ》があった。しかし、見渡せば、連日の嵐で使節団の誰もが疲労困憊《ひろうこんぱい》している。そこで、タットナル提督《ていとく》の強い勧めもあって、ポーハタン号の修理が終わるまで、しばらく滞在《たいざい》することになった。

ホノルル港には、すでに日本からやってきたサムライの姿をひと目見ようと駆《か》けつけた島民たちが群れをなしていた。彼らは大きく手を振りながら歓声《かんせい》を上げている。

「おお、これはたいした歓迎ぶりですな」

「なんとまあ、女子《おなご》が肌《はだ》を露《あらわ》にしておるではないか」

「信じられぬ。眉毛《まゆげ》も伸び放題で、鉄漿《かね》(お歯黒)もつけておらぬ」

甲板《かんぱん》から港を望む使節一行は、自分たちが見物されているとは思いもせずに、逆にハワイの人々の奔放《ほんぽう》な装束に目を見張った。

浅黒い肌をした現地の女性たちは、黒々とした長い髪を腰までたらし、耳には真っ赤な花飾りをつけ、首には数珠《じゅず》のようなものを幾重《いくえ》にもぶら下げている。国が変われば文化や風俗《ふうぞく》が異なることは十分理解していたつもりだ。しかし、鼎もあまりの違いに驚きを隠《かく》せなかった。

港へ降り立ち、使節団一行の目が釘付《くぎづ》けとなったのは、見たこともない乗り物だった。

「おお、これはまた、車輪付きの立派な駕籠《かご》が迎えに来ておるぞ」

「駕籠かきの代わりに、これを馬に引かせるのか……」

六頭立て、四頭立て、二頭立ての馬車が用意されている。鼎はすぐ近くにいたアメリカ人水夫を呼び止めると、覚えたばかりの英語を使って尋ねた。

「この駕籠車《かごぐるま》は、何と申すものでしょうか」

「Carriage」

「カレージ？」

すぐに単語を書き写すと、その構造をつぶさに観察した。馬夫が尻《しり》のあたりを鞭《むち》で打つと、馬は人を乗せた車輪付きの駕籠を引いて、意のままに動き出す。さすがは馬だ、日本の駕籠とは比べ物にならないほど速い。そのうえ、四つの車輪が軽快に回り、乗り心地も上々だ。

馬車の隊列が通る道の両側は、大勢の見物人で埋《う》め尽《つ》くされていた。誰に教わったのか、「コンニーチワ」といった声も聞こえてくる。

四、五町（約四百三十六〜五百四十五メートル）走って到着したのは、フレンチ・ホテルという真っ白な二階建ての洋館だった。芝生《しばふ》が生えそろった中庭の中央には噴水《ふんすい》があり、周囲にはヤシの木やパパイヤ、ハイビスカスといった色とりどりの熱帯の植物が植えられている。建物の中に入れば花模様の壁紙《かべがみ》が鮮やかで、床《ゆか》には絨毯《じゅうたん》が敷《し》き詰《つ》められていた。部屋ごとに置かれたベッドには、天井から蚊帳《かや》が吊《つ》り下《さ》げられている。日本の旅籠《はたご》とは似ても似つかない。
「オワホ島はつい数十年前まで、裸体《らたい》の土人が草葺《くさぶ》きの小屋に住んでいたと聞いたが……」

玉虫が驚《おどろ》いた顔で言う。

「私もまさかここまで西洋風になっているとは、思いもよりませんでした」

木村鉄太《きむらてった》も凝《こ》った造りの内装や装飾《そうしょく》を見回しながら、初めて目にする植物やさまざまな調度品を素早く写生する。

この島も日本と同じく、長い間、外国との関係を閉ざしてきた。イギリスやアメリカなどと交流するようになったのは、文政元年（一八一八年）からのことだ。ホノルルの街並みや建物、人々の暮らしぶりを目の当たりにした使節団一行は、わずか四十年余りで、これほど急速に西洋文化の影響《えいきょう》を受けていることに予想外の衝撃《しょうげき》を受けた。

しかし、オワフの文化で一同を落胆《らくたん》させたものがあった。風呂である。ポーハタン号には風呂がついておらず、江戸を離れてからは汲《く》み上《あ》げた海水で身体を拭《ふ》く程度で、長いこと湯に浸《つ》かっていなかった。身体じゅうが潮《しお》でかぶれ気味の一行は、入浴を何より楽しみにしていたのだ。ホテルには風呂釜があるわけでもなく、風呂場からは水しか出ない。湯を沸《わ》かすこともできない。熱帯なので、そもそも湯に浸かる習慣がないのだ。

「ああ、日本の風呂が懐《なつ》かしい。熱い湯に肩まで浸かって、ゆっくり身体を休めたいものだ」

顔を合わせれば、誰からともなくその言葉が口をついて出た。

夕食後、部屋に戻った鼎は、初めて踏みしめた異国の地について、早速日記に書き留めておくことにした。波の揺《ゆ》れで文字が乱されることもなく、久しぶりになめらかに筆は進む。

『旅館は大いなる建物五箇所許《かしょばか》り、各二階にして間数も沢山《たくさん》あり。此《こ》の方の寺院の如《ごと》し。此の時の食糧《しょくりょう》は、本船に積み入れたる米・味噌《みそ》・醤油《しょうゆ》等を運び上げ、賄方《まかないかた》の者飯を焚《た》き、野菜及《およ》び魚を濱《はま》より買い上げ、料理して食す。魚類多くはイナ・ボラ・スズキの類にして、其《そ》の形も違《ちが》はず。味また相同じ。熱地なるが故に蒼蠅《あおばえこと》殊に多く、夜に入りては蚊甚《かはなは》だ多し。室中に四足の付きたる台を設け、其の上に厚き木綿《もめん》の布団を敷《し》き、上に毛織の毛氈《もうせん》の如きもの、及び木綿の幅広《はばひろ》きものを蔽《おほ》ふ。蚊帳《かや》は薄《うす》き白色のものを用ふ。此の方のものとは其の製異なり。』

十六日の朝、ホテルで待機していた使節たちに朗報が伝えられた。

「皆《みな》の者、よい知らせじゃ。本日、ホノロロ港に箱館《はこだて》行きの船が立ち寄るとのこと。留守宅に便りを送りたい者は、書状が厚くならぬよう気を付けるように」

「おお、それは有り難い」

「早速、藩や留守宅に無事を知らせねば」

江戸を発《た》ってから、ほぼ一ヵ月が経とうとしている。鼎も江戸に残してきた春《はる》のことが気がかりだった。七夕の頃《ころ》に初めての子が生まれる予定だが、それまでに帰国することは、まず叶《かな》わぬだろう。せめて無事に航海を続けていることだけでも知らせて、安心させてやりたい。

早速、下曾根《しもそね》塾《じゅく》以来の友人である加賀藩士《かがはんし》、帰山仙之助《きやませんのすけ》に宛《あ》て、手紙をしたためることにした。江戸詰《づめ》の帰山なら、留守宅の春のもとへも足を運び、便りを届けてくれるに違いない。

午後、従者たちに自由行動が認められたため、書状を書き終えた鼎は木村や玉虫らとホノルル市内を散策することにした。

「まずはサントイス嶋の地誌がわかるような書物を求めたいと思いますが、いかがでしょう」

「そういたしましょう。私も異国の書店を、ぜひ見てみたいものです」

鼎の提案に木村も玉虫も身を乗り出した。

ホテルを出ると大きな水たまりができていた。ちょうど雨がやんだようだ。ふと足元を見れば、玉虫が西洋の靴を履《は》いている。

「これは玉虫さん、いつの間に……」

鼎が微笑《ほほえ》んで指をさすと、

「まさか玉虫さんが靴を履かれるとは」

木村も、あえて大げさに驚いて見せる。

「あ、いや……、実は昨日、街に出たとき突然雨に降られましてな。足が濡《ぬ》れて歩きづらく、ちょうど目の前に支那人《しなじん》が商っている店があったので、試しに一足……」

照れ笑いを浮かべる玉虫は、どちらかといえば古風で西洋嫌《ぎら》いの性質であったが、二十日余りの航海でアメリカ人水夫たちのきびきびした動きや親切心を目の当たりにするうちに、心の内にあった「夷狄《いてき》」への感情が変わり始めていた。

書店へ向かう途中に立ち寄った写真館には、すでに川崎道民《かわさきどうみん》や小出千之助らの姿があった。川崎の本業は医師だが、オランダ人から教わった写真の技術も身に付け、佐賀藩主、鍋島直正《なべしまなおまさ》の鮮明《せんめい》な肖像写真《しょうぞうしゃしん》も撮影《さつえい》していた。それだけに、外国の写真館はぜひ見ておきたかったようだ。

写真館を後にした佐賀藩の一行も書店を訪れたいとのことで、鼎らと行動をともにすることとなった。しかし、ようやく書店に辿《たど》りついたものの、書物の紙の質は日本のそれと違って粗悪《そあく》で、値段が高かった。鼎はサンドイッチ諸島の海図を買い求めるつもりだったが、購入を見送ることにした。

「ところで、隣の建物から機械のような大きな音が聞こえてきますが、あれはいったい……」

書店の店主に尋ねると、「newspaper」という答えが返ってきた。

「ニウスペイパア？」

「はい。島で起こった日々の新しい出来事や、入港した外国船から聞いた世界の情勢、その話を集めて、いち早くこのような紙に印刷して市民に配るのです」

店主は店先に置かれた今朝の新聞を鼎ら一行に見せた。

「ほお、これがニウスペイパアなるものですか」

川崎はその紙を興味深く手に取ると、紙面を埋め尽《う》くす小さな英文字を目で追った。

「なんと、すでに我々のことが書かれているではありませんか……」

「えっ、どこにそのようなことが」

今度は英語に達者な小出がそれを手にとり、一面から目を通し始めた。

「おお、真《まこと》に、日本から差し向けられた七十七人が、ポーハタン号に乗ってホノロロ港に上陸したと。それだけではない。三使以下、従者の我々まで、全員の姓名《せいめい》が載《の》っておりますぞ」

「なんと、拙者らの名が……」

木村も驚きながら紙面を覗《のぞ》き込《こ》む。

「さらに、我が方の貨幣《かへい》についても何やら書いてあるようです。外国のものと比較《ひかく》していくらにあたるか、価値はどうか、そのようなことまで詳《くわ》しく」

「我々がホノロロ港に着いてからまだ二日目ですぞ。それなのに、なぜこのように早く……」

玉虫も、にわかに信じられないという様子だ。

印刷工場に案内された一行は、目の前で次々と紙を刷り上げていく機械の精密さに目を見張った。紙面の原稿は活字で組まれ、蒸気の動力を利用した輪転機が規則正しく回転し、目にも留まらぬ速さで大判の紙を吸い上げながら印刷していく。オワフ島は遠回りになるだけで立ち寄る価値などないだろうと予想していた一行だったが、こんな小さな島であっても、イギリスやアメリカと交流したことで、これほど短期間のうちに文明が進み、日本のそれを大きく上回っていたという事実に、目を見張るばかりであった。

ホノルルに上陸して四日後。新見、村垣、小栗の三使らが王宮を訪ね、ハワイの国王であるカメハメハ四世と王妃《おうひ》に謁見《えっけん》することになった。

市街地東側の海に面して建つその城は、幅《はば》が百間（約百八十メートル）ほどある堅牢《けんろう》な石垣《いしがき》に囲まれている。入り口の警備はそれほど堅苦《かたくる》しいものではなかったが、門を入ると大砲が備えられ、両側に約五十名の歩兵が銃剣を構えて整列し、その背後には目にも鮮やかな花壇《かだん》と庭園が広がっている。城の上階では、すでに音楽隊による歓迎の演奏が始まっているようだ。

鼎ら下級の従者たちはそのまま廊下《ろうか》で待つことになったが、その場所からでも謁見の様子はかろうじて窺《うかが》うことができた。

三使らは、カメハメハ四世夫妻のもとへ進み、日本のしきたりに則《のっと》って深々と頭を下げる。精《せい》悍《かん》な顔つきのカメハメハ国王は、弱冠《じゃっかん》二十六歳だという。羅紗《らしゃ》の黒い衣装を身に着け、腰には颯《さっ》爽《そう》と剣を差している。目鼻立ちのはっきりしたエマ王妃は、肩から胸にかけて肌《はだ》が大きく露出《ろしゅつ》した、縞《しま》模様の黒いドレスを身にまとっていた。

カメハメハ四世はハワイの建国者であるカメハメハ一世の孫にあたり、若い頃からアメリカ、ヨーロッパ諸国を視察、遊学し、外国語を習得していた。二十歳の若さで国王に即位してからは、エマ王妃とともに基金を募《つの》り、病院やハンセン病の医療施設《いりょうしせつ》を建設するなど、島民の健康のために力を注いだ為政者《いせいしゃ》である。

二月二十七日、国王の見送りを受け、ホノルル港を後にしたポーハタン号は、オワフ島とモロカイ島の間を縫《ぬ》うように北東へと針路を取り、サンフランシスコを目指して速度を上げた。

ウッド牧師のもとで英語の伝習に励《はげ》んでいた鼎は、近頃では英作文の添削で「ＯＫ」をもらえるようになり、通訳なしでも、ウッド牧師の言葉の意味が、ほぼ理解できるようになっていた。

「今日は揺《ゆ》れもなく、心地よい日和ですな」

午前の英語伝習を終え、小出、玉虫らと甲板《かんぱん》に出た鼎は、大きく深呼吸しながら風向や現在位置を確認した。北風が少し吹いているが、波は至って穏《おだ》やかだ。

甲板中央の厨房《ちゅうぼう》の脇《わき》に目を移すと、昼食の賄《まかな》いを終え、一服している素毛の姿があった。賄い方の苦労は、傍《はた》で見ていても並大抵《なみたいてい》ではない。初めのうちは英語伝習に参加していた素毛だったが、賄いの多忙《たぼう》さに断念せざるを得なくなった。

「素毛どの、今日も実に美味しくいただきました」

「そのお言葉に、安堵《あんど》いたします」

「船の上での煮炊《にた》きはただでさえご苦労なのに、揺れの酷《ひど》いときなどは容易ではないでしょう」

「はい、今日のように穏やかな日は、賄いもしやすく助かります。ただ……」

そう言いながら、素毛はふと表情を曇《くも》らせた。

「船上での膳《ぜん》に飽《あ》きてこられた御仁《ごじん》も多いようで、ご不満も上がり、少々難儀《なんぎ》しております」

視線の先には後部マストの周辺で胡坐《あぐら》を掻《か》き、酒を飲んで騒いでいる一団の姿があった。

鼎や小出たちのように西洋砲術《せいようほうじゅつ》や航海術を学んできた者にとって、軍艦《ぐんかん》の中にいること自体、興味の尽《つ》きない体験であったが、多くの随員《ずいいん》らにとって、太平洋上の航海は単調で退屈なものだった。彼らはアメリカ人水夫たちによる大砲や小銃の操練を見学する時以外は、時間を持て余し、陽《ひ》の高いうちから酒を飲んでの雑談や、昼寝をしてやり過ごすしかなかったのだ。

「そういえば先ほど、後部甲板《かんぱん》にいる方々が、冷や飯など食えんと、朝炊いた飯を豚小屋《ぶたごや》と羊小屋に投げ込んでおられましたな」

小出が言うと、素毛は溜《た》め息《いき》をついた。

「飯が冷たいと言ってはつき返され、やれ、もっと旨《うま》いおかずを出せ、品数が少ない、食が進まぬ、器が汚《よご》れていると足蹴《あしげ》にされ……。それはもう文句三昧《ざんまい》です」

玉虫は顔をしかめ、怒《いか》りを露《あらわ》にする。

「ああ、なんという体《てい》たらく。平生《へいぜい》、お屋敷ではどんなご馳走《ちそう》を食べておられるのか聞いてみたいものだ。大和魂《やまとだましい》の持ち主が、外国まで来てこせこせと飲食の小事にこだわるなど……嘆《なげ》かわしいっ。いったいあの方々は、この航海の目的をなんと心得ておられるのか」

賄《まかな》い方《かた》の素毛らが蔑《さげす》んだ物言いをされているであろうことは、鼎も同じような立場に置かれているだけに目に浮かぶようだった。鼎も艦の中では従者という低い身分である。中堅《ちゅうけん》の幹部の中には、時折、酔《よ》った勢いで「洋学かぶれが」などと罵《ののし》る者もいた。

「玉虫さんのおっしゃる通り、いったん海の上に出れば、どんな危険が襲《おそ》いかかるかもしれず、食糧とて、いつ尽《つ》きるかもしれぬ。現に、ホノロロまでの航海であのような目に遭《あ》ったのです。食糧の無駄遣いは厳に慎《つつし》まねばなりません」

差しのべられた助け舟に、素毛は少し救われたような表情を見せた。

「そういえば昔読んだ『旅行用心集《りょこうようじんしゅう》』に、〝馬方《うまかた》や　荷物《にもち》雲助《かごかき》侮《あなど》るな　同じ浮世に同じ世渡り〟という教訓が載《の》っておりました。どんな身分でも、どんな仕事に就いている者でも、見下げるようなことは禁物だと」

「とはいえ、賄《まかな》い方《かた》は船の上では下男と同じ、致《いた》し方《かた》ありません。私も『旅行用心集』は携帯《けいたい》しておりましたが、たしか、〝旅先では腹の立つことも堪《こら》えよ〟とも書かれておりました」

すると、やりとりを聞いていた木村が、こう口を開いた。

「いや、素毛どの、賄いは本来、尊いお役目。かの道元禅師《どうげんぜんじ》は、台所仕事こそ座禅に匹敵する心身修養であると……」

「なるほど、『典座教訓《てんぞきょうくん》』ですな」

素毛は納得したように頷《うなず》いた。

「そうです。曹洞宗《そうとうしゅう》では典座（料理）こそ高僧の務め。皿を拭くのも己の目玉を扱うがごとく丁寧に磨けば、心も洗われるとあります」

「目玉、ですか……」

このたとえには、一同から笑いがこぼれた。

「ところで素毛どのは、お奉行様《ぶぎょう》らとしばしば句会を開いておられるとか」

鼎は素毛に尋ねた。

「はい。この艦には詩歌をたしなまれる殿《との》が多くおられまして、先日来、お題を見付けては皆で集まり、連句《れんく》などを少しばかり……」

「それは風流で結構ですな」

武士ではないにもかかわらず、一部の上役らに文人として一目置かれ、交流を深めている素毛は、あるいはそうした素養を持たない中堅《ちゅうけん》の幹部らから嫉妬《しっと》されていたのかもしれない。

「ところで、今日は三月三日、雛《ひな》の節句です。江戸城では今ごろ、雛の祝賀が催《もよお》されていることでしょう。本来なら桃《もも》と菜の花でも愛《め》でながら、一句詠《よ》んでみたいところですが」

「そうか、今日は雛の節句でしたな……」

見渡す限りの海原《うなばら》、しかもわずか数日の間に真冬から真夏に変化する船旅だけに、すっかり季節感を失ってしまう。

「日本にいるときは気にも留めませんでしたが、サントイス嶋のように三月でも真夏のような島を見ると、四季があるということがどれほど贅沢《ぜいたく》なことか、しみじみ感じますな」

鼎の言葉に、小出や玉虫も素毛も深く頷《うなず》いている。

「私も、毎日そのことを感じておりますが、さきほど、このような句を詠んでみました」

桃《もも》に似た　花はなきかと　探しけり

「ほほう。それで、ホノロロに、桃に似た花はありましたかな」

小出が笑いながら尋ねる。

「いえ、それが残念ながら見つかりませぬ」

「されど、菜の花のような色をしておったあの実は、たいそう甘《あま》く、美味でしたな……」

玉虫が皮をむくような手真似をした。

「ああ、〝ばななあ〟ですか、うむ、あれは実に甘かった」

終日、賄《まかな》いに追われ、罵詈雑言を浴び続けていた素毛にとって、鼎たちとの談笑は、息をつけるひとときだった。それだけに、この日の夜に作った漢詩を、あえて彼らに見せはしなかった。

春日芳波丹船中作　（春の日、ポーハタン号の中での作）

酔罵醒狂総是真　（酔《よ》って罵《のの》り醒《さ》めて狂《くる》う総《すべ》て是真《これまこと》である）
胸中不肯受繊塵　（心の中には小さな塵《ちり》の如《ごと》きものは受け入れられぬ）
一雙白眼電光電如　（この双《ふた》つの白眼を電気の如くに光らせて）
睨殺世間軽薄人　（世間の軽薄《けいはく》な者たちを睨《にら》み見《み》て殺してやる）

甲板《かんぱん》から見る夜の海は、時折波が白く見える以外は恐ろしいほどの漆黒《しっこく》だった。

安政七年（一八六〇年）三月三日、江戸は例年にない大雪に見舞われていた。そしてこの日、城下で幕府を揺《ゆ》るがす大事件が起きていたことを知る者は、艦上に誰一人《だれひとり》としていなかった。

日本人使節たちが、洋上で極めて珍しい気象現象に遭遇《そうぐう》したのは、それから四日後、三月七日深夜のことだった。

「北のほうをご覧くだされ、炎《ほのお》のようなものが見えますぞ。血《ち》の池地獄《いけじごく》のようじゃ」

「な、何事じゃ。天変地異の前触《まえぶ》れか、それとも、海の魔物《まもの》が現れたか……」

騒ぎに目を覚ましたほかの者たちも、次々と甲板に繰《く》り出《だ》してくる。

水平線のあたりが明るく光っている。目を凝《こ》らすと、赤とも紫ともつかぬ色の空が海面に映りこんで、幻想的な光景でもある。

「深夜にこのような茜色《あかねいろ》の空を見たのは生まれてこの方、初めてだ。月か。いや、月がこの時間に、これほど赤くなることはない……」

皆、すっかり眠気が吹き飛んだようで、驚きの声を上げながら北の海を凝視《ぎょうし》していた。

翌朝、鼎はウッド牧師の姿を甲板に見付けると、駆《か》け寄《よ》って尋ねた。

「僧士官《そうしかん》さま、なぜあのように空が赤くなったのでしょうか」

「ああ、あれは、northern lightsという気象現象です」

「ノヲゼルンライト……、北方の光、ということですかな」

「そうです。地球の磁力線が引き起こす、一種の発光現象です」

鼎はウッド牧師による詳細《しょうさい》な説明を懸命《けんめい》に咀嚼《そしゃく》し、日記に書き留めた。


『此《こ》の夜八つ時（午前二時）頃、北方に月の昇《のぼ》るときの如《ごと》きものを見ること半時許《ばかり》。何もの足るを知らず、甚《はなは》だ怪《かい》とす。翌日之《これ》を米人に問ふに、彼答へて曰く、これノヲゼルンライトなりと。初めて思ふ、所謂《いわゆる》北光一名北閃《ほくせん》なることを。此の北閃は地球を囲繞《いじょう》する蒸発気中に一物あり。エレキテルと名づく。此のもの電光となりてマグネイトのテレガラーフ線を馳走《ちそう》するものにして、甚だ幽微《ゆうび》の流動物たり。此のもの北方の天に昇騰《しょうとう》し、閃爛《せんらん》の北光を為《な》すといへり。』


突如《とつじょ》として現れた不思議な茜色《あかねいろ》の光を見ていた鼎は、日本だとかアメリカだとか、国と国を分《わ》け隔《へだ》てる境など、あってなきが如き代物《しろもの》に思えた。ましてや日本という島国の中で、藩同士が勢力を競い合ったり、身分によって己のできることに限りがあることなど、まるで取るに足らぬ、些事《さじ》であるかのように胸に落ちた。

鼎は心に決めていた。

生まれてくる子がもし、女児であれば、茜《あかね》と名付けようと——。

第三章　異国見聞

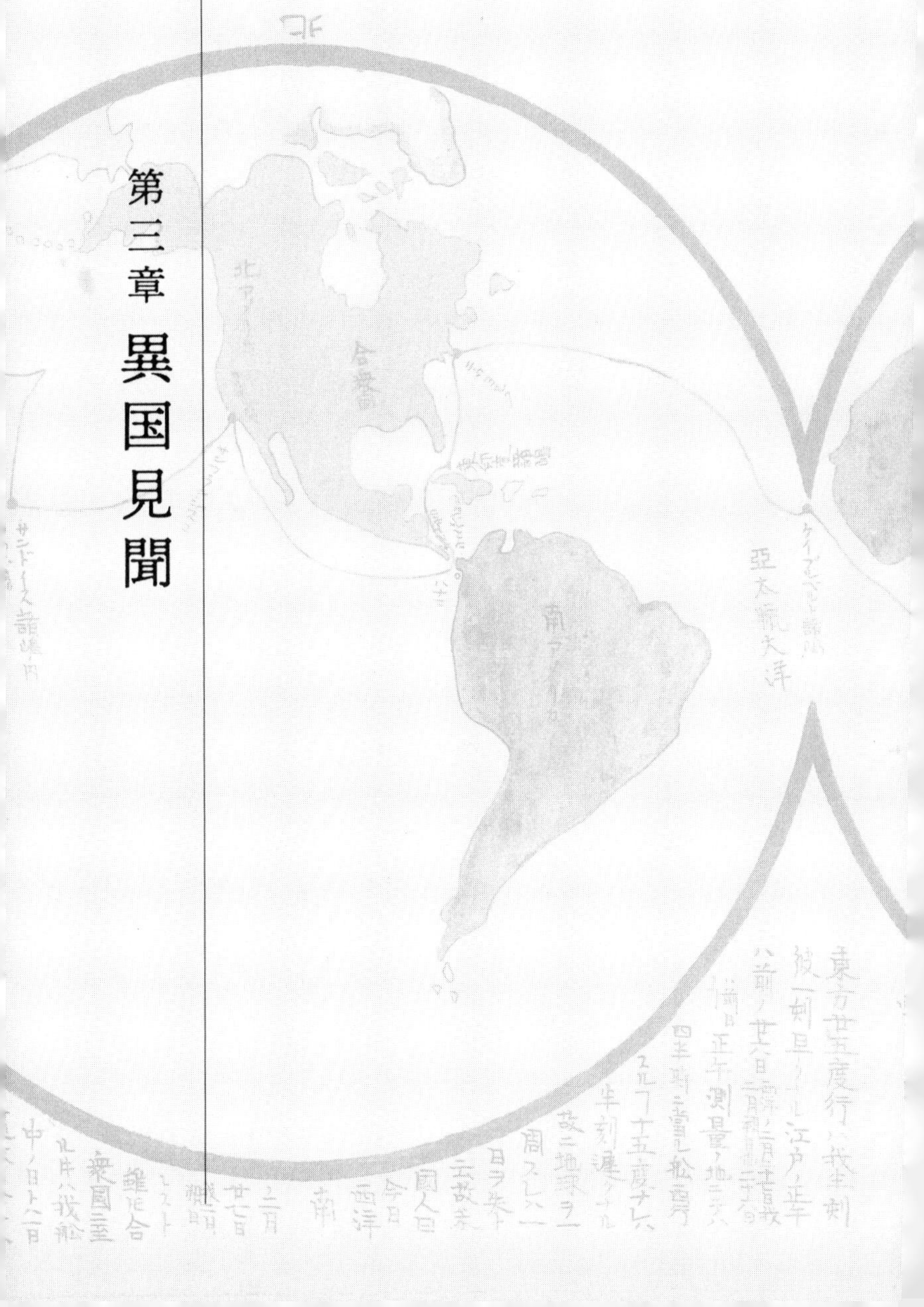

「春《はる》どの、書状です！　鼎《かなえ》どのから、書状が届きましたぞ」

奥《おく》の間で床間《とこのま》に花を生けていた春は、玄関から響き渡った声に、思わず手を止めた。

「旦那《だんな》さまから、書状が……」

思いがけぬ知らせに胸を高鳴らせ、手にした鋏《はさみ》もそのままに玄関へと急ぐ。

「まあ、帰山《きやま》さま、大変な汗ですこと。さあ、どうぞおあがりくださいませ」

本郷《ほんごう》にある加賀藩の上屋敷《かみやしき》から根津神社《ねづじんじゃ》を抜《ぬ》け、佐野《さの》鼎の自邸《じてい》がある団子坂上《だんござかうえ》までは、急な坂道を上らなければならない。帰山仙之助《せんのすけ》は坂を急いで駆《か》け上《あ》がってきたのだろう、額に汗を浮かべ、肩《かた》で息をしながら立っていた。

加賀藩で大砲方御用を務めていた帰山は、四十二歳。三十代の頃、藩の命を受け江戸の上屋敷へ出仕し、佐久間象山《さくましょうざん》、村田蔵六《むらたぞうろく》（後の大村益次郎《おおむらますじろう》）、下曾根信敦《しもそねのぶあつ》のもとで西洋砲術を学んだ。長く本郷の上屋敷に詰めていたこともあり、鼎が使節団の一員として渡米してからは、たびたび留守宅の様子を気に掛け、親身になって世話を焼いていた。

団子坂は、秋になると菊人形《きくにんぎょう》を目当てに多くの見物人が訪れる名所だ。この界隈《かいわい》には各藩《かくはん》の下《しも》屋敷《やしき》や社寺、武家屋敷が多く建ち並ぶ。そして別名を汐見坂《しおみざか》といった。この坂の上からは江戸湾《えどわん》を一望することができ、雲のない日は富士の山の姿も、はっきりと眺《なが》めることができる。春は見晴らしのよいこの坂の上での暮らしが、たいそう気に入っていた。

「この書状を受け取ったときには、まことに驚きましたぞ」

帰山は肩で息をしながら、玄関に腰を下ろした。

「なんでも、寄港の予定にはなかったオワホ島という南の島から箱館《はこだて》行きの船便に乗せたらしく、今朝、上屋敷のほうに届けられたのです」

「まあ、南の島から」

「はい。よくぞ無事に届いてくれました」

帰山が懐《ふところ》から取り出して見せたそれは、鼎が二月十六日にホノルルでしたためた一通目の書状だった。あれからひと月半、無事に江戸まで届けられたのだ。それはごく薄《うす》いものだったが、表書きの文字は間違いなく鼎の筆跡《ひっせき》だ。

遣米使節団《けんべいしせつだん》一行が江戸を発《た》って、すでに二ヵ月半が過ぎていた。いつしか菜の花の時期を迎え、春のお腹も随分《ずいぶん》目立つようになっていた。

「旦那《だんな》さまはご無事でいらしたのですね。よかった、安堵《あんど》いたしました」

遠い異国の地からはるばる手紙が届いたことを知り、女中から下男まで、家中の者たちも集まってきた。書状には一日平均二百海里（約三百七十キロメートル）進んで太平洋へ出たこと、大《おお》時化《しけ》に見舞《みま》われたことなどが時を追って記されていた。

「順調にゆけば、江戸への帰港は文月《ふづき》（七月）の頃になるそうです。元気でやっているのでどうか心配なきように、と」

「そうですか、今ごろはどのあたりにおられるのでしょうね」

「この書状が如月《きさらぎ》の十六日に出されていますので、佐野さんが書かれた航海日程によれば、おそらくアメリカの東側へ渡り、別の船に乗《の》り換《か》えてワシントンを目指しておられる頃かと」

帰山はそう言いながら、読み終えた手紙をそのまま春に手渡した。

春は鼎が毎日のように見ていた世界地図を丁寧《ていねい》に広げると、改めてワシントンの場所を確認した。地図には鼎本人の筆で使節団が辿《たど》る予定の航路が書き込まれている。

「そうだ、文月といえば、ちょうどお子が産まれる頃では」

「はい。旦那《だんな》さまはこの子が産まれてくるのを心待ちにされていました。何としても、ご無事にお戻りいただかねば……」

春は遠く海の向こうから届いた書状を愛《いと》おしむように、そっと手のひらで包み込んだ。


三月九日。ポーハタン号は海上に朝靄《あさもや》のかかる中、サンフランシスコの海門に入っていた。

「カナエ、前方をご覧なさい」

甲板《かんぱん》でウッド牧師に呼び掛けられた鼎は、彼が指差す方向に目をやった。

「あの山々が見えてくれれば、サンフランシスコの港はもうすぐです」

ウッド牧師は久しぶりの母国を前に、懐《なつ》かしそうに目を細めた。

ポーハタン号が今回の航海のためにアメリカを離れてから、すでに三年の歳月が経過していた。甲板《かんぱん》で寄港の準備に忙《いそが》しく動き回るアメリカ人水夫たちも、いつになく嬉々《きき》としている。

目の前には、マストが密林のように林立する港が見えた。その数、長崎の比ではない、鼎はかつて見たことのない港の活気と賑《にぎ》わいに、まず圧倒された。

湾に近づくと、北側に岩が壁のようにそそり立つ丘が見えた。港口に浮《う》かぶ小島には、石を積み重ねて作られた五層の砲台《ほうだい》が見える。砲の数は百二十挺《ちょう》に上るだろうか。海軍伝習所《かいぐんでんしゅうじょ》でともに学んだ小出千之助《こいでせんのすけ》たちも甲板から身を乗り出しているが、その数に気圧《けお》されたようだ。

ポーハタン号は蒸気を緩《ゆる》めると、一里半（約六キロメートル）ほど進んで、山に沿うように右へと舵《かじ》を切った。

午前九時。アメリカ人水夫たちは水深を測量し、いつものように日の丸と星条旗をマストの上に高く掲《かか》げると、埠頭《ふとう》から三町（約三百二十七メートル）ばかり手前で錨《いかり》を下ろして停船した。港には各国の船が多数入っている。

目の前に広がるのは、初めて見るアメリカ、サンフランシスコの街だ。丘の上下には明かり取りの窓が整然と並んだ四、五階建ての高層の建物がいくつも見える。およそ二十年前、この地で金の鉱脈が発見されてからというもの、ひと山当てようという労働者が大勢住みつくようになったらしく、噂通《うわさどお》りの賑わいを見せていた。

間もなく小舟に乗って近づいてきたアメリカの官吏《かんり》数人がポーハタン号に乗り移ったかと思うと、タットナル提督《ていとく》らと抱《だ》き合《あ》って無事の寄港を喜びあった。甲板《かんぱん》に出た鼎は、小出や木村《きむら》、玉《たま》虫《むし》らとともに、船がひしめき合う湾に目を凝《こ》らし、日の丸の旗を探していた。

「咸臨丸《かんりんまる》はどこだ」

「見当たりませぬ」

木村が不安そうに言う。

「もしや、あの嵐で……」

玉虫も神妙《しんみょう》な表情を浮かべる。使節団一同に不安の色が広がったとき、通詞《つうじ》の名村《なむら》が顔を紅潮させてやってきた。

「皆様、ご安心くだされ。咸臨丸は乗組員ともども、無事だそうです」

使節たちから喜びの声が漏《も》れる。咸臨丸とは必ず再会できると信じていたものの、あの嵐の夜を思えば、もしや、という不安を抱《いだ》く者も少なくなかった。

「先ほど、当艦に来られたアメリカのお役人の話によれば、咸臨丸は嵐に遭《あ》って破損しながらも、十五日前、無事にこの港まで辿《たど》りつき、三十里（約百十七キロメートル）ほど離れたメールスという島の海軍造船所で、現在、船底などの損傷を修理中とのこと。そこで、我がポーハタン号も、これからメールス島へ向かうそうです」

「それは何よりです。本当によかった……」

鼎の横にいたウッド牧師も、日本人の喜びを我がことのように受け止め、しばし祈《いの》りを捧《ささ》げた。

ポーハタン号は再び錨《いかり》を上げると、咸臨丸がいるというメア・アイランド（Mare Island）に向かって大きく舵《かじ》を切った。河口に入ると若草色の河岸には多くの牛や羊が放牧され、長閑《のどか》な光景が広がっている。

左岸に目を向けると、中央に堅牢《けんろう》な建物がそびえる小島が見えた。巨大な客船のようだ。

「僧士官《そうしかん》さま、左側に見えるあの島は」

「あれはアルカトラズ島という、硬い岩でできた小島です。〝監獄島《かんごくじま》〟とも呼ばれています」

「ということは、島の中央に見える建物は獄舎《ごくしゃ》ですか」

「そうです。アメリカでは法を犯した者は監獄に収監《しゅうかん》し、各々に作業をさせるのです。脱走《だっそう》したとしても、この周辺の水温は低く、流れもきついため、まず生きて渡ることはできません」

「なるほど、我が方の配流《はいる》（島流し）に似ておりますな」

「ワシントンに到着《とうちゃく》されたら、ぜひ監獄も見学されたらよいでしょう」

「アメリカにも死罪はあるのですか」

「もちろんです。人を殺したり、国の厳禁を犯したり、放火するなどの罪はほとんど死罪です。ただ、日本と違うのはその方法です。こちらでは、縄《なわ》を輪のようにして高い位置に結び、その輪を罪人の首にかけ、罪人の足の下の台を引き抜いて落下させるのです。日本の死刑は絞首《こうしゅ》ではありませんね」

「はい。我が方は、斬首《ざんしゅ》です。刀で一気に首を切り落とします」

鼎の言葉に、ウッド牧師は首をすくめる。

「初めて日本へ行ったとき、斬首刑を行っていると聞いて驚きました。腹を切ったあと、別の人が罪人の首を切り落とすのでしょう。これを知ったときはショックでした」

「切腹の後の介錯《かいしゃく》ですね」

「そう、カイシャク。アメリカでは身体と首をバラバラに離すことは、自然の理《ことわり》に逆らうことになります。そのため、とても恐れられている行為《こうい》です」

アルカトラズ島を真横に眺《なが》めながら、ウッド牧師はゆっくりと、言葉を選ぶようにして続けた。

「おそらくこの先、あなた方は異国で初めて目にし、触《ふ》れるものに驚かれることでしょう。そして異国の人々は、驚くあなた方を見て、さらに驚くのです。重要なのは、その驚きから互いに何を摑《つか》むかです。伝統や文化を守ることは、もちろん大切です。けれど、あなたたちが自国のためによいと思ったものはどんどん吸収し、堂々と持ち帰ればよい。私はそう思っています」

午後三時を過ぎた頃、ポーハタン号はメア・アイランドに着岸した。

アメリカ海軍が所有する造船所に錨《いかり》を下ろすと、咸臨丸に乗船していた運用教授役浦賀与力の佐々倉桐太郎《ささくらとうたろう》が、小舟に乗ってポーハタン号へ乗り込み、正使の新見《しんみ》、副使の村垣《むらがき》の部屋に向かった。咸臨丸の艦長《かんちょう》から、親書を渡す役割を仰《おお》せつかったのだという。ポーハタン号より八日早く横浜《よこはま》を出港した咸臨丸もまた、太平洋の只中《ただなか》で、まさに一昼夜、海中にいるのかと思うほどの波に揉《も》まれ、生きた心地がしなかったという。

佐々倉は正使らとの面会が終わるとすぐさま、甲板《かんぱん》の小屋にいた鼎を訪ねてきた。

「佐野さん、しばらくでした」

「これは佐々倉さん、ご無事で何よりです」

「〝天涯《てんがい》（祖国を遠く離《はな》れた土地）で知己《ちき》に会う〟とは、まさにこのこと」

鼎と佐々倉は、互いの無事を喜び合った。佐々倉は長崎海軍伝習所の同期生で、昌平丸《しょうへいまる》での航海演習で今回と同じような大時化《おおしけ》を体験した同志でもある。思い返せば四年ぶりの再会だった。

「それにしても、酷《ひど》い揺《ゆ》れでした。咸臨丸に乗っていたアメリカ人の水夫が一名、あの大嵐で体調を崩《くず》し、サンフランシスコに到着してから亡くなりました」

「……そうでしたか。こちらも甲板の上に作られた小屋が流されましたが、幸い死人は出ませんでした」

「艦長の勝《かつ》どのも船酔《ふなよ》いには相当苦しまれたようで、ほとんど自室から出られず長い間伏せっておられました。そういえば大嵐の夜、勝どのが何種類ものドルラル札を詰《つ》め込《こ》んでおられた袋が船室の押し入れを突《つ》き破《やぶ》って、何百枚、いや何千枚も散乱し、揺《ゆ》れる船の中、私と公用方《こうようかた》の吉岡《よしおか》さんとで拾い集めたのです。いやあ、往生しました」

「それは大変でした。で、福沢《ふくざわ》さんもご無事で?」

「ああ、福沢さんは船酔《ふなよ》いで倒《たお》れ込《こ》んでいる勝どのを尻目《しりめ》に、〝なんのことはない、牢屋《ろうや》に入って毎日毎晩、大地震《おおじしん》におうていると思えばいいじゃないか〟と笑い飛ばしておられました」

船旅の苦労談は尽《つ》きることがなかった。


三月十七日。島に上陸した鼎は小出らとともに、アメリカ人技師らの案内で造船所を見学することになった。

工場の敷地には、巨大な建物が五つ。造船に必要な鉄の部品を作る作業は、蒸気の力が使われ、ほとんどが機械化されていた。蒸気の動力さえあれば、重量のある船の巨大な部品であっても、自在に動かすことができるのだ。

奥に目を向けると、髪の黒い男が赤く熱せられた鉄の棒を何度も叩《たた》きながら、何かを作っている。傍《そば》まで近づいた鼎は、思わず声を上げた。

「おお、菊太郎《きくたろう》さんではありませんか」

その声に気付いた男は、汗にまみれた顔をこちらに向けると、やはり驚きの声を上げた。

「これは、佐野どの。まさかこのようなところでお目にかかれるとは」

菊太郎は、鼎が長崎海軍伝習所でともに過ごした、腕のいい鍛冶職人《かじしょくにん》だ。船に使う鉄製部品の細工を任せれば、この男の右に出る者はいなかった。

「咸臨丸に乗っておられたのですか」

「ご存知の通り酷《ひど》い時化《しけ》に遭《あ》いまして、今はこの通り、船底の修理でさ」

「それは何を？」

「船底を修理するための釘《くぎ》を作っておるのです」

「なるほど。どれだけ機械化が進んでも、やはり最後は人の技が仕上げていくのですな」

菊太郎が作り出す釘は形が揃《そろ》っているだけでなく、混ざり物がなく強度に優れていた。その鍛冶技術の高さにはアメリカ人たちも驚いたようで、数人が周りを取り囲みその手の動きを真剣に見ていた。

「佐野さま、こちらの造船所は実に見事です。蒸気の力で軽々と船体を持ち上げられるのです」

「たしかに、船が持ち上がれば、船底の修繕《しゅうぜん》も難なくできますな」

「いやはや、蒸気の力というのはまことに凄《すさ》まじい」

修理の作業が無事に済めば、咸臨丸は日本に向けて帰国することになる。一方、サンフランシスコで七日間を過ごしたポーハタン号は、ここで咸臨丸と別れて南下し、今度はパナマへ向かうことになった。

江戸を発《た》って間もなく二ヵ月。鼎はサンフランシスコから、加賀藩の帰山仙之助宛《あ》てに二通目の手紙をしたため、咸臨丸に託《たく》した。帰山に渡った手紙は、洋学を志す仲間たちの間で必ず回覧されるはずだ。

鼎はこの手紙に、ウッド牧師から英語の伝習を受けていること、時折ではあるが船中で小栗公《おぐりこう》と話ができるようになったこと、従者の中には俗人《ぞくじん》が多いこと、辞書などを多数入手したので帰国後に差し上げたいこと、そして最後に、家族や仲間に無事を伝えてほしい、としたためた。

三月十八日（アメリカでは四月七日）。サンフランシスコ港を出港してから二日目の夜、甲板《かんぱん》で洟《はな》をかむ鼎の姿を見かけた木村と玉虫が、声を掛ける。

「お風邪ですか？」

「ご心配いただき、かたじけない。数日前、咸臨丸がサンフランシスコでたててくれた熱い風呂は生き返る心地がしたのですが、どうやらあの後、身体を冷やしてしまったようで……」

鼎は酷《ひど》くかすれた声で答えた。

「そうでしたか。ホテルの庭に、にわか作りでこしらえた湯船でしたから、湯冷めをされたのでしょう」

子供の頃から身体が丈夫でなかった木村は、他人の体調の変化に敏感《びんかん》だった。

「そうだ、これを少しばかりいかがですか……」

木村は懐《ふところ》から出した包みを開くと、小さな黒い塊《かたまり》をひとつまみ取って鼎の手のひらに載《の》せた。

「これは?」

「万能しじみです。故郷の有明海《ありあけかい》でとれたしじみをしぐれ煮《に》にし、それを乾燥《かんそう》させたものですが、大変滋養《じよう》があるので」

「ありがとうございます。では、お言葉に甘《あま》えてひと口……」

鼎はそれを数粒《つぶ》つまんで口に入れた。

「ポーハタン号での航海もあと半月余り。ウッド僧士官《そうしかん》さまとの英語伝習も残り少なくなってきましたので、一日たりとて無駄《むだ》にすることはできぬのです」

「実にご熱心ですな。佐野さんの英会話や英作文の上達ぶりには驚くばかりです」

玉虫が感心したように言う。

「英語が面白くてたまらんのです。近頃は僧士官さまのお話も随分《ずいぶん》聞き取れるようになり、アメリカ人とも英語で話せるようになってきました。江戸を発《た》った頃は何も聞き取れなかったのですが……。そういえば、ポーハタン号の中で新しい単語も生まれましたぞ」

「新しい単語が?」

「昨日、素毛《そもう》どのが余った飯を握《にぎ》っておられたところ、水兵たちが、〝それはなんだ〟と尋ねてきたのです。私が、これは握り飯という日本の食べ物で、英語の単語はないと思うが、逆にアメリカ人ならこれを何と呼ぶのかと問うてみたところ、即座《そくざ》に、『ライスボール』だ、と」

「なるほど、握り飯が、ライスボール……」

「なかなか、うまいことを言うものですな」

「異国人同士が生活をともにすることで、新しい言葉が生まれる。実に面白いことではありませんか」

一同が笑い声を上げたあと、鼎が少し真顔になって振り返った。

「それにしても、ポーハタン号に乗船してからの二ヵ月間、アメリカ人は皆《みな》、実に誠実で、我々日本人に対しても親切でしたな」

「たしかに。この船に乗り込んだ当初は、アメリカ人に対して、正直に言いますと、あまり好ましく思ってはおりませんでした。まさか彼らが、ここまで我々に尽《つ》くしてくれるとは……」

玉虫もあらたまった顔で、鼎に同意した。

「ただ、先日、サンフランシスコの街を散策したとき、偶然《ぐうぜん》知り合った支那人《しなじん》から、少々気になる話を聞いたのです」

「支那人から？」

二人は鼎の話に身を乗り出した。

「さよう。夜、支那人ばかりが住む街へ行ったとき、筆談でそこに住む者と話す機会があったのです。相手は私を日本人だと知ると、日本とアメリカが和親を結ばれたことは、まことに喜ぶべきことである、そう言ったのです。ところが……」

鼎は軽く咳《せ》き込《こ》んだあと、こう続けた。

「今はアメリカ人の対応が定めし親切であろう。しかし、ここでそれを信じきって用心を怠《おこた》れば、その術中に陥《おちい》り、そのうち必ず見下されることになるであろうと」

「よもや、術中に陥るとは……」

「実は支那においても、今から十数年前、英国との戦争に敗北したあと、アメリカと和親条約を結んだそうです。当初は対応が極めて親切だったが、今となっては雲泥《うんでい》の差で、西洋人は婦人やその子供らまでもが支那人を見下し、犬馬か何かの如《ごと》く侮蔑《ぶべつ》の目を向ける。今、ここに至っては、臍《ほぞ》を噛《か》んでも遅く、慨嘆《がいたん》に堪《た》えぬ、と」

玉虫と木村の表情が強張《こわば》った。

「もちろん、この変化は、支那という国が自ら招いた結果であるとも言えるのですが」

「いや、たしかに我が方も油断をしてはいけませぬな。アメリカの親切に甘《あま》んじ、いたずらに彼らを持ちあげるばかりでは、こちらの面目が立たぬというもの」

玉虫は、神妙《しんみょう》な面持ちで腕を組む。木村も心の内にわだかまっていた不安を口にした。

「サンフランシスコどころか、サントイスの街の様子でさえ、この目で見た者であれば、我が方が甚《はなは》だ遅れていることに気付くことでしょう。おそらく、ワシントンに到着すれば、私どもが感じる彼我《ひが》の差は、これまでの比ではないはず」

「だからこそ私は、英語の習得がこれからの日本人には必要だと考えるのです。『攘夷《じょうい》』だの『夷狄《いてき》』だのという言葉も、厄介《やっかい》な身分制度も、間もなく消え失せるであろうことを、しかと意識せねばならぬのです」

鼎は身体の不調を忘れたように、熱っぽく語った。

サンフランシスコを発《た》って十二日後の三月三十日。この日、ポーハタン号は太陽直下（黄道）を通過した。

「太陽直下では人間が耐《た》えられないような炎熱《えんねつ》に晒《さら》されるらしい」

「綿の布で身体を遮蔽《しゃへい》しておかなければ、死んでしまうかもしれん」

そんな噂《うわさ》が流れたため、一部の従者らは恐ろしがって早々と階下の部屋に隠《かく》れていた。

鼎はそんな騒ぎを横目で見ながら、いつものように航海日誌を綴《つづ》った。

『この日正午、太陽の直下に来る。炎熱《えんねつ》堪《た》え難《がた》からんと思ひしに却《かえ》りてさにあらず。海風涼《りょう》を送り、昨日より暖度減少せり。』

南半球に入り、ウッド牧師による英語の授業も最後のときを迎えようとしていた。明日の朝、パナマ港に到着すれば、日本人を下ろしたポーハタン号は、そのままサンフランシスコに引き返すことになっている。

この日、英語が話せるようになった鼎たちは、夜が更《ふ》けるまでポーハタン号の乗組員たちと語り合った。厳しい航海を乗《の》り越《こ》えた者同士、いつしか強い連帯感が芽生えていたのだろう。互いに愛用の持ち物や、記念の品を交換《こうかん》した。

「記念に、ぜひウメボシの種を分けてほしい」という水夫が何人かいた。そんなものをどうするのかと尋ねると、「国へ戻ったら植えて育てるんだ。真っ赤な実がなるんだろう?」と答える。

これには一同大笑いとなった。


夜、甲板《かんぱん》に出た鼎は、頭上の星を仰ぎ見た。赤道に近いだけあって、海風が熱い。

「眠《ねむ》れないのですか」

そう語りかけてきたのは、ウッド牧師だ。

「これは、僧士官《そうしかん》さま」

二人はしばらく、隣に並んで漆黒の海を見つめた。

パナマ港まではあとわずかだ。

「僧士官さまには、英語から天体、数学、物理に至るまで、まことに多くの知識を与えていただき、感謝に堪《た》えません」

鼎は英語を使って、心からの謝辞を述べた。

「カナエ、この本を差し上げましょう。今のあなたなら、十分に理解できるはずです」

ウッド牧師はそう言うと、一冊の本を鼎に手渡した。ランタンの灯りで浮かび上がった表紙には、"Franklin AUTOBIOGRAPHY"という文字が刻印されている。

「フランキリンというお方の自叙伝《じじょでん》、という意味でしょうか」

「そうです。ベンジャミン・フランクリン。ボストンで生まれた物理学者で、政治家でもあり、外交官でもあり、アメリカ建国の父と呼ばれている人物です。彼は今から七十年前に亡くなっていますが、数々の素晴らしい業績を残しました。この本は、今、アメリカでたいそう売れています。ワシントンに到着するまでに、ぜひお読みになるとよいでしょう」

ハードカバーのずしりとした重みを感じながら、鼎は自身の内側にある、飽《あ》くなき知識欲をたしかに感じた。

「私はあなた方と学んだ二ヵ月間を生涯《しょうがい》忘れることはないでしょう。この先の旅の無事を神に祈《いの》ります。そして、日本の将来のために、ぜひ力を尽《つ》くしてください」

贈《おく》られた本の表紙を開くと、洋書特有のインクの匂《にお》いが、ふっと鼻をくすぐった。


ようやく昇り始めた太陽が、水平線を輝かせる。

間もなく、信号弾《しんごうだん》が発射され、ポーハタン号は港から少し離れた場所で錨《いかり》を下ろした。前方のマストにはいつものように日の丸の旗が、後方のマストには星条旗が高らかに掲《かか》げられ、日本人使節たちは迎えに来た小舟に乗《の》り換《か》え、パナマ港に着岸した。

全員が無事に上陸したことを見届けると、ポーハタン号は再び錨を上げた。

白い木綿の上着に浅葱色《あさぎいろ》のズボンを身に着けた水夫たちは、三本のマストのヤードの上に登って整列すると、「鬨《とき》の声」を三度発した。そして、帆船《はんせん》における最高の礼とされている登檣礼《とうしょうれい》で、日本人使節たちとの別れを惜《お》しんだ。

早朝だというのに、日本では体感したことのない蒸し暑さだ。額から噴《ふ》き出《で》る汗に涙がまみれる。

二十一発の礼砲が、パナマ湾に高らかに響《ひび》いた。


ポーハタン号に別れを告げた一行は、大勢の見物人に取り囲まれながら、「パナマ地峡鉄道《ちきょうてつどう》」の始発駅へと移動した。警護のため、駅にはパナマ政府の用意した歩兵が二百人余り、捧銃《ささげつつ》の礼をなして両側に整列している。

この鉄道は五年前の一八五五年に、太平洋側のパナマと大西洋側のアスペンウォール（現在のコロン）という街を結ぶ全長四十八マイル（七十七キロメートル）の最短ルートとして建設され、カリフォルニアのゴールドラッシュに押《お》し寄《よ》せた多くの人々を運ぶ貴重なルートとされていた。

蒸気機関車の実物を初めて目の当たりにした使節団一行は、思わず声を上げた。

「見よ、地面に敷《し》かれている鉄の梁《はり》の溝《みぞ》と車輪の溝とが、かみ合うようになっておるぞ」

車両の雄々《おお》しさ、車輪の大きさ、車両と車両を繋《つな》ぐ頑丈《がんじょう》な連結、そしてレールの構造に圧倒された一同は口々に驚嘆《きょうたん》の声を発しながら、周囲を取り囲むようにしてその寸法や形状などを隅々《すみずみ》まで観察した。絵心のある木村や加藤《かとう》素毛は早速、額の汗を拭うと、黙々と写生を始める。

アメリカの接待係に食らいつかんばかりに、誰よりも高い熱量で質問を投げかけていたのは、意外にも小栗上野介《こうずけのすけ》だった。

「この、スチームロコモティブなるものを走らせるためには、広大な土地と長い鉄路の敷設工事《ふせつこうじ》が必要とみえますが、費用はいかほどかかったのでしょうか」

「このレールを完成させるだけでおよそ七百万ドルかかりました。実はこの土地はスペイン領なのですが、我が国はその権利を買い取って、この鉄道を完成させたのです」

「七百万ドル……。それほど多額の金子《きんす》は、いかにして」

「富裕《ふゆう》なアメリカ商人たちから資本金として借り受けました。カンパニーという組織を作り、金を出した者にはその出資額に応じて、年に一割二分の利息を加えて利益を還元《かんげん》するのです」

「カムパニー、ですか……。なるほど。カムパニーなるものを作れば、手元に金がなくとも大事業が起こせるということですな」

何度も頷《うなず》きながら、小栗は発車までの時間を利用し、質問を重ねていく。小栗のすぐ傍《そば》でやり取りを聞いていた鼎は、その無駄《むだ》のない問い方に、すっかり聞き入っていた。

小栗は鼎にとって雲上人《うんじょうびと》だ。身分が違いすぎる。対等に会話のできる相手ではないことは十分に承知していた。それでもポーハタン号の中では、小栗のほうから何度か直々に話しかけられ、航海術に関する質問を受けたことがあった。目上の者から目下の者にものを尋ねるなど考えられないことだっただけに、体面より探求を重視する小栗の向学心に、鼎は敬意を抱《いだ》いていた。

突然、小栗が鼎に向き直って尋ねた。

「のお、佐野よ。サンフランシスコのメールス島で、造船所を見たであろう」

「はい。隅々《すみずみ》まで見学いたしました」

「己《おのれ》は、あれを日本にも作りたいと思う」

「造船所を、でございますか」

「ああ、船を造るだけではない。船の修理をするドックも、船の艤装《ぎそう》に関することはすべて、そこで完結させるのだ」

「はい」

「そのためには鉄が必要だ。製鉄所も必要になる。製鉄所があれば大砲も作ることができる。スチームロコモティブも走らせることができる。日本に今必要なのは、そうした普請《ふしん》だと思うのだ。己は日本に戻ったら、早速、カムパニーを作るつもりだ。軍艦や大砲についてはお主に教えを乞うこともあろうかと思うが、その際はよろしく頼む」

「は、恐れ多いことでございます」

壮大《そうだい》な構想を語る小栗の言葉に驚きながらも、この男は決して夢物語では終わらせぬだろうと鼎は直感した。そして、その直感は間違ってはいなかった。小栗はこの五年後の慶応元年（一八六五年）、フランス人技師の協力を得て、横須賀《よこすか》に日本初の本格的な製鉄所を造りあげることになる。


そろそろ蒸気機関車に乗り込もうという段になって、ひと悶着《もんちゃく》が起きた。はて、上座はどちらか、という難題である。

それぞれの車両は鉄の蝶番《ちょうつがい》で繋《つな》がれ、機関車のすぐ後ろには石炭が積まれた車両が、三両目から八両目までは車内に椅子《いす》が設《しつら》えられた車両が連結されている。先頭車両が上座に決まっているという意見もあったが、アメリカ人に尋ねたところ、機関車に近い車両は煙が立ちこめるし、音も相当にうるさく、決して乗り心地はよくないという。そこで、石炭車両の次に連結された三両目には荷物を、四両目には使節団の中でもっとも身分の低い下男や賄い方《まかなかた》、そして、五両目から七両目には従者や下役の者、最後尾《さいこうび》の車両には、三使ほか、御目見得《おめみえ》以上の役人が乗るということで落ち着いた。

午前九時。蒸気が勢いよく噴《ふ》き出《だ》し始《はじ》めると、いよいよ汽車が動き出した。蒸気の音と車輪の軋《きし》み、そして時折、耳をつんざくような汽笛が響《ひび》き、何事かを話している使節の隣にいても、その声は聞こえない。

　徐々《じょじょ》に速度が上がり、周囲の景色は矢のように流れる。一行は汽車の窓から流れ込む煙に目を覆《おお》いながら、初めて見る南米の風景に目を奪《うば》われた。ヤシの木などの樹木が鬱蒼《うっそう》と生《お》い茂《しげ》り、ポツリポツリと見える住居の屋根は木の葉で覆われている。外に出ている住民の多くは半裸《はんら》で腰《こし》には剣を携《たずさ》えている。

　日本ではいまだに徒歩や駕籠《かご》で街道を移動し、領地ごとに関所を通らなければならない。しかし、異国ではすでに、国内をこれほどの速度で、自由に移動することができるのだ。

　何より鼎の興味を惹《ひ》いたのは、線路に沿って延々と繋《つな》がっている銅線だった。およそ十間ほどの間隔《かんかく》で柱が立てられ、そこに通されているのだ。

「これが、テレガラーフか……」

　モールス信号によって、出発したパナマの駅から四十八マイル離《はな》れたアスペンウォールに電信の合図が送られており、日本人使節団の到着時刻《とうちゃくじこく》をもとに船の準備が進められているという。鼎はすでに、自分が目にしたことが、にわかに信じ難くとも、もはや日本人に理解できることのほうが少ないのだと、現実を受け入れていた。

　途中、サンパウロ駅に停車し、駅前の小綺麗《こぎれい》な茶店で休憩した一行は、氷の入ったオレンジジュースで束の間の涼《りょう》を取ると、再び汽車に乗り込み、夕方にはパナマ地峡《ちきょう》の北端に位置するアスペンウォールに到着した。

アスペンウォールの港からは、アメリカ側が用意した大型の蒸気艦《じょうきかん》・ローノーク号で東海岸に沿って北上する。ポルトベロ港を経由して二日目のこと。病気療養中《びょうきりょうようちゅう》だったアメリカ人水夫が二人死亡したという話が日本人使節たちにも伝えられた。

「聞くところによれば、ローノーク号は一年近く前から国の命令を受け、この酷暑《こくしょ》の地で私たちの到着を待っていたのだそうです」

「なんと、一年も……」

鼎の言葉に、玉虫と鉄太は言葉を失った。

「灼熱《しゃくねつ》の気候、水も悪い中で、いつ来るともしれぬ我々を待つ間に、病人や死者が続出したのだそうです。今でも二十人ばかりが病に伏《ふ》したままだとか」

翌日、艦上で水葬《すいそう》の儀《ぎ》がとり行われた。

二人の遺体は、白い帆布《ほぬの》用の綿布で縫《ぬ》われた袋に収められ、足元に三十ポンド（約十三・六キログラム）の鉄の砲丸が重しとして入れられた。その上に、白い十字の文字を染《そ》め抜《ぬ》いた浅葱色《あさぎいろ》の布がかけられる。

軍楽隊によって葬送曲《そうそうきょく》が演奏されると、提督《ていとく》、艦長、以下すべての乗組員が帽子を取り、沈痛《ちんつう》な面《おも》持ちで甲板《かんぱん》に整列した。僧士官《そうしかん》が聖書を読み上げ、それぞれの遺体は数人の水夫らに担がれて舷《ふなべり》のほうへと運ばれ、足のほうから静かに海に沈められた。

水葬が終わった甲板では、亡くなった水夫らの遺品のオークションなるものが始まっていた。

衣類や時計などを仲間の船員たちが競り合って買い取り、売り上げた金は遺族に手渡されるのだという。

この様子を遠巻きに見学した日本人の中には、両手を合わせて弔意《ちょうい》を示すふりをしながら、

「水夫ごときが死んで、その葬儀に提督まで出てくるとは、いやはや、メリケンという国には身分の区別というけじめがないのか」

と批判的な言葉を口にする者もいた。

日本では、高位の人物が下僕の死を悼《いた》むことなど、まずありえなかった。家来が死んだとしても、その死は犬猫の死と何ら変わりはない。だからこそ、鼎たちは、まったく異なる驚きをもって、この光景を見ていた。

「これが、アメリカという国なのだ……」

閏《うるう》三月九日、鼎はこの夜、日誌にこう書き記した。

『今日午前水葬《すいそう》をおこなう。この禮《れい》を見てまことに哀傷《あいしょう》を催《もよお》さざるものなし。彼らの妻子等は、定めて家郷にありて帰帆《きはん》を待つべきに、虚《むな》しく洋中の魚腹に葬《ほうむ》るとは甚《はなは》だ悲しむに堪《た》えず。このとき日本人の中にも、過日パナマを越ゆる前から病《や》む者あり。この頃、殊《こと》の外《ほか》様子悪しき故に、今日のことは秘して、彼《か》の病者には聞かせざるようにしたり。』

閏《うるう》三月二十四日。ワシントンへと繋《つな》がる川の入り口、チェサピーク湾《わん》に入ると、日本人使節団はローノーク号から川を航行する蒸気船、フィラデルフィア号に乗《の》り換《か》え、さらに四十里（約百五十六キロメートル）あまりを北上した。川といってもその幅は二里（約八キロメートル）もある。

翌日の正午頃、フィラデルフィア号は、いよいよワシントンにあるアメリカ海軍の造船所（ネイビーヤード）の上陸場に横付けされた。

砲台《ほうだい》から高らかに十七発の礼砲が放たれると、「ウェルカム　ジャパニーズ　エンバッセイ！」と、一斉《いっせい》に大歓声が上がった。ニッポンからやってきたサムライの姿をひと目見ようと殺到したワシントン市民たちだ。ハンカチを、帽子を、そして日の丸の旗を、ちぎれんばかりに振っている。

目の前には白地に金ボタンが並ぶ軍服に身を包んだ千人以上の歩兵と騎兵隊《きへいたい》が、一糸乱れず整列している。市民の歓迎ぶり、そして眼前に広がるネイビーヤードの芝生《しばふ》の緑と煉瓦造《れんがづく》りの建物の整然とした美しさは、これまでに訪れたホノルルやサンフランシスコ、パナマとは異質のものだった。日本人使節たちはその様子に圧倒されつつ、緊張《きんちょう》した面持ちで口を真一文字に結び、皆、毅然《きぜん》とした態度を崩《くず》さぬよう必死の形相《ぎょうそう》を浮かべている。

使節団をホテルまで送るのに差し向けられた四頭立ての馬車は、ざっと三十台余り。屋根と扉《とびら》のついたそれぞれの車には、鳥や草花を象《かたど》った金の蒔絵《まきえ》がちりばめられている。

正使の新見、副使の村垣、監察《かんさつ》の小栗は、それぞれの紋《もん》が染《そ》め抜《ぬ》かれた黒の羽織に野袴《のばかま》で正装している。下級の従者たちも髷を綺麗に結い直し、衣装はふくらはぎの部分が細く絞られた裁着袴《ばかま》という出で立ちで統一した。

日本人使節団を乗せた馬車の前にはアメリカの下士官が列を作り、すぐ後ろには赤羅紗《あからしゃ》を着た数十人の軍楽隊、小砲隊《しょうほうたい》、騎馬隊が続く。行列は軽やかな蹄《ひづめ》の音を響《ひび》かせながらネイビーヤードの石門を通過すると、徐々《じょじょ》に速度を速めワシントンの中心街へと向かった。

通りの両脇《りょうわき》に建ち並ぶ高層の建物。その窓という窓から日の丸の旗が振られている。使節たちを乗せた馬車の隊列は、市街地の中心部にあるウイラード・ホテルに到着した。フランス風のモダンな古典建築で、地下二階、地上五階、客室は六百もあり、一晩で二千人を宿泊《しゅくはく》させることができるという。美しく手入れされた芝生《しばふ》の中庭には噴水《ふんすい》があり、一階には書店、薬局、バー、小間物屋、髪結《かみゆ》い店《てん》などが、それぞれに店を開いて営業している。

身分の高い使節らは三階の客室に、鼎たちは二階の客室に四人ずつ入室することになった。

ドアを開けて室内に一歩足を踏み入れた木村鉄太は、感嘆《かんたん》の溜《た》め息《いき》をついた。

「いやはや、これは何とも立派な設《しつら》えですなあ」

天井を見上げると豪華《ごうか》なシャンデリアが輝き、室内には美しい彫刻《ちょうこく》の施《ほどこ》されたタンス、四本脚のついた寝台、大きな姿見が置かれ、棚《たな》の上には曇《くも》りひとつなく磨《みが》かれたグラスや真っ白なタオル、マッチなどの日用品がセットされている。寝台には分厚く柔《やわ》らかなマットレス、その上に空気のように軽い羽根布団が用意されていた。

向かいの部屋では荷物を下ろした従者たちが早速、草履《ぞうり》を脱《ぬ》いで裸足《はだし》になり、絨毯《じゅうたん》の上に胡坐《あぐら》を掻《か》いて一服つけ始めていた。

「西洋では、床《ゆか》の上に直《じか》には座らないそうでございますぞ」

従者の一人がたしなめると、

「うるさい。拙者《せっしゃ》らは日本人だ。何が西洋のしきたりだ」

と、激昂《げきこう》する者もいる。

部屋の奥の硝子窓《ガラスまど》の向こうには、四、五階建ての石造りの建物が美しさを競うかのように建ち並んでいた。

「なるほど、この国には火山脈がなく、おそらく地震《じしん》も少ないのでこうした石造りの高い建物を建てることができるのでしょう」

「うむ、たしかに石でできた建物が多いですな」

日本で、「寅《とら》の大変《たいへん》」と恐れられた安政南海地震《あんせいなんかいじしん》が起こったのは六年前、安政元年（一八五四年）のことだった。鼎たちが長崎海軍伝習所へと向けて出発した直後のことで、その激しい揺《ゆ》れに直面したわけではなかったが、後に、駿河《するが》や江戸で目の当たりにした被害の大きさは鮮烈《せんれつ》に記憶に残っている。それだけに、日本において、石造りで、高さのある建築物を建てることなど不可能だと感じていた。

「あのときは、ポーハタン号が浦賀に来航した時期と重なったこともあって、〝黒船がやってきたから大地震が起きたのだ〟という風評が広まりましたな」

玉虫がベッドの上を押さえたり、下を覗《のぞ》き込《こ》んだりしながら言った。

「ああ、そんなこともありました。今思えば、ペリー提督《ていとく》もあらぬ濡《ぬ》れ衣《ぎぬ》を着せられ、とんだ災難だったでしょう」

鼎も幾度《いくど》となくそんな噂《うわさ》を耳にしたものだった。そこに木村が、新たな話題を提供した。

「そういえば先ほど、ホーテールの下男に聞いたのですが、こちらでは本来、土人はもちろん、支那人《しなじん》なども宿泊《しゅくはく》させないことになっているそうです」

木村の発言に、小出が誇《ほこ》らしげな顔で言葉をかぶせた。

「ところが今回は、日本人の来訪を重んじて、特別に部屋を提供したそうです。建物の屋根には星条旗だけでなく日の丸も掲《かか》げてありましたが、それだけ我々を歓迎してくれているという証《あかし》でしょう」

そのとき、部屋の奥にある扉の向こうから、玉虫の素《す》っ頓狂《とんきょう》な声が飛び込んだ。

「なんと、この鳥の頭のようなものをひねると、熱い湯が出て参りましたぞ。おっ、こっちの頭をひねると冷たい水だ」

鼎と木村もすぐに玉虫のもとへ近寄り、その構造を懸命《けんめい》に観察する。

「ほほう、この壁の奥に銅の筒《つつ》が仕込まれており、各部屋に通じておるのですな。その筒の中に蒸気仕掛《じょうきじか》けで湯や水が送られる……。なるほど、こうした仕掛けが家屋ごとにあれば、水屋から飲み水を買う必要もなく、井戸から汲み上げる手間もいらぬ」

洗面台には白い磁器の水鉢が置かれ、その横には鶏卵《けいらん》のような形をした石鹼《せっけん》と白い手拭《てぬぐ》いが置かれている。それを両手に包み込んで泡を立て、蛇口《じゃぐち》から出てくる水で手を洗ってみたところ、シャボンのよい香《かお》りが漂《ただよ》い、すっきりと汚《よご》れが落ちた。

鼎はふと、江戸で待つ春のことを思った。

このような仕掛けが自邸《じてい》の中にあれば、どれほど便利なことか……。

さらに一同を驚かせたのは、風呂桶《ふろおけ》の横にある厠《かわや》だった。

「なんと、この厠は糞便《ふんべん》が水で流される仕掛《しか》けになっておりますぞ」

木村が厠の天井からぶら下がっている鎖《くさり》を試しに引くと、突然、音を立てて水が流れ出した。

鼎はすぐさま野帳《やちょう》と矢立《やたて》を取り出すと、見たままを書き記した。

『厠は浴室のそばにある。便を受くるところは磁器の丸い鉢にて、底に穴を開け、蓋《ふた》を開閉すべくし、常にこの鉢の底に微温《びおん》なる湯を少し盛り置くなり。便を通じたる後、一方に鎖ありて、これを引けば、便汁《べんじゅう》、湯とともに出で去る。その鎖を離せば、底蓋再び閉じ、湯の溜《たま》ること元の如《ごと》し。かくの如くすれば、悉《ことごと》く流れ去りて、甚だ清潔なり。この液汁は、土中に溝《みぞ》を通じ、大河等に注ぐと見えたり。』

江戸では公衆の井戸等につながる上水道は完備されていたが、各戸の厠を水洗化し下水道で流すという概念《がいねん》はまだなかった。

夜になると部屋の中はガス灯で煌々《こうこう》と照らされた。ガスは石炭を燃焼させて発生させており、地下に埋設《まいせつ》した鉄製の筒《つつ》で市中に送り、各家屋に引かれているのだという。蠟燭《ろうそく》や油に頼る日本と比べれば、費用も少なくて済む。何より、これほど明るければ、夜でもどれほど多くの書物を読むことができるだろうか。

上下水道、ガス管など、地下の見えない部分まで完備されたアメリカの都市構造は、到着初日から日本人使節たちに、自国の生活文化の遅れを真正面から突き付けたのだった。

午後四時。アメリカ政府の世話役から夕食の案内があった。

新見、村垣、小栗の三公の食事は各自の部屋へ運ばれるが、従者以下の者は、ホテルの一階から階段を少し下りたところにある大食堂に用意ができているという。

向かったそこには、白布がかけられた幅の広い長テーブルが用意され、中央には薔薇《ばら》の花が飾られている。見上げれば、客室のそれよりさらに大きく豪華《ごうか》なシャンデリアがきらめいている。

「この白い袱紗《ふくさ》は、どのように使うのじゃ？」

「似たような小刀が、なぜいくつも並んでおるのだ……」

他人の所作を観察しながら、ひそひそ話す声があちこちから漏《も》れ聞《き》こえる。

シャンパンの蓋《ふた》が勢いよく音を立てて開けられると、目の前の透き通ったグラスに細かな泡を躍《おど》らせながら注ぎこまれた。

「うむ、これは冷たくて、旨《うま》い……」

ポーハタン号の上で、日曜日になるとアメリカ人水夫から振る舞われた「ビアー」という飲み物とはまた違う爽《さわ》やかな味わいが、それぞれの喉《のど》を通り過ぎていく。

スープの次に運ばれてきたのは、ストライプドバスという鱸《すずき》の一種の焼き物だ。しかし、テーブルには箸《はし》らしきものはない。

「佐野さん、この、熊手のようなもので肉を押さえ、右手で刀を持って切ればよいのですな」

「熊手、ですか。言い得て妙《みょう》ですな」

木村の言葉に、笑いを堪《こら》えて鼎は頷《うなず》いた。

ハムとキャベツ、マトンの足のケイパーソース添え、スモークタン、チキンのクリームソース添え、牛肉の野菜巻き玉ねぎ添え、ローストビーフ……。いずれもウイラード・ホテルのオリジナルの白皿に盛りつけられ、各人の目の前に運ばれる。到着初日ということもあり、ホテル側も日本人が好きな魚を中心に、焼き物や煮物など工夫して誂《あつら》えていることがわかった。その味はどれも日本人には淡白《たんぱく》に感じられ、誰もが醤油《しょうゆ》を欲したが、テーブルには塩と胡椒《こしょう》しかない。

その後も、テンダロインステーキのグレービーソース掛け、ラムのカツレツ、若鶏の照り焼き、ラム肩肉の詰《つ》め物《もの》トマトソース煮、タラとじゃがいもの焼き物ノルマン仕立て、仔牛《こうし》の頭と足の蒸し煮ピクテアンソース、ひな鳩の照り焼き、鶏肉入りパイ薬味野菜のソテー風味バージニア風、マトンのシチュー野菜添えスパニッシュソース、焼いたマカロニとチーズイタリア風仕立て、白大豆のシチュー、砂糖添えフリッター、ニシンの白子グラタン、グリンピースマッシュポテト、赤カブの酢漬《すづ》け……。使節団の誰の目にも初となる、ソースのかかった料理が、これでもかというほど振る舞われた。

デザートには、グースベリーパイ、ピーチパイ、ライスプディング、バニラアイスクリーム、スポンジケーキなど数種の菓子《かし》が用意され、さらに、オレンジ、レーズン、アーモンドなどの果物や木の実も、皿に美しく盛《も》り込《こ》まれてテーブルの上を彩《いろど》った。

西洋料理にはどれもバター、小麦粉、牛乳、チーズなどが使われ、その匂《にお》いがどうも受け入れられないという者も多かったが、鼎は最後に出されたバニラのアイスクリームが、ことのほか気に入った。ホテルには氷室《ひむろ》が備えてあり、冷菓《れいか》が年中提供できるという。アイスクリームに心を奪われたのは、ほかの使節たちも同じようで、部屋に戻ってからも、

「あんなに冷たくて旨《うま》いものがこの世にあるとは……」

その話題で持ちきりだった。

使節一行がワシントンに到着して四日目、新見、村垣、小栗の三使と高官らは、いよいよアメリカ大統領に謁見《えっけん》し、国書を奉呈《ほうてい》することとなった。

アメリカ到着後、初の公式行事ということもあり、三使は「狩衣《かりぎぬ》」を、外国奉行支配組頭の成《なる》瀬《せ》正典《まさおき》と勘定組頭の森田《もりた》清行《きよゆき》は「布衣《ほうい》」を、調役《しらべやく》から徒目付《かちめつけ》までは「素襖《すおう》」に「烏帽子《えぼし》」という正装で、それぞれに供を従えて馬車に分乗する。

続いて下級の従者たちは、野袴《のばかま》や裁着袴《たっつけばかま》を着用し、ホテルから大統領の居宅であるホワイトハウスまで、約二分の一マイル（約八百メートル）の道のりを進んだ。

鼎をはじめ西洋砲術《せいようほうじゅつ》を究める者たちは、アメリカの軍隊による警備の厳重さと規律正しさに目を奪われた。最前列にはグレーで統一された羅紗《らしゃ》の軍服を着た兵隊が数十人、左右には小砲隊《しょうほうたい》が五、六十人整列している。鮮《あざ》やかな紅色の服を身に着けた軍楽隊は、騎馬隊《きばたい》に続きリズミカルな行進曲を奏で、その前後には歩兵の指揮官が剣を振り振り行進している。

西洋砲術とは、鉄砲や大砲、火薬を扱《あつか》う技術だけを指すのではない。西洋式の兵法、つまり複数の兵隊を自在に動かすための号令のかけ方や指揮系統などすべてを熟知し、運用できることを指す。これまで鼎は、兵法関連の洋書を翻訳《ほんやく》するなど、知識を書物に頼ってきた部分が大きかったが、実際に一糸乱れぬ異国の軍隊の動きを見る機会は、何よりの学びとなった。

程なくホワイトハウスに到着した。石造りの白い建物の前には、日本の城に見られるような濠《ほり》もなければ石垣《いしがき》もない。

『これが、アメリカという大国の主の住まいなのか……』

一同の驚きを他所《よそ》に、馬車はそのまま簡易な門をくぐり、敷地内へと入っていった。

建物の中へ足を踏み入れると、床《ゆか》には花毛氈《はなもうせん》が敷《し》き詰《つ》められ、硝子《ガラス》の窓には真っ白なレースのカーテンがかけられている。そこから差し込む光に反射して天井のシャンデリアが輝きを放っていた。

緊張《きんちょう》の面持《おもも》ちで深々と一礼する使節らをにこやかに迎えたのは、アメリカ建国以来十五人目の大統領であるジェームズ・ブキャナンであった。六十九歳と高齢《こうれい》ではあるが、三年前、民衆による入れ札（投票）で大統領に選出されたのだという。

日本で天皇や将軍が行動するときには先払《さきばら》いの者が周囲に声を掛け、無礼のないよう戒《いまし》め、周囲の者も深く頭を下げて迎えるものだ。ところがアメリカの大統領は、そのような威厳《いげん》はまったく見せず、着衣も周囲を取り巻く文官や武官たちとほとんど変わりがない。唯一《ゆいいつ》の違いは、両肩につけられたエポレットと呼ばれる金色の房《ふさ》と上着の袖《そで》の筋の本数だろうか。

大国の頂点に立つ大統領が、家来らしき者たちのすぐ傍《そば》で、ごく普通に振る舞っている。日本人使節たちにとって、それは信じ難い光景だった。大統領の地位が、日本の天皇や将軍のように世襲制《せしゅうせい》で引《ひ》き継《つ》がれるものでないということは、ウッド牧師から聞き及んではいた。任期は四年、その後は再び入れ札という方法で別人を選出する。もし、ほかに選ぶべき人物がいない場合、前任者が再び選出されることもあるというが、それも二回までと決められている。何より、このような公式の場に、大統領や高官の妻など、女性がきらびやかな衣装をまとって参列しているとはいったいどういうことなのか——。すべてが不思議でならなかった。

ホワイトハウスの中で感じたおおらかな雰囲気《ふんいき》は、生まれたときから下級に身を置く従者らの心に知らぬ間に風穴を開けていた。

夕方、ホテルに戻った鼎は、いつものように玉虫、木村、小出、素毛らと部屋の絨毯《じゅうたん》の上で自然と車座になっていた。

「アメリカには天子も国王も存在せず、国民の望みに適《かな》う者が選ばれる。すべての国民が入れ札をし、その数の多かった者が選出される……。ブキャナン大統領のお姿を拝見し、その意味が少しばかり理解できたような気がします」

「徳と人望があり、国をよくする策があれば、家柄《いえがら》や身分は関係なく国をまとめる地位に就くことができる。国の仕組みが、我が方とはあまりに違いすぎているということですな……」

ここに集う者は皆、互いに厳しい身分制度の中で辛酸《しんさん》を嘗《な》め尽《つ》くしてきた。それだけに、アメリカの選挙制度には、何か言い知れぬ希望のようなものを見出していた。

翌日、駐日アメリカ公使ハリスの甥《おい》が、三使に面会するためウイラード・ホテルを来訪した。このとき、日本でオランダ人将官が殺害されたという驚くべきニュースが使節たちに伝えられた。オランダ側は、「この恨《うら》み、けっして忘れることなく報復すべし」と怒《いか》り心頭《しんとう》に発したという。

遠い祖国、日本では、使節たちの高揚《こうよう》する気分とは裏腹に、「異国を打ち払え」という過激とも言える攘夷《じょうい》の風が吹き荒れ始めていた。

ホテルには連日ワシントンの市民たちが、ひっきりなしに訪れた。

日本人が閉口したのは〝握手《あくしゅ》〟と〝キッス〟の習慣だ。彼《か》の国《くに》の挨拶《あいさつ》であると頭では理解していても、これればかりはどうにも馴染《なじ》めない。

そんな日が数日続いた後の四月二日。従者たちにもワシントン市内を自由に散策することが許された。アメリカ政府が差し向けた案内人が、ぜひお連れしたい場所があると訪ねてきたのだ。

「では、今日は五年前に完成した、Smithsonian Institution からご案内しましょう」

「スミソニアン・インスチ、チューション？　それはいったい、どのような……」

英語に馴染《なじ》んできた鼎や小出にも、この単語は理解しかねた。

「言葉で説明するのは難しいです。ともかく行ってみましょう」

案内人はそう告げると、鼎、玉虫、木村、小出、素毛ら従者の一団をホテルの外へ連れ出した。目指す目的地は、ウイラード・ホテルから十町（約一キロメートル）ばかりだという。

ワシントンの中心地には街路樹がゆったりとした間隔《かんかく》で植えられ、小鳥やリスの姿があった。

その通りをしばらく歩くと、大名屋敷《だいみょうやしき》の庭園のように美しく整えられた生《い》け垣《がき》が見えてきた。正面の奥には、明らかに市内の人家とは形の違う、背の高い塔を有した赤い煉瓦造《れんがづく》りの建物が建ち、手入れされた庭には真紅の薔薇《ばら》の花が咲《さ》き誇《ほこ》っている。

中に入ると、白い壁にはアメリカの歴史や風俗《ふうぞく》を記した年表や世界各国の偉人《いじん》たちの肖像画《しょうぞうが》が掲《かか》げられ、歴代大統領の毛髪まで陳列《ちんれつ》されている。さらに奥の広い室内へと進むと、多数の硝子《ガラス》でできたケースが設置され、その中にはおびただしい数の虫や動物の標本が入れられていた。

「いったい、ここは何を為《な》すところなのか。見世物小屋とはどうも趣《おもむき》が違うようだが……」

あたりには、鳥や獣の、生きていたときさながらの剝製《はくせい》が飾られている。虎《とら》は大きな口を開け、牙《きば》を剝《む》いてこちらを睨んでいる。魚や蛇《へび》、ヤモリ、カエルなど水中の動物は、アルコールの詰《つ》まった瓶《びん》の中に漬《つ》けられ、トドやアザラシなどは乾燥《かんそう》された状態で並べられていた。一同はどう受け止めればよいのかさえわからず、展示物を観察しながら歩みを進める。

「おお、これは先頃、我が方からペリー提督《ていとく》に贈《おく》った無紋《むもん》の熨斗《のし》目ではないか」

「婦人用の打《う》ち掛《か》け、白無垢《しろむく》の下着もあるぞ」

生物が居並んだ空間の奥には、懐《なつ》かしい日本の品々が鎮座《ちんざ》している。玉虫と素毛は興味深そうに見回し、木村も別の棚《たな》に飾られた長刀や白鞘《しらさや》の新刀といった刀剣類《とうけんるい》に目を凝《こ》らしていた。しかし鼎は、展示されている物が、日本刀のように工芸品としての価値が見出せる品物ばかりではない点に惹《ひ》かれていた。耕作に使う鍬《くわ》や鋤《すき》といった農器具の類まで並べられているのだ。

「これは驚いた。日本のものだけでもこれだけあるということは、アメリカがこれまでに通商していた他国の物品についても、言うに及ばずですな」

「まさに、佐野さんがおっしゃる通りだ。ここに足を運ぶだけで、現地へ行かずとも世界中の宝物から風俗《ふうぞく》まで、さまざまなものをこの目で見ることができるわけですね」

木村も目を輝かせながら、いつものように写生に余念がない。

と、次の硝子《ガラス》ケースを覗《のぞ》き込《こ》んだ玉虫が、声を上げ、顔をしかめた。

「これは、なんと……人の干物ではないか」

茶褐色《ちゃかっしょく》に変色したミイラが、子供のものを含め三体並んで横たわっている。

「うむ、まだ肉や髪《かみ》も残っている。このようなものを人目にさらすとは、いったい何のために」

驚く玉虫の横で、鼎はその横に掲《かか》げられている英文の解説文に目を通した。

「この死骸《しがい》は、今から千年も前のものだと書いてありますぞ」

「千年も？」

「おそらく、当時の埋葬《まいそう》の仕方などについて教示しようとしているのではないでしょうか」

一行はさらに奥へと進み、今度は天井の高い部屋に通された。

「おお、これはエレキテルの機械ではないか。これほど数多く並んでいるとは……」

鼎は声を上げ、目の前に陳列《ちんれつ》されている機械の数々に思わず見入った。

「ご興味がおありのようですね。では、ひとつ実験を……」

案内人がそう言い、室内が暗くなったかと思うと、突然、稲妻《いなずま》のような閃光《せんこう》が走った。その場にいた者たちが思わず驚嘆《きょうたん》の声を上げる。閃光に驚きつつも、鼎が建物に入ってからずっと疑問に感じていたのは、この場所が持つ意味について、であった。

「万国の珍しい品々が実に数多く集まっていますが、いったい、ここは……」

尋ねられた案内人は、大きく頷《うなず》いて答えた。

「はい、Smithsonian Institution は、イギリス人のジェームズ・スミソンという方が、『知識の向上と普及《ふきゅう》のために使ってほしい』と、全財産を寄付され、それを基金として作られたのです」

「知識の向上と、普及のため」

「そうです。ここに来れば、さまざまな動植物、科学、歴史、芸術、文化に触《ふ》れることができ、誰もが多くのことを学ぶことができます」

「数多く収集した万国の物品を市井《しせい》の民に見せて、その識見を広めようと、そういうことでしょうか」

「そうです。とくに子供たちにとって、こうしたものを実際に見て、考えるということは、何物にも代え難い学びの場となるのです」

末端の民や子供たちが識見を広めて、果たしてそれが何の役に立つのだろうか——。

鼎と小出は一行の中でも英語がある程度聞き取れる語学力があったが、それでも案内人の言葉の意味をその場で理解することができず、しばし顔を見合わせた。

ワシントン滞在《たいざい》も残すところわずか数日となったある日、アメリカ側の案内人は貧院へも案内したいという。さまざまな理由で生活が立ち行かなくなった困窮者《こんきゅうしゃ》は、どこの国にも存在するようだ。

案内されたそこは市の東部にあり、想像とは違って非常に清潔な建物だった。

「ここには、失業したり、病気などで身体を悪くしたりした人たちを収容しています。とはいえ、貧院は、ただ施《ほどこ》すためだけにあるのではありません。彼らはここで暮らしながら、あくまでも仕事に就くまでの間、国から衣食住のサービスを受けるのです」

「貧しい者たちを、国が」

「そうです。働ける者が再び働けるようにするのです」

一行は説明に頷《うなず》きながら、貧院の内部を見て回った。

「隣《となり》に見える建物は、孤児院《こじいん》です」

「みなし児《ご》を集めているのですか」

「はい。幼くして父母を亡くした子供たちがこの施設で暮らしています。ここで養育され、教育も受けるのです」

そこには、乳幼児から十五歳には達していないと見られる元服前の子供たちが暮らしていた。彼らを養育するのは年配の婦人たちで、読み書きなどの教育も行われているという。失業や病、親との死別など、自身ではどうすることもできない事情を抱《かか》え、社会の中で弱い立場におかれた者たち。彼らを蔑《さげす》むのではなく、国が分《わ》け隔《へだ》てなく保護し、職業訓練や教育まで施している。

この夜、ホテルに戻った鼎は、突き動かされるように日誌に思いを書き留めた。

『この府の東方に貧院あり。貧者皆これに入りてそれぞれの業をなすこととす。ゆえに市中に乞《こ》食《じき》を見ざるなり。またその近傍《きんぼう》に幼院あり。幼くして父母を失う者皆この院に在るなり。幼者を介抱するは、年老いたる婦人なり。その数人、院中に居て教育することを掌《つかさど》る。』

鼎は今日見たことを、ぜひ藩主に報告したいと思った。貧民や孤児への対応は、日本一の大藩として見習うべきものが大いにある——そう感じていた。

四月二十日、午前八時。一行は必要な荷物を荷馬車に積み込むと、ウイラード・ホテルを後にした。一ヵ月近くも滞在すれば、言葉は通じなくとも、その土地に自然と馴染《なじ》むものだ。「意地でもメリケンの言葉などしゃべるものか」と頑《かたく》なだった一部の随員《ずいいん》たちでさえも、見送りに来たアメリカ人たちに手を振りながら、「ぐっどばい、ぐっどばい」と、別れを惜《お》しんだ。

ワシントン滞在中、日本人使節一行は実にさまざまな施設を見学することができた。パテント・オフィス（特許庁）、国会議事堂、孤児院《こじいん》、刑務所《けいむしょ》。なかでも鼎にとって意義深かったのは、海軍関係の機械を製造している海軍造船所（工廠《こうしょう》）だ。ここで、司令官からプレゼントされた著書『ボート・アーマメント（軍艦用兵器）』という書物には、ボート・ホイッスル砲《ほう》（艦載用の小型榴弾砲《りゅうだんほう》）の製造から発射試験、弾丸の製造法、またそれを直ちに野戦砲として運用する方法などが詳細《しょうさい》に記されており、鼎にとっては何物にも代え難い、貴重な一冊となった。

翌四月二十一日午後四時頃。日本人使節の一行がフィラデルフィア駅に降り立つと、歩兵四隊が右側に整列し、続いて砲隊《ほうたい》、騎兵隊《きへいたい》も整然と並んでいた。「アメリカの京都」とも称《しょう》されるフィラデルフィアは、古代ギリシャ語で「兄弟愛の街」を意味するのだという。一七九〇年からの十年間は、アメリカ合衆国の首都でもあった。そして、ウッド牧師から贈《おく》られた『フランクリン自伝』の著者である、ベンジャミン・フランクリンゆかりの地でもある。

チェスナット街にあるコンチネンタル・ホテルで一日目の朝を迎えた一行は、早速、近場の散策に出掛けることにした。

ここに到着したときから気になっていたのは、ホテルの真正面にあるフィラデルフィア最大の時計店だ。重厚な五階建てビルの各フロアには、数百種類の歯車式時計や大中小のさまざまな懐《かい》中時計《ちゅうどけい》が整然と陳列《ちんれつ》され、機械ものに目がない鼎や小出、川崎《かわさき》らの目を釘付《くぎづ》けにした。

もっとも高価なものは内部の機械にプラチナが用いられ、歯車が磨滅《まめつ》しないため、数十年の間、寸分たりとも狂《くる》いなく時を刻むという。また航海用の時計は、ロンドンの正午に合わせると、どこに行こうとも、どれだけの距離を航海したかが正しく測れるという逸品《いっぴん》で、百ドルを下らなかった。

時計店の次に立ち寄ったのは、航海用の書籍や用品を売る専門店だ。あらゆる国の海岸や暗《あん》礁《しょう》、砂州、潮の満ち引きや海の深浅を測量した海図、測量機械など、航海術に関するいっさいの物品が売られている。日本列島の海岸や港を詳細《しょうさい》に測量した海図も十数枚揃《そろ》っていた。

「これほど仔細《しさい》な海図を……。いったい、いつの間に」

鼎と小出は驚いて目を合わせる。大型艦船の場合、ひとつ間違えば座礁の危険がある。そのため異国の港に入港する際は、緯度《いど》経度を慎重《しんちょう》に測定し、海図と照らし合わせて航路を探る。鼎はその海図を翻刻《ほんこく》し、日本でも役立てたいと思ったが、あまりに高価だったため購入を諦《あきら》めざるを得なかった。

午後からは、アメリカの案内人に頼み、ベンジャミン・フランクリンが私財を投じて作ったという学校や施設を見学することになった。最初に訪れたのは、市の中央に位置するペンシルベニア大学だ。案内人は誇《ほこ》らしげな口調で説明を始めた。

「この大学は、今から百二十年前、一七四〇年にベンジャミン・フランクリン氏によって作られた学校で、当時は『フィラデルフィア・アカデミー』という名称でした」

百年の歴史が刻まれた煉瓦造《れんがづく》りの建物は、落ち着いた佇《たたず》まいを見せている。

鼎が生まれるより百二十五年ほど前の一七〇六年、貧しい蠟燭《ろうそく》職人の家に十五番目の子供として生まれたフランクリンは、十歳で学校を終えると印刷工として働き始め、印刷業で成功を収めて政界に進出した。

政治家として活躍《かつやく》する一方、発明家としての顔も持ち合わせていた彼は、凧《たこ》を使った実験で雷が電気であることを突き止め、避雷針《ひらいしん》を発明し、さらに莫大《ばくだい》な富を築いた。しかし生涯《しょうがい》、財を蓄《たくわ》えることに価値を見出すことはなく、「社会貢献《しゃかいこうけん》」という理想を掲《かか》げ、アメリカ独立宣言の起草を行ったほか、私財を擲《なげう》って「教育」という〝無形の遺産〟を後世に残したのだった。

「敷地内にはアメリカで初めての医学部である『メディセ学館』をはじめ、万有理学、博物学、測量など、さまざまな学問を行う学部があります。学館には総裁が一名、教官が数十名おりますが、教育のカリキュラムには雛形《ひながた》があり、授業の質にばらつきが出ないよう工夫されています」

「なるほど、それは実に精密で懇切丁寧《こんせつていねい》な指導方法ですね」

「このほか、生徒の年齢《ねんれい》やレベルに応じて、プライマリー・スクール、セカンドリー・スクール、グラマー・スクールに振り分け、授業を行っています。プライマリー・スクールには三、四歳から入学させ、文字を学ばせるのです」

「なんと、三歳から文字を」

プライマリー・スクール、つまり初等教育を施《ほどこ》す学館といった意味であろう。鼎は案内人の説明に相槌《あいづち》を打ちながら、すべてを漏《も》らさず帳面に書き留める。

「幼い子供の能力というのはたいしたもので、事実、子供は生まれてからわずかな時間でこの世に言語があることを知り、三歳になれば言葉を話します」

「その通りですな。我々が懸命《けんめい》に学んでもなかなか話せない英語を、生まれて数年しか経っていないアメリカの幼き子供たちはすらすらと話している……」

「それはどこの国でも同じでしょう。教育は、いつ始めても早すぎるということはないのです。

幼い子供たちはまずここで算数や地理などを教わり、プライマリー・スクールを修了したら、セカンドリー・スクール、次に大学校に入るまでの生徒を教えるグラマー・スクールに進みます。そして最終的にアカデミー、つまり大学へ進み、それぞれに専門性の高い学問を身に付けるわけです」

大学の構内は緑豊かで、環境《かんきょう》のよい広々とした庭が整備されている。そこに学ぶ生徒たちの表情は明るく、自由を謳歌《おうか》しながら学問に打ち込める幸せが滲《にじ》み出《で》ていた。

「こちらの建物がライブラリーです。ここに収められた蔵書は、学生たちが自由に借りて読むことができるのです」

そこには、天井から床《ゆか》まで大きな本棚が何列も並び、各棚にはさまざまな書籍がぎっしりと収められていた。鼎はこの空間の迫力に圧倒されるのと同時に、そこに満ちた書籍が持つ特有の香《かお》りに、自身の貪欲《どんよく》な知への欲求を掻《か》き立《た》てられていた。

「この建物の中には、一万五千冊の本が収蔵されています。そのうちフランクリン氏が自ら記した叢書が百四十八冊あり、多くの脚注《きゃくちゅう》によって論評が加えられています。別の場所にもライブラリーがありますから、合わせれば六万冊にはなるでしょう。間違いなく、アメリカで最大です。フランクリン氏が残してくださったおかげで、多くの庶民《しょみん》が学ぶ機会に恵まれているのです。氏の功績を称賛《しょうさん》し、敬う市民は数多く、まさに親のように尊敬されているのです」

鼎は説明を聞きながら、身分も男女差も年齢《ねんれい》も関係なく、子供から大人までが嬉々《きき》としてこうした空間で学ぶ姿を想像していた。我が日本で、それができるのだろうか――。母国の現実に思いを致せば致すほど、フランクリンの信念と生き様に憧憬《しょうけい》の念を募《つの》らせた。

「その昔、学校といえば、聖職者を養成する教場でした。しかし、フランクリン氏は、世の中に出て商業や公務などに役立つ実用的な高等教育の必要性を唱え、我が国では初の〝リベラル・アーツ・カリキュラム〟を理念とされて、この学校を創られたのです」

「リベラル・アーツとは、いったい、どのような……」

「基礎的《きそてき》な教養を身に付けてから、専門的な学問に進む。それによって、世の中のために活躍《かつやく》する人材を育成すると、まあ、そのような考え方です。この考え方の源流をみると、古代ギリシャにまでさかのぼります。一般的な教養をしっかりと身に付けることで、人は自由になれる。はるか昔から存在した考え方です」

フランクリン逝去《せいきょ》から七十年、死してなお生き続けるその信念に触《ふ》れた鼎は、「つまりは、人を仕立てるためにはまず、基礎的な教育が肝要《かんよう》」という一点が胸に落ちた。鼎はこの日の日誌に、こう綴《つづ》っている。

『かくのごとく、文明の郷なるは、偏《ひとえ》に古賢《こけん》フランキリン氏の功績によるというべし。フランキリン氏はその人となり仁愛厚く、生徒を教育するに倦怠《けんたい》の状なし。故にその門下、芸能に秀《ひい》づる者頗《すこぶ》る多しという。その学びは古今を貫《つらぬ》きて博《ひろ》く百芸に達し、文物・器械細大遺すところなし。

実に希世の大賢なり。今に至るまで其《そ》の功徳を称賛恭敬《しょうさんきょうけい》すること父母の如《ごと》しとかや。』

フィラデルフィアに滞在した一週間のうちに、一行は一風変わった体験もすることとなった。「フィラデルフィア・チェス・クラブ」のたっての希望で、チェス好きのアメリカ人の前で将棋《しょうぎ》の対局を披露《ひろう》したのだ。

使節団の中でもっとも将棋の腕が立つ鼎は、チェス・クラブのメンバーが用意した紙の上にペンで線を引き、にわか作りの盤面《ばんめん》を作ると、やはり将棋好きの土佐藩士、山田馬次郎《やまだうまじろう》と一局指しながら、ルールを英語で説明した。鼎の「王手！」の声に、メンバーからは歓声と拍手が湧《わ》き上《あ》がった。

将棋の次はチェスの勝負が披露され、サムライたちとチェス・クラブのメンバーはすっかり意気投合し、打ち解けた。

国が変わっても、人の嗜好《しこう》や楽しみ方は何も変わらない。

思わぬ異文化交流でアメリカ人と親しく触《ふ》れ合《あ》うたびに、鼎はふと、自身が異国の攻撃から自藩を守る「海防」という責務を担っていることを見失いそうになるのだった。

幕府にとって、今回の使節団派遣《はけん》の〝真の目的〟は、まさにこの地、フィラデルフィアにあったと言っても過言ではなかった。大老井伊直弼《いいなおすけ》は、財政に明るい小栗上野介に、日米両国の通貨の交換比率《こうかんひりつ》を是正《ぜせい》するよう命じていたのだ。

滞在六日目、小栗、新見、村垣の三使と、勘定方の役付が日米の貨幣価値を比較《ひかく》するため造幣《ぞうへい》局《きょく》に出向くことになっていた。それを聞きつけた玉虫と木村は、鼎の部屋へやってくるなり、

「佐野さん、本日、お奉行たちは『金銀舗《きんぎんほ》』なるところへ出向かれているそうですが、よほど大きな問題があってのことなのでしょうか。何が目的なのか、どうも、よくわからぬのです」

「聞くところによれば、我が方の小判とアメリカの銀貨を溶《と》かして、値打ちを比べるとか？」

こう、矢継《やつ》ぎ早《ばや》に質問を浴びせてきた。鼎は説明を始めた。

「日本の小判とアメリカが使っている銀貨を交換するにあたり、比率にかなりの差があるようなのです。現状ではアメリカ側が有利になっているので、お奉行方はそれを是正し、公平に取引ができるようになさるおつもりなのです」

「それほど不利な状況に置かれているのですか」

「現状を一言で言えば、アメリカ人は日本でドルを交換するだけで、その金を三倍に増やすことができると聞きます」

「なんと、交換するだけで三倍に……」

玉虫は声を上げた。

「ポーハタン号で横浜に停泊した折、アメリカ人の水夫たちが競うようにしてドルを一分銀《いちぶぎん》や小判に換えていたのを覚えておられますか。あの行いによって、日本の金が大量に異国へ流出する

ことになるのです」

鼎はそう言いながら、アメリカの通貨であるメキシコドル銀貨を懐《ふところ》から四枚取り出した。

「よろしいですか、ここに一ドル銀貨があります。一ドルは日本で交換《こうかん》すると一分銀が三枚。ここには四ドルありますから、これで銀十二分と交換できることになります」

次に鼎は、金の一両小判を二人の目の前に置いた。

「日本では、一両小判は四分。つまり、四ドルあれば、日本の小判三枚（＝十二分銀）と交換できるわけです。しかし……」

玉虫と木村は、興味深そうに身を乗り出す。

「日本の小判は非常に品質がよく、金の含有量《がんゆうりょう》が多いので、これをアメリカに持ち帰れば、四ドルで交換した三枚の小判が、なんと十二ドルで売れるのです」

「なんと……」

「なるほど、それで三倍に」

玉虫と木村は納得したように頷《うなず》いた。

「要するに、アメリカ人が自国でドルを使って物品を買うときは、我が国なら一分銀一枚あれば買える程度の品物を、一ドルで買うということになります」

「つまり、アメリカの貨幣の価値が低く、我が国の貨幣の価値が高いということでしょうか」

「木村さんのおっしゃる通りです。アメリカ人は価値の低い貨幣を使って我が国の貿易港で物品を購入するので、我が国においては損失著しく、近い将来、日本の庶民《しょみん》は疲弊《ひへい》するであろうと……。そこで幕府は、ここでなんとか改めようとされているのですが、内々に話を聞いたところ、これを理由に港を閉ざすのは、大変困難であろうということなのです」

この日、午前九時に造幣局《ぞうへいきょく》に出向いた小栗たちの交渉は、事前の予想通り難航を極めた。

「通貨の欠片《かけら》を溶かしただけでは正確に分析《ぶんせき》できない、どれだけ時間がかかってもよいので丸ごと溶かして調べてほしい」

頑《がん》としてその主張を譲《ゆず》らなかった小栗たちは、昼食時もホテルには戻らず、従者に飯と魚を届けさせ、午後六時までその場にとどまって分析結果を見届けた。ドル金貨にはわずかな銀しか含まれていないが、日本の小判には金のほかに多量の銀が含まれている――。そのことを摑《つか》んでいると明言はせずとも、暗黙《あんもく》の抗議《こうぎ》を行っていたのだ。

結局、アメリカ側は申し入れを受け入れ、金以外の金属の含有量《がんゆうりょう》についても、すべて分析に応じることとなった。長時間の分析の結果、三十五・六セントとして換算《かんさん》されている一分銀が実際には八十九セントに相当すること、つまり交換比率《こうかんひりつ》に大きな不公平が存在することをアメリカ側に確認させたのだった。

小栗は造幣局長官に感謝の意を述べると、毅然《きぜん》とした態度で、今後は「九十セント＝一分」として適正な交換を行うべきだと主張した。この訪問中の正式合意には至らなかったものの、アメリカ側は日本側の主張の正当性を認めたのである。

小栗らが造幣局《ぞうへいきょく》での通貨分析《ぶんせき》に奔走《ほんそう》している間、玉虫、木村、素毛らは、バルーン（気球）なるものがワシントンから八十五里（約三百三十キロメートル）も離れたニューヨークまで飛行するということを聞きつけ、見学に出掛けていた。一同はホテルに戻ってからも興奮冷めやらぬ様子で、思い思いに絵を描《か》きながら話に花を咲《さ》かせた。

小出などは、気球見学のあとに百貨店で買い求めたという黒い蝙蝠傘《こうもりがさ》を広げてご満悦《まんえつ》だった。

「サンフランシスコで勝さんや福沢さんが何本も買われていたので、私もぜひにと思っておったのです。一本は郷《さと》の母への土産にしようと」

「小出さんは親孝行ですな。おお、なるほど、これはなかなかよい」

玉虫は傘を開いたり閉じたりしながら、うらやましそうに言う。

「そういえば七年前、ペリー提督《ていとく》が浦賀に来航された折、私は初めてアメリカの傘を見ました。真っ黒い傘が開いているさまは、まさに蝙蝠の羽のように見えたものです」

鼎も懐《なつ》かしそうに振り返る。

「長崎でも蝙蝠傘は売っておりましたが、何しろ高くてとても手が出ませんでした。しかし、さすが本国に来れば安いものですな」

小出は土産物を褒《ほ》められ、満面の笑みを浮かべる。木村も、こう続けた。

「小栗どのも蝙蝠傘をご所望とのことでしたので、昨日、私がまとめて買いに参りました。軽くて簡単には破れず、お気に召しておられました」

「拙者《せっしゃ》もぜひ買って帰りたいので、木村さん、明日その店を教えてくださらぬか」

「承知しました。それにしても、玉虫さんも随分《ずいぶん》変わられましたな。日本を発《た》ったときには、メリケンのものなど断じて受け入れないと息巻いておられたのに」

「いや、まあ、人の心というのは移り変わるのが常というもの……」

一同は声を上げて笑う。たしかに、異国嫌《いこくぎら》いだった玉虫は変わった。玉虫だけではない。渡米したというのにアメリカ人を「夷狄《いてき》」と称し、あからさまに敵意をむき出しにしていた者が少なくなかったが、近頃ではすっかり態度が変わり、異国の人、文化と打ち解けている。

「しかし、日本に戻ったら蝙蝠傘《こうもりがさ》など、おいそれとは差せぬでしょう。福沢さんも、『これを差して江戸の町を歩こうものなら、すぐに攘夷派《じょういは》に殺されてしまう』とおっしゃっていましたが、もはや笑い事ではない。まあ、くれぐれもお気をつけを」

そんな話をしているとき、通詞《つうじ》の名村が硬《かた》い面持《おもも》ちで鼎らの部屋を訪ねてきた。手にはアメリカのニュースペーパーが握《にぎ》られている。

「江戸で騒擾《そうじょう》が……」

「騒擾とは……、何があったのですか」

「これをご覧ください。雛《ひな》の節句の日に、大老が……」

「井伊どのがどうかなされたのか」

鼎と小出は、名村から手渡された六月十一日（西暦）の『NEW-YORK DAILY TRIBUNE』に目を通した。

「なんと……」

「先ほど、村垣どのにもご報告申し上げたのですが、いまだ事実か否かが判然とせぬため、口外は無用とのこと。しかし、このニウスペイパアだけは、貴殿《きでん》らにも目を通していただきたいと」

そこには、井伊直弼が江戸城桜田門《さくらだもん》で水戸藩の脱藩者《だっぱんしゃ》らによって暗殺されたという記事が載《の》っていた。二百六十年にわたって続いた江戸幕府は、ペリーの来航を機に足元が大きく揺《ゆ》らぎ始《はじ》めていた。鼎らのような下級の武士たちは傍観《ぼうかん》するほかなかったが、幕府の重鎮《じゅうちん》らの対立構造を一言で表せば、保守派の「紀州派」と、改革派の「一橋《ひとつばし》派」による骨肉の争いであった。

井伊を中心とする「紀州派」は、紀伊藩主徳川慶福《よしとみ》（後の十四代将軍・家茂《いえもち》）を次期将軍として擁立《ようりつ》しようと考えていた。一方、「一橋派」は、水戸藩前藩主徳川斉昭《なりあき》の七男である一橋慶喜《よしのぶ》の擁立を画策していた。

さらにこの対立には、アメリカとの通商条約の勅許《ちょっきょ》問題も深く絡《から》んでいく。攘夷論者《じょういろんしゃ》として知られる孝明天皇《こうめいてんのう》が、日米修好通商条約締結《ていけつ》に強く反対したにもかかわらず、幕府が強硬《きょうこう》に条約調印に踏み切ったことで、公家をはじめ一橋派や尊王攘夷派の志士らが強く反発した。一方、その動きを知った井伊直弼は、開国に反対する勢力を次々と粛清《しゅくせい》していった。これが「安政《あんせい》の大獄《たいごく》」である。

攘夷派《じょういは》の意見を押し切るかたちで結ばれたアメリカとの条約――まさに今回の遣米使節団《けんべいしせつだん》は、その条約批准書を交換するためにワシントンを訪れている。

仮に、大老暗殺が事実だとすれば、自分たちが江戸に帰り着く頃、幕府はどうなっているのだろうか。そして、大老の命を受けてアメリカへと派遣された自分たちを、祖国はどのように迎え入れるのだろうか……。

三日後、フィラデルフィアでは壮麗《そうれい》な大花火が打ち上げられた。それは、間もなくこの地を発《た》つ日本人使節たちへの餞《はなむけ》であった。江戸での騒擾《そうじょう》を知った使節らは不安な気持ちを押し殺しながら、数日後、カムデン・アンド・アンボイ鉄道の特別列車に乗り込んでフィラデルフィアを発ち、ニューヨークへと向かった。

六月十七日（西暦）、午後二時。一行が乗るアライダ号は、マンハッタン島の南に位置するキャッスル・ガーデンという小島の要塞《ようさい》の前に投錨《とうびょう》した。

そこにはアメリカの船はもちろん、世界各国の軍艦や商船が数多く停泊しており、街が見渡せないほどマストが林立している。陸上に降り立つと、日本人使節を歓迎する二十一発の礼砲が高らかに響いた。一行は用意されていた馬車に乗ると、ニューヨークで最も華やかなブロードウェイを一列縦隊で一直線に進んだ。両側には八千人の歩兵が一列になって一糸乱れぬ姿勢で護衛にあたっている。馬車とともに行進する騎兵隊の馬はどれも完璧に調練され、足並みに乱れがまったくない。鼎はその規律のよさに驚き、息を呑《の》んだ。そして、周囲を取り囲むニューヨーク市民の熱狂ぶりに圧倒されながら、馬車の上で素早くこう書き記した。

『市中の家屋は各戸商売を止め、日の丸の付きたる旗と米国の旗と並立せしめ、ウエルコム・チアッパネイズ・エムバッセイ（甚だ善き日本使節の到着といへる義なり）と大書し、男女老幼を論せず、各白き片布を振りて祝辞を唱ふ。その群衆、さながら江戸《えど》表《おもて》の山王権現《さんのうごんげん》、又は神田明神《かんだみょうじん》の祭礼のときに練りものを見学するがごとくにして、群衆はヒレドルヒヤ府に十倍す』

一行が熱烈な市民の歓迎を受けながら、ブロードウェイ街でもっとも壮麗《そうれい》なメトロポリタン・ホテルに到着したときには、すでに夕暮れ間近になっていた。

この日のニューヨーク市民の興奮の模様は、数日後、『The New York Times』紙に『THE ERRAND-BEARERS』（使命を帯びた者たち）という一編の詩となって発表された。作者は当時アメリカで一世を風靡していた詩人、ウォルト・ホイットマンだ。

この詩は後に、彼の代表的な詩集となる『草の葉』にも収められることとなった。

『西方の海を越えて、こちらへ日本から渡米した、謙譲にして、色浅黒く、腰に両刀を手挟んだ使節たちは、頭あらわに落ち着き払って、無蓋の四輪馬車の中に反りかえり、今日この日、マン

ハッタンの大路を乗りゆく。（中略）

壮麗なマンハッタンよ！　我が同胞のアメリカ人よ！　われわれの所へ、この時遂《つい》に東洋がやって来たのだ。

われわれの所へ、我々の都へ、広壮な大理石と鉄から成る新しい建物が両側に立ち並び、その間が通路となっている我らの都へ、今日この日、わが「対蹠《たいしょ》（＝正反対）の世界の住民」がやってきたのだ。（後略）』

ワシントンでの批准書交換《ひじゅんしょこうかん》、フィラデルフィアでの貨幣分析《かへいぶんせき》など、幕府から課せられた重要な使命を果たしていたこともあり、ニューヨークでは比較的《ひかくてき》自由な時間が与えられた。

鼎にとって幸運だったのは、メトロポリタン・ホテルのオーナーであるレイランド兄弟と親しくなれたことだった。彼らは大富豪《だいふごう》であり、なおかつ寛大《かんだい》で温厚な人柄《ひとがら》だった。

長兄のチャールズは軍人だったが、退役してから商人になったという経歴を持つ。使節団の中で、鼎がとりわけ西洋砲術《せいようほうじゅつ》や兵法に知悉《ちしつ》していることを知ると、親近感を抱《いだ》いたようで、顔を合わせるたびに、自身が大隊指揮官として戦ったトルコとロシアのクリミア戦争（一八五三〜五六年）の話を聞かせた。そして、折を見ては市内の案内を買って出てくれたのだ。

この日も朝から、チャールズが鼎の部屋を訪れていた。

「カナエ、今日はぜひあなたをお連れしたい場所があります。聾啞《ろうあ》の児童を教育する学校です」

「聾唖《ろうあ》の子供たちの学校？」

「はい。カナエは兵法に非常に詳《くわ》しいが、教育にも高い関心をお持ちだと伺《うかが》いました。先日、フィラデルフィアであなた方に会ったという者の中にニューヨークの聾唖学校の教師がいて、カナエがニューヨークに来られた際にはぜひ自分の勤める学校も見学してほしいと頼まれたのです」

「それは大変有り難い。ぜひお願いいたします」

耳の聞こえない生徒を相手に、いったいどのような手法で教育を行うというのか。チャールズに連れられて、鼎は小出とともに、ヨークベルという街にある学校を訪れた。

清潔で広々とした校舎では、聾唖の児童三百人が学んでいるという。ちょうど綴《つづ》り方《かた》の授業が行われている最中だった。教師たちは鼎らを中へと招き入れ、指を動かしながら生徒たちに向かって、遠い日本から使節としてアメリカまでやってきた人たちであると説明した。

生まれて初めて見るサムライの姿に驚いた表情を浮かべた生徒たちだったが、すぐに慣れたようで、人懐《ひとなつ》こい笑顔を向けてくる。授業が再開され、教師は五人の生徒を前に呼ぶと、先ほど説明したことが理解できているかどうかを確かめるため、教室の前方に立てられた黒い大きな板に白い石のような筆記具で文章を書かせた。

聾唖の子供たちに対する英語の教育方法を聞けば、目の見える者へのそれと同じく、まずはアルファベット二十六文字を書いて修得させることから始めるそうだ。その先は、言葉が話せない代わりに、指で文字の形を示す「手話法」を学んでいく。たとえば、「A」なら拳《こぶし》を握《にぎ》る。「B」なら右の親指を内側に曲げて残りの四本の指は開いたままにする。「C」なら指でCの形を作り、「D」なら人差し指だけを立てる……といった具合に、文字に対応するサインが決められている。訓練すれば両手の指の動きで単語を、最終的には文章も作れるようになるという。

鼎の脳裏に、ふと、遠い記憶が蘇《よみがえ》った。

耳の聞こえない、あの雪うさぎのような少女は、今、どこで、どうしているのだろうか——。周囲から奇異《きい》の目を向けられ、学ぶ術《すべ》もなく、本を読む楽しささえ知らぬまま生涯《しょうがい》を終えなければならない運命。生まれる国が違えば、こうして文字を学び、文章を綴《つづ》り、健常な者たちと対話することもできるのだ。

深く感心する鼎の姿が目に留まったのだろう、この学校の教師が帰りがけに、聾唖《ろうあしゃ》者向けの教科書を贈呈《ぞうてい》したいと声を掛《か》けてくれた。贈《おく》られた『Dictionary of Signing』の頁《ページ》をめくると、初めに二十六文字のアルファベットを指で表した絵が掲載《けいさい》されており、その絵を覚えることで、その後の文章が理解できる構成になっている。

「小出さん、この教科書は聾唖者だけでなく我々日本人が英語を学ぶためにも使えそうですぞ」

「たしかに、これは英語を深く知らぬ者にも、わかりやすく理解しやすい」

小出も目を輝かせながら、本をめくる。

「英語の手話法、これは帰国後に翻訳《ほんやく》出版して、英語を学ぶ者に配布してはどうだろうか」

すると、二人のやり取りを見ていたチャールズが言った。

「実は、別の場所には盲人《もうじん》を教育する学校もあります。彼らが学習したり、読書をしたりするための本も出版されているんです」

「盲人が読書とは、いかにして」

「指で読みます」

「指で……」

「ええ、点字といって、指で文字を認識できるよう、紙に打ち込まれた点が突起《とっき》になっているのです」

「はあ……、紙に突起ですか」

「ホテルへ戻る途中、市内で一番大きなアップルトン書店へお連れしましょう。点字というものがどのようなものか、実際に触《ふ》れてみられるとよい」

「それは有り難い。書店では砲術《ほうじゅつ》や航海術関連の書籍も探したいと思っておったところです。ぜひお願いします」

この日、アップルトン書店で起きた出来事については、日本人使節たちの動向を取材していた複数の新聞社が記事を掲載《けいさい》した。なかでも、鼎の貪欲《どんよく》な知識欲は、記者たちの目を惹《ひ》いた。

〈主な役人の一団体が、チャールズ・レイランドに付《つ》き添《そ》われて、アップルトン書店に行った。

そこでの本の選択は、ＳＡＮＯによって行われた。彼は昨夜、ホテルのフレスコ画の説明を上手に翻訳《ほんやく》した人物である。その本屋で使節たちはチャンピン博士に会ったが、彼はＳＡＮＯの選書に喜ぶというよりはむしろ驚き、ＳＡＮＯが示した知性と教養に感銘《かんめい》したのだ。〉（『THE NEW YORK HERALD』紙／西暦一八六〇年六月十九日付）

〈役人の中でもいちばん聡明《そうめい》なＳＡＮＯは、英語が非常に上達し、情報を得ることにたいそう興味を抱《いだ》いている。彼は土曜日に手話術用のアルファベットを習った。ＳＡＮＯによると、手話法はまだ日本では知られていないという。彼はガヴァナーズ・アイランド（ニューヨーク湾《わん》にある要《よう》塞《さい》）を訪れたがっており、また、戦術に関する書物をたくさん購入した。ＳＡＮＯは、やはり同じように聡明な何人かの役人とともに、日本のために貢献《こうけん》することであろう。〉（『The New York Times』紙／西暦一八六〇年六月二十五日付）

六月三十日（西暦）。昼の一時頃に一行を乗せたナイアガラ号は錨《いかり》を上げ、ニューヨーク港を出港した。港中の要塞《ようさい》では、往路と同様に国旗を掲《かか》げ、礼砲《れいほう》を鳴らして見送ってくれた。

天候は快晴で気温は高めだったが、海上には涼《すず》しい風が吹いて心地よく、甲板《かんぱん》に立つ使節らの表情は一様に朗《ほが》らかだった。日本人使節たちの十三日間に及ぶニューヨーク滞在、そして『遣米《けんべい》使節《しせつ》』としての役割はこうして無事に終わったのだった。

使節一行を乗せたナイアガラ号は、その後、大西洋を横断し、アフリカの喜望峰《きぼうほう》を回って、バタビア（現在のジャカルタ）から香港《ホンコン》に向けて舵《かじ》を切った。

途中、艦長の見込み違いで食糧と水、燃料のすべてが底を突き、数日間は言語に絶する過酷《かこく》な状況に陥《おちい》った。賄《まかな》い方《かた》の素毛らは、あいかわらず一部の上級役人らからの激しい不平不満を浴び続けていたが、調理したくとも食材が底を突いているのだから、どうしようもない。そんな中、焼《や》け糞《くそ》の素毛が口ずさんだ「ナイナイづくしの歌」が、艦内で評判となり、いつしか不平を口にしていた役人たちまでが、笑いながら歌い始めるようになった。

ナイナイナイ、ナイアガラ
まず第一に水がナイ、薪《まき》もナイ、炭もナイ、
味噌《みそ》もナイ、醬油《しょうゆ》もナイ、
鰹節《かつおぶし》ナイ、干魚ナイ、
焦《こ》げたご飯は風味がナイ、
たまたま旨《うま》いと替《か》わりがナイ、
パンはあれども砂糖がナイ、
諸人の小言も無理はナイ、
小言を言うても仕様がナイ、

ぶつぶつ言うても聞きともナイ、
御上《おかみ》の手当てにぬけめナイ、
彼是《あれこれ》いうのは勿体《もったい》ナイ。

半年以上も同じ艦の中で暮らしていると、雁字搦《がんじがら》めの厳しい身分制度にも綻《ほころ》びが生じるのだろうか、賄《まかな》い方《かた》の冗談《じょうだん》めかした悪態を咎《とが》める者はいなかった。

九月十二日（西暦十月二十四日）。ナイアガラ号は石炭や水などの最後の積み込みを行うため、香港に寄港した。

阿片戦争《あへんせんそう》のあと、イギリスの植民地となった香港で、一行は支配の現実を目の当たりにした。市内ではイギリスの役人が鞭《むち》を持って巡回警備《じゅんかいけいび》し、支那人《しなじん》労働者をあたかも牛馬のように追い使っている。抑えつけられ、誇《ほこ》りを失った現地人は、厳しい警備の隙《すき》をかいくぐっては悪事を働いていた。

実際、土産物を買って代金を支払うと、いったんは受け取るものの、今度は偽造《ぎぞう》した貨幣を持ってきて、「さっき受け取った貨幣は質が悪かった。別の貨幣と交換《こうかん》してほしい」などと持ち掛ける者が多いのには閉口した。また、外国人に物を売る場合、不当に高額をふっかけるという悪習も横行していると感じた。

一行は、偶然《ぐうぜん》通りかかった「英華書院《えいかしょいん》」という学校に立ち寄ってみることにした。生徒は皆支那人だが、漢学はいっさい教えず、英学だけを教えている。この地の支那人は、大半が英語を話せているようだ。それは、言《い》い換《か》えれば、自国の言語を忘れてしまうことにも繋《つな》がっている。

香港での初日から、鼎は道徳だけでなく、文化さえも廃《すた》れさせてしまう植民地支配の冷ややかな現実に、何とも言えぬ脅威《きょうい》を感じていた。

停泊二日目の朝、アメリカ人の営繕長《えいぜんちょう》が急ぎ足でやってきた。入港中のアメリカの商船に、日本人が一人乗っているようだという。話はすぐに小栗に伝わったようで、本人が間違いなく日本の漂流民《ひょうりゅうみん》であるなら、一緒に帰国させてもよいという。

その翌日、ナイアガラ号を訪ねてきた男は、西洋の上着にズボンをはき、帽子を被《かぶ》っていた。着衣は決して清潔とは言えず、裕福《ゆうふく》な暮らしをしていないことが見てとれた。

鼎とほぼ同年の三十二歳。名は亀五郎《かめごろう》という。芸州《げいしゅう》（広島県）出身で、十年ほど前に栄力丸《えいりきまる》という船に乗り込んで神戸《こうべ》から出港したが、紀州熊野沖《くまのおき》で酷《ひど》い台風に遭遇《そうぐう》し、流されてしまったとのことだった。早速、鼎は亀五郎への聞き取りを行った。

「大波を被って帆《ほ》も失い、ただ海を漂《ただよ》うこと五十日余り。その間に、一緒に船に乗っていた十七人のうち、半分の仲間が飢《う》えで次々と死んでいったんです。皆、最期は全身から血を流してね……。ああ、俺らもうお終《しま》いだと諦《あきら》めかけたとき、運よくすれ違ったオークランド号という船が助けてくれたんでさあ」

「オークランド号、アメリカの商船ですな。ということは、現在、神奈川《かながわ》領事館で通訳をされているジョセフ・ヒコどのと一緒に？」

「ああ、そうです、彦蔵《ひこぞう》も一緒でした。あいつは俺《おれ》よりひと回り歳《とし》が下で、香港から一緒にサンフランシスコへ移ったんですが、その後は離れ離れになって……」

「で、亀五郎さんは今日までどうやって？」

「俺《おれ》にできることと言えば、船に乗ることとくらいしかないもんで、それでずっとアメリカで商船の水夫として雇《やと》ってもらって、何とかここまで生き延びてきたんです」

十年もの間、アメリカに滞在しただけあり、英語での会話はなんとかできる。しかし、読み書きとなると、英語はもちろん、日本語もできないため、水夫といえども職を得るのは大変だったという。結果的に、今も船の中では最下層の雑用しか任せられていなかった。

皮肉なものである。当時十六歳と年齢《ねんれい》が若かった彦蔵のほうは、同じ船に助けられながら、運よくアメリカの税関長に身柄《みがら》を引き取られ、その人物の厚意でミッション・スクールに通わせてもらい、高等教育を受けることができた。そのおかげで、日米交渉《にちべいこうしょう》の舞台において重要な通詞《つうじ》というポストに就くまでになっている。

「わかりました。亀五郎さん、あなたは間違いなく日本人です。これからお奉行《ぶぎょう》にもその旨《むね》、報告いたします。ご安心ください。あと半月もすれば、懐《なつ》かしい祖国の土を踏むことができますぞ」

鼎がそう言うと、亀五郎は大粒《おおつぶ》の涙を流した。

九月二十七日（西暦十一月八日）。鼎はいつものように甲板上《かんぱんじょう》で、艦の移動距離《いどうきょり》と位置を測定していた。

「正午までに百四十五海里（約二百六十九キロメートル）、北緯《ほくい》三十四度十四分、東経百三十八度四十三分。正午より品川港までの直線距離《ちょくせんきょり》は七十海里（約百三十キロメートル）……」

周囲にいた玉虫、木村、小出らも各自の帳面に記録を取りながら、

「品川までいよいよ百海里（約百八十五キロメートル）を切りましたな」

そう言って、表情を緩《ゆる》めた。


九月二十八日（西暦十一月九日）。快晴。朝八時頃、甲板に出て四方を眺《なが》めた艦上の人たちの目に飛び込んできたのは、雪を冠《かん》した雄大《ゆうだい》な稜線《りょうせん》であった。

「このような美しい山は見たことがない、世界一だ！」

朝日に鮮やかに照り映える富士の山。初めて見るアメリカ人水夫たちはその神々しさに打たれたようだ。あちこちから称賛《しょうさん》の声が上がる。

午後二時、ナイアガラ号は品川港の三海里（約五・六キロメートル）沖《おき》に錨《いかり》を投じた。

大砲から十七発の礼砲が高らかに打ち放たれた。甲板上《かんぱんじょう》には白い煙と焼けた火薬の臭《にお》いが漂《ただよ》っている。この音もしばらく聞くことはないだろう。鼎は一抹《いちまつ》の寂《さび》しさを感じながらも、長い航海をともにした従者たちと、無事の帰国を喜び合った。

しかし、品川港は不気味なほど静まり返っていた。

ナイアガラ号から礼砲が放たれたのだから、儀礼上《ぎれいじょう》、答礼があって然《しか》るべきだ。しかし、日本側はそれをする様子もない。

間もなく、築地《つきじ》の軍艦操練所《ぐんかんそうれんじょ》から迎えの小舟が差し向けられた。伝令によれば、「上陸の際は普段着《ふだんぎ》を着用し、できるだけ目立たぬ格好で下船するように。異国での見聞については他言無用。城外ではできるだけ周囲の者に気付かれぬよう」との命令が幕府から下されたという。

「これほど世話になったアメリカに、答礼も、花火も、歓迎式もないというのか。いや、それだけでなく、我々遣米使節団の存在さえ抹殺《まっさつ》しようというのか……」

無事帰国できた喜びも束の間、甲板の上には何とも言えぬ、重たい空気が流れた。

使節団を取り巻く情勢が出国前のそれと変わったであろうことは、誰もが胸の内で予測していた。だが、桜田門外で起こった井伊直弼の暗殺を境に尊王攘夷《そんのうじょうい》の思想がどれほど広がり、日本を覆《おお》う空気を変えたのかまでは計りかねた。

日本側の非礼があっても、ナイアガラ号の水夫たちは登檣礼《とうしょうれい》を行うためにマストの上に登った。艦長及び士官らは、甲板の上に整列し、帽子をとって礼を尽《つ》くした。

新見、村垣、小栗の三使が迎えに来た小舟に乗り移る際には軍楽隊がマーチを奏《かな》で、下級の従者たちが小舟に乗り移るときにも、水夫たちは甲板《かんぱん》の上から手を振りながら三度にわたって「万《ばん》歳《ざい》」を唱和する。

鼎は涙を堪《こら》え、その声を背に九ヵ月ぶりに日本の地を踏んだのだった。

第四章　再度洋行

「お帰りなさいませ」

「お帰りなさいませ、旦那《だんな》さま」

団子坂《だんござか》を上り、久しぶりの自邸《じてい》に戻ると、春《はる》と使用人たちの弾《はず》むような声が響《ひび》いた。

藩の役人から、ナイアガラ号が無事に品川沖に帰着したことを知らされていたのだろう、皆が揃《そろ》って鼎《かなえ》の帰宅を待ち構えていた。

玄関に生けられた白菊《しらぎく》の香《かお》りが、日本に戻ってきたことを実感させてくれる。

九ヵ月ぶりの懐《なつ》かしい我が家、障子の向こうから差し込む優しい光を感じ、長旅を終えた鼎は一気に緊張《きんちょう》の糸がほどけるのを感じていた。

「春、長く留守を任せたな。もう起きていてよいのか」

「はい、この通り息災《そくさい》でございます。間もなくふた月になりますので」

「そうか、ふた月か」

「旦那さま、ご無事で……」

刀を受け取る春の目に、うっすらと涙が光っている。

「ああ、この富士《ふじ》が、よい守りになったようだ」

鼎はそう言って帯に手をやると、春が出航前に誂《あつら》えてくれた根付《ねつけ》を握《にぎ》りしめた。

「で、どこにおるのだ」

「はい、奥の座敷に」

「そうか」

そう言うと、羽織《はおり》も脱《ぬ》がず、小走りに奥へと向かった。襖《ふすま》を開けると、そこには初めて見る我が子の姿があった。

「おお、なんと愛らしいことよ」

小さな手が、まるで芽吹《めぶ》いたばかりのこごみのようだ。鼎がおそるおそる顔を近づけると、何とも甘《あま》い乳の香《かお》りがした。

「女子《おなご》でございました」

「うむ、帰山《きやま》どのから伺《うかが》っておった。実は、不思議なことに、半年ほど前、すでに女子の名前を考えておった」

「まあ、半年も前に」

「ああ、あれはちょうど、ホノロロの港を出港し、サンフランシスコに向かう途中だった。太平洋の只中《ただなか》で実に不思議な赤い光を見たのだ」

「赤い光？　それは夕焼けでございますか」

「いや、夕焼けとは違う、ノヲゼルンライトという、エレキテルが作り出す不思議な、それまでに見たことのない美しい茜色《あかねいろ》の光だった。そのとき、思いついたのだ。もし女子《おなご》が生まれたら、この不思議な光の色、茜《あかね》と名付けようと」

「あかね……。良い名でございます」

「そうか、気に入ってくれたか。よし、決まった。お前の名は茜、今日から茜だぞ」

鼎の声に驚いたのか、赤子は唇《くちびる》を震《ふる》わせて泣き始めた。

「おお、父に初めて声を聞かせてくれたのだな、なんと愛らしい。そうだ、これは茜への土産だ」

鼎は手にしていた袋の中から、何やら板状のものを取り出した。

「それは、異国の羽子板でございますか」

「いや、ホーンブックというて、英国でつくられた子供向けの書物のようなものだ」

「これが、書物なのでございますか」

春は珍しそうに手に取り、裏返したり表に向けたりする。初めて目にするそれは、羽子板のような形をした板に革が貼《は》り付《つ》けられたもので、表面にアルファベットが印刷されている。

「たしかにメリケンの文字が書いてあります」

「ああ、ニウヨークの書店で見付けたのだが、これは向こうの子供たちがアルファベットを覚えるときに使うそうだ」

「幼き子が、これで英語の文字を……」

「人は幼き時から学ばねばならぬ、アメリカへ行き、そのことがよくわかった。文字を知り、書物を読むことができなければ、何も学ぶことができぬ。これからの世、異国の言語も話せなければ、何も始まらぬ」

ホーンブックを手にしながら、鼎は嬉々《きき》として語る。

春は意外だった。いつもなら決まって大砲や軍艦の話に熱を込める鼎だが、どこか違う。

「アメリカへ発《た》つ前、必ず英語が必要になるだろうと思い、時間を割いて自分なりに学んでいたつもりだったが、アメリカ人の水夫らが何を話しているのかさっぱりわからず、こちらの英語もほとんど通じないのだ。最初の頃はどうしたものかと閉口したが、彼らとともに過ごし、会話をするうちに、少しずつ理解できるようになった」

「旦那《だんな》さまがこれまで長い間学んでこられた蘭語《らんご》とは、それほど違うのでしょうか」

「ああ、発音がまったく違うのだ」

「そうですか……。異国にはさまざまな言葉があるのですね」

「フィラデルフィアという街では大学館なるものも見学したのだが、向こうでは三歳から男女の区別なく語学や算術を教えるというのでまことに驚いた」

「旦那さまは、茜にも幼き頃より文字や算術をお教えになるおつもりですか」

「ああ、もちろんだ。学問は幼き頃から身に付けるに越《こ》したことはないからな」

春はあきれたように笑いながら、ようやく泣き止んだ茜をそっと抱《だ》き上《あ》げると、

「茜、よかったですね。お父さまが茜のために英語のご本を買ってきてくださいましたよ」

そう言って鼎の腕にその小さな身体を委ねた。柔《やわ》らかな我が子を初めて抱《だ》いた鼎は、その小さな拳《こぶし》を自身の手のひらでぎこちなく包み込んだ。

「茜よ、お前はアメリカでも、イギリスでも、好きなところへ遊学してよいのだぞ。女子《おなご》であっても、学ぶことで広い世界を見ることができる。私は茜にそうした生き方をしてほしいのだ」

「生まれたばかりの子に、なんと気のお早いこと」

春にとってそれは、初めて目にする鼎の微笑《ほほえ》ましい姿だった。


生まれたばかりの我が子を囲んでのささやかな団欒《だんらん》。久しぶりの我が家は、鼎にとって何よりの休息の場となった。穏《おだ》やかな時の中で、それでも鼎は夜遅くまで文机《ふづくえ》に向かい、藩への報告書をまとめる作業に没頭《ぼっとう》した。品川沖を出港してから、太平洋を横断し、ホノルル、サンフランシスコへ。そしてパナマからワシントン、フィラデルフィアを視察。その後、アフリカ大陸の喜望《きぼう》峰《ほう》を周るルートで江戸へ帰着。この約九ヵ月間にわたるさまざまな出来事を、各地の地誌を添えながら日付に沿ってまとめたのだ。

書き上がった『奉使米行航海日記《ほうしべいこうこうかいにっき》』が、本郷《ほんごう》の上屋敷《かみやしき》において藩主《はんしゅ》、前田斉泰《まえだなりやす》公に献上《けんじょう》されたのは、翌年三月のことであった。斉泰はその内容の斬新《ざんしん》さと緻密《ちみつ》さに感銘《かんめい》を受け、鼎に銀十枚と染め物二反を褒美《ほうび》として与《あた》えた。さらに、渡航時に貸し出された百両について、「返済の必要なし」という措置《そち》が取られた。

鼎が記した『奉使米行航海日記』は加賀藩内でもたちまち話題となり、まだ見ぬ異国に思いを馳《は》せる若い藩士らが貪《むさぼ》るように読みふけった。そして、多くの写本が作られた。


遣米使節団で長い旅をともにした加藤素毛《かとうそもう》が、ひょっこり訪ねてきたのは、帰国の翌年、紫陽花《あじさい》の咲《さ》き誇《ほこ》るある日のことだった。

「佐野《さの》さん、お久しぶりです。大変ご無沙汰《ぶさた》しておりました」

「これは素毛どの、その後、お変わりありませんでしたか」

「ええ、ご覧の通り息災《そくさい》です。それにしても、昨年の今ごろはニウヨークあたりをうろついていたことになりますな。今もまだ夢の中にいるような心持ちがいたします」

「私も同じです。今も世界地図を見るたびに、よくあの距離を無事に航海できたものだと。で、素毛どのは、あれからどちらに?」

「アメリカから帰国後は、故郷の飛驒金山《ひだかなやま》に戻る暇《ひま》もなく、請《こ》われるまま各地のお大名屋敷に招かれては世界一周の話をしておりました」

「そうでしたか、素毛どのは旅先でさまざまなものを集めて持ち帰っておられましたから、皆さんさぞかし興味を持たれるでしょう」

「それはもう。私がお目にかかったどのお大名も、異国の話は喉《のど》から手が出るほど欲しておられます。アメリカの新聞や写真、星条旗、ビアーの瓶《びん》などを持参して、あちらで見聞きしたことをお聞かせするのですが、何泊してもよい、もっと聞かせろとせがまれます」

変わらず独り身で、気の向くまま自由に飄々《ひょうひょう》と生きる素毛。彼による辻説法《つじせっぽう》のような独り語りは、異国の進んだ科学文明や日本との歴然とした差、植民地となった国の過酷《かこく》な真実を、草の根から確実に伝えているようだ。

「我が藩でも同じく、私が斉泰公に献上《けんじょう》した米行日記が次々と写本され、多くの方に読まれているようです」

「佐野さんの日記は海防や軍事について専門的なことが記されていますから、お役人方もさぞ、懸命《けんめい》にご覧になるでしょう。しかし、近頃は攘夷派《じょういは》が物騒《ぶっそう》な事件ばかり起こしております。西洋帰りの我々が星条旗をぶら下げて語り歩いているなんてことが知れたら、たちまち標的にされそうです」

「たしかに、酷《ひど》い事件が多すぎる。この先、尊攘派は何を仕掛《しか》けてくるかわかりません。このまま行くと、大国との戦争にも発展しかねん。剣呑《けんのん》ですな」

帰国してからというもの、開港に反発する国内の攘夷運動は予想以上に激しさを増し、開国への動きが後退していることは鼎も実感していた。高輪《たかなわ》の東禅寺《とうぜんじ》にかまえていたイギリス公使館が、尊王攘夷派《そんのうじょういは》の水戸浪士《みとろうし》十四名によって襲撃《しゅうげき》されたのは、素毛が訪ねてくる、つい一週間前、文久元年（一八六一年）五月二十八日のこと。きっかけはイギリス公使のオールコックが、幕府の反対を押し切るかたちで、船ではなく陸路を使って江戸入りをしたことだった。その行為《こうい》に対して「神州を汚《けが》した」と憤《いきどお》った攘夷派が、書記官や通訳官に斬りつけ、重傷を負わせたのだ。

突然の襲撃に幕府側の警備隊も懸命《けんめい》に応戦し、結果的には水戸浪士側に多数の死傷者が出たうえに、生き残った者は皆逮捕《たいほ》された。オールコックは、かろうじて難を逃れた。

しかし、この事件は日英だけでなく、諸外国との関係にも影を落とした。

「周りから見れば素毛どのも私も、まさに異国の文化と思想にまみれた西洋かぶれ。互いに気を付けたほうがよさそうですな」

「まあ、私は武家の身分でもありませんし、幕府の目もそれほど厳しいものではありませんが、このあたりで一度、飛驒金山の郷《さと》のほうに戻ろうかと」

二人は互いに頷《うなず》きながら深刻な表情で溜《た》め息《いき》をついた。

「ところで佐野さん、年内にも欧州《おうしゅう》へ出向かれるかもしれぬとか」

「さすがは素毛どの、耳が早いですな。もうご存知でしたか」

「はい。噂《うわさ》を聞きつけるのだけは得意なもので。しかし、今回は交渉先《こうしょうさき》となる国が多く、難渋《なんじゅう》しそうですな」

「おっしゃる通り、遣米使節団のときのようなわけには参らぬことでしょう。しかし、今回はうまくいけばロンドン万博で最新兵器も見学できるとのこと。私としては何とか欧州行きに加わることができればと願っておるのですが……」

幕府はこのとき、アメリカだけでなく、すでにオランダ、ロシア、イギリス、フランスとも修好通商条約を結び、五年後をめどに江戸、大坂、兵庫、新潟を開港する約束を取り交わしていた。ところが、井伊《いい》大老暗殺をはじめ外国人の殺傷事件など国内での混乱が相次ぎ、もはや予定通り開港することは難しくなっていたのだ。そこで幕府は、急激な物価上昇や攘夷《じょうい》の風潮の広まりを理由に、すでに修好通商条約を結んだ相手国に対して、兵庫・新潟の開港と江戸・大坂の開市、つまり外国人の居留許可の延期を求めようと考えた。

これを知ったオールコックは幕府に、「開港の延期は条約の目的に反する行為《こうい》だが、実行するなら、幕府がそれぞれの条約締結国《じょうやくていけつこく》へ全権使節を派遣《はけん》し、直接交渉すべき」と提案したのだ。

派遣が予定されている人員は前回の半数以下に絞《しぼ》られ、もちろん幕臣が中心だった。鼎にとっては極めて狭《せま》き門となったが、この話が耳に入ってきたとき、今回も何としても使節団に加わり、ヨーロッパ諸国をこの目で見たいという強い思いに駆《か》られた。百聞《ひゃくぶん》は一見《いっけん》に如《し》かず。どれほど書物を読み込んでも、異国の文化や言葉、風習や考え方は、実際にその地を踏み、体感しなければ決して理解できるものではない。それは、前年の渡米によって嫌《いや》というほど理解できた。

また、近々、加賀藩の中から優秀な少年たちを選抜して欧州へ留学させるという構想もあり、まずは自身で視察しておきたいという思いもあった。

「欧州は大陸にさまざまな国がひしめき合っています。地続きの国境を越《こ》えることは、我が方の藩と藩を行き来するというのとは、また随分趣《ずいぶんおもむき》が違うでしょう。そのうえ、訪問国が多いとなれば、英語のほかにフランス語やロシア語も必要になるかと」

「いかにも。そこで今、辞書を取り寄せ、学んでおるところです。加賀藩のほうも遣米使節の折の報告をたいそう評価してくださり、海外視察の重要性に改めて気付いたようです」

「佐野さんは必ず選ばれるはずです。しかし……」

素毛は少し間をおき、試すような笑いを鼎に向けた。

「可愛い盛りの茜さまと離れるのはお辛《つら》いでしょう」

「ああ、それを言われると……」

鼎はふと頰《ほお》を緩《ゆる》める。

「おいくつになられましたか」

「数えでふたつになります。最近は一歩二歩と歩き始めるようになりました。幼子でも語学は早いほうが良いというので、近頃は英語でも話しかけるように心掛けておるのですが」

「なんとまあ、赤子に英語とは……。いやあ、これは参った」

鼎が、学ぶことに重きを置いていることを素毛は知っている。とはいえ、ほんの赤子にも徹底《てってい》する姿勢に、あきれたように腹を抱《かか》えた。

「いやいや、素毛どの。こう見えて私は真剣ですぞ。言葉や文字を教えるのに早いということはない。アメリカでは幼子が英語を話しておったではありませんか」

「……これは失敬しました。そうですか。いやあ、驚《おどろ》きました。佐野さんは砲術《ほうじゅつ》ひと筋かと思っておりましたが、見かけによらず子煩悩《こぼんのう》ですな。しかし、お幸せで何よりです。独り身の私など、待つ者もなく、寂《さび》しい限りだ」

二人は久々に、誰に気遣《きづか》いもせず談笑を楽しんだ。

遣欧使節《けんおうしせつ》の話が出たところで、鼎には気がかりがあった。木村鉄太《きむらてつた》のことだ。

もし、幕府が欧州にも使節を派遣《はけん》することになった際には、ともに加わろうと語り合ったものだが、このところ体調が思わしくないと聞いている。アメリカから帰国後、すぐに手塚律蔵《てづかりつぞう》のもとに身を寄せ、故郷の肥後《ひご》にはまだ一度も戻っていないという話だった。

振《ふ》り返《かえ》れば、アメリカ行きの途中、木村はパナマのあたりで酷《ひど》く体調を崩《くず》したことがあった。その後、ワシントンやニューヨークでは多少回復していたため、体調不良は亜熱帯《あねったい》の厳しい蒸し暑さのせいだと思っていた。しかし、木村の身体はあの頃から蝕《むしば》まれていたのかもしれない。

素毛は顔を曇《くも》らせた。

「実は先日、手塚塾のほうへ参ったときに少し伺《うかが》ったのですが、木村さんは労咳《ろうがい》を患《わずら》われたとのこと。あまり具合がよくないようです」

「そうですか。何とか回復していただきたいが……」

しかし、鼎の願いも空しく、木村鉄太の欧州行きが叶《かな》うことはなかった。

幕府の遣欧使節団《けんおうしせつだん》が江戸を発《た》ったのは、文久元年（一八六一年）の暮れも押《お》し迫《せま》った十二月二十二日のことだった。

使節らを江戸まで迎えにきたイギリスのフリゲート艦、オーディン号は、品川沖に停泊していた数隻《せき》の大型船の中でも、ひときわその勇壮《ゆうそう》な姿が際立っていた。三本の白い線がくっきりと描《えが》かれた黒い艦体には、両舷《りょうげん》に大きな外輪が備えられ、甲板《かんぱん》の上には煙突と三本のマストがそびえている。総重量二千トンの本格的な軍艦だ。

ジョン・ヘイ艦長以下、イギリス人の乗組員は約三百十人。三十六人の日本人使節のうち三人の高官らは左舷中央、メインマストの下の部屋に、その他従者は船尾に近い右舷に特別に設けられた畳《たたみ》敷《じ》きの大部屋で雑居しながらの航海となった。

今回、使節団に与えられた主な使命は、三項目《こうもく》あった。

一、すでに修好通商条約を結んだ国々に出向き、開港・開市の延期を確約すること

二、ヨーロッパの事情を視察すること

三、ロシアとの間で、樺太《からふと》の境界を定めること

鼎にとって二度目となる今回の海外渡航は、正使・竹内下野守保徳《たけうちしもつけのかみやすのり》、副使・松平石見守康直《まつだいらいわみのかみやすなお》、目付《めつけ》・京極能登守高朗《きょうごくのとのかみたかあき》をはじめとする三十六名（後に通詞《つうじ》・森山多吉郎《もりやまたきちろう》、調役《しらべやく》・淵辺徳蔵《ふちべとくぞう》の二人が五月二日にロンドンで合流）で結成された遣欧使節団《けんおうしせつだん》への参加によるものだ。

ほかにも、通詞として福地源一郎《ふくちげんいちろう》、医師の箕作秋坪《みつくりしゅうへい》、松木弘安《まつきこうあん》、また、佐賀藩からは岡鹿之《おかしかの》

助《すけ》、石黒寛次《いしぐろかんじ》など、蘭学《らんがく》や英学に精通した秀才《しゅうさい》たちも加わっていた。三十六人中、先の遣米使節として洋行を経験しているのは、次の六人だった。

日高圭三郎《ひだかけいざぶろう》（徒目付《かちめつけ》）／益頭駿次郎《ましずしゅんじろう》（勘定組頭支配普請役）／川崎道民《かわさきどうみん》（御雇医師《おやといいし》）／福沢諭吉《ふくざわゆきち》（通詞《つうじ》。咸臨丸《かんりんまる》でサンフランシスコから帰国）／佐野鼎（船中賄方並小使）／佐藤恒蔵《さとうつねぞう》（船中賄方並小使）

鼎と佐藤恒蔵は今回、船の上での飯炊《めした》き及び小使《こづか》い、つまり従者より格下での派遣《はけん》となった。が、遣米使節団の時と同様、名目は何であれ、日本人として初めてヨーロッパ諸国の地を踏み、あくまでも軍事の専門家として異国の現状をこの目で見極めようと、鼎は腹をくくった。

今回が初めての海外渡航となる三十人にとっては、異国の軍艦に乗るのも、これほど長い航海に臨むのも初めてのことだ。彼らは乗船早々、イギリス側から言い渡された船内の厳しい決まりごとに早くも不平を漏《も》らし、外海へ出て間もなく時化《しけ》に襲《おそ》われて船酔《ふなよ》いに苦しんだ。

そんな彼らの惨状《さんじょう》を他所《よそ》に、鼎はオーディン号での興味の尽《つ》きることのない航海をたっぷりと楽しんだ。ひとつ残念だったのは、飯炊きに時間をとられてしまい、ゆとりのないことだった。それでも、寸暇《すんか》を見付けては日記を記し、江戸への便があれば旅先での体験や報告を手紙に記すよう心掛けた。

十二月二十三日に品川を発《た》ったオーディン号は、横浜、長崎、香港《ホンコン》に立ち寄ったあと、順調に航海を続け、一月十九日、シンガポールに投錨《とうびょう》した。

午前七時。港近くの砦《とりで》から十五発の礼砲《れいほう》が高らかに轟《とどろ》く。

「赤道直下とはいうものの、思いのほか涼《すず》しいですな」

「睦月《むつき》（一月）、しかも早朝だからでしょう。今が一年中で一番過ごしやすい季節のはずです」

朝飯を炊《た》き終《お》えた鼎と佐藤恒蔵は甲板《かんぱん》に立ち、ヤシの木がそこここで揺《ゆ》れる街並みを眺《なが》めた。

オーディン号に備蓄された水は錆《さび》が入って赤茶色く変色しているため、どうしても白い飯が炊けなかったが仕方がない。二人は大きく伸びをしながら、爽《さわ》やかな風を大きく吸い込んだ。

シンガポールで暮らすのは、半数以上が支那人《しなじん》とマレー人だ。日本人とよく似た東洋系の顔立ちをしているため、違和感《いわかん》を覚えることもない。しかし、ここは香港と同様、イギリスの植民地だ。他国に支配されている生活とは、どのようなものなのか。鼎はアメリカからの帰国の際、香港で出会った亀五郎《かめごろう》の涙《なみだ》を思い起こし、港に上陸した。

シンガポールでの滞在は短く、明日の午後には出航する予定だ。従者たちはいったん上陸してホテルでひと風呂浴び、再びオーディン号に戻ることとなった。

停泊中の艦に突然の来訪者があったのは、深い朱色《しゅいろ》をした夕陽《ゆうひ》が水平線に沈《しず》もうとしていたときのことだ。外見から東洋人であることは間違いないが、流暢《りゅうちょう》な英語でイギリス人水夫に事情を話している。甲板にいた鼎と福沢諭吉は、彼の話す英語に耳を傾けた。

その男が言うには、遠い昔、漁の途中で漂流《ひょうりゅう》して外国に住みついた者で、今朝、シンガポールに日本人使節を乗せた船が寄港したと聞き、どうしても会って話がしたかったのだという。

「ということは、あの方は中浜万次郎《なかはままんじろう》どのやジョセフ・ヒコどのと同じ境遇《きょうぐう》ということですな。それにしても、英語が上手すぎる。佐野さん、あの方の話を一緒に聞いてみませんか」

福沢は鼎より五歳《さい》下の二十七歳。使節団の中でも好奇心の旺盛《おうせい》さと頭の回転の速さは群を抜《ぬ》いている。

「そうですね、私もぜひお話を聞いてみたいものです」

二人は周囲にいたほかの使節たちにも声を掛け、艦長室《かんちょうしつ》の隣の応接室へ向かった。

ドアを開けると、そこには仕立ての良い洋服に身を包んだ、髪の黒い男の姿があった。鼎の目には支那人《しなじん》にも見えたのだが、すぐさま聞き慣れた日本語での挨拶《あいさつ》が、その口から飛び出した。

「日本の皆様、ご機嫌《きげん》よう。ようこそシンガポールへいらっしゃいました。私はジョン・マシュー・オトソン、日本名を音吉《おときち》と申します」

すると、オトソンの顔をしげしげと見つめていた福沢が、突然声を上げた。

「オトソン……、ジョン・マシュー・オトソン！　そう、私は一度あなたにお会いしたことがあります」

その言葉に、今度はオトソンが驚いたように返した。

「えっ、私にですか？」

「そうです、長崎です。今から八年前、安政元年（一八五四年）に私が長崎へ遊学した折……」

「おお、スターリング艦隊とともに長崎へ行き、私は和親条約の交渉で通訳をした……」

「そう、そのときです。あのとき、英語を完璧《かんぺき》に話せる日本人がイギリスの極東艦隊《きょくとうかんたい》にいるらしいという話が、長崎中の洋学者の間で持ちきりとなり、私などは、あなたの姿を見るためだけに、長崎まで足を運んだのですよ」

「そうでしたか」

「いやあ、これは驚きました、あなたがあのときの、ジョン・マシュー・オトソン……」

「いえ、ここではどうか音吉、と呼んでください。私は日本人の音吉です」

福沢と音吉は、旧知の知人に会ったかのように、西洋式の握手を交わした。

鼎も、福沢の話は覚えていた。鼎が長崎海軍伝習所《ながさきかいぐんでんしゅうじょ》で学んでいたのは、ちょうどイギリス海軍のスターリング艦隊が長崎に来た翌年のことだ。当時、日本人が学ぶ外国語はオランダ語が主流で、英語を話せる日本人はほとんどいなかった。それだけに、完璧な英語を話せる日本人がいるらしいという話は、たしかにあちこちで話題になっていたものだ。

「そういえばあのとき、長崎奉行《ぶぎょう》があなたに、日本へ帰国するよう交渉されていたのではありませんか？」

音吉は深く頷《うなず》き、一拍《いっぱく》おいて続けた。

「はい、そういう誘いがあったのは事実です。しかし、当時、私にはイギリス人の妻と一人娘《ひとりむすめ》がおり、上海《シャンハイ》に家もありました。それに、かつて聖書を日本語に訳したこともあったので、日本に戻れば、どんな迫害《はくがい》に遭《あ》うかしれず……。結局、今に至っているのです」

日本を離れてから三十年、この男は、いったいどこで、どのように生きてきたのか——。

しばしの沈黙のあと、音吉は明るい声で言った。

「このたび、日本人を乗せた船がシンガポールに立ち寄るらしいと聞いたときは、もう、いてもたってもいられず、思わずここへ駆《か》けつけてしまいました。皆様とお会いできて本当に良かった。とにかく、少しでもいい、懐《なつ》かしい日本語で話がしたかったのです……」

心の奥底に封印していた望郷の念が、こみ上げてきたのだろう、音吉は目尻《めじり》に刻まれた深い皺《しわ》に涙を滲《にじ》ませる。そこにいた誰もが、そこから始まった彼の身の上話に引き込まれていった。


ジョン・マシュー・オトソンこと音吉は、文政二年（一八一九年）、愛知県知多郡美浜町小野浦《ちたぐんみはまちょうおのうら》に生まれた。年齢《ねんれい》は四十三歳。鼎よりちょうど十歳上ということになる。

十四歳のとき、見習いの水夫として宝順丸《ほうじゅんまる》という千石船《せんごくぶね》に乗り込んだが、遠州灘《えんしゅうなだ》あたりで大時化《おおしけ》に遭《あ》って遭難《そうなん》した。その後、一年二ヵ月もの間、太平洋を漂流《ひょうりゅう》し続けたのだという。

その一年二ヵ月の間に起きた出来事は、十四歳の少年が目にするには、あまりにも過酷《かこく》で、凄惨《せいさん》を極めるものだった。狭《せま》い船内で同郷の乗組員十四人が、次々とビタミン不足による壊血病《かいけつびょう》で亡くなり、最後には最年少だった音吉を含め三人だけが残された。

音吉は少し英語訛《えいごなま》りの交ざった日本語で、身の上話を続けた。

「生き残った我々三人が漂着《ひょうちゃく》したのは、北米のケープ・アラバのインディアン居住区でした。今から三十年ほど前のことです。そこで奴隷《どれい》のような暮らしをしていたのですが、ある日、イギリスのハドソン湾会社《わんがいしゃ》に発見され、引き取られることになったのです。当時の太平洋には、航路などほとんどなく、北米の西海岸も未開の地でした。そこへ、ニッポンの少年たちが海を渡って漂着してきたというのですから、当時のイギリス人にとっては、まさに驚きだったようです」

この頃、イギリスやアメリカは、漂流民の送還《そうかん》を口実に相手国に開港を求め、通商条約を結ぶことを画策していたが、音吉たちはなかなか日本に帰されることがなかった。

「結局、そのまま三年の月日が流れました。私たちはマカオに住むドイツ人宣教師に預けられていたのですが、ここで新約聖書『ヨハネ福音書《ふくいんしょ》』を日本語に翻訳《ほんやく》する仕事を任されたのです」

「キリシタンの世界に触《ふ》れることは、恐ろしくなかったのですか」

福沢が尋ねる。

「もちろん、覚悟はしました。しかし、宣教師の方がとても親切で、私たちはその熱意に打たれ、何とか一年がかりで完成させたのです」

そんな音吉に、漂流後初めて日本に戻れる機会が訪れたのは、さらに一年半以上経った天保八年（一八三七年）七月のことだった。

「あのときは、私たち宝順丸の三人と薩摩《さつま》の漂流民《ひょうりゅうみん》四人が、アメリカの商船モリソン号に乗せられて日本に向かったのですが……」

「モリソン号……」

その船名を聞いた鼎をはじめ、複数の使節らの表情が曇《くも》った。

「そうです。もちろん、真の目的は日本との通商やキリスト教の布教にあったのでしょう。でも、そんなことは私たちにとって、どうでもよいことでした。とにかく五年ぶりに、生きて日本の地を踏めるという思いだけがありました。それが、どれほど嬉《うれ》しいことだったか……」

沈痛《ちんつう》な面持《おもも》ちで耳を傾ける鼎や福沢らに、陰《かげ》りのある笑みを向けながら音吉は続けた。

「その後の残酷《ざんこく》な結果は、皆さんご存知の通りです。幕府は私たちを受け入れないどころか、鹿《か》児島《ごしま》と浦賀《うらが》でいきなり砲撃《ほうげき》してきたのです。もちろん幕府が、異国船を打ち払えという命令を出しているらしいということは伝わっていました。しかし、モリソン号は軍艦ではないのです。まさか大砲も積んでいない非武装の商船まで攻撃《こうげき》してくるとは思いもしませんでした」

モリソン号事件が起こったとき、鼎自身はまだ十歳に満たない子供だった。しかし、非武装の商船に大砲を向けたという幕府の行いに対して、西洋砲術に携わる大人たちの間で批判の声が噴《ふん》出《しゅつ》していたことは、今もはっきりと記憶している。

「あのときばかりは本当に絶望を感じました。目の前に懐《なつ》かしい故郷の山々が見えているのに、上陸することが叶《かな》わないばかりか、砲撃をもって迎えられた……。結局、そのままマカオに引き返すしかなかったのです」

音吉の目が潤《うる》んだ。

「あの事件を境に、私たちは日本への帰国は諦《あきら》めました。二十歳になっていた私は、その後、イギリスの商船や軍艦に雇《やと》ってもらい、懸命《けんめい》に働き続けたのです」

上海へ渡ってからは、英兵として阿片戦争《あへんせんそう》(一八四〇～四二年)にも従軍したという。その後は、「デント商会」というイギリスの商社に勤めて貿易業に従事し、十八年間を上海で暮らした。「オトソン」という名を名乗り、日本語の通訳をするようになったのもこの頃だった。周囲から「音さん」と呼ばれていたのが、イギリス人には「オトソン」と聞こえたのだろう。

「当時、イギリスは日本との通商の機会を窺《うかが》って、何度か渡航を試みていました。日本語を話せる私は、彼らにとって格好の人材だったのでしょう。通訳官として選ばれたのです。最初の渡航は嘉永二年(一八四九年)、軍艦マリナー号での浦賀《うらが》行きでした。モリソン号の辛《つら》い経験を引きずっていたので、あのときは日本人であることを隠《かく》し、林阿多《リンアトゥ》という支那人《しなじん》として幕府側と接しました」

次に音吉が日本を訪れたのは、福沢の話に出た長崎であった。このときの音吉は「日英和親条約」の締結《ていけつ》という国際的な交渉の舞台で通訳官として堂々と貢献《こうけん》し、〝英語を自由に操る日本人〟の存在は、長崎中に知れ渡ったのだ。

音吉の話は夜通し続き、それらはひとつとして聞《き》き洩《も》らすことのできない生きた国際情勢についてのものだった。イギリス軍の兵士として阿片戦争に従軍したときの体験談や、イギリスに占《せん》領《りょう》されたあとの清国《しんこく》の悲惨《ひさん》な実情、太平天国《たいへいてんごく》の乱《らん》を境に急速な変化を見せるアジア情勢……。日本を離れて三十年という歳月が流れても、音吉の身体を流れるのは日本人の血だった。

「使節団の皆様に、これだけはお伝えしたいのです。どうか日本だけは、決して清国のように大国の属国にならぬよう、慎重《しんちょう》に外交交渉《がいこうこうしょう》に臨んでいただきたい」

「大国の属国に……」

「欧米人《おうべいじん》は我々のような黄色人を、明らかに見下しています。この後、皆さんはセイロン島へ寄港されると伺《うかが》っております。セイロンも最近までオランダ領でしたが、今はイギリスの統治下です。原住民がイギリス人にどのような扱《あつか》いを受けているか、よくよくご覧ください」

母国に切迫《せっぱく》する危機を、何とか今のうちに日本を代表する使節たちに伝えておきたい——。そんな音吉の強い信念が伝わってきた。


翌朝、通詞《つうじ》の福沢や長州藩の杉徳輔《すぎのりすけ》（後の杉孫七郎《すぎまごしちろう》）のほか、数名の仲間とともに、鼎はシンガポールの中心街であるオーチャード・ロードエリアにある音吉の自宅に招待された。色とりどりの蘭《らん》が美しく咲《さ》き競《きそ》う広い庭には、バルコニー付きの白い二階建ての屋敷《やしき》が建てられている。部屋はゲストルームも合わせて八間あり、自家用の馬車も所有しているという。ひと目で、現在の彼が貿易商として成功し、富を築いていることが見てとれた。

屋敷の中に案内されると、応接室には見事な蒔絵《まきえ》が施《ほどこ》された漆塗《うるしぬ》りのテーブルが据《す》えられ、日本の陶器《とうき》などが飾られている。

「まことに素晴らしいお屋敷ですな」

森山も福沢も驚いたように窓の向こうに広がる庭園を眺《なが》めた。

「皆様、どうぞセイロンティーを一服お召し上がりください」

召し使いがティーポットから紅茶を注ぎ入れると、音吉の話はさらに続いた。

「日本にはもう戻れない、そう覚悟を決めてから、私はがむしゃらに働きました。上海からシンガポールへ移ってきたのは、今年の初めのことです。太平天国の乱以降、あちらはとても混乱していましたからね。しかし、皮肉なことに誰も知らない日本語を話せるということが、私にとって何よりの武器になりました。結局、外交のすべては会話から始まるのです」

音吉はここにいる日本人が皆、外国語に通じているということを認識した上で、そんな話をした。

昼食を取ったあと、音吉の自宅からほど近い丘にあるフォートカニング・パークを訪れた。一八〇〇年代の初頭、シンガポールがイギリスの植民地だった時代に要塞《ようさい》として使用された場所で、当時の軍事施設や砲台《ほうだい》などが残されていた。

眼下には多くの異国船が行き交う賑《にぎ》やかな港を一望することができる。

しばらく歩くと、煉瓦造《れんがづく》りの塀《へい》が続き、記念碑《きねんひ》のようなものがいくつも埋《う》め込《こ》まれている。その横をゆっくりと歩いていた音吉は、ふと、ひとつの碑《いしぶみ》の前で立ち止まった。

『THE MEMORY OF EMILY LOUISA OTTOSON 1852.11.11 4 YEARS 9 MONTHS 6

DAYS』

「没年《ぼつねん》一八五二年十一月十一日、四歳と九ヵ月と、六日……」

福沢が声に出して読み上げると、音吉が静かな声で言った。

「エミリー・ルイーザ・オトソン。私の大切な娘です。今から十年前、病気で突然……」

「そうでしたか……」

一行は音吉の娘の墓碑《ぼひ》に、目を閉じて手を合わせた。

我が子がこの世に生きた歳月を、日にちに至るまで刻む。そうした墓石を、鼎はいまだかつて目にしたことがなかった。

生《お》い茂《しげ》る高い木々の隙間《すきま》から、日本の秋を思わせる風が通り抜けた。頭上には、日本で聞いたことのない南国特有の甲高《かんだか》い鳥の声が聞こえる。オトソンは墓碑を見つめて言った。

「異国の地で、ようやく摑《つか》んだ幸せは、あっけなく私の前から消えてしまいました。妻は産後の肥立ちが悪く、エミリーが生まれて間もなく逝《い》きました。あのときばかりは、自分の運命を呪《のろ》いました。しかし、それから数年後、今の妻と出会いましてね。子供も三人授かり、何とかやっております。私はこのまま、シンガポールに骨を埋《うず》めるつもりです」

音吉と過ごした時間は、わずかであった。しかし、一行にとって、それはまるでお伽話《ときばなし》の中に迷い込んだかのような不思議な時間だった。あとで聞いた話では、音吉は自分と同じように海難事故で漂流《ひょうりゅう》してきた日本人がいると聞きつけると、マカオや上海で保護し、生活の面倒を見たうえで、帰国船の手はずをつけては日本へ帰してきたのだという。

一月二十日午後二時頃。オーディン号は蒸気を吐《は》き出《だ》しながらシンガポールを出港し、次の寄港地であるインド洋のセイロン島を目指した。

港で、たった一人日本人使節たちを見送ったとき、彼は何を思っただろうか——。

鼎の瞼《まぶた》には、いつまでも手を振り続ける音吉の姿が焼き付いていた。

シンガポールを発《た》って七日後の朝、インド洋に浮かぶセイロン島の島影が見えた。島の北東部、トリンコマリーという港に短時間寄港したあと、オーディン号は島の南東目指し、二日後、ゴールという港街に着岸した。

この地には、一六〇〇年代にオランダが築いた立派な要塞《ようさい》があり、現在はイギリスが支配している。高い石垣《いしがき》で囲まれた要塞はどことなく日本の城の石垣に似ており、街を歩く僧侶《そうりょ》たちも日本のものとよく似た法衣《ほうえ》をまとっているため、鼎はふと江戸にいるような錯覚《さっかく》を覚えた。

ゴールのホテルから、鼎は加賀藩の役人、三浦八郎右衛門《みうらはちろうえもん》に宛《あ》てて手紙をしたためた。

『同月廿九日中印度セーロン嶋マール北緯六度餘《あまり》東に入る
釋迦降誕の地今に釋衣是にあり我朝の物と相似たり

昨廿九日上陸し旅舎に宿す白臺の暑は十三度也
明日は出帆と聞き俄《にわか》に御用書《ごようがき》の告を聞き柴田殿へ相頼みながら執筆いたし今より廿日余を経て西紅海に地中海の狭隘《きょうあい》を越へ三月中旬第一フランス國に到着との事未た順序は審《つまびらか》に分り不申使節中頻《しきり》に帰国を急がれ候て今年暮か又は来週春は帰国可申候』

インド洋に流れ込む寒流の影響《えいきょう》だろうか、一月のセイロン島は赤道に近いわりに爽《さわ》やかで過ごしやすかった。福沢はどうしても象をこの目で見たいのだと言って上陸し、遠出をしたようだが、結局遭遇《そうぐう》できず、落胆《らくたん》して艦に戻ってきた。

ゴールに四日間滞在した一行は、二月二日の朝、港を発《た》ち、いよいよイギリスへ向けての大移動を開始した。まず、紅海を経てスエズに到着。そこからカイロまでは蒸気機関車で移動し、エジプトに滞在。その後、アレキサンドリア、マルタ島、マルセイユを経由してパリに入り、ナポレオン三世に謁見《えっけん》したのち、フランスの軍艦コルス号でドーバー海峡《かいきょう》を渡り、再び汽車に乗ってロンドンに到着したのだった。セイロン島を発ってから約二ヵ月間の行程だった。

文久二年（一八六二年）四月二日から約一ヵ月半、使節団一行はイギリスに滞在することとなった。サウス・ケンジントンではちょうど、第二回ロンドン国際博覧会が始まったばかりだった。

展示会場はロンドン市内の中心部から一里（約四キロメートル）ほど西、王立園芸協会の庭園のすぐ隣に建造されたドーム型の建物で、東西約二町（約二百三十メートル）、南北約三町（約三百五十メートル）、床面積《ゆか》二十三エーカー（約九万三千七十七平方メートル）という広大な建物の中に、巨大なふたつの空間が設けられている。そこには、イギリスをはじめ、アメリカ、イタリア、ポルトガル、ロシア、スペイン、ペルーなど、世界中から集まった国々がブースを設け、自国が誇《ほこ》る最新の産業技術や、芸術作品などを展示していた。

会場を一周すれば、さながら世界一周をしたような気分になれるのだが、鼎たちは絢爛豪華《けんらんごうか》な美術工芸品には目もくれず、最新式の大砲や銃が展示されている近代軍需産業《きんだいぐんじゅさんぎょう》のブースから離れようとしなかった。

「おお、これが海陸両用のアームストロング砲《ほう》か！」

シルクハットと礼服に身を包んだ紳士たちの人波に揉《も》まれながら、鼎は思わず声を上げた。頑《がん》丈《じょう》な台の上で黒光りする巨大な大砲は、イギリスのウイリアム・アームストロングが開発した最新型のライフル砲だ。

「元込《もとご》めか……、これなら装塡《そうてん》時間は相当短縮されるはず」

そう言いながら展示されている細身の砲身に近寄れるだけ近づくと、隅々《すみずみ》まで目を凝《こ》らした。鼎とともに見学していた福沢諭吉と佐藤恒蔵も、人ごみをかき分けながら目を輝かせる。

「ここから見るとよくわかりますが、砲身の内側に筋が入っています。そのうえ、尖弾《せんだん》となれば射程距離《しゃていきょり》も相当なものでしょう。おそらく命中率も高いはず」

弾丸を回転させるために砲の内側に彫《ほ》られた螺旋状《らせんじょう》の溝によって、弾の命中率もさることながら、貫通力《かんつうりょく》も増強する。

「もはや我が国の大砲ごときでは、とても歯が立ちそうにない……」

周囲を見渡すと、これ以外にも最新型の銃砲類が競い合うかのように多数展示されている。世界の最新兵器を目の当たりにした三人は、軍事技術の急速な進歩に驚くばかりだった。

「あなた方は、ニッポンから来られたのですね」

大砲の形状や性能を写し取る三人を見て、イギリス人の担当者が話しかけてきた。

「はい、昨日ロンドンに到着したところです」

「おお、素晴らしい。英語がお上手なのですね」

その男は両手を広げ、驚いたような身振りを見せた。

二年前、遣米使節に参加してからというもの、鼎と佐藤は徹底的《てっていてき》に英語の修練に励《はげ》んでいた。アメリカの発音とは若干の違いを感じるものの、今回の渡航中もイギリス人の水夫らとも積極的に英語で話すことを心掛け、日常的な会話なら十分にこなせることを実感していた。

福沢もサンフランシスコから帰国後は英語を猛勉強し、今回の渡航ではすでに通詞《つうじ》という役目を務めるまでになっていたが、砲術《ほうじゅつ》の知識に関して、今回の一行の中で鼎の右に出る者はいない。福沢は鼎とともに行動することで、最新の武器に関する知識を身に付けようとしていた。

「皆さんは、大砲にたいそうご関心をお持ちのようですね。ご質問があれば、私がご説明いたしましょう」

担当者はそう言って、三人を展示されている大砲と砲身の真正面に誘《いざな》った。

「この最新型のアームストロング砲は後装、つまり弾《たま》を後ろから装塡《そうてん》する元込《もとご》めとなっています」

「元込めにすることで、装塡時間はどのくらい短縮されたのでしょうか」

羽織袴《はおりはかま》姿のサムライが、流暢《りゅうちょう》な英語で専門的な質問をするので、担当者は驚いた表情で答えた。

「従来の十分の一にまで短縮されました」

「十分の一！　それは驚異的だ」

福沢が興奮気味に反応した。

今度は佐藤が質問をする。

「この砲身は、鍛造《たんぞう》（熱した鋼材を叩《たた》きながら成型する手法）ですか？」

「そう、ロートアイロン、鉄の塊《かたまり》をスチームハンマーで伸ばし、それを巻きつけているのです」

「ということは、貴国ではもう、鋳造《ちゅうぞう》（溶《と》かした鋼材を鋳型《いがた》に流《なが》し込《こ》む手法）は使われていないのですか？」

「はい、強度がまったく違いますからね。今ではもっぱら、ロートアイロン（鍛造《たんぞう》）です」

従来の鋳型《いがた》で成形する工法に比べ、鍛造で成形した複数の筒を重ね合わせる層成砲身《そうせいほうしん》は強度が高く、そのうえ軽量なのが特長だ。

「大砲にご興味をお持ちならぜひウリッジにある国立兵器工場もご見学ください。そこでは、このアームストロング砲を流れ作業で製造しているところを見学していただくことができます」

「作業場を見せていただけるのですか、それは有り難い。ぜひお計らいのほどを」

「承知しました。ではそのときに、大砲の図面などもお見せできると思います。陸軍長官にも伝えておきましょう」

「それはかたじけない……」

鼎は深く一礼をしながら、信じられない思いでいた。まさに、洋学者としての誇《ほこ》りをかなぐり捨てて飯炊《めした》きをし、上役らの不平不満に耐《た》えてまで、やってきた甲斐《かい》があったというものだ。

国際博覧会の開催中、鼎はホテルでイギリスの新聞『The Illustrated London News』（新暦《しんれき》五月十日付）に目を通した。するとそこには、国際博覧会に来場した日本人についてこう書かれていた。

〈彼らの衣装はみすぼらしく、半分剃《そ》った頭で、薄汚《うすよご》れた上着、言葉では言い表せない茶色のホランド（袴《はかま》）、そしてペーパーブーツを身に着けていたが、特使たちが各自二本ずつ持っていた「財産」である刀は、素晴らしく見えた。さらに、日本の使節らの風俗《ふうぞく》習慣について、「主に生魚を食べて生きている」とか、「かれらの宿泊先《しゅくはくさき》のクラリッジ・ホテル〈国賓《こくひん》が宿泊するロンドンの高級ホテル〉のウェイターの半数は、アヘンの煙で窒息《ちっそく》した」とか、多くの噂《うわさ》が流れているが、日本人について語られている話には真実のかけらもなく、彼らはとても真面目で分別がある。日本人は噂のような野蛮人《やばんじん》でなく、節操と礼儀《れいぎ》をわきまえている。〉

この国の紳士たちにとって、どんな日本製品より、羽織袴姿の異邦人《いほうじん》である我々こそが、博覧会の〝展示物〟だったのだと鼎は痛感した。しかし、〈みすぼらしく……薄汚れた上着……野蛮人……〉という文言が、さすがに胸に突《つ》き刺《さ》さった。

「我々は明らかに見下されている」

シンガポールで音吉が告げたあの言葉が蘇《よみがえ》った。しかし、現実はあえて受け入れなければならない。イギリス滞在中に、そうした先入観をどれだけ払拭《ふっしょく》することができるか。それこそが日本人使節団に課せられた責務なのだと、鼎は自らに言い聞かせた。

四月二十一日早朝。街中に響き渡る教会の鐘《かね》の音で目が覚めた。ホテルの窓を開けると、ロンドンの空は澄み切っていた。

パン、白飯、ゆで卵、そして、焼《や》き鯖《さば》に紅茶という、何とも奇妙《きみょう》な和洋折衷《わようせっちゅう》の朝食を終えると、鼎は五人の仲間とともに馬車に乗り、ロンドンブリッジ駅を目指した。今日はこの駅から午前十時半発の汽車に乗り、念願のウリッジ国立兵器工場を訪れることになっている。

朱色《しゅいろ》の煉瓦《れんが》の建物が連立する工場の入り口に到着《とうちゃく》すると、アンダーソン副長官が数名の部下を従えて迎えに出てくれていた。

「日本の皆さん、ウリッジ国立兵器工場へようこそ。今日は心行くまでご見学ください」

今回の使節団の中で、本格的に西洋砲術《せいようほうじゅつ》を修め、さらに英語を使うことができるのは鼎だけだ。迎えた側もそれは把握《はあく》していたようで、鼎を中心に細かな説明が行われた。

まず、最初に案内されたのは銃砲工場だった。中へ足を踏み入れると、蒸気エンジンが各種工作機械を回転させる金属音が絶え間なく響《ひび》き、油の焼けたようなむっとする臭《にお》いが広い工場の中に充満している。工員はこの建物だけでざっと数千人はいるだろうか。巨大な旋盤《せんばん》やスチームハンマーなどがずらりと備え付けられており、それぞれの持ち場で機械に向き合い、ある者は部品を削《けず》り、ある者は流れ作業で次々運ばれてくる部品を手早く組み上げていく。

とくに目を見張ったのは、広い工場内に動力を伝える仕組みだ。天井を見上げると、長いシャフトが張《は》り巡《めぐ》らされ、蒸気の力で力強く回転を続けている。そして固定されたベルトがシャフトの回転とともに工場に設置された数多くの機械へと動力を伝えていくのだ。その無駄のない作業工程と速さに、鼎をはじめ使節団は圧倒されていた。

「こちらの工場では、ひと月にアームストロング砲《ほう》を何門ほど完成させるのですか」

鼎が尋ねると、副長官はさらりと答えた。

「七日に三十門のペースで組み上げています」

「ということは、ひと月に百二十門……」

鼎たちの驚く表情を見て、副長官は少し得意げな顔を見せた。

その言葉通り、工場の前の敷地には完成した黒い砲身がずらりと並べられていた。工場から運び出されてきたそれは、蒸気エンジンで動くクレーンを使って軽々と持ち上げられ、規則正しく並べられていく。

ひと通りの見学が終わると今度は別室へと呼ばれた。

「ミスター・サノ、これが陸軍大臣からあなたへと託《たく》された資料です」

アンダーソン副長官はそう言いながら、アームストロング砲の分解図と製造工程を示した紙の束を鼎に手渡した。先日、国際博覧会で声を掛けてくれた担当者が、約束通り連絡をしておいてくれたのだろう。

「なんと、分解図まで……。これは、まことにかたじけない」

「せっかく遠方よりお越《こ》しくださったのです、少しでも貴国のお役に立てれば嬉《うれ》しいのです」

副長官はそう言って、紳士的な笑顔を見せる。世界が注目する最新兵器、アームストロング砲の図面を入手できたことは大きな成果だ。加賀藩で大砲などの製造を命ぜられている同僚《どうりょう》たちもきっと驚くに違いない。

しかし——。

鼎の頭は瞬時にして冷えた。

つまり、たとえ我々がこの図面を持ち帰ったとしても、今の日本にはこれを作り上げるだけの設備も技術もない。仮に、同じものが作れる日が来たとしても、そのときにはさらに新しい技術が進み、この図面は紙くず同然になっている——そう見越《みこ》しての図面の提供なのだ。

我々は明らかに見下されている……。

鼎は、先日、新聞に書かれた日本人についての記述を思い返し、冷静さを保とうとした。

日本では攘夷派《じょういは》が未だに、「夷狄《いてき》を追《お》い払《はら》え」「外国船を打ち払え」と声高に叫んでいる。だが、外国船を打ち払うために、当の相手国から武器を大金で購入しなければ始まらぬような戦いに、何の意味があるというのか。しかも、相手国はそうして得た金で、二歩も三歩も先を行く武器を造り、攻撃《こうげき》してくることが目に見えている。

アームストロング砲の図面を手にした鼎の興奮はほんの一瞬で消え失せた。そして、すぐさま混乱する日本の情景が脳裏に浮かび、黒い渦《うず》を巻いた。

ホテルに戻った鼎は、江戸の上屋敷《かみやしき》で待つ加賀藩の宇野直作《うのなおさく》に宛《あ》てて、イギリスで作られている銃砲や大砲の最新情報とともに、その複雑な胸の内を書状にしたためた。

『カノン砲の使用はまだ一般になっておらず、秘になっていて、仕様図面、書物は容易には手に入り難く、そうとは言いながら、図四枚、書類一部、手に入れることができました。銃や大砲の製作は、しばらく見合わせていただけますよう、お願いいたします。

いずれにしても金のない貧乏人《びんぼうにん》があれこれ企《くわだ》てることもできず、ため息です。しかし、使節団でご一緒している松木弘安どののご配慮《はいりょ》にて、書籍を多数買入れることができ、一段の佳事《かじ》にございます。

宇野直作様』

このほか、手塚律蔵にも同様の書状を送った。手塚宛の書状は、手塚の自邸《じてい》で養生している木村鉄太にも必ず読み聞かされることだろう。鼎は、遣欧使節《けんおうしせつ》として再び異国の地を踏むことを夢見ていた木村のために、欧州の様子をできる限り詳細《しょうさい》に書《か》き綴《つづ》り、手紙を出し続けた。

しかし、木村は使節団が出航してから二ヵ月後の文久二年（一八六二年）二月、すでに労咳《ろうがい》のためこの世を去っていた。享年《きょうねん》三十四。

アメリカから帰国後、鼎とともに語り合っていた欧州行きも、そして故郷の肥後へ帰ることもついに叶《かな》わなかった。


ロンドン滞在中のある夜のこと。

「佐野さん、今日はロンドン市内の書店で、地理と物理の書物を手に入れたのですが……」

福沢が箕作秋坪とともに、自分たちが手に入れた英書の類を見てもらいたいと鼎の部屋を訪ねてきた。箕作は幕府の天文方《てんもんかた》で翻訳《ほんやく》の仕事に従事し、幕府直轄《ちょっかつ》の洋学研究機関である「蕃書調《ばんしょしらべ》所《しょ》」の教授手伝いも行っていた。

「おお、これは随分《ずいぶん》買い込まれたのですね」

鼎は驚きながら、重厚なハードカバーで装丁された英書に目をやった。

「これをすべて読み込むのは大変でしょうが、なかなかよい書物を選ばれましたな」

箕作も満足そうに言う。

「昨日は英語の辞書を手に入れました。あとは砲術《ほうじゅつ》や航海術に関連したものも手に入れようと思っています。そのときは佐野さんにぜひご指南いただきたいと」

「私でお役に立つのでしたら、お供いたしますのでいつでもお声かけください。それにしても、うらやましい限りだ。欲しい書物はいろいろあるのですが、福沢さんのように潤沢《じゅんたく》に金がなく、思うように買うことができません」

「今回、幕府のほうから支度金として四百両預かってきたのです。その金で参考になりそうな本を日本へ持ち帰れということでしょう。蕃書調所などに収めて使うことになるのだと思います」

「私も遣米使節《けんべいしせつ》の折、アメリカでは多くの書籍を買い求めました。何せ日本では手に入らない代《しろ》物《もの》ですから、後悔《こうかい》せぬよう吟味《ぎんみ》して、一冊でも多く持ち帰られるのがよいでしょう」

鼎は二人が抱《かか》えてきた大量の本を一冊ずつ手に取り、興味深そうに頁《ページ》をめくる。

「佐野さんはアメリカで学校などを見学されたそうですが、今回の欧州では、実に驚くことばかりでした。聾や唖人にまで教育を施《ほどこ》すとは……。ＡＢＣを指で器用に表し、自由に会話し、そして学んでいる。生徒たちは聾であることを恥《は》じることも隠《かく》すこともせず、実に生き生きと……」

箕作は感慨《かんがい》深《ぶか》げに溜《た》め息《いき》をついた。福沢も続ける。

「それに引《ひ》き替《か》え、我が方では、教育どころか放置されるばかりです。私は今回、教育というものがいかに大切かということに、気付かされた思いがします」

「それは私も同じです。ニウヨークの聾学校《ろうがっこう》で、初めて手話を見たときはお二人と同様、まことに驚きました。私は長年にわたって西洋砲術《せいようほうじゅつ》を修めてきました。加賀藩は今、海防のための武器、火薬の類の調達や製造に必死です。私も藩に仕える以上、その務めは全うする所存です。しかし、欧米の国々をこの目で見て、今、もっとも必要なものは何かということを考えたとき、行きつく結論はひとつだということに気付いたのです」

「結論……」

「そう、教育です。何を成すにも、人材の仕立て方こそが肝要《かんよう》なのだと」

「人材の仕立て方……」

「人は誰でも、学ぶ機会を平等に与えられるべきなのだということを、恥ずかしながら、この歳《とし》になって初めて気付かされたのです」

「佐野さん、私たちもまさにここ数日はそのことばかりを考えておりました。日本は、このままいけば西洋列国の属国になってしまう。広く世界に目を向け、学んでいかなければ、国が滅《ほろ》びてしまうのではと」

「福沢さんや箕作さんは、いち早く英学の必要性に目をつけられた。だからこそ、今、イギリスに来てこの国の産業や文化を知ることができるのです。もし、英語を学んでいなければ、異国へ来ても文盲《もんもう》と何ら変わりがありません。すべて学びあってこそ、なのです」

福沢と箕作は、鼎の言葉に大きく頷《うなず》いた。


イギリスとの交渉には、駐日公使《ちゅうにちこうし》オールコックが日本側に立って弁護を行った。その結果、新潟と兵庫の開港、そして江戸と大坂の開市を、翌年一月一日から五年間延期することが承認され、「ロンドン覚書《おぼえがき》」に調印することに成功した。五月九日（新暦《しんれき》六月六日）のことである。

日本と条約を結んでいたフランス以外の国々も、順次交渉に応じ、使節団は何とか第一の目的を達成することができた。次に使節らは、ロシアのペテルブルク（サンクトーペテルブルク）に移動し、樺太《からふと》国境の確定についての交渉を始めた。しかし、ロシア側は北緯《ほくい》五十度線で境界を画するという日本側の案に対して首を縦に振らず、強硬《きょうこう》に自国の領土であると主張した。

結果的に、四十日間もの長期にわたって滞在したにもかかわらず、交渉は不調に終わり、ペテルブルクを後にした一行は、八月二十四日、汽車でベルリンに向かった。

車窓から眺《なが》める景色は、刈り入れが始まったばかりの、どこまでも続く麦畑だった。鼎は大陸の広大な農地を見ながら、日本という島国の領土がいかに小さいものかを思い知らされた。

その後、フランス経由でポルトガルに滞在《たいざい》した一行は、リスボア（リスボン）港を出港。往路とほぼ同じ航路を辿《たど》り、シンガポール経由で帰国の途《と》に就くこととなった。

昨年の十二月に江戸を発《た》ったとき、娘《むすめ》の茜はちょうどよちよち歩きを始めたばかりだった。遣欧使節団への参加は自分の強い希望で決めたものの、可愛い盛りの娘に一年近く会えなかったことだけは残念でならなかった。


ちょうどその頃、鼎がパリでしたためた手紙が二ヵ月半かけてようやく江戸に到着し、それを受け取った宇野直作が、春に知らせに来た。

鼎の妹・竹《たけ》に急かされた直作は、異国の地にあっても鼎自身が元気であること、そして、江戸で待つ家族が変わりなく平安に過ごしていると聞き、喜んでいるというくだりから読み始めた。

「今回の書状には、このようなものが一緒に入っておりました。『最近のニウスペイパアがあるので、貴君の閲覧《えつらん》に贈呈《ぞうてい》する』と」

「ニウス、ペイパア、でございますか」

「日々起こる出来事を毎日この紙に刷り、街で売られているそうです。まあ、言うなれば、瓦版《かわらばん》のようなものでしょう」

そう言いながら、直作は手紙に同封されていたフランスの新聞を広げた。

十四歳の竹は、初めて目にする異国の新聞を手に取り、珍しそうに見つめている。

「宇野さま、この小さな文字は英語ですか、それとも蘭語《らんご》？」

「いや、これはフランス語ですね」

「この紙は、何か初めての、異国の香《かお》りがいたしますね。今までに嗅《か》いだことのない……」

「おそらくあちらの墨《すみ》の匂いでしょう。こちらの墨とは違うもののようですから」

直作もフランスの新聞に鼻を近づけ、遠くヨーロッパから運ばれてきたその香りを吸《す》い込《こ》んだ。

「しかし、鼎どのの文にはこうありますぞ。『但《ただ》し、新聞に出ていることは、真実も嘘《うそ》も選ばず書き上げてあるから、その間の実情を知って誤聞もまたあるものとしてお察しください』と」

「まあ、兄上らしいわ」

春も苦笑いを浮かべながら言う。

「旦那《だんな》さまは普段《ふだん》から、他人様の伝聞を鵜呑《うの》みにされることは、まずありませんもの」

夫婦になってまだ日が浅いが、春は夫の性質をよく見抜いていると直作は思った。

「そういえば、今回の文の最後には、珍しく詩文が書かれていました」

「まあ、旦那さまが詩文を？」

春も意外だったようだ。

直作は、声を出して続きを読み進めた。

『ペテルブルグにて先生（宇野）の寄せ書き（手紙）を得て、欣躍《きんやく》（小躍《こおど》りするほど嬉《うれ》しい）に堪《た》えず、よってこの詩を作る。』

遠友良朋報近情（遠く祖国に良友ありて、近情を報らせ来たり）
読去来忽忘別離（読み進むにつれて友と別れしを忘する）
尤欣封上平安字（もっとも嬉《うれ》しいことは、封上《ふうじょう》にある平安の文字）
豈但趙王十五城（ただ趙王《ちょうおう》の十五城のような問題が残っているだけである）

「趙王の十五城の故事にたとえるとは……、何とも鼎どのらしい」

手紙と漢詩を読み終えた直作が苦笑いを浮かべながら言うと、竹がすかさず尋ねる。

「宇野さま、ちょうおうのじゅうごじょう、とは、どのような……」

「中国の『史記《しき》』に記されたお話です。とにかく、鼎どのは史記を熟読されていましたからな」

「それは、いつの時代の、どのようなお話ですの？」

直作は、問いを重ねてくる竹に、なぜだか大人びたものを感じて戸惑いつつも、説明を始めた。

「この話は秦《しん》の時代ですから、今から二千年ほど前になるでしょうか。あるとき、秦の国王が、趙という小さな国が素晴らしい璧《へき》（宝）を持っていることを知り、自国の十五の城と交換《こうかん》しないかと持ち掛けてきたのです。趙にとって十五もの城を得ることは、驚くほど大きな見返りでしたが、侵略を重ねて国を大きくしてきた秦のこと、城を渡すというのは口約束だけで、趙は宝だけを奪い取られ、秦の属国に成り下がってしまうのではないかという不安がありました。そこで趙は、とりあえず礼を尽くして使者を差し向け、璧《へき》を持参します。ところが予想は的中して、使者は秦の王が十五城を趙に渡すつもりなどないことを見抜き、決死の覚悟で宝を奪い返して、自国へ持ち帰ったという話です」

「そのお話、私も旦那《だんな》さまから伺ったことがあります。力を持つ大国だからといって、小国を欺《あざむ》くようなことは許されない。また小国はたとえ相手が大国であっても、決して卑下《ひげ》することなく大義を貫くべきであると」

「春どののおっしゃるとおりです。鼎どのはおそらく、オロシャを秦に、日本を趙にたとえて、この詩をしたためられたのでしょう」

鼎はかねてから、樺太は日本の領土であると強く表明していた。だが、ロシアと樺太の国境問題は、結局、不調に終わった。賄《まかな》い方《かた》として参加している鼎自身は、その話し合いには加わることはできず、そのことが歯がゆくてならなかったのだろう。直作はこの詩文から、鼎の無念を汲《く》んでいた。

遣欧使節団を乗せたエコー号が駐日フランス公使ペルクールの訪問を受け横浜港に帰着したの

は、文久二年十二月十日、午前十時過ぎのことだった。午後二時過ぎ、抜錨《ばつびょう》するとすぐに江戸へ向かって航行し、三時頃、品川沖に無事帰還《きかん》。翌十一日に一行は上陸した。

この日、江戸は雲ひとつない冬晴れの空が広がっていた。しかし、国内情勢は混乱を極め、先の見えない暗雲が立ち込めていた。

文久二年、遣欧使節団が欧州に派遣《はけん》されていたまさにその年、長州藩は藩としての方針を尊王《そんのう》攘夷《じょうい》に固め、同じ意見を持つ朝廷内《ちょうていない》の公卿《くぎょう》と結束した。そのことがきっかけとなり、全国各地の尊王攘夷派の志士たちの活動はますます活発化していたのだ。

そうした動きは、加賀藩の内部にも深刻な変化をもたらしていた。

外国船が次々と日本に来航し始めた当初、藩内の重臣たちの意見は鎖港《さこう》攘夷派と開国貿易派に分かれていた。ところが、いつしかこれが、天皇を敬する尊王派と、幕府を補佐《ほさ》する佐幕派《さばくは》へと変化していき、対立構造はさらに深まっていったのだ。

そうした情勢の中、「鎖港攘夷」を強硬《きょうこう》に主張し、いつしか「尊王派」となっていた藩の上層部らは、遣米、遣欧と二度の海外渡航経験を積んでいた鼎に対して、「西洋かぶれの洋学者」というレッテルを貼り、知らぬ間に敵対視するようになっていた。彼らは「西欧文化の導入は皇国の美風を損なうものである」として、鼎を批判の対象にしていたのだ。

一方、加賀藩としては、すでに海岸防備に大きな予算を投じて七尾《ななお》に軍艦所《ぐんかんじょ》を設置し、海外から軍艦を輸入することも決定していた。鎖港攘夷派がこの動きに反対の姿勢を示さなかったのは、あくまでも異国を打ち払うための手段として、軍艦所の設置は不可欠、と考えていたからだ。つまり、「海岸防備」のための西洋式砲術《せいようしきほうじゅつ》や武器、軍制の導入については、開国貿易派の考えと逆の目的ではあるが、おおむね一致《いっち》していたことになる。

また、十年前のペリー来航をきっかけに、加賀藩の中に作られた西洋火術方役所は、その後規模を拡大し、安政元年(一八五四年)、「壮猶館《そうゆうかん》」と改称《かいしょう》された。

当初は軍事強化を目的に作られたいわゆる兵学校だったが、鼎が西欧諸国《せいおうしょこく》を訪れてからは、訪問先で買い求めた数々の洋書研究が進み、軍事だけでなく、舎密《せいみ》、いわゆる理化学研究も本格化していた。「舎密」とは、オランダ語で化学を意味する「chemie」の読みを漢字であてた言葉である。

教育学科としては、砲術のほかに、馬術・喇叭《らっぱ》・合図・洋学・西洋数学等が、順次導入され、航海術・測量学等は、壮猶館の分立校として作られた七尾軍艦所で授業が行われた。医学に関しても、長崎でシーボルトに学んだ黒川良安《くろかわまさやす》らによって、壮猶館で回読が始まった。優秀な学者たちが学び、教え、人材を育てるようになったのだ。

こうした基礎《きそ》的《てき》な幅広《はばひろ》い教科を身に付けさせるという教育方針は、まさに鼎がフィラデルフィアのペンシルベニア大学で見た、ベンジャミン・フランクリンの教育理念、「リベラル・アーツ」を意識したものであった。

藩の中には壮猶館の存在まで目の敵にしている一派がいることは十分に承知していたが、もはや刀や槍《やり》、弓、火縄銃《ひなわじゅう》を使った旧式の武術の時代ではない。そのことを誰よりも知っているからこそ、鼎は反対勢力に屈するわけにはいかないと心に誓っていた。

鼎は欧州から帰国早々、加賀藩内に新しく設置された軍艦奉行《ぐんかんぶぎょう》の補佐《ほさ》として任命され、翌年一月八日には、加賀藩が前年にイギリスから六万五千両で購入した蒸気軍艦「シティー・オブ・ハンカウ」を横浜で受け取る任に就いた。加賀藩として初の所有となったこの洋式汽走帆船《ようしききそうはんせん》は「発機丸《はっきまる》」と名付けられ、三月、航海術を学んだ加賀藩士らによって国許《くにもと》の宮腰《みやのこし》（現在の石川県金沢市）へと廻航された。

また同じ頃、鼎は宮腰浦砲台造方御用主附、及び、異国船渡来之節応接方御用という役割も与えられ、仕事と家族との暮らしの拠点《きょてん》を、江戸の上屋敷《かみやしき》から国許である金沢へと移すことになったのである。

金沢へ越《こ》して間もなく三歳になった茜は、言葉を覚えるのも早く、可愛い盛りだった。まだ英会話とまではいかないが、「イエス」「ノー」や「サンキュー」「グッドモーニング」といった単語は、日常の中で自然と出てくるまでになっている。

鼎は自身が教授を務める壮猶館の生徒や同僚《どうりょう》の教授陣《きょうじゅじん》が訪ねてくるたびに、茜を膝《ひざ》に抱《だ》き、つやつやした黒髪を撫《な》でながら、

「正則英語、つまり正しい発音による英会話とは、こうして幼き頃より学ぶことが何よりなのだ」

と、人目も憚《はばか》らず目尻《めじり》を下げ、得意げに言った。

「親のひいき目かもしれぬが、茜は聡明《そうめい》で頭の良い子だ」

「まあ兄上、また茜ちゃんのご自慢《じまん》ですか」

妹の竹もあきれたように笑う。

「ああ、茜はもう英語を話すのだぞ」

「どちらへ留学させるおつもりなのですか」

竹と目配せしながら、春もいたずらっぽく尋ねる。

「そうだな、アメリカ、イギリス、フランス、どちらがよいであろう。さあ、茜はどちらへ行きたいか?」

遣米、遣欧の使節団に加わり、長期にわたって家を空けた鼎だったが、金沢に居を移してからというもの、その空白を埋《う》めるかのように、初めて穏《おだ》やかな家族の時間を過ごしていた。

一方、時代は危ういほど目まぐるしく変化していた。それを実感しながら、鼎はこれから茜が生きていく新しい日本の未来に思いを馳《は》せていたのだった。

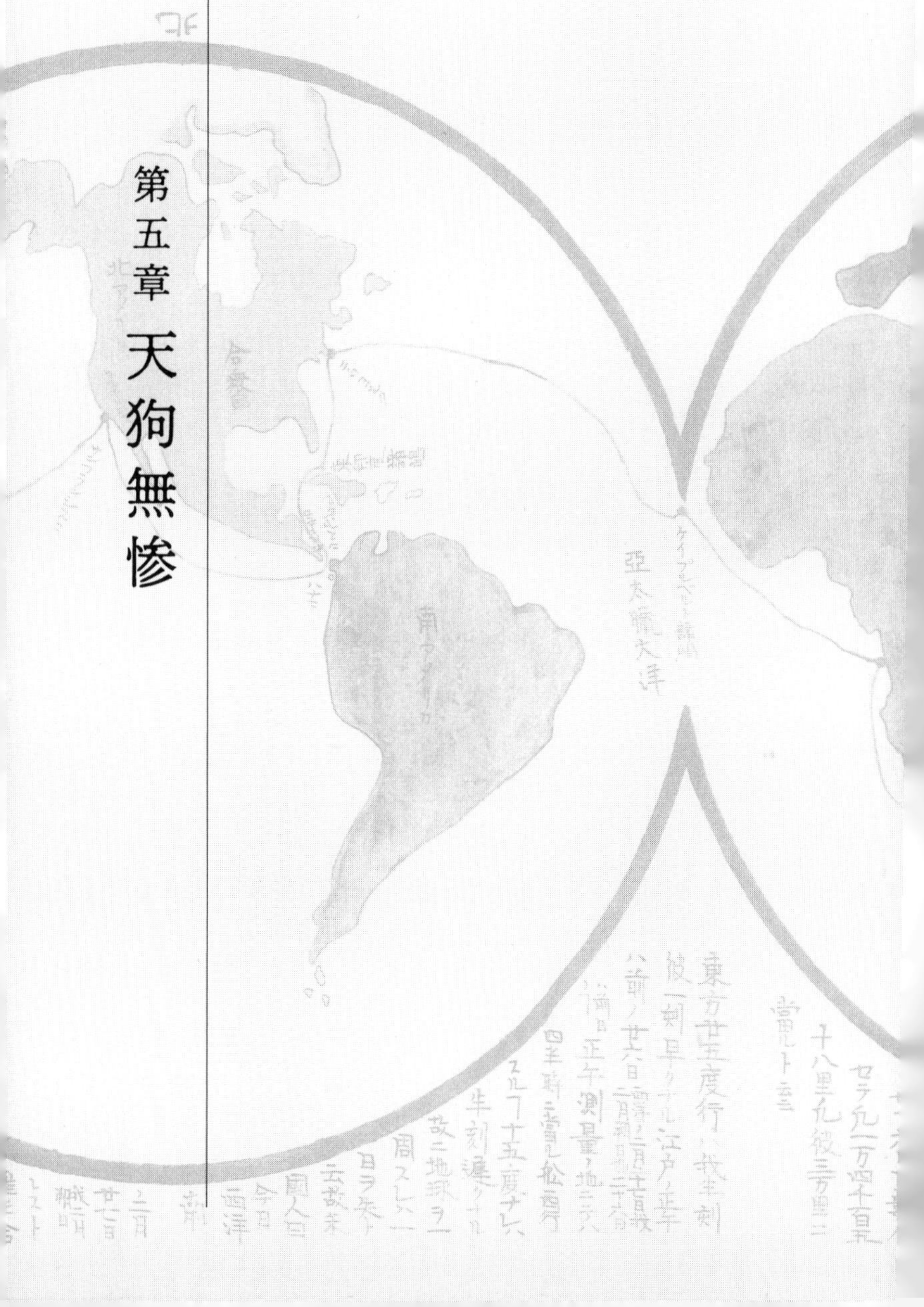

第五章　天狗無慘

元治元年（一八六四年）十二月十四日。朝から、雪がしんしんと降り続いていた。

鼎《かなえ》は仏間の障子を少し開けると、鉛色《なまりいろ》の空を仰《あお》いだ。庭には、金沢に居を移して初めて見る一面の雪景色が広がっている。

一年前の春、家族とともに江戸から移ったこの住まいは、犀川《さいがわ》に面した角場《かどば》に近い屋敷《やしき》であった。角場とは鉄砲《てっぽう》の稽古所《けいこじょ》のことである。

幼い頃を過ごした故郷の富士川《ふじかわ》とは異なり、犀川は穏《おだ》やかな流れだった。春《はる》も妹の竹《たけ》も、この長閑《のどか》な風景を気に入っていた。

開いた障子の隙間《すきま》を縫《ぬ》うように舞い込んできた冷たい風を受け、座敷に飾られていた加賀友禅《かがゆうぜん》の華《はな》やかな暖簾《のれん》がさざ波のように揺《ゆ》らめいた。

幅《はば》が一間（約一・八メートル）もある大きな正絹布《しょうけんふ》、その中に咲《さ》き誇《ほこ》る梅の花の下には、愛らしい二羽のおしどりが寄《よ》り添《そ》うように描かれている。

華麗《かれい》な京友禅も趣《おもむき》があるが、加賀友禅の写実的な絵柄《えがら》と、藍《あい》、臙脂《えんじ》、黄土《おうど》、草、古代紫《こだいむらさき》の「五彩《ごさい》」の紅系統を生かした、落ち着きのある染色の技法を、鼎はとくに気に入っていた。

「まことに竹さんはお綺麗《きれい》な花嫁御寮《はなよめごりょう》でしたね」

傍《かたわ》らで、出陣《しゅつじん》のための支度を整えていた春が、ふとその手を止め、紅色の華《はな》やかな暖簾《のれん》を見上げた。

十七歳になったばかり、まだあどけなさの残る竹の可憐《かれん》な白無垢《しろむく》姿を思い返しながら、鼎は目を細めた。

「馬子《まご》にも衣装とは、よく言ったものだ」

妹の竹と友人の宇野直作《うのなおさく》の婚礼《こんれい》から、早七日が経《た》とうとしていた。春はあえて出陣前の緊張《きんちょう》を和ませようとしているのだろう。鼎はその心遣《こころづか》いが嬉《うれ》しかった。

下曾根塾《しもそねじゅく》の時代からとくに親しく過ごしてきた宇野直作に、自身の妹を嫁《とつ》がせることができたことに、鼎は心から安堵《あんど》していた。十八も歳《とし》の離れた腹違《はらちが》いの妹だったが、自分と同じく早くに実母を亡くしているせいか、幼い頃から親代わりのような気分だった。

加賀では嫁入りのとき、実家と婚家の水を玄関先で半分ずつ混ぜて飲み干し、実家の紋《もん》を入れた大きな暖簾を嫁ぎ先の仏間の入り口にかけ、仏前でお参りしてから婚礼を始めるという風習がある。

駿河国にはそうした習わしはなかったが、加賀藩に召《め》し抱《かか》えられ、縁《えん》あって妹が加賀の家に嫁ぐことになったのだ。鼎は竹の縁談《えんだん》が決まると、迷うことなく花嫁暖簾《はなよめのれん》と呼ばれる、この加賀友禅を注文した。

夫婦円満の象徴《しょうちょう》でもあるおしどりの絵柄《えがら》は、春と竹が二人で選んで決めたものだ。

「しかし、よもや直作どののが、我が子ほど歳《とし》の違う竹を見初めていたとは……」

鼎が真顔でそう言うと、

「まあ、私は江戸におりました頃からとうに気付いておりました。旦那《だんな》さまは、難しい学問のことは何でもおわかりですのに……」

春は出陣用《しゅつじんよう》の袴《はかま》をたたみながら、静かに微笑《ほほえ》んだ。


可愛い盛りの茜《あかね》を突然の病で喪《うしな》ったのは、昨年秋のことだった。あのとき鼎は、自分たち夫婦に談笑できる日など二度と来るまい、そう思った。しかし、日にち薬とはよく言ったものだ。

今年の夏、壮猶館《そうゆうかん》の砲術稽古方惣棟取役を命ぜられた鼎は、優秀《ゆうしゅう》な教授陣《きょうじゅじん》とともに、西洋砲術《せいようほうじゅつ》だけでなく西洋の科学技術や語学教育にも懸命《けんめい》に力を注いだ。ほどなくして新しい命を授かり、竹の婚礼準備《こんれいじゅんび》にも追われているうちに、春も近頃は涙を見せることが少なくなった。それどころか今は、出陣前の夫に自身の不安を欠片《かけら》も見せぬほど、気丈《きじょう》に振る舞ってくれている。

この一年で、春は強くなった。

鼎はそう感じていた。

「そういえば、犀川や浅野川《あさのがわ》では友禅流《ゆうぜんなが》しが始まりましたね」

春が陣羽織《じんばおり》を広げながら言った。

「友禅流しは真冬、水が冷たければ冷たいほど、染め物が美しく仕上がるそうだ」

「あの光景を、一度でも茜に見せてやりとうございました……」

鼎もいつか、美しく成長した茜に加賀友禅で振袖《ふりそで》を作ってやりたいと思っていたが、その言葉はあえて心の内にとどめた。

冬が過ぎれば、固く凍りついた富士の頂《いただき》の雪も必ず解《と》け、透き通った清水となって勢いよく川を下ってくる……。

幼い頃、母がよくそう話してくれた。

しかし、ただ流れに身を任せていればよいというわけではない。人の生きる道には、己《おのれ》ではどうすることもできない苦難が降りかかってくる。しかし、その受け止め方、かわし方は己の努力で、いかようにもできるのだ、と。

母はどのような思いで、幼い自分に富士の山から流れる清水の話をしたのか。

我が子と離れ、一人家を出なければならなかった女としての辛《つら》さを思うと、時折胸が苦しくなるが、あのときの言葉は今も折々の局面に立たされたときに蘇《よみがえ》るのだった。

今年に入ってから、国内では尊王攘夷《そんのうじょうい》思想に突き動かされた各藩の志士たちと、それを抑《おさ》えようとする幕府側の対立によって内乱が頻発《ひんぱつ》し、武士階級だけではなく、農民や商人たちをも巻き込んでの政情不安が続いていた。

六月、京都守護職の下で、尊王攘夷派の志士を取《と》り締《し》まっていた新選組《しんせんぐみ》が、池田屋《いけだや》で会合を行っていた長州藩士らを襲撃《しゅうげき》。十人を殺害し、二十人を捕縛《ほばく》した。この事件をきっかけに、長州藩では「挙兵上洛《じょうらく》すべし」という進発論が大勢を占《し》め、七月、御所《ごしょ》の蛤《はまぐり》御門《ごもん》などで激しい戦闘《せんとう》が開始された。だが、長州藩は幕府軍（会津《あいづ》、薩摩《さつま》、越前《えちぜん》、彦根《ひこね》など）に大敗し、間もなく幕府から長州征伐令《せいばつれい》が出された。

そして八月。イギリス、フランス、オランダ、アメリカの四ヵ国連合艦隊《れんごうかんたい》が、下関《しものせき》で長州藩への砲撃《ほうげき》を開始する。

依然として攘夷の姿勢を崩さず、下関海峡を封鎖する長州藩に対し、文明国の威力を見せつける最終的な武力行使が決行されたのだ。

長州藩がこの大部隊に勝てるはずはなく、結果的に大敗。もはや攘夷は不可能であるということが日本中の各藩に知れ渡る結果となった。

加賀藩も例外ではなかった。蛤御門の変で長州藩が敗れてからというもの、攘夷派の意見は影を潜《ひそ》めるようになっていた。

こうした中、加賀藩から鼎に突然の出陣命令が下されたのは、ほんの数刻前のことである。

尊王攘夷思想の総本山ともいえる水戸の「天狗党《てんぐとう》」が横浜鎖港《よこはまさこう》などを訴《うった》え、大雪の中、徒党を組んで中山道《なかせんどう》を越《こ》え、今まさに加賀藩と越前藩の境である新保宿《しんぼじゅく》にまで進軍しているというのだ。

水戸藩内の内乱がきっかけとはいえ、彼らがなぜ挙兵までして尊王攘夷と横浜鎖港《さこう》にこだわるのか、鼎にはそのいきさつと真の目的がよくわからなかったが、天狗党が大砲を抱《かか》えて攻め来《せく》ることになれば、こちらも相応の備えをして迎《むか》え撃《う》つしかない。西洋砲術の師範棟取を務める鼎に、藩から白羽の矢が立ったのはそうした理由からだった。

幕府から出陣《しゅつじん》を命ぜられたのは、加賀藩だけではなかった。小田原、桑名《くわな》、大垣《おおがき》、会津、小《お》浜《ばま》、彦根、福井、鯖江《さばえ》、大野《おおの》、府中《ふちゅう》などの各藩からも兵が出され、すでに総勢一万を超《こ》える大軍が、天狗党の行軍を阻止《そし》すべく包囲網《ほういもう》を張っていた。

出陣の支度がほぼ整った頃、宇野直作が白い息を吐《は》きながら奥の座敷へ戻ってきた。

「この大雪の中、大変なことになりましたな……。明後日にも天狗党一行を、討伐《とうばつ》せよとの由《よし》、お聞きになりましたか」

直作の肩の上に舞《ま》い降《お》りた牡丹雪《ぼたんゆき》は、まだ解《と》けずに残っている。

「私のほうにも今し方、使いの者が参ったところです。永原《ながはら》どのはすでに天狗党を迎え撃つ準備を整えながら、懸命《けんめい》に折衝《せっしょう》しておられるご様子です」

直作はかたちのうえでは義弟となったが、実のところ鼎より九歳年長だ。曲がったことが許せない性質で、四十を超えてもどこか青年のようで、不本意ながら鼎のほうが年長にみられることがしばしばあった。新婚《しんこん》の二人はこの屋敷で鼎夫婦とともに暮らし始めていたが、年《とし》の瀬《せ》を穏《おだ》やかに過ごす時間など、今の彼らには皆無《かいむ》だった。

豪雪《ごうせつ》の中、ひと足先に出陣《しゅつじん》し、天狗党と直接の折衝《せっしょう》に当たっていたのは、加賀藩の軍監、永原甚七郎《じんしちろう》だ。永原は数日前まで長州征伐《せいばつ》と御所《ごしょ》の警備のため京都に詰《つ》めていたが、幕府から天狗党追討の命が下されたため敦賀《つるが》に戻《もど》り、加賀藩兵約千人を従え、天狗党の布陣《ふじん》場所にほど近い葉原《はばら》宿《じゅく》に入って陣を構えていた。

「永原どのは、無用な戦を何とか避《さ》け、これ以上人命を落とさぬように進めるおつもりのようですが、なかなかまとまらぬようで……」

戦術家としての力量はもちろんのこと、永原はとにかく情に厚い人間で、鼎も直作も全幅《ぜんぷく》の信頼を寄せていた。

火鉢《ひばち》の中で赤くなった炭が、時折火花を散らしてキンキンと音を立てる。直作はその上に冷えた指先をかざしながら、興奮気味に続けた。

「天狗党は行軍の途中でかなりの数が脱落したそうです。それでもいまだ総勢八百名を超《こ》す大軍で、大砲は十数門、鉄砲も多数背負ってきておるとか。なんと越前（福井県）に移動する際には、蝿帽《はえぼう》子《し》峠《とうげ》を越えたというのですから驚《おどろ》きました」

「この雪の中、あの峠を……」

「私も通ったことはありませんが、人一人通るのがやっとの難所中の難所と聞きます」

「そこを人馬だけでなく、大砲まで運んだとは……」

「聞くところによると、馬が数頭、崖下《がけした》に転落したとか。それでも残りの馬は何とか越えたそうです。ところが天狗党を待ち構えていた越前の大野藩は一戦交えるどころか、峠を越えた彼らの行く手を阻《はば》むため、一行が宿営しそうな街道沿いの集落をことごとく焼き払ったらしいのです」

直作はそう言いながら顔をしかめた。

「大野藩は天狗党を相手に真っ向から戦う自信がなかったとみえますな。それにしても、藩の面目を保つためとはいえ、自藩の民衆の家々まで焼き打ちにするとは、酷《ひど》いことを……」

大野藩は加賀藩と同じく幕府側の追討軍であったが、鼎も直作もそうしたやり方には納得しかねた。

「ところが逆に天狗党は、家を焼かれた村人たちに同情し、自分たちのせいで申し訳ないことをしたと、見舞金《みまいきん》を贈《おく》ったというのです。村人たちもその行いにはいたく感じ入って、天狗党は鯖江藩の木本村《きのもとむら》に迎《むか》えられ、さらに行軍を続けることができたようです」

「さすがは水戸藩……、武士の誇《ほこ》りを忘れてはおらぬ」

幕府から討ち取れと命ぜられている天狗党ではあるが、二人は彼らの礼節ある毅然《きぜん》とした振舞いに、むしろ敬意すら感じた。

とはいえ、一行が十一月に常陸国《ひたちのくに》を発《た》ってからすでにひと月半、季節が冬に向かう中、千人近い大軍で険しい峠をいくつも越えてきたとなれば、おそらく想像を絶する過酷《かこく》な行軍を強いられてきたに違いない。火薬や弾薬は濡《ぬ》らすことが許されない。ここ数日の大雪の中、いったいどのように運んだのだろうか。いや、党員の命にさえ危険が及んでいるはずだ。そもそもこのような無謀《むぼう》な行軍を続けながら、彼らが貫《つらぬ》こうとする「攘夷《じょうい》」とは何なのか。そのことに今、数百名の命を懸《か》けるほどの意味があるというのか……。

直作の報告を聞きながら、鼎の脳裏には、二度の洋行で目の当たりにした欧米との武力の差、文化の差がまざまざと蘇《よみがえ》った。そして、言いようのない虚《むな》しさを感じていた。

文政十二年（一八二九年）、第九代の水戸藩主となった徳川斉昭《とくがわなりあき》は、質素倹約《しっそけんやく》、海防と軍備の充実などを掲《かか》げ、積極的な藩政の改革を行った。と同時に、藩校「弘道館《こうどうかん》」を設置して学問を広め、優秀《ゆうしゅう》な人材は下級武士であっても積極的に登用した。

嘉永六年（一八五三年）、ペリーが浦賀《うらが》に来航したことで急速に対外危機が高まると、斉昭は尊王攘夷《そんのうじょうい》を訴《うった》えて幕府の政治にもかかわるようになり、側近の藤田東湖《ふじたとうこ》（水戸藩士で水戸学の学者）とともに全国の尊王攘夷派の中心的存在となった。

一方、開国を推し進めていた井伊直弼《いいなおすけ》は、天皇の意向を無視するかたちで日米修好通商条約の調印を強行した。そのやり方に異議を唱え、井伊と徹底的《てっていてき》に対立した斉昭は、安政《あんせい》の大獄《たいごく》により永蟄居《えいちっきょ》、つまり終身にわたる謹慎処分《きんしんしょぶん》を言い渡されたのだった。

憎《にく》しみと報復の連鎖《れんさ》は、この条約締結《ていけつ》からさらに深まっていく。

皮肉にも、遣米使節団が江戸を発《た》ってから一ヵ月半後、使節を送り出した井伊直弼は、桜田門《さくらだもん》の前で水戸の尊王攘夷派《そんのうじょういは》の浪士《ろうし》らによって暗殺された。この事件をきっかけに、水戸藩では斉昭を支持してきた尊王攘夷派と、保守派による内部対立がますます激しくなり、保守派は敵対する尊攘激派《そんじょうげきは》を「鼻高々の成り上がり者」と称《しょう》し、いつしか「天狗党」と呼ぶようになったのであった。

挙兵から五ヵ月後の元治元年（一八六四年）八月、天狗党はかつて斉昭擁立《ようりつ》に尽力《じんりょく》した水戸藩の元執政《しっせい》、武田耕雲斎《たけだこううんさい》らと合流する。一時は総勢三千名という大軍に膨《ふく》らんだが、幕府が差し向けた追討軍と戦い続ける中で、党員は千名ほどに減り、徐々《じょじょ》に形勢が傾き始めていった。

それでも、尊王攘夷の志を朝廷《ちょうてい》に訴《うった》えようとする天狗党一行は、武田耕雲斎を総大将として、十一月一日に大子《だいご》（茨城県《いばらきけん》）を発《た》ち、西を目指した。

彼らが西を目指した理由、それは、水戸藩出身で斉昭公の子息である一橋慶喜《ひとつばしよしのぶ》公が京にいたからにほかならない。斉昭の息子である慶喜公なら、必ずや自分たちを支持し、朝廷につないでほしいという頼みを聞き入れてくれるはず――そう信じたのだ。

この日、敦賀地方に降り続いた雪は、すでに三尺（約九十センチメートル）の高さまで積もり、大人の腰まで埋《うず》もれてしまうほどだった。そのため、大砲の運搬《うんぱん》には大変な困難が予想された。

「鼎どの、敦賀方面はさらに雪深いでしょうから支度だけは万全にお出掛けください。天狗党の一行もぎりぎりまで追《お》い詰《つ》められているとなると、どんな攻撃《こうげき》を仕掛けてくるやもしれません」

心配そうな直作に向かって、鼎は深く頷《うなず》いた。たしかに、追い詰められた者ほど危険である。砲隊を率いた自分が出陣《しゅつじん》するということは、つまりそういう局面にきているのだと、鼎は自らに言い聞かせながら居住まいを正した。

「直作どの、留守宅を頼みます。私の身に万一のことが起こったら、春と竹、そして、来春生まれる子を……」

直作も真剣な目で、鼎に向き合った。

「ご心配には及びませぬ。ご武運を」

翌日、藩の砲隊約二百人を率いて、ときに激しい吹雪《ふぶき》に見舞われながらも、越前との境にある大聖寺《だいしょうじ》に入った鼎は、本陣《ほんじん》からの知らせを静かに待った。

西洋砲術の道に進んでから早二十年近い歳月が流れていた。思い返せばこれまで大砲を使った実戦経験は一度もない。本来なら、こうした場面で武者震《むしゃぶる》いというものを感じるのかもしれないが、出陣を前に、虚《むな》しさだけが湧《わ》き上《あ》がるのはなぜなのか……。

鼎の脳裏にふと、ワシントン、ニューヨーク、パリやロンドンの洗練された街並みと人々の豊かな暮らしぶりが蘇《よみがえ》った。欧米列強《おうべいれっきょう》の圧倒的な軍事力を目の当たりにした一人として、やみくもに「攘夷《じょうい》」を叫んで勝利できるような相手ではないことは十分に知りつくしていた。

異国の侵略《しんりゃく》から日本を守りたいという天狗党一派の思いは十分にわかる。しかし、このまま異国に敵対し続けていれば、いずれは相手に付け込まれ、日本という国が支配されてしまうことは目に見えている。ただ声高に攘夷論《じょういろん》をふりかざし、その挙げ句、日本人同士がこのような無益な争いを繰《く》り返《かえ》して、いったい何になるというのだ。

発するに臨みて

扼腕切歯意奮然（歯ぎしりするほど悔《くや》しい）

雙刀有響繫腰間（二本の刀を腰《こし》に差し）

好将一死比毛蹴（死をもって武士の意地を見せる）

破晏安姑息眠（姑息《こそく》な眠《ねむ》りを覚まし、太平の世の中を打ち破ってみせよう）

元治元年（一八六四年）十二月

初めての実戦を前に、この漢詩を直作に宛《あ》てて書き上げた鼎は、大聖寺を後にした。最前線の葉原宿で陣《じん》を構えていた永原甚七郎は、天狗党の武田伊賀守《いがのかみ》（耕雲斎《こううんさい》）、そして幕府側との間で、ここ数日、緊張《きんちょう》に満ちた折衝《せっしょう》を続けていた。一歩間違えば、耕雲斎以下、女子供を含《ふく》む八百余名の命の保証はない。幕府の命に背《そむ》くつもりはないが、永原の中では、もはや降伏《こうふく》の意志を表明しようとしている天狗党を討伐《とうばつ》することに意味を見出すことができなかった。

天狗党の浪士《ろうし》三人が雪をかき分け、白い息を吐《は》きながら加賀藩の陣《じん》である葉原宿へ下りてきたのは三日前、十二月十二日のことだった。

凍傷《とうしょう》で紫色《むらさきいろ》に腫《は》れ上《あ》がったその手から手渡されたのは、すぐ隣《となり》の新保宿にいる武田耕雲斎から加賀藩の陣営に宛てた一通の書状だった。

永原はその丁寧《ていねい》な文面を一読し、しばらく言葉を失った。


『寒冷の候、道路御警備なされ、ご苦労千万のことと推察いたします。すでにご承知のことと存じますが、我らは幕府に疑いをかけられ、烈公《れっこう》（前藩主・斉昭）の意志も消滅《しょうめつ》してしまいましたので、ぜひとも主家之縁族（一橋慶喜のこと）に嘆願《たんがん》いたしたく、このように進んでまいりました。それ故、諸藩と闘《たたか》う意志などは毛頭なく、何卒無事にお通しくださいますようお願いいたします。』


こちらは「天狗党を討伐《とうばつ》せよ」という幕府の命に従い、諸藩合わせて一万という大軍で包囲している。にもかかわらず、相手は早々に「闘う意志など毛頭なく」と告げてきたのだ。

天狗党の一行にとって、幕府軍の包囲網《ほういもう》をくぐり抜けながら雪深い真冬の中山道を千人近い隊列で越《こ》えることは想像以上に過酷《かこく》だった。防寒着とは言えない粗末《そまつ》な着物、足元はぼろぼろになった藁《わら》の履物《はきもの》、凍《こご》える手には端切《はぎ》れを巻いただけという軽装で、ようやく新保まで辿《たど》りついたものの、寒さと飢《う》えで疲弊《ひへい》は極限に達していた。

耕雲斎以下、ほぼ全員が凍傷《とうしょう》を負い、肺炎《はいえん》などの病に倒れる者も続出していた。もはや戦いなど続けられる状況ではないことは、誰の目にも明らかだった。彼らにとって苦難の道のりを突き進む拠《よ》り所《どころ》は、唯一《ゆいいつ》、京で待つ一橋慶喜の存在だった。しかし、その一橋慶喜こそが、「天狗党を討ち取れ」と命じている追討総督《ついとうそうとく》だったことを、このとき耕雲斎は知る由《よし》もない。

深い雪の中で、愚直《ぐちょく》に「奉勅《ほうちょく》」の旗を掲《かか》げて進んできたであろう天狗党一行の気持ちを思うと、永原は居たたまれない思いがした。

早速、加賀藩の幹部と協議した永原は、『わが藩は、禁裏御守衛総督（京都御所の警護役）、一橋慶喜の命により出陣《しゅつじん》したもので、このまま通行させることはできない、一戦のほかなし』と、真実を隠《かく》すことなく書き記し、武田耕雲斎に宛《あ》てて返書した。

間もなく耕雲斎から届いた返書には「嘆願書《たんがんしょ》」と書かれ、こうしたためられていた。

『加賀藩が一橋御加勢として我々の通る道を遮《さえぎ》っているとは、はなはだ心痛……』

一点の曇《くも》りもなく、ただひたすらに信じてきた慶喜が、まさか自分たちを討つべく指揮を執《と》っていたとは……。その事実を初めて知った耕雲斎の文面には、衝撃《しょうげき》と落胆《らくたん》が滲《にじ》み出《で》ていた。

加賀藩、つまり幕府軍にこれ以上刃向《はむ》かうことは、ひいては一橋慶喜公に弓を引くことになる。たとえ慶喜が自分たちをとうに見捨てていたとしても、抗《あらが》うことだけは武士として断じて許されなかった。返書にはさらにこう綴《つづ》られていた。

『もはや食糧も底をつき、八百余名の隊員には先へ進む気力も、後に戻る体力も残されておらず、これ以上、戦を交える意志はありません。この先はすべて加賀藩にお任せしたい。』

それは、完全降伏《かんぜんこうふく》とも取れる内容だった。

天狗党からの書面を受け取った永原は、武田耕雲斎の真摯《しんし》な思いを幕府側に伝えるため、翌十三日、すぐさま使いの者を慶喜が陣《じん》を構えている近江の本陣まで向かわせた。

ところが、対応にあたった幕府の大目付、滝川播磨守《たきがわはりまのかみ》は、「これは単なる趣意書《しゅいしょ》であって降伏状ではない」と受理しようとはしなかった。

「弱り切った相手がもはや戦う意志はないと告げてきているというのに、なんということ」

冷酷《れいこく》な幕府側の対応に、加賀藩一同は怒《いか》りに震《ふる》えた。

「加賀藩としては武士道をもって天狗党を丁重に扱《あつか》うべきと考えるが、いかがであろうか」

永原は沈痛《ちんつう》な面持《おもも》ちで、鼎らに投げかけた。

「仰《おお》せの通りと存じます。戦を交える意志のない相手に、なぜこれ以上の仕打ちをする必要がありましょう。武田どのはすでに食糧が尽《つ》きたと申されております。そのうえこの寒さです、時間がありません。すぐに対処すべきかと」

「それでは食糧や酒、衣類などの手配を頼む。子供たちには菓子なども用意せよ。迅速《じんそく》にな」

「はい、承知いたしました」

それは、永原なりの幕府へのささやかな抵抗《ていこう》であった。鼎たちもその思いを汲《く》み、すぐさま天狗党が陣《じん》を構える新保宿へ、米二百俵、漬物《つけもの》十樽《たる》、酒二石、するめ二千枚、そして菓子などを送り届けるよう指示を出し、一刻も早く届くよう手配に奔走《ほんそう》した。

ほどなくして、大雪に埋《う》もれる新保宿に、加賀藩が差し向けた人夫たちによって大量の食糧《しょくりょう》が次々と運びこまれると、飢《う》えと寒さに震《ふる》えていた天狗党一同から、歓喜《かんき》の声が上がった。涙を流す者さえあった。

「さあ、どうぞお収めくださいませ」

「まことに……、かたじけない」

陣屋《じんや》の玄関で武田耕雲斎は、加賀藩の温情に心から感謝し、その場で深々と頭《こうべ》を垂れた。

それでも幕府による天狗党への冷遇《れいぐう》は、厳しさを増していった。

十二月十五日、葉原宿へ出向いた幕府の目付、織田市蔵《おだいちぞう》は、永原にこう伝達した。

「永原どの、幕府から、天狗党への総攻撃《そうこうげき》を明後日の十七日に行うようにという命が出た」

「総攻撃とな。戦う気はないと降伏《こうふく》を申し出ておる相手を皆殺しにせよというおつもりか」

到底《とうてい》承服できる内容ではなかった。すると織田は、こう言い放った。

「情けないことよ。大藩でありながら天狗党ごときに何を怯《ひる》んでおる。速やかに討ちかかれ！」

永原の怒《いか》りは頂点に達した。

「何をおっしゃる。我々は、何も天狗党が恐ろしいわけではない。相手は降伏を申し出ているのだ。無用の血を流すことなく処置するのが最善の策だと考えているからこそ、こうして仲介《ちゅうかい》の労を取っているのではないか。彼らとて、決して私欲のためではなく、国のため、大義に殉《じゅん》ずる気持ちでここまで来たはず。そもそも、天狗党がここまで至らねばならなかったのも、水戸藩に対する幕府の対応が悪かったからではないか」

しかし、織田の表情は冷ややかだった。幕府から、天狗党追討の命を受けているのは加賀藩だけではない。一藩だけがそれに背《そむ》くわけにはいかない。

翌十六日、永原は使いの者を天狗党本陣《ほんじん》の新保宿へ差し向け、総攻撃《そうこうげき》が十七日に決まったこと、そしてこのまま事が進めば、不本意ながら戦闘行為《せんとうこうい》に移らざるを得ないことを通告した。

降り続いていた牡丹雪《ぼたんゆき》はいったん収まったものの、再び腰まで埋《う》まるほどの積雪となり、頬《ほお》を突《つ》き刺《さ》すような厳しい寒さが続いていた。

加賀藩から最後通告を受けた天狗党の内部では、さまざまな意見が激しく交わされた。しかし、新保宿に到着して以降、加賀藩からの厚遇《こうぐう》を受け、また実戦を回避《かいひ》させようと懸命《けんめい》に尽力《じんりょく》している永原の思いに打たれた武田耕雲斎は、もはやこれまでと腹をくくり、武田魁介《かいすけ》を薬原宿に遣《つか》わして、加賀藩に降伏する旨《むね》の嘆願書《たんがんしょ》、及び始末書と口上書を差し出した。

書状を確認した永原は、直ちに近隣《きんりん》で陣《じん》を構えていた福井、小田原両藩へ急使を出し、総攻撃を見合わせるよう伝えると同時に、耕雲斎がしたためた書状を幕府の本陣《ほんじん》に送った。

何としても、総攻撃《そうこうげき》だけは食い止めなければならない——その一心だった。

しかし、ここへきても幕府は、「今回の天狗党の口上書は、以前の趣意書《しゅいしょ》を変更《へんこう》しただけで、真の降伏状《こうふくじょう》とは言えない」との理由をつけて、再びそれを突き返してきた。

やむなく口上書は永原が預かることとなり、再び耕雲斎との折衝《せっしょう》が行われた。そして、耕雲斎は永原とも相談をしながら降伏状をしたため、天狗党は完全に加賀藩の軍門に降《くだ》った。まさに、総攻撃が予定されていた当日、十二月十七日のことだった。

「何とか、間に合った……」

永原の目には光るものがあった。数日前まで天狗党を追討するために砲隊《ほうたい》を従え、命を懸《か》けた実戦も覚悟していたが、もはやその用はなくなった。永原の必死の折衝を間近で見ながら、これこそが武士としての本当の戦い方であると、鼎は不思議なほどの清々《すがすが》しさをおぼえていた。

天狗党一行はこの日を境に加賀藩預かりの身となり、翌日から、隊員八百二十三名の身柄《みがら》のほか、武器や馬などの引き渡しが順次行われた。武士の命ともいえる大小の刀もすべて差し出さなければならなかった。彼らは礼儀《れいぎ》正しく、淡々《たんたん》と指示に従った。

そして二十一日、今津《いまづ》の本陣に出向いた永原は、一橋慶喜に天狗党の降伏状を手渡し、くれぐれも寛大《かんだい》な扱《あつか》いをしていただきたいと懇願《こんがん》した。

翌日までに加賀藩に引き渡されたものは、馬五十二匹《ひき》、駄馬四十匹、大砲十二門、五十匁筒《もんめづつ》九挺《ちょう》、武士の命である大小刀の他、槍二百七十五本、薙刀《なぎなた》二十一振《ふり》、弓十一張《はり》、火銃三百八十八挺、火薬五十三貫目《がんめ》、鉛弾丸《なまりだんがん》四十貫目、薬莢《やっきょう》二千発、竹火縄《たけひなわ》四十五把《わ》、兜《かぶと》二十七頭《かしら》、陣羽織《じんばおり》五十七枚、鞍《くら》五十一口、兵卒鎧《へいそつよろい》百具、烏帽子《えぼし》三十六個、陣太鼓《じんだいこ》五個、馬標《うまじるし》十四本、幕四双《そう》であった。

「この大雪の中、よくぞこれだけの荷を……」

差し出された数々の品をあらためる加賀藩の藩士《はんし》らのほうが、逆に涙ぐむほどだった。

天狗党が降伏《こうふく》したことで砲隊《ほうたい》を従えての出陣《しゅつじん》はなくなったものの、新保宿と葉原宿では引き渡された武器の始末や、浪士《ろうし》たちの世話で多忙を極めていた。

「佐野《さの》どのに折入って頼みがある」

応援《おうえん》に駆《か》けつけた鼎が永原から直々に呼び出されたのは、ちょうどその作業に追われている最中だった。

「どのようなご用向きでしょうか」

「実は、新保宿より、ある方を匿《かくま》っていただきたい」

葉原宿の本陣で待機していた永原は、小声でそう耳打ちをした。ここ数日の緊迫《きんぱく》した交渉のせいか、永原の表情には疲《つか》れが滲《にじ》んでいる。

天狗党はすでに降伏している。しかし、ここまでの行軍の指揮を執《と》った幹部の武田耕雲斎や藤田小四郎《こしろう》などは、いずれも切腹は免《まぬが》れないとみられていた。

「ある方とは」

「実は……」

永原の真剣《しんけん》な眼差しで、何が起きているのか鼎にも察するものがあった。

「……もしや、武田どのの……」

「いかにも」

永原は苦渋《くじゅう》の表情を浮かべながらそう答えた。

「血を分けた親族となれば、たとえお子であっても、どのような処分を受けるかわからぬ……。このままでは武田どのがあまりにお気の毒で」

「それは、一橋慶喜公の思《おぼ》し召《め》しなのでしょうか」

「いや、仔細《しさい》は定かではないが、実は武田どのの血を分けたお子を、何とかお一人だけでも助けることができないかと考えていたところ、慶喜公の側近である穂積亮之介《ほづみあきのすけ》どのからも同様の進言を受け……」

「そうでしたか」

「もちろん、このことは誰にも知られぬようにせねばならぬ。そこで、今とりまとめておる加賀藩預かりの人員名簿から、実子であるお一人を抜き、新保宿で離脱《りだつ》していただこうと」

「名前を消してしまうということですね」

「いかにも。明日、天狗党の一行は敦賀の三つの寺に分散して移送されることになっている。一人姿が消えても、誰がどこへ移送されたかわからぬため、不思議に思う者もいないはずだ」

武士の情け、とはまさにこのこと。永原は武田家の血を残そうと必死だった。置かれた立場に違いはあっても、国の行く末を思うが故の挙兵であったことに永原は感じ入ったのだろう。

「そこで、耕雲斎どののご子息のうち、元服前のお一人を、我が藩の領地である海津《かいづ》（琵琶湖の北岸）までいったんお運びし、京までお連れしたいと思っている」

「琵琶湖を船で南下し、京に入るのですな」

「そうだ。穂積どのによれば、京にある因州《いんしゅう》（鳥取県）、もしくは備前（岡山県）の屋敷まで辿《たど》り着《つ》けば、そこで庇護《ひご》できると」

「なるほど」

永原と鼎は頷《うなず》き合《あ》った。いずれの藩主も、一橋慶喜の兄弟にあたる。慶喜は天狗党を冷遇をもって迎えたが、それでもわずかながら、彼らの忠義に温情をみせたということだろうか。

「天狗党の中からはほかに二名、新保から離脱《りだつ》させる予定だ。その者たちの通行手形をすぐに手配していただきたい。耕雲斎どののご子息とは海津あたりで合流させ、その先は彼らに供をさせるつもりだ。佐野どのにはその準備と手配を抜《ぬ》かりなくお願いしたい」

「承知いたしました」

永原と鼎は人目につかぬよう気を配りながら新保宿の本陣《ほんじん》へ出向き、耕雲斎に事の次第を告げた。耕雲斎は何も言わず、ただ涙を流しながら深く、長く、頭《こうべ》を垂れた。

間もなく、加賀藩が差し向けた駕籠《かご》が、葉原宿の本陣へと戻ってきた。

奥の間の襖《ふすま》を開けると、そこには背筋をすっと伸ばし、微動《びどう》だにせず正座する少年の姿があった。元服間近だろうか、まだあどけなさの残る頰《ほお》は、過酷《かこく》な長旅の影響《えいきょう》で少しこけ、指先は軽い凍傷《とうしょう》を負い、赤く霜焼《しもや》けている。しかし、真一文字に結んだ唇《くちびる》と鋭《するど》い眼差しは、聡明《そうめい》さと意志の強さを思わせた。

「武田源五郎《げんごろう》どのじゃ」

永原がそう言うと、少年は鼎に向かって深々と一礼をした。

「源五郎どの、拙者は加賀藩、壮猶館の砲術稽古方惣棟取役、佐野貞助《ていすけ》鼎と申す者です。道中、大変な思いをされたことでしょう。お身体に障《さわ》りはございませぬか」

「はい、ご心配には及びませせぬ」

穏《おだ》やかな鼎の言葉に少し安心したのか、源五郎は強張っていた表情を少し緩《ゆる》めた。

「お歳《とし》は御《お》いくつになられますか」

「十五にございます」

そのはっきりとした受け答えに、鼎は、さすが水戸藩、武田耕雲斎の血をひいた武士の子だと感心した。大軍を率いた父が、加賀藩に降伏《こうふく》したことはこの歳になれば理解しているだろう。しかし、自らを卑下《ひげ》する様子はまったくなく、凜《りん》としている。

「源五郎どの、利発なそなたならすでに事情は察しておられるだろう。明日、父上らご一行は新保宿から敦賀へ移動し、三ヵ所の寺に分かれて入っていただくことになっている。しかし、源五郎どのは敦賀へは行かず、ここから離脱《りだつ》していただきたい」

源五郎は永原の目を見ながら、表情を変えることなくじっと話を聞いている。

「心配はいりませぬ。源五郎どのは我々加賀藩が最後までお守りします。厳しい道中をともにしてきた父上やご兄弟と離れ、お一人になるのはさぞお辛《つら》いでしょう。しかしこれは……、父上と我々との、ただひとつの約束なのです」

元服も済ませていない源五郎が、父と会うのは今日限り、もう二度とない。運命に翻弄《ほんろう》された十五歳の少年を待ち構えているこの先の苦難を思うと、永原はたまらず言葉を詰《つ》まらせた。

「では佐野どの、源五郎どのをおたのみ申す」

「承知仕《つかまつ》りました」

「源五郎どの、どうかご無事で……」

座敷《ざしき》を去る永原に向かって、源五郎は手をつき深々と礼をした。

永原を玄関まで見送り、しばらくして鼎が座敷に戻ると、源五郎の姿が見えない。慌《あわ》てて障子を開けると、源五郎は座敷に背を向け、雪の舞う縁側《えんがわ》に正座している。

「源五郎どの、どうなされた」

鼎が声を掛けると、源五郎はとっさに懐《ふところ》から何かを取り出した。刃物《はもの》の類はすべて没収《ぼっしゅう》したため、何も身に着けていないはずだ。源五郎が矢立《やたて》を手にしているのが鼎の目に入った。

「源五郎どの、何をする、おやめなさい」

鼎は声を上げた。矢立の中に隠《かく》し剣《けん》が仕込《しこ》まれていたのだ。

「お願いです、私も武士として潔《いさぎよ》く最期を……」

鼎は、喉《のど》を突《つ》き刺《さ》そうとしていた源五郎のその手から、針のような剣を素早く取り上げた。

次の瞬間、鮮血《せんけつ》が飛び散った。鋭利《えいり》な剣先が、源五郎の右手の甲《こう》をかすめたのだ。

「源五郎どの!」

鼎は声を殺して源五郎の腕を摑《つか》み、取り上げた剣を雪の中に投げた。幸いにして、気付いた者は誰もいないようだ。

「たいした傷ではないようだ。こうしておけば、すぐに血は止まるでしょう」

右手の甲にさらしを巻かれながら、源五郎は肩を震《ふる》わせ、唇《くちびる》を嚙《か》みしめている。

「源五郎どの、父上は、そして水戸藩はそなたに生き延びてもらいたいと願っておられるのです。その思いを裏切ってはならぬ。そなたのことは、我々がお守りする……」

源五郎の瞳《ひとみ》に涙が滲《にじ》んだ。

しばらく沈黙のときが続いた。

鼎は緊張《きんちょう》した空気を解きほぐすかのように、小さな包みを源五郎に差し出した。

「ひとつ、甘《あま》い菓子でもいかがかな」

包みには腰高饅頭《こしだかまんじゅう》がふたつ入っていた。源五郎は表情を強張らせ、手をついて頭を下げた。

しかし、手に取ろうとはしない。

「ん、いかがなさった、遠慮《えんりょ》なさらず召し上がれ」

しばらくうつむいていた源五郎は、こう言った。

「いえ、私だけこのようなものをいただくことはできませぬ。ここまでともに参った幼い子らに、どうかこの菓子を分けてやっていただきたいのです」

天狗党の浪士隊《ろうしたい》の中には、十五歳以下の子供が十人、二十歳以下二十四人が含まれていた。源五郎は空腹に耐えながら過酷《かこく》な道のりを進み、苦労をともにしてきた従兄弟や兄弟、仲間たちのことが気がかりだったのだろう。その優しさと、天狗党一行の絆《きずな》の強さに鼎は胸が詰《つ》まった。

「源五郎どの、心配は無用です。先ほどお仲間たちには我が藩より、飯も菓子も餅《もち》も、十分な量をお届けしました。大人の方々には酒も振る舞いましたぞ。今ごろは皆腹いっぱいになっておられることでしょう。ですから気になさらず、安心してしっかり召し上がるとよい」

源五郎はほっとしたように頬《ほお》を緩《ゆる》めた。そして礼を言うと、すすめられた饅頭を口に運んだ。

その姿を見ながら、鼎は幼い茜が二歳になった正月に、紅白の饅頭を嬉《うれ》しそうに頬ばっていた姿を思い出していた。そして、続けて浮かんだのは、四年前に訪れたワシントンのウイラード・ホテルでの食事風景だった。

金縁《きんぶち》の白い皿に載せられ、次々と目の前に運ばれてくる豪華《ごうか》なディナー。テーブルの上には色《いろ》鮮《あざ》やかな何種もの果物がこんもりと盛られ、食後には日本の饅頭《まんじゅう》とは一味違う甘《あま》い菓子の数々が振る舞われた――。

「ところで源五郎どの、そなたはアメリカという国を知っておられるか」

「アメリカ……。紅毛碧眼《こうもうへきがん》の、夷狄《いてき》の国でございますね」

「まあ、そのような呼び方もあるだろう」

鼎は苦笑いしながら続けた。

「あまり人には話しておらぬのだが、実は拙者《せっしゃ》、アメリカの軍艦に乗って、異国の地を踏んだことがあるのです」

「えっ、黒船で異国の地を？　それは真《まこと》でございますか」

「ああ、嘘《うそ》ではありませんぞ。アメリカの黒船が、江戸まで我々を迎えに来てくれたのです」

「黒船が迎えに……」

源五郎は少年らしい表情に戻って、お伽話《とぎばなし》でも聞くかのように身を乗り出した。

「今から四年前、アメリカとの通商条約を結ぶために、地球をひと回りしてきたのです。まあ、この私とて、いまだに信じられぬのですから、そなたが信じられんのも無理はないでしょう」

天狗党は、当時結ばれた条約に反発し、すでに開港した横浜などの港を閉鎖《へいさ》せよと訴《うった》え、ここまでやってきた。その意味を、この少年はどのように嚙《か》み砕《くだ》き、受け入れているのだろうか。

「アメリカの家は石造りで、三階建てや四階建ての高い建物が数多く造られていました。もっとも驚いたのは、スチームロコモティブ、蒸気機関車という乗り物です」

「すちーむ、ろこも……。それは、蒸気の力で動くのですか」

「そうです。石炭で湯を沸《わ》かし、煙突から煙と水蒸気をもくもく噴《ふ》き上《あ》げながら、大きな車輪をつけた乗り物が、鉄でできた道の上を走るのです。それはすごい音ですが、これに乗れば、歩いて何日もかかるような距離でも、馬よりも速く矢のような速度で移動できるのです」

「馬よりも速いのですか」

「ああ、馬などでは、とても追いつきませぬ。窓から見る景色は流れるようでしたぞ。おそらく、我が国にも近いうちに鉄道がそこらじゅうに敷《し》かれることでしょう」

源五郎は澄《す》んだ目を輝かせて、鼎の話に聞き入っている。

「アメリカには、幕府も将軍も天子さまもなく、有徳《うとく》な国の長を国の民が入れ札で選ぶのです。選ばれた者は大統領といって、四ヵ年の任に就き、国のために大いに働き、任期が終わるとまた民が入れ札をして次の大統領を決めるのです」

「国の長を、民が入れ札で選ぶのですか」

「そうです。今の我が国からは想像がつかぬだろうが、アメリカでは女子《おなご》が歯に鉄漿《かね》もつけず、綺麗《きれい》に着飾って、男たちの前を堂々と歩いていましたぞ」

日本に帰ってからというもの、藩の中のごく限られた人々以外の前で、こうして自由にアメリカの話題を口にすることはなかった。迂闊《うかつ》にアメリカの話をすると睨《にら》まれる危険があったためだ。鼎は、珍しく解放された気分に浸《ひた》っていた。

「このたびのこと、誰が正しく、誰が間違いということはありません。そなたの父上は武士として、大義に従って、懸命《けんめい》にお上に訴《うった》えようとされた。しかし、時代が変われば、そして国を治める者が変われば、今目の前にあるしきたりや法の定め、国の統治は大きく変わっていく。藩と藩がいさかいを起こす世の中ではなく、これからは日本というひとつの国を見据《みす》えて仕事をする。そのような世の中はすぐそこまで近づいているはずです」

源五郎は身じろぎもせず、鼎の話に聞き入っていた。その目は真剣だ。

「源五郎どの、そなたの人生はこの先、辛《つら》いことのほうが多いかもしれません。しかし、時間があれば書物を読み、寸暇《すんか》を惜《お》しんで学ぶことです。学んでいれば、必ずいつか道は開ける」

「道が……」

「そうです。いつかきっと、世の中の役に立つ人物になられることでしょう。そして、そのときが来たら、父上の名誉《めいよ》回復《かいふく》に尽力《じんりょく》されることをお祈りしています」

そのとき、源五郎の目から、ひと筋の涙がこぼれた。

「源五郎どの、必ずまたどこかで、ご立派になられた貴君とお会いできることを願っています」

「はい……」

源五郎は消え入るような声でそう言うと、深々と頭を下げた。


翌日も朝から雪が降り続いていた。

鼎は疲《つか》れ切《き》った様子の源五郎を風呂に入れてゆっくり休ませ、その間に、京までの移動手段を手配し、旅支度を準備万端《じゅんびばんたん》整えた。そして、まだ夜が明けぬ頃、人目につかぬよう駕籠《かご》を呼ぶと、複数名の藩士を供につけ源五郎をひとまず加賀藩の飛び地である海津に向けて送り出した。

一方、天狗党の追討指揮を執《と》っていた一橋慶喜は、浪士《ろうし》らの身柄《みがら》が加賀藩に引き渡されたことを聞いて安堵《あんど》したのか、この日、今津の本陣《ほんじん》を出発して帰京した。

敦賀の寺に送られることとなった天狗党の浪士勢は、五人の病死者をのぞき八百十八人に上ったが、移送役を仰《おお》せつけられた加賀藩の人員はこの数より少なかった。それでも彼らは一人として脱走《だっそう》する者を出さず、規律正しく行動した。新保宿に陣を構えてからの十四日間、加賀藩から受けた数々の恩義を裏切ることはできなかったのだろう。と同時に、敗軍の将、武田耕雲斎は、世話になった新保宿やその周辺の人々に、見舞金《みまいきん》として金子《きんす》を贈《おく》った。

敦賀の町に到着した加賀藩勢は、祐光寺《ゆうこうじ》を本陣として、天狗党の収容業務にあたることとなった。食糧の調達は敦賀の木綿屋鹿七《もめんやかしち》に請《う》け負《お》わせることとし、士人には一汁三菜《じゅう》、そのほかには一汁二菜を与え、永原の指示によって、決して無礼のないよう徹底《てってい》された。また、酒についても薬用という名目で一日三斗《と》、生活用品としては、鼻紙、煙草《たばこ》、衣類等もふんだんに支給された。

元治二年（一八六五年）の元日《がんじつ》、天狗党の浪士たちは加賀藩の手厚い対処のおかげで心休まる正月を迎えていた。一行には特別に鏡餅《かがみもち》と酒樽《さかだる》が配られ、子供には紅白の腰高饅頭《こしだかまんじゅう》も与えられた。饅頭を配られた子供たちは、歓声を上げて喜んだ。

しかし、穏《おだ》やかな日は長くは続かなかった。

年が明けて間もなく、突如《とつじょ》、敦賀の町の警備が厳しくなった。天狗党の身柄《みがら》が幕府に引き渡されることが決まったのだ。浪士《ろうし》たちが分散して収容されていた三ヵ所の寺の門前や往来の入り口には、それぞれに竹矢来《たけやらい》が結ばれ、彦根、福井、小浜の三藩の兵によって、二重三重に固められた。

降伏《こうふく》した者に決して手荒なことはせぬようにと加賀藩から何度も申し入れたにもかかわらず、彦根藩がかかわってきた時点で、永原も鼎も、その願いは聞き入れられぬであろうと悟《さと》った。彦根藩にとって、先に暗殺された井伊直弼は元藩主《はんしゅ》である。その井伊を暗殺したのは水戸藩の尊攘《そんじょう》激派《げきは》の浪士だ。つまり、彦根藩にとって水戸藩は、主君の命を奪った憎《にく》き仇《かたき》でもあったのだ。

一月十七日の夕方、永原と鼎は本覚寺《ほんがくじ》に収容されていた武田耕雲斎のもとを訪ねた。

「武田どの、その後お身体のほうはいかがでしょうか」

永原は静かな口調で尋ねた。

「これは永原どの、旧冬以来、加州《かしゅう》様の御取《おと》り扱《あつか》い有り難きこと、言葉では言《い》い尽《つ》くせませぬ」

深々と礼をする耕雲斎は、六十二歳。高齢《こうれい》の身での行軍はよほど厳しいものだったに違いない。本堂の隅《すみ》からその姿を見つめていた鼎は、この男に戦国武将のような迫力を感じていた。

「永原どの、もし、子孫のうち一人でも生きてここにおりますれば、それをもって万分の一をもご恩返しができるのですが……」

耕雲斎はそう言いながら、永原へ向けてまっすぐな視線を送った。それは、周囲の者には決して気付かれまいとしながらの、耕雲斎の心からの謝辞であった。耕雲斎はさらに続けた。

「このたび、一族皆処刑《しょけい》されてしまえば、残念ながらその儀《ぎ》、叶《かな》いませぬ。その際は、死してその御恩《ごおん》に報いる所存です。格別のご親切に頼り、しばらくの間ではありましたが、心からくつろぎ、この地で三年も生き延びたような思いがいたします。感謝の言葉もございませぬ」

それに応えるかのように深く頷《うなず》いた永原は、目に涙を浮かべて返した。

「多忙でしたので、なにぶん行き届かず、御無礼いたしました」

互いに、永遠の別れになるであろうことを悟《さと》っていた。

『源五郎どののことは間違いなくお預かりした。どうか心配召されるな』

鼎には、永原の心の声が聞こえるかのようであった。

一月二十九日、幕府軍から天狗党引き取りの命を受けた幕府若年寄の田沼意尊《たぬまおきたか》は、加賀藩から浪士《ろうし》全員の身柄《みがら》の引き渡しを受けた。しかし、各寺から天狗党の党員たちが移動させられたそこは、とても人が過ごせるような空間ではなかった。北前船《きたまえぶね》で運ばれてくる肥料用の鰊蔵《にしんぐら》である。窓はすべて釘付《くぎづ》けにされ、屋内は暗く、敷物《しきもの》は莚《むしろ》だけ。真冬の凍りつくような寒さの中、暖房はもちろん布団もない。蔵の土間には便器代わりの桶《おけ》がひとつ置かれたきりで、糞尿《ふんにょう》の臭《にお》いと鰊が発酵《はっこう》した臭いが混じり合って立ち込めていた。

西より一番蔵から四番蔵までは小浜藩、五番蔵から十番蔵までは福井藩、そして、十一番蔵から十六番蔵までは彦根藩が警備に当たり、土蔵の出入り口の戸にはかろうじて手が入るだけの穴が開けられていたが、そこから与えられたのは、一日に一人あたり小さな握《にぎ》り飯《めし》がふたつとぬるま湯だけだった。

天狗党の浪士《ろうし》たちは栄養失調に陥《おちい》った。さらには不衛生極まりない環境《かんきょう》で、次々と体調を崩《くず》し、たちまち二十名余りの者が病死した。ようやく蔵から出されたかと思えば、浪士たちはそのまま次々に刑場《けいじょう》へと引かれていった。「士道を以て遇《ぐう》するべき」という、再三にわたる加賀藩の懇願《こんがん》は、ついに聞き入れられることはなかった。

三百五十二名に上る浪士がこの地で斬首《ざんしゅ》され、残った胴体は、五ヵ所に掘《ほ》られた穴に次々と投げ捨てられた。近くを流れる川は、たちまち浪士たちの血で赤く染まった。かろうじて死罪を免《まぬが》れた者も、百三十七名が島流しに、そして百三十名が水戸藩渡しとなった。

かの安政の大獄で死罪となったのは八名。その数と比して、今回の天狗党に対する仕置きは桁《けた》違《ちが》いのものであった。

元治二年二月四日に斬首《ざんしゅ》された武田耕雲斎ら幹部の首級《しゅきゅう》は、塩漬《しおづ》けにして水戸に送られ、三月二十五日から三日間、水戸城下を引き回された。

国許《くにもと》で家族の帰りを待っていた耕雲斎の妻が、夫の首級を無理やり抱《いだ》かされ、その後、幼子ともども処刑されたという話が伝えられたとき、永原は唸《うな》り声《ごえ》を上げ、人目も憚《はばか》らず泣いた。

「天狗党よ、許せ……。天狗党よ、許せ……」

唯一《ゆいいつ》の救いがあるとすれば、あの夜、武田耕雲斎の実子である源五郎を新保宿から離脱《りだつ》させたことだろう。永原も鼎も、以後、そのことはいっさい口にはしなかった。

武田耕雲斎は、このような辞世の歌を残している。

咲《さ》く梅の　花ははかなく散るとても　香《かお》りは君が袖《そで》に移らん

雪は解け、梅の花が綻《ほころ》び始《はじ》めた。

茜を亡くしてから、二度目の春が訪れようとしていた。

第六章 外圧内変

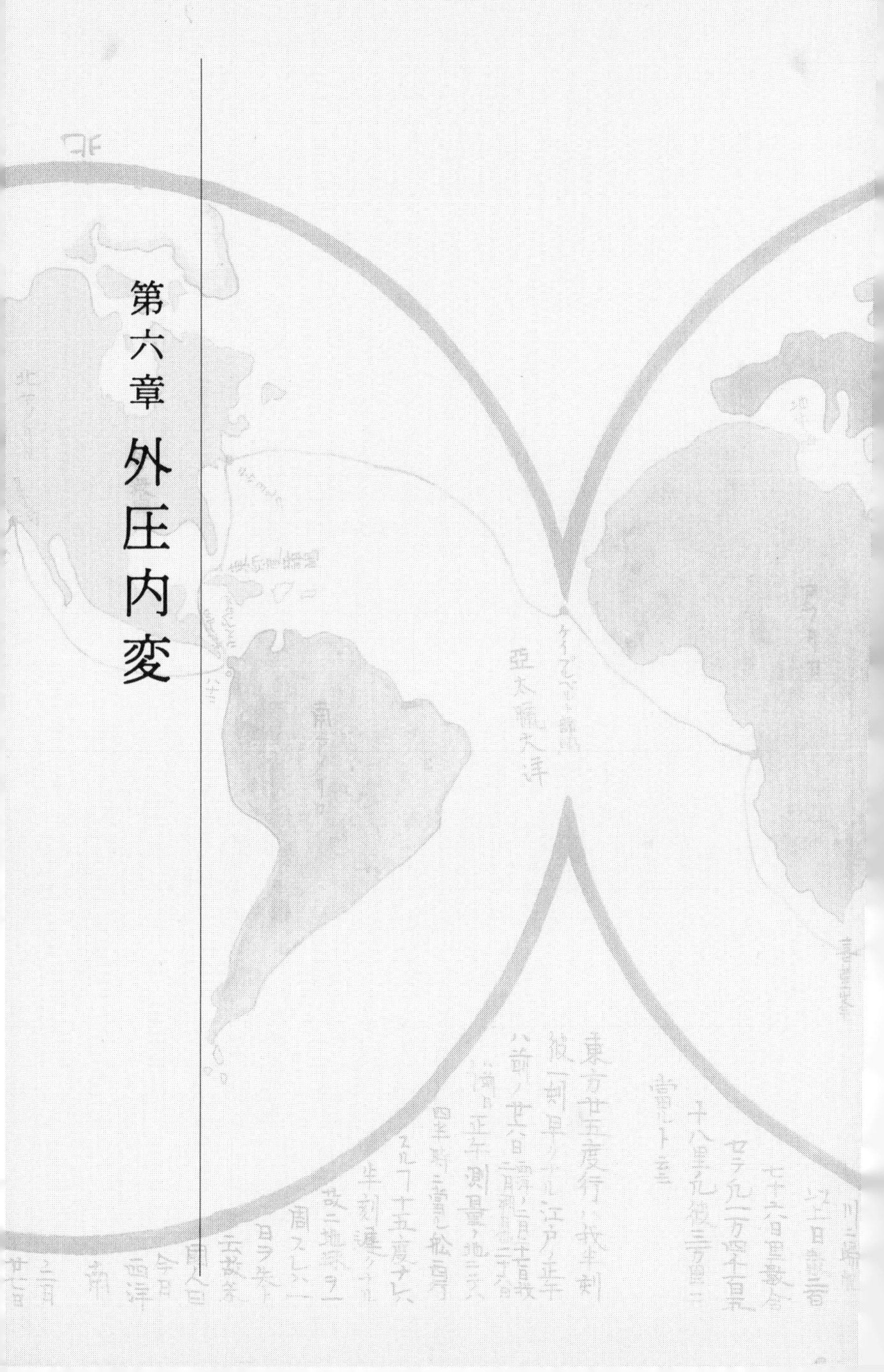

慶応元年（一八六五年）四月。桜の花が咲《さ》き綻《ほころ》ぶ中、鼎《かなえ》と春《はる》の間に初めての男児、鉉之介《げんのすけ》が誕生した。

時を同じくして、江戸で旗本、秋山家に仕えていた父の佐野小右衛門《さのこえもん》を金沢に呼び寄せることとなり、一家は久しぶりに明るさを取り戻していた。

七月には藩主《はんしゅ》、前田斉泰《まえだなりやす》より天狗党《てんぐとう》の乱鎮圧《らんちんあつ》の功を称《たた》えられ、永原甚七郎《ながはらじんしちろう》とともに白銀三枚等を贈《おく》られた。鼎にとってそれは名誉なことであったが、あの事件にかかわった者はそれぞれ心の内に深い傷を残しており、誰もが言葉少なであった。

一方、壮猶館《そうゆうかん》では鼎のかねてからの思いが実現することになった。能力の高い藩士の子息など五十人を長崎へ遊学させる運びとなったのだ。

どれだけ「富国強兵」と叫んでも、いくら最新型の兵器を揃えても、世情を冷静に見極める視野の広い人材を育てなければ物事は何も進まない。鼎は自身が欧米で見聞した教育の重要性を壮猶館で繰《く》り返《かえ》し訴《うった》え、まずは少年たちを積極的に西洋文明に触《ふ》れさせること、そしてその中から優秀な者を選抜し、海外へ留学させることを提言してきたのだった。

こうした流れは、間もなく十四代藩主となる前田慶寧《よしやす》の行動にも変化を与えていた。

十月、鼎は慶寧から直々に呼ばれ、城へ出向いた。慶寧はあと一年もすれば家督《かとく》を継《つ》ぎ、加賀藩の藩主となる身だ。そして、すでに、自身が最後の藩主になるであろうことも覚悟していた。そうした身であることを知りながら、日本一の大藩として、この激動の時代に民への教育や軍制改革をいかに進めるべきか、鼎に意見を求めたのだ。

「佐野よ、今日は無礼講じゃ。己《おのれ》がこれからなすべきことを、思いのままに指南してほしい」

「はっ、承知いたしました」

鼎は深く頭を下げながら、この日の慶寧の本気を感じ取った。

慶寧と鼎は、生まれ月がふた月違うだけだ。慶寧は、鼎が遣米使節《けんべいしせつ》から戻って献上《けんじょう》した『奉使《ほうし》米行航海日記《べいこうこうかいにっき》』を隅々《すみずみ》まで熟読していた。西洋の軍事技術や教育、文化に大きな関心を抱《いだ》くとともに、上洛中《じょうらくちゅう》、諸藩や幕府の現状を見聞し、自藩の一刻も早い改革の必要性を痛感していた。

「まず、軍備についてだ。我が藩は旧式を廃止し、すべて西洋式に転換《てんかん》していこうと考えておる。そこでこの際、藩士の所有する旧式の鉄砲は藩で買い上げ、すべて西洋式のものを導入しようと思うのだが、そなたはどう考える」

「はい、殿《との》のお考え、正しい方針かと存じます」

「諸外国が七尾港《ななおこう》の開港を望んでおるのは、よくわかっておる。しかし、開港に応じれば、必ずや七尾の領地は幕府に召し上げられるだろう。ただ、頑《かたく》なに拒《こば》んでいても、いつ異国に攻め込《せこ》まれるやもしれぬ。そこで、万一に備えて七尾の農民からも兵士を募《つの》り、西洋式の歩兵隊を作っておくことはできぬだろうか」

「七尾にそうした軍隊が実現すれば、有事に即《そく》対応できますので、それに越《こ》したことはありません。ただし、農民の仕事はあくまでも農作業です。強化訓練が可能な時期は限られて参ります。したがいまして、歩兵隊をまとめあげるまでには少々時間を要しますが、農閑期《のうかんき》に集中し、半年もあれば、ある程度形が整うのではないかと」

答える鼎は、アメリカで見たあの一糸乱れぬ兵士の隊列を思い起こしていた。

「うむ、わかった。兵器の調達に関しては、また日を改めて聞くことにする。次に、藩民への教育と施《ほどこ》しについてだ。実は、佐野の訪米日記を読み、もっとも感じ入ったのはほかでもない、そのことであった」

「恐れ入ります。私もアメリカでは、身分や男女の別、盲、聾にかかわらず、幅広く学問を学べる教育の在り方に、いたく心を動かされました」

「まことに盲や聾の者たちも点字や手話法を使って教育を受けているというのには驚いたぞ」

「はい。教育はすべての基礎でございます。よりよき人材を仕立てることこそ、我が藩の、そして国の発展に繫《つな》がっていくものと存じます」

「国の発展か」

「高い知識を身に付けるためには、まず基礎的な教養を習得することが大切です。今はその役割を壮猶館で担っておりますが、アメリカやイギリスの学舎とは、なにぶん規模が違います」

「なるほど。加賀藩にもそうした学舎を作りたいと思うておるのだな……」

ふと、慶寧が口ごもった。日本一の大藩として莫大《ばくだい》な財力を誇《ほこ》ってきた加賀藩だが、今や財政的に陰《かげ》りを見せていることを鼎もよく承知していた。

「殿《との》、アメリカでは商売などで財を成した富豪が私財を擲《なげう》って、たいそう立派な学校を作っております。そうした人物は、死後百年が過ぎても国民の父と称《しょう》され、尊敬を集め、そして今もその学舎は優秀な人材を生み続けております」

「そうか、浮《う》き世《よ》での一生など儚《はかな》いものだが、死してなお尊敬され、志が生き続ける。そうした生き方もあるのだな」

「それだけではありませぬ。富む者こそ、貧しさや病に苦しむ民を救済すべきなのだと」

慶寧は真剣な目で相槌《あいづち》を打つ。

「そうした者たちを平等に救うことは、国を治める者の務めです。万民が幸福を感じられるような事業には一刻も早く取り組まれるべきでしょう。まずはご自身の目で、民が置かれている現実を視察されることをお勧《すす》めします」

鼎は慶寧の前で熱っぽく語り続けた。

次の時代を担う若き藩主が下々の藩民に目を向けることで、加賀藩は必ずや新しい時代に向けて舵《かじ》を切ることができる――鼎は、そう信じていた。

慶応二年（一八六六年）。年が明けると、慶寧は周囲が驚くほど積極的に藩政改革《はんせいかいかく》に乗り出した。すでに小栗上野介《おぐりこうずけのすけ》が横須賀に作った大規模な製鉄所が話題になっており、加賀藩においても大砲や小銃の生産、造船、船の修理などを自藩で行えるようにと、近代工業化に着手し始めたのだ。

三月には鼎を長崎に派遣《はけん》し、ポルトガル商人、ジョーゼエ・ロレイロと陸蒸気《おかじょうき》機械類注文の定約書を取り交わした。また、イギリスからは七尾軍艦所《ななおぐんかんじょ》に設置する製鉄所用の機械類一式も輸入した。

そして四月、慶寧が十四代藩主として正式に家督《かとく》を相続してからは、壮猶館の開明的な考えを持つ教授たちの進言にも耳を傾け、西洋流のさまざまな制度を積極的に取り入れる動きも始まった。慶寧自ら壮猶館を訪れ、砲術の稽古《けいこ》や、医学、語学の授業を初めて視察したのもこの年だ。また、鼎の進言通り、藩内の窮民《きゅうみん》や病人対策にも乗り出した。

金沢城下の郊外に位置する卯辰山《うだつやま》一帯で大規模な土地開発事業に着手し、撫育所《ぶいくしょ》、つまり、新しい「お助け小屋」や養生所を作り始めたのは、翌慶応三年（一八六七年）のことである。貧困や病に苦しむ民への救済事業が始まることを知った藩民は、新藩主の御仁恵《ごじんけい》に感動し、自ら進んで山を崩《くず》すための人夫として無償《むしょう》で作業に参加した。また、壮猶館の者たちも、慶寧が進める軍制改革や卯辰山開拓《かいたく》への協力を惜《お》しまなかった。

藩内に新しい風が吹き始めた矢先の慶応三年七月八日、七尾湾《ななおわん》に再びイギリスの艦船が入ってきたという知らせが届いた。入港しているのは、バジリスク号、サラミス号、サーペント号の三隻《せき》とのこと。鼎には、「すぐに七尾へ出向き、相手方との交渉《こうしょう》にあたるように」との命が下された。

「バジリスク号には駐日《ちゅうにち》英国公使のハリー・パークスどの、書記官アルジャーノン・ミットフォードどの、そして通弁官のアーネスト・サトウどのが乗船されているそうです」

宇野直作《うのなおさく》が、鼎に詳細《しょうさい》を伝えに来た。

「パークスどのといえば、オールコックどのの後任のミニストル（minister）ですな。公使自らお出ましということは、英国は七尾の開港を正式に申し入れに来たということ。そうなれば、阿部《あべ》どのが一人で対応できぬというのも無理はありませんな」

阿部とは、七尾港を管轄《かんかつ》する所口町奉行《ところぐちまちぶぎょう》として三ヵ月前に着任したばかりの阿部甚十郎《じんじゅうろう》のことである。直前まで壮猶館で砲術稽古方を務め、英学修行のために長崎へ遊学した経験もある先進的な青年だが、外交経験はなかった。

幕府がアメリカに続いて、イギリス、フランス、ロシア、オランダの四ヵ国と修好通商条約を締結《ていけつ》したのは九年前、安政五年（一八五八年）のことである。幕府はこのとき、横浜《よこはま》、神戸《こうべ》、箱館《はこだて》、長崎、それに加えて日本海側の一港、計五港を開港すると決定していた。その後、日本海側は新潟《にいがた》ということで落ち着いたが、そこに至るまでには幕府と加賀藩の間でひと悶着《もんちゃく》あった。幕府は当初、七尾を開港しようと目論んでおり、加賀藩の領地である七尾と能登国《のとのくに》に点在する天領地との交換《こうかん》に応じるよう強く迫ってきたのだ。しかし、当時の藩主である前田斉泰はそれを固く拒《こば》んだ。

日本海に突き出た能登半島の東側に位置する七尾湾は、世界を見渡してもなかなか見当たらないほどの天然の良港だった。中央に浮かぶ能登島によって、北湾、南湾、西湾に隔《へだ》てられ、崎山《さきやま》半島《はんとう》と能登島が自然の防波堤《ぼうはてい》となっているため、海が荒れたときには多くの船がここを避難港《ひなんこう》として利用した。とくに大型船にとっては理想的な港で、複数の国々が七尾を開港場にと強く求めていたのだ。一方、新潟の港は信濃川の河口にあり、砂が多く水深も浅いので、大型船にとっては非常に使いづらいと不評だった。

鼎は腕組みをしながら、この先の展開を分析《ぶんせき》した。

「イギリスのサーペント号は五月に、アメリカのシャナトー号は六月に七尾にやってきて、すでにこのあたりの海域の水深や能登島の測量を済ませています。新潟より七尾のほうが優れた港であることは調査済みなので、おそらく彼らは必死で交渉してくるに違いありません」

「さすがに、抜《ぬ》かりがありませんな」

「それにしても、先月、直作どのが藩に出された『三州国政《さんしゅうこくせい》に関《かん》する対策書《たいさくしょ》』、あれは実に時機を捉《とら》えておられましたな」

三州とは、加賀藩の領地である加賀国《かがのくに》・越中国《えっちゅうのくに》・能登国のことである。

「いや、急ぎまとめあげたものでしたので、まことにお粗末《そまつ》ですが、あの提案については、殿《との》も藩のお役人方もほぼ賛同され、同様の考えをお示しになっておられるようです」

「私もそう聞いております。おそらく、今回のイギリスとの交渉《こうしょう》も直作どのがお書きになった対策書に沿って進めることになるでしょう」

直作はこの対策書で、次のような推論を立てていた。まず、ヨーロッパ諸国やアメリカが七尾に開港を求めているのは、単に通商を望んでいるだけではなく、広大な領土を持つロシアが日本にまで勢力を拡大することを恐れ、その侵略を防ぐために日本海側の枢要《すうよう》の地、つまり良港を押さえておく必要があるからではないか。また、七尾が正式な開港場になることによる懸念《けねん》として、幕府が直轄地《ちょっかつち》にしようとするであろうことを指摘《してき》し、すでに横浜がそうであるように、短期間のうちに日本文化や風俗《ふうぞく》が乱れる危惧《きぐ》がある、とも記した。

では、加賀藩としてこの問題にどう対処すべきか。直作は対策書の中で、こう主張した。

『まず、外国人と交易するために世界水準の法を整え、領民・商人に徹底《てってい》させる。その上で、湾内に台場を築き、七尾の所口などに長崎や横浜と同様の外国人居留地を作る。さらに、百石から二百石の小舟《こぶね》が運航できるように、邑知潟《おうちがた》を所口から日本海まで開削《かいさく》して、金沢城下との流通の便宜《べんぎ》を向上させるとともに、能登外浦《そとうら》の港とも連携《れんけい》して七尾港を国内の物流の拠点《きょてん》とすれば、加越能三国は富国となり強兵も実現されるであろう。』

藩の重臣たちも七尾が幕府の直轄地となることだけは避《さ》けたがっていた。そこで、あくまでも新潟の補助港という位置づけで七尾を開港し、外国との貿易で得た収益の一部を幕府に上納金として納めるのが最善の策であるという考えで固まっていた。

ただ、鼎の意見は直作と違っていた。鼎の中では、『幕府の体制がいつまで保《も》つか』という疑念が拭《ぬぐ》えなかった。逆にこの機会に七尾を開港しておけば、近い将来、日本における国際的な港として十分な機能を発揮できるのではないかと考えていたのだ。

実際、七尾製鉄所《ななおせいてつじょ》の建立準備は、鼎を責任者として着々と進められていた。すでに、イギリス製の十五馬力高圧蒸気機関のほか、大砲、小銃、銃弾製造用機械、旋盤《せんばん》等の工作機械、起重機（クレーン）など、製鉄所に不可欠な機械類一式の契約《けいやく》は完了し、つい先日、幕府より横須賀製鉄所への視察許可も取り付けたところだった。

これら最新式の機械を七尾製鉄所に導入すれば、大砲、小銃のほか、軍艦の製造から修理までが加賀藩内で可能となる。

実は、イギリス船は一ヵ月前にも七尾に来航しており、鼎がイギリス人に対応するのは、その折に次いで二度目だったが、今回は一度目とは違って、かなり突《つ》っ込《こ》んだ話し合いになることは必至だった。七月九日、外国方御用として藩命を受けた鼎は、加賀藩士の里見亥三郎《さとみいさぶろう》と七尾に急行した。

「佐野先生、里見さま、お待ち申し上げておりました」

所口奉行所の前まで迎えに出て深々と頭を下げたのは阿部甚十郎だ。阿部は壮猶館で鼎を師範《しはん》として英語を学んだ一人である。

「これはお迎えいただき、かたじけない。阿部どの、昨日はお一人で大変でしたな」

「いいえ、通詞《つうじ》のアーネスト・サトウなる者が、驚くほど流暢《りゅうちょう》な日本語を話しますので、英語を使う必要はほとんどございませんでした」

「そうでしたか。ところで、英国のミニストルどのは、バジリスク号の中に？」

「はい、艦内でお待ちです。すぐにご案内いたします」

阿部はそう言うと、鼎と里見を小舟に乗せ、七尾湾内に停泊中のバジリスク号に向かった。

艦内の豪華な応接室に招かれると、そこには、公使パークス、書記官ミットフォード、そして通弁官のサトウが待っていた。

「わざわざお越しいただき、ありがとうございます」

二人を迎え入れた彼らは、にこやかに握手を求めた。よく手入れされた立派なもみあげを両頰《りょうほお》にたくわえるパークスは、その鬚《ひげ》のせいか少し老《ふ》けて見えたが、実のところまだ若く、今年三十八になったばかりだ。

遣欧使節《けんおうしせつ》でロンドンを訪れたとき、こうした鬚のかたちをした紳士があまりにも多いので、鼎は尋ねたことがあった。なんでもナポレオン一世の時代から軍人の間で流行《はや》り出したらしく、豊かな顎鬚《あごひげ》は彼らの自慢なのだという。

「聞くところによりますと、サノさんは五年前、遣欧使節の一員としてロンドンに来られたことがあるそうですね」

アーネスト・サトウが日本語でにこやかに語りかける。弱冠《じゃっかん》二十四歳。こげ茶色の瞳《ひとみ》に艶《つや》やかな黒髪。その風貌《ふうぼう》はどことなく東洋人を思わせた。

「はい、ちょうど万国博覧会が行われているときに伺《うかが》いました。実に美しい街でした。あのときは前任のオールコックどのにご尽力《じんりょく》いただき、大変感謝しております。改めて御礼《おんれい》申し上げます」

「It's nothing !」

「昨日は七尾で猟《りょう》をされたとか？」

「はい、サー・ハリー（パークス）以下、十三人ほどで、七尾湾の中の能登島に上陸し、鉄砲《てっぽう》での狩《か》りを楽しみました」

「ほほう、猟犬《りょうけん》も一緒に船旅をされているのですな」

「我々は寄港地でよく狩りを楽しみますので、犬はいつも一緒です。昨日は、雉《きじ》が十羽、鳩《はと》一羽、川獺《かわうそ》が一匹獲《と》れました。景色の素晴らしい場所で、皆大満足でした」

「それは何よりでした」

「実は、昨日の狩りの最中に、サー・ハリーが銀の鎖付きの懐中時計《かいちゅうどけい》を落とされたのです。あの山の中ですから諦《あきら》めていたのですが、村役人のカンシロウという人が、案内した自分にも責任があると言って日が暮れるまでくまなく捜し続け、なんとその懐中時計を見付けて届けてくれたのです。本当に日本人は誠実で素晴らしい。お礼に銭九百匹《びき》（一匹は十文《もん》）を渡したところ、なかなか受け取ってもらえず困りました」

「そのようなことが……。こちらこそ藩民にまでお気遣《きづか》いいただき、申し訳ありません」

阿部が話していたように、アーネスト・サトウの日本語は完璧だった。サトウは日本語を即座《そくざ》に英語に通訳し、またパークスの言葉を無駄のない日本語に訳して伝える。

一方の鼎も、サトウが訳して公使らに伝える英語がほぼ理解できるため、こちらの言葉が正しく伝わっているかどうかも確認することができる。

「ところで、早速ですが、今日、お二方にこちらへお越しいただいたのは、お察しの通り、七尾港の開港問題について話し合いをするためです」

「はい、そのように伺《うかが》っております」

「率直に申し上げて、我々はこの素晴らしい港である七尾を貿易港として開港していただきたい。それを許可していただき、正式に約束を取り交わしたいと思っております」

世界中の主要な港をこの目で見てきた鼎は、七尾港の価値を誰よりも知っていた。それだけに、諸外国が開港を要求する理由は十分に理解できた。

「お話は承りました。ご存知の通り、この地には現在、製鉄所や造船所を建設する計画があり、昨年、貴国の蒸気機関や工作機械を輸入する契約《けいやく》を長崎で取り付けて参りました」

「今も工事が進んでいるようですが、先に幕府が横須賀に作られた製鉄所のような、本格的な施《し》設《せつ》を加賀藩でも計画されているということですね」

アーネスト・サトウがそれを英語に訳すと、パークスの表情が一瞬《いっしゅん》色めいた。

「その通りです。横須賀の製鉄所を作られた小栗上野介さまとは、私も遣米使節《けんべいしせつ》団でご一緒させていただき、アメリカの造船所などもともに視察して参りました。近い将来、七尾にドックができれば、そのときにはぜひ外国船にも活用していただきたいと思っております。ただ、造船所の建設にはまだ時間がかかりますし、諸々調整しなければならないこともあり、今すぐに開港するわけには参らぬのです」

「開港するわけにはいかない？　なぜ、その理由は」

交渉が難航しそうな雰囲気《ふんいき》を感じ取ったのか、今度はパークスが表情を曇《くも》らせながら会話の中に入ってきた。鼎はそれに動じることなく、淡々《たんたん》とした口調で答える。

「まず、能登半島は加賀藩の藩祖《はんそ》である前田利家公《まえだとしいえこう》が初めて拝領した土地であるため、我が藩は二百年以上にわたり特別な思いで守って参りました。そうしたことから、何があっても手放すわけにはいかず、こと七尾に関しては加賀藩の中で念を入れた丁寧《ていねい》な議論が必要なのです」

「なるほど」

「もうひとつ、外国船と貿易を行うとどうしても物価が急上昇してしまいます。それに対しても、領民から反発の声があるのです」

「しかし、我々の調査の結果、幕府が開港場として予定している新潟港は停泊地としては非常に不便であることがわかっている。その代わりになるのは七尾港以外にないと考えます」

「私も艦船を操りますので、貴殿《きでん》がおっしゃることは十分にわかります。しかしながら、こうした問題は、領民が納得するかたちで解決しなければなりません。そもそも、このあたりの領民はまだ外国人に慣れておらぬのです」

「では、質問を変えましょう。もし、悪天候で砂州が荒《あ》れ、どうしても新潟での停泊が危険な場合でも、加賀藩は外国船が七尾に停泊することに反対されるというのか？」

サトウが通訳するまでもなく、パークスが苛立《いらだ》っていることを本人の語気から感じ取っていた鼎は、サトウの通訳を待つことなく英語でこう答えた。

「もちろん、そうした緊急《きんきゅう》の場合には、人道上からも両国の親善関係から申しましても、それを拒《こば》むことはできないと思います」

「となれば、我々外国船は長時間何もしないで七尾港に停泊してもおられぬから、積荷はいったん陸揚《りくあ》げし、新潟へ輸送できるようになるまでは倉庫に保管することになると思うが、それに対して何か反対意見は？」

「いえ、それについては人道上、おそらく加賀藩としての反対はないと思われます」

パークスによる矢継《やつ》ぎ早《ばや》の問い、それに対する鼎の淡々《たんたん》とした回答。このやり取りは休憩を挟《はさ》むことなく続けられた。

「それでは、その倉庫はいったいどちらが建てることになるのか。イギリスか、それとも加賀藩か？」

「それは英国側でも加賀藩側でも、都合の良いほうにしたらよいと思われます」

「貿易は難しいと申されるが、たとえば、我々外国船が陸揚《りくあ》げした品物を見た七尾の住民が、それを買いたいと言った場合、売買を防ぐのはなかなか難しいことでは？」

「たしかにそうかもしれません。しかし、そんなことを簡単に許可すれば七尾は完全に外国貿易の港になってしまいます」

シンガポールで出会った音吉《おときち》の話を振り返ると、国際的な法や藩としての受け皿が整っていない状態で安易に異国を受け入れてしまうと、いつの間にやら相手の術中にはまり、属国化する恐れもある——そうした不安も大きかった。


押し問答のような議論が続く中、それでも鼎は、「実は加賀藩が、七尾を幕府の直轄地《ちょっかつち》にされるのを嫌《いや》がっている」という本音については、あえて触《ふ》れようとはしなかった。

しかし、パークスらの苛《いら》ついた表情から、彼らがすでに真の理由についてお見通しであることはわかっていた。彼らはもはや十分すぎるほど日本を熟知しており、すでに薩摩藩や長州藩とも懇意《こんい》にしている。中央の情勢については、加賀藩の中にいる鼎たちよりはるかに多くの生々しい情報を摑《つか》んでいるに違いなかった。

日本一の大藩《たいはん》である加賀藩が、実は幕府に対してひそかに反発しながらも、薩摩や長州のように、開国、倒幕《とうばく》に向けて動くこともしない。その玉虫色の立ち位置は、完全に見透《みす》かされていたのだ。


バジリスク号での会談は、結局、五時間に及《およ》んだ。

暑さと空腹で互いに疲《つか》れの色が見え出したため、鼎と里見はいったん阿部の待つ所口の奉行所で食事をとると、すぐに艦内に戻った。

するとパークスは、この場での交渉が厳しいことを悟《さと》ったのか、自身はひと足先に七尾を離れ、長崎経由で横浜に戻るが、ミットフォードとサトウ、そして二人の従者を金沢にいる藩主に引き合わせ、開港についての願いを直訴《じきそ》させたいと言い出した。さらに、その後はミットフォードとサトウを、視察のために金沢から大坂へ陸路で向かわせたいという。

藩主との面会についてはとりあえず検討すると回答したが、外国人の陸路での長距離移動はあまりに危険で無謀な相談だった。国内ではいまも攘夷《じょうい》を声高に叫ぶ浪士《ろうし》たちが激しく動いている。実際に、各地で外国人の悲惨な暗殺事件が相次いでいた。万一、加賀藩の領内でそのようなことが起ころうものなら、取り返しがつかない。その希望だけはどうしてもそのまま受け入れるわけにはいかなかった。

鼎は、まずこう切り出した。

「仮に陸路で行かれるなら、今、測量をお手伝いしている幕府の外国方をせめて一名、同行させていただきたい」

ミットフォードの表情が歪《ゆが》んだのを鼎は見逃さなかったが、さらにこう続けた。

「加賀藩を出てから人足を集めるのはご苦労でしょうし、何者かに襲撃《しゅうげき》される危険性もあります。いずれにせよ、旅の途中で貴殿《きでん》らに万一のことがあってはならないので、陸路の旅をされる場合は必ず同行するようにと、幕府からも厳しく命を受けております。我が方の国法では、外国方を同行しない外国人の内地旅行は固く禁じられているのです」

しかし、ミットフォードは、その提案を頑《かたく》なに拒《こば》んだ。

「いや、今来られている外国方は、そもそも幕府の老中からサー・ハリーの随行《ずいこう》を命じられているのですから、サー・ハリーの指令に従うのが当然です。つまり、サー・ハリーの指令は、あくまでも七尾湾の測量を続けるサーペント号の手伝いをせよ、というものであり、貴国の外国方を大坂への旅に同行させよとは言っていない」

よほど日本人にべったりと監視されるのが嫌《いや》なのだろう。ミットフォードが強く反発すると、サトウも続けて訴《うった》えた。

「サノどのは、国法とおっしゃるが、それは正式な法律などではなく、無視しても構わないはずではありませんか？」

たしかにサトウの言う通りだ。しかし、鼎は食い下がった。

「いや、そう言われましても、実際に外国人が何人も襲《おそ》われ、斬《き》られておるのです」

「もちろん、それは承知です」

「わかりました。そこまでわかっておられるのなら、何か厄介《やっかい》なことが起こっても、外国方の役人にはいっさいの責任がないということを、そちらでお約束してもらいたい」

鼎は便箋《びんせん》に英語でその旨《むね》を記すと、約束のサインを求めた。そして、彼らがその書面にサインをしたことを確認すると、ふと、表情を和らげて言った。

「実は、私も外国へ参った折は、いろいろな場所を自由に散策し、おかげでその国のことを深く知ることができました。実のところ、お二人にはぜひ、金沢から大坂への旅を存分に楽しんでいただきたいと思っております」

一番の目的であった七尾の開港交渉は挫折《ざせつ》したものの、鼎のその言葉に、彼らはようやく根負けし、打ち解けた笑みを浮かべて礼を言った。

バジリスク号から奉行所《ぶぎょうしょ》に戻った鼎は、息つく暇《ひま》もなくさまざまな案件への対応と段取りに追われていた。

まず、パークスに依頼されていた乗組員用の食糧《しょくりょう》の手配だ。牛、鶏卵《けいらん》、魚、スイカ、リンゴ、ナシなどを大量に運び入れただけではなく、母国への土産用にと加賀の名産品を紹介《しょうかい》すると、イギリス人水兵たちが喜んで購入《こうにゅう》したため、九谷焼《くたにやき》の急須《きゅうす》、徳利、杯《さかずき》、山中塗《やまなかぬり》の瓢《ひさご》等の塗り物《ぬりもの》、扇《おうぎ》、団扇《うちわ》、手拭《てぬぐ》い、袷《あわせ》や単物《ひとえもの》、帷子《かたびら》、帯などを積み入れた。

そんなことより、ミットフォードとサトウが藩主、慶寧に直々に面会したいという希望については、何としてでもうまくかわさねばならなかった。

どれだけ話し合ったとしても、加賀藩としては現時点で外国相手に開港に応じるつもりは毛頭ない。万が一、そうした申し出があった場合は、藩主の体調不良を理由に藩の役人が彼らを金沢で接待しながら会談をする運びになっていた。

会談用に用意された「つば甚《じん》」は、客人用の座敷から金沢城《かなざわじょう》が一望できる一流の料亭《りょうてい》だ。遠眼鏡《とおめがね》を使えば城から室内の様子が見える場所にあるため、慶寧自身がその模様を確認することもできる。最上の懐石料理《かいせきりょうり》を揃えるようにと指示を出し、その後の茶屋での接待も万端《ばんたん》用意した。

アーネスト・サトウは日本語に長《た》けているので、あとは里見に接待役を任せることにした。鼎はその間に、ミットフォードとサトウが安全に加賀藩の領地を出るまでの旅程の計画を立てなければならなかった。彼らの旅の邪魔《じゃま》にならない配慮《はいりょ》をしながら、完璧《かんぺき》な警護と心地よいもてなしが必要だった。

鼎はかつて自身が外国を旅したとき、行く先々で受けた心づくしのもてなしを思い起こしていた。日本人の好みに合うようにと、懸命《けんめい》に工夫された豪勢な料理の数々、山盛りの果実、初めて飲んだ冷たい氷入りのオレンジジュース……。朝食にパンと紅茶と焼き鯖《さば》が出てきたときは閉口したが、それでも、その心遣《こころづか》いは長い旅の疲《つか》れを癒《い》やしてくれたものだ。

『そうだ、連日のこの暑さだ。氷室《ひむろ》から氷を取り寄せ、茶屋での休憩《きゅうけい》のときに提供できるよう手配させよう』

イギリス人の彼らに、日本文化を満喫《まんきつ》しながら安全で快適な旅をしてもらいたい……。鼎は金沢の役人に宛《あ》てて飛脚便《ひきゃくびん》で細かな指示書を送った。こうした心配りこそが、外交の要《かなめ》だと確信しながら——。

七月十一日。早朝から蟬《せみ》が競い合うように鳴いていた。真夏の空は爽《さわ》やかに晴れ渡っている。

鼎と阿部は七尾の造り酒屋で宿泊していたミットフォードとサトウのもとへ出向き、出発の準備が整ったことを告げた。

「道中、さまざまなご苦労やご不便をお感じになられると存じます。とくに、京では物騒《ぶっそう》な殺傷事件が相次いでおりますので、くれぐれもお気を付けいただきたい。どうかご無事で、よき旅を」

「Thank you.　ご心配は無用です。私たちも日本の旅にはすっかり慣れましたので」

八時半、用意された切《き》り棒駕籠《ぼうかご》は大柄《おおがら》な二人にとってはかなり窮屈《きゅうくつ》であったが、ミットフォードとサトウは満足そうな笑みを浮かべると鼎に礼を言い、七尾を発《た》ったのだった。

嵐のような数日間が終わった。

その後二人は無事に旅を終えたが、この年の夏から暮れにかけては国内が混乱しており、鼎が危惧《きぐ》していた通り、京では数々の暗殺事件が起こっていた。

若き日、下曾根塾《しもそねじゅく》でともに学んだ同い年の兵学者、芦田清次郎《あしだせいじろう》（改名後、赤松小三郎《あかまつこさぶろう》）が、何者かに暗殺されたのは九月のことだった。遣米使節に参加できず、悔《くや》し涙《なみだ》を流していたあの男である。『英国歩兵練法《えいこくほへいれんぽう》』を翻訳《ほんやく》した赤松は、薩摩藩に請《こ》われて英学や兵学を教えていた。そして、幕府と朝廷《ちょうてい》・薩摩の対立を融和《ゆうわ》させようと動いていた矢先の出来事だった。実は、赤松を暗殺したのは、彼の門下生の薩摩藩士であったことが、大正期になってから判明している。

駐日《ちゅうにち》英国公使パークスとの交渉の内容を藩主の慶寧に報告してからというもの、鼎はたびたび城へ呼ばれ、七尾開港問題を中心に今後の藩の方針についての相談を受けるようになっていた。十月六日には組頭並に出世し、役料百五十石、壮猶館経武館合併御用主務となった。

「洋学かぶれの他所者《よそもの》が、殿《との》にうまく取り入っておる」

以前から鼎を敵対視していた役人たちからは、そんな嫉妬《しっと》の混じった批判がさらに強くなり、壮猶館の廃絶を訴える者までいることも十分に承知していた。しかし、一年ほど前から藩の中でも特に力を持つ尊王攘夷派の家老、横山政和《よこやままさかず》と直接会談する機会を持ってからは、少しずつだが流れが変わりつつあるのを感じていた。

国学《こくがく》を信奉してきた横山はもともと西洋の学問に対して批判的な考えを持っていたが、西欧列強による侵略から自藩を守るためには海岸の防備が極めて重要であること、そして、ただ闇雲《やみくも》に西洋流の砲術や軍制の導入に反対することは得策でないことも十分に承知していた。慶寧の最近の変化も敏感に感じ取っており、尊王攘夷派の者たちを支持しながらも、藩きっての開国派である本多政均《ほんだまさちか》らとの間で巧みに均衡を保っていた。本多はまだ若くはあったが、加賀藩の中では最も高い五万石取りの年寄役《としよりやく》である。藩主と本多が全幅の信頼を寄せている鼎の考え方を知ることは、流動的な時代にあって、自らの定まるところを見越すうえで不可欠であった。

横山の屋敷に招かれた鼎は、横山から向けられる鋭い視線に怯《ひる》むことなく、質問に一つひとつ答えていった。そして、横山の懸念の核心を見据えたかのようにこう訴えたのだ。

「西洋の学問を学ぶことは決して国学を滅ぼすことではありません。道徳的な規範はあくまでも日本の伝統を主として尊び、進んだ技術や科学的な知識については西洋から受容し、進んで活用すればよいのです。それが藩を守り、国力を高めることになるのです」

「和魂洋才《わこんようさい》、であるな……」

「仰せの通りです」

このとき、得心《とくしん》したように頷《うなず》く横山の頬《ほお》が緩《ゆる》むのを、鼎は見逃さなかった。横山は数回にわたる鼎との会談を、自ら問答形式でまとめ、『客窓雑記《かくそうざっき》』と題した。その一行目は、「予、素《もともと》、洋学を悪《い》む。其の風を移し、俗を易《かえる》」（私はもともと洋学を好ましく思わない。そのような風潮を変えて、世の中を改めたい）という厳しい口調から始まっていたが、ついには、鼎という人物について、こう書き記すに至った。

『尋常《じんじょう》の洋学者の比に非《あら》ず』

鼎はこうした複雑な藩の情勢の中、懸命《けんめい》に慶寧を支えた。

慶寧自身も、日本一の大藩である加賀藩の藩主として、万一幕府が崩壊《ほうかい》した場合、どのような立ち位置を取るべきか――。同世代の二人は互《たが》いに悩《なや》みながら、進むべき道を模索《もさく》していた。

その日が来たのは、鼎が組頭並に出世してからわずか十日後のことだった。

十五代将軍・徳川慶喜《とくがわよしのぶ》が大政奉還《たいせいほうかん》に応じ、二百七十年近く続いた江戸幕府《えどばくふ》は終焉《しゅうえん》を迎えた。薩摩藩と長州藩を中心とした新政府が誕生したのだ。

徳川家への厳しい処遇《しょぐう》を巡《めぐ》って激しく反発した旧幕府軍は抗戦《こうせん》し、翌慶応四年（一八六八年）一月に鳥羽《とば》・伏見《ふしみ》の戦《たたか》いが勃発《ぼっぱつ》する。そして、約一年半にわたり、日本国内を二分した内戦「戊辰戦争《ぼしんせんそう》」へとなだれ込《こ》んでいった。薩摩藩と長州藩率いる新政府軍は、すでに兵器においても軍制においても西洋化を推し進めており、圧倒的《あっとうてき》に優位な戦いを展開した。四月には、江戸城の明け渡しが行われ、旧幕府軍は東北、北海道へと戦いの場を移していったのだった。

横須賀製鉄所が新政府に引《ひ》き継《つ》がれた、という話を鼎が聞いたのも、ちょうどその頃だった。あれほど苦労して作り上げた製鉄所をあっさりと召し上げられ、小栗公はどのような思いでいるだろうか……。

鼎自身、七尾製鉄所の建設に奔走《ほんそう》している最中だっただけに、その話を聞いたときには我がことのように胸が締《し》め付《つ》けられた。

しかし、それから間もなく、さらに辛《つら》い知らせが届いた。江戸開城の翌月、その小栗公が知行《ちぎょう》地《ち》の上州権田村《ごんだむら》（群馬県）で捕えられ、一切の取り調べもないまま、烏川《からすがわ》の河川敷で斬首《ざんしゅ》されたというのだ。享年《きょうねん》、数えで四十二。まさに、日本の近代化のために力を尽《つ》くし、これから日本のために先陣《せんじん》を切って活躍すべきその人に、なぜ酷《むご》い運命が降りかかったのか……。

鼎の脳裏には、つい先日、横須賀の製鉄所に加賀藩士らを率いて視察に行った折のことが鮮やかに蘇《よみがえ》った。そして、あの時に聞いた忘れえぬ逸話《いつわ》を思い返していた。

小栗が横須賀に製鉄所を作ろうとしたときのこと、一部の幕臣たちからは、幕府がこの先続くかどうかもわからないのに、莫大《ばくだい》な費用をかけてそのようなものを作っても無駄になるだけだと猛反対を受けていたという。しかし、小栗は、さらりとこう受け流したというのだ。

「たとえ幕府がなくなろうと、結局は日本のため。徳川のした仕事が国の利益に繫《つな》がるのであれば、それはそれで徳川家の名誉《めいよ》ではないか。同じ売家でも土蔵付きの売据《うりすえ》のほうがよいだろう」

小栗のこの言葉は、いつまでも鼎の胸に刻まれた。

新政府軍と旧幕府軍の戦いは、さらに激化していった。

隣国、越後の長岡藩《ながおかはん》では、家老の河井継之助《かわいつぎのすけ》が長岡藩の中立を訴《うった》え、東北諸藩を説得して戦《いくさ》を収める案を提示していたが、新政府軍側はこれを時間稼《じかんかせ》ぎだと捉《とら》え、河井を門前払いにし、結局、長岡藩は奥羽越列藩同盟《おううえつれっぱんどうめい》に加盟することとなった。

加賀藩は鳥羽・伏見の戦いの後、新政府に恭順し、長岡城攻撃に出陣。北越戦争《ほくえつせんそう》に使用する武《ぶ》器弾薬《きだんやく》の調達などを請け負《うお》い、鼎はそれらを購入するため、急遽《きゅうきょ》、横浜へ出向くよう命ぜられた。もはや旧幕府軍に勝ち目がないことは鼎の目から見れば疑う余地はなく、自分が手に入れた武器弾薬が東北での戦いを助長し、無用な血を流しているのだと思うとやり切れなかった。

そして、秋も深まった十一月のある日、今度は佐賀《さが》から訃報が届いた。小出千之助《こいでせんのすけ》が、突然、命を落としたというのだ。

小出とは、長崎海軍伝習所の同期生ということもあり、アメリカではいつも連れ立ってさまざまな施設を視察したものだ。ポーハタン号の中で、ともにウッド牧師の英語伝習を受け、時間を見付けては英語の書物を翻訳《ほんやく》し合い、研鑽《けんさん》を積んだ同志でもあった。フィラデルフィアでペンシルベニア大学を見学してからは、互いに教育の必要性について深く語り合った。

帰国後、佐賀藩に戻った小出は、弘道館《こうどうかん》の後輩《こうはい》である大隈重信《おおくましげのぶ》に英学教育の必要性を熱っぽく説き、いち早くその思いを実践《じっせん》していた。オランダ系アメリカ人のフルベッキを教師に迎え、長崎に蕃学稽古所《ばんがくけいこしょ》（後の致遠館《ちえんかん》）を開いたのも彼の進言によるものだった。

もちろん、小出も教導役として後進の指導に当たった。蕃学稽古所が英語に長《た》けた国際人を数多く輩出していると聞いたとき、鼎は我がことのように誇《ほこ》らしく思ったものだ。

昨年（慶応三年・一八六七年）には、パリで開かれた万国博覧会に佐賀藩が幕府や薩摩藩と共に参加し、小出も渡欧していた。遣欧使節でパリの地を踏んでから五年、次に小出と会うときには、フランスの最新事情もゆっくりと聞いてみたいと思っていた。

そんな矢先、事故は起こった。

長崎で「母危篤《ははきとく》」の知らせを聞いた小出は急いで馬を駆《か》り、平坦な長崎街道ではなく、近道となる山越えの道を選んだ。少しでも早く佐賀の実家へ駆けつけたかったのだろう。その途中、突然雨が降り出したため、馬上で蝙蝠傘《こうもりがさ》を開いたところ、その音に驚いた馬が急に暴れ出したために落馬し、地面に叩《たた》き付《つ》けられたというのだ。

フィラデルフィアの街で蝙蝠傘を買い求めたときの、あの小出の笑顔を、鼎は昨日のことのように思い出していた。

そして、翌明治二年（一八六九年）五月、箱館《はこだて》の五稜郭《ごりょうかく》を最後の砦《とりで》として戦いを続けていた榎《えの》本武揚《もとたけあき》率いる旧幕府軍が、新政府軍による総攻撃《そうこうげき》を受け、降伏《こうふく》。一年半に及んだ戊辰戦争は、双方合わせて八千人以上の死者を出し、ついに終結のときを迎えた。

かつて、長崎海軍伝習所の一期生としてともに学んだ中島三郎助《なかじまさぶろうすけ》が、降伏の僅か二日前、二人の若き息子とともに壮絶な最期を遂げたという噂《うわさ》が伝わってきたのは、それから間もなくのことだった。中島は嘉永六年（一八五三年）、ペリー艦隊が初めて日本に来航した際、浦賀奉行の与力としてサスケハナ号に乗り込んで対応した男で、西洋砲術にも長《た》けていたことから鼎とは懇意だった。

鼎と共にアメリカの地を踏んだ玉虫左太夫《たまむしさだゆう》も、新しい日本の夜明けを見ることなく散った一人であった。戊辰戦争勃発後、仙台藩主の命を受けた玉虫は、奥羽越列藩同盟結成のため尽力した。しかし、新政府軍に敗れて同盟は崩壊。その責任を問われたのだ。

若くに妻を亡くしてから江戸に出て、その後、長い間独身を通していた玉虫だったが、再婚し、間もなく子供が生まれると聞いていた。幸福な暮らしを手に入れようとしていた矢先の明治元年十月、気仙沼《けせんぬま》で榎本武揚の軍艦を待っていた玉虫は、志津川《しづがわ》で仙台藩の勤王派に捕らえられ、仙台で入牢《にゅうろう》。その年の暮れに誕生した我が子に思いを募《つの》らせながら、獄中《ごくちゅう》から妻に宛《あ》てて何度も手紙をしたためたが、投獄から五ヵ月後、戦いに加わることすらできず、そして我が子を一度も抱くことなく、切腹し、四十七歳の生涯を閉じた。

時代の波は容赦《ようしゃ》なく、次の時代を見越そうとする〝目〟を呑《の》み込《こ》んでいった。

第七章 碧眼先生

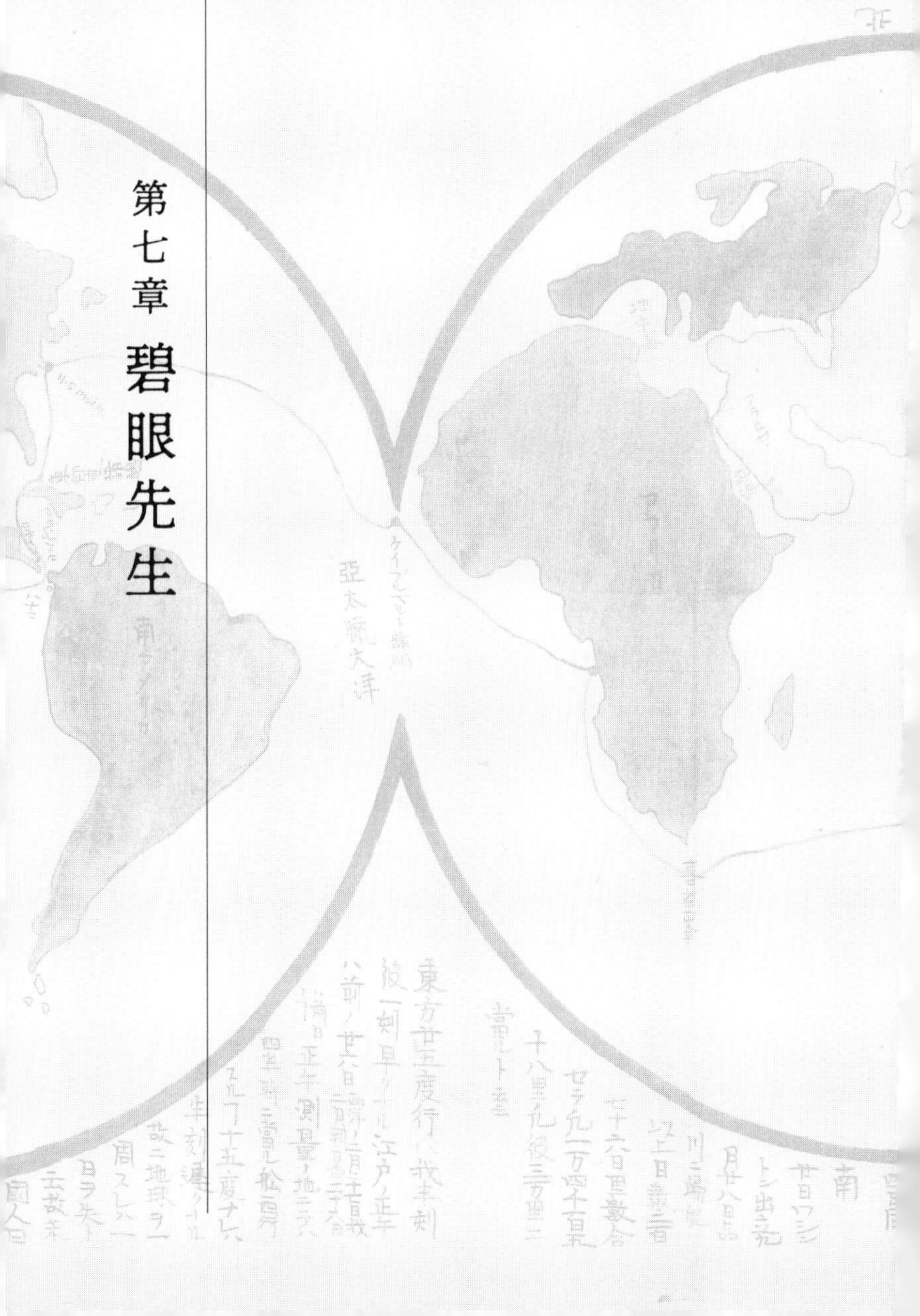

明治二年（一八六九年）六月の版籍奉還《はんせきほうかん》を境に、どの藩も深刻な財政難に陥《おちい》っていた。

前田慶寧《まえだよしやす》は自身の家禄《かろく》を二十分の一にまで減らし、財政に補塡《ほてん》する対策をとったが、そうでもしなければもはや立ち行かなくなっており、海外からの兵器の買い付けも以前のようにはいかなくなっていた。

「このような状況が続けば、今度は藩の中で内乱が起こるやもしれぬ……」

「我々も身辺、十分に気をつけねば」

壮猶館《そうゆうかん》の中でも、そうした声が上がり始めていた。

新政府が開国、西洋式の文明開化を推し進める中、壮猶館にかかわる有能な洋学者たちにとっては、たとえ藩が財政難に陥っても、新政府の下で自身の能力を生かす道が残されていた。しかし、攘夷派《じょういは》の家臣たちの間では、ぶつけようのない不安と不満が沸々《ふつふつ》と湧《わ》き上《あ》がっていた。

大藩の誇《ほこ》りを傷つけられ、身分に応じた家禄制度《かろくせいど》が崩壊《ほうかい》したことによる戸惑《とまど》いは想像以上に大きく、深刻なものだった。そうした藩内の不穏《ふおん》な空気を察知していた役人たちは、「軽挙妄動《けいきょもうどう》するな」という趣旨《しゅし》の書状を書き、不満を抱《いだ》く家臣らの説得に回っていたが、加賀藩《かがはん》が金沢藩《かなざわはん》と改められてから初めての夏、ついにその事件は起こった。

「なんと！　本多《ほんだ》どのが……」

この年の八月七日、壮猶館でその一報を受けた鼎《かなえ》は言葉を失った。

加賀藩きっての開国派であった本多政均《まさちか》が殺害されたというのだ。

本多は鼎より九歳若く、聡明《そうめい》で藩主からの信頼も厚い人物だった。保守的な大藩にありながら、早くから開国と西洋文明の導入の必要性を訴《うった》え、壮猶館に対しても一番の理解者であった。

その本多が、あろうことか、白昼、しかも城中で命を奪われるとは……。

「二の丸御殿《ごてん》に登城する折、廊下《ろうか》の杉戸際《すぎときわ》に潜《ひそ》んでいた者に斬りつけられたそうです」

いち早く状況を摑《つか》んだ宇野直作《うののなおさく》は、声を震《ふる》わせながら続ける。

「下手人《げしゅにん》は山辺沖太郎《やまべおきたろう》と井口義平《いぐちぎへい》。学識の浅い、世の中もわかっておらん、尊攘派の下級藩士です。この期《ご》に及んで、何を血迷っておるのか……」

二人のやり取りに気付き、黒川良安《くろかわまさやす》も険しい顔で近づいてきた。黒川はシーボルトや緒方洪庵《おがたこうあん》に西洋医学を学んだ医師で、壮猶館の教授も務めていた。

「先ほど耳にしたのですが、下手人らの取り調べでは、佐野《さの》さんの名前も挙がっているそうですぞ」

「なんですと！」

直作は思わず声を上げたが、鼎はあえて落ち着いた口調で黒川に尋《たず》ねた。

「で、下手人らはなんと」

「まず、本多どのに関しては、『藩主退去《はんしゅたいきょ》を謀《はか》り、西洋風にかぶれ、弓矢槍剣《きゅうしそうけん》を軽視して士気を脆弱《ぜいじゃく》にした』と……」

「それは酷《ひど》い、まったくの事実無根ではないか」

直作は固く握《にぎ》った拳《こぶし》を震《ふる》わせる。黒川は続けた。

「佐野さんについては、あろうことか『本多に追随《ついずい》する国賊《こくぞく》である』と、名指しの批判をしているそうです」

「なんと無礼な、許せん！」

直作はさらに声を荒らげた。

「うむ、本多どのがお命まで奪われたのです。私にも刃《やいば》が向けられて当然でしょう。藩の中の攘《じょう》夷派《いは》の間では、本多どのの西洋好きは佐野が焚《た》き付《つ》けたのだと、もっぱらの噂《うわさ》でしたから」

「とはいえ佐野さん、下手人は捕《と》らえられたとはいえ、このままでは佐野さんも危険です。まだほかにも付け狙《ねら》う者がおるかもしれませぬ。しばらくは壮猶館の門からお出にならぬほうがよい。そして、ご家族に危害が及ばぬよう、護衛を差し向けたほうが」

「かたじけない。たしかにこのままでは何が起きるかわかりませんな。それにしても私が遣米使節に出向いてから間もなく十年、我が藩において、攘夷思想がいまだ根強く残っているのかと思うと……」

鼎は諦《あきら》めたような笑みを浮かべ、小さく溜《た》め息《いき》をついた。

「ここでの暮らしも、そろそろ潮時かもしれません。実は新政府の兵部省《ひょうぶしょう》から声が掛かっておりまして、来年は東京でひと仕事任されることになりそうです」

「兵部省から」

「ええ。ただ、つい先日、藩のほうから学政所掛権少参事心得を仰《おお》せつかったところですし、七《なな》尾《お》に英学所も開かねばならぬので、その責任だけは果たしたいと」

三十二歳という若さで、理不尽《りふじん》に命を断ち切られた本多の死は、鼎にこの地を離れるときが近づいていることを告げているかのようだった。


明治二年（一八六九年）十二月十二日、厳冬の能登半島《のとはんとう》には肌《はだ》に突《つ》き刺《さ》さるような冷たい風が吹き付けていた。

とっぷりと日の暮れた青黒い海の向こうに、蛍《ほたる》のような灯りが見える。その灯《ひ》が近づくにつれ、月明かりを受けた船の輪郭《りんかく》が少しずつ浮かび上がってきた。

甲板《かんぱん》の中央に突き出た煙突からは黒い煙があがっている。

「猶龍丸《ゆうりゅうまる》が帰ってきたぞー！」

七尾港《ななおこう》へ迎えに出ていた者たちは、その船影《せんえい》を確認するとほっとしたように声を上げた。

ゆっくりと港に入ってきたのは、昨年、加賀藩が長崎でイギリス人から購入した鉄製の最新式軍艦だ。その雄々《おお》しい姿を間近に仰ぎ見《あおみ》た少年たちは、興奮気味に身を乗り出した。

猶龍丸は岸壁《がんぺき》を目前にして錨《いかり》を落とすと、軍艦所の綱取《つなと》りによって、間もなく港に横付けにされた。

この夜、鼎は、「七尾語学所《ななおごがくじょ》」の生徒ら数名を伴《ともな》って、ある人物の到着を待っていた。七尾語学所は金沢にある英学所「致遠館《ちえんかん》」の分校として、七尾軍艦所の中に開設された新しい学問所だ。そこに招聘《しょうへい》したイギリス人教師が今日、この船で到着することになっていた。

「先生のお姿が見えましたぞ」

鼎がそう言うと、十六歳の高峰譲吉《たかみねじょうきち》は、

「西洋のお召し物を着ておられる、あの方ですね」

と嬉《うれ》しそうに声を上げる。

「身の丈《たけ》が高いなあ」

横にいた十二歳の桜井錠五郎《さくらいじょうごろう》（後の錠二《じょうじ》）も、驚《おどろ》いたようにその男性に視線を向けた。

船が着岸すると、タラップがかけられる。そこに現れたのは、身長六尺（約百八十センチメートル）を優に超える大きな男だった。周囲が暗いのでよく見えないが、黒いオーバーコートを羽織り、髪は月明かりに照らされて金色に光っている。

彼は船着き場に鼎の姿を見付けると、愛嬌《あいきょう》たっぷりに大きく手を振った。傍《かたわ》らには綿入れの着物に身を包んだ小柄《こがら》な日本人の少女が佇《たたず》んでおり、彼女の手は男のもう片方の手でしっかりと握《にぎ》られている。若い男と女が人前で手をつなぐ。見たこともないその光景に、思春期の少年たちは顔を赤らめ少々戸惑《とまど》い気味だ。

そういえば、鼎が初めてアメリカへ渡ったとき、男性が細くくびれた女性の腰に手を回したり、頰《ほお》をすり合わせたり、あろうことか人前で口を吸い合っている姿を見たときにはにわかに信じられず、思わず顔を背《そむ》けたものだ。しかし、今振り返れば、ホテルの床《ゆか》の上で胡坐《あぐら》を掻《か》いたり、中庭で風呂をたて、人目も憚《はばか》らず裸《はだか》になって入浴していた我々日本人も、あちらからすれば目を背けたかったに違いない。鼎は一人思い出し笑いをしながら、

「なあに、恥《は》ずかしがることはない。あの方は先生の奥方《おくがた》で、瀬戸《せと》どのと申される。現在、身重なので、先生は下船時に奥方が転ばぬよう、手を取っておられるのだ」

「ああ、そうなのですか……」

譲吉と錠五郎は安堵《あんど》したようだ。

「よいか、先生の祖国であるイギリスではレディファーストといって、男性が女性の手を取ってエスコートするのは当然の振る舞いなのだ。お国が変われば言葉だけでなく、さまざまなしきたりや生活様式もまったく異なる。外国語を学ぶときは、まず日本の常識を隅《すみ》に追いやっておくことが必要だ」

「はい、承知しました」

外国人教師を招く目的は、何も正しい発音を学ぶためだけではない。外国のさまざまな文化や

風習を吸収し、国際感覚を身につける絶好の機会だと鼎は考えていた。学ぶことに貪欲《どんよく》で、吸収力旺盛《おうせい》な少年たち、今日、ここから始まる外国人教師との出会いが、彼らの人生をどのように開《かい》拓《たく》し、世の中に何をもたらすのか――。それを思うと、鼎は心が躍《おど》るようだった。

「ようこそ七尾まではるばるお越しくださいました」

タラップからゆっくりと下りてきた夫妻に英語でそう語りかけると、力強く握手《あくしゅ》を交わした。

「サノさん、お迎えアリガトウゴザイマス」

「お二人とも、長旅お疲《つか》れになったでしょう」

「ワタシたちはげんき、大丈夫です」

大柄《おおがら》なイギリス人は、疲《つか》れを微塵《みじん》も見せず、少しぎこちなさが残る日本語でそう返した。

「ここにいるのが、これからあなたにお世話になる生徒たちです」

紹介《しょうかい》された二人は緊張《きんちょう》しながら、深々と頭を下げた。

「ワタシは、パーシヴァル・オーズボンです。こちらはセトさん、私のワイフです。これからヨロシクお願いします」

オーズボンは朗《ほが》らかな声でそう言うと、二人にも大きな手で握手を求めてきた。譲吉や錠五郎にとって、その透き通るような青い瞳《ひとみ》はもちろん、手を握《にぎ》り合《あ》う格好の挨拶《あいさつ》も初めてのことだ。

港に降り積もった雪に月明かりが反射し、オーズボンの横に立つ瀬戸の白い頬《ほお》を浮かび上がらせた。凍りつくような海風が、彼女のか細い身体に容赦《ようしゃ》なく吹き付ける。オーズボンは厳しい冷え込みから瀬戸を守るため、自身の着ていた分厚いコートを彼女の頭からすっぽりと被《かぶ》せた。

「瀬戸どのもお身体が大変なときに、長い船旅でさぞかしお疲《つか》れになったでしょう。能登半島の冬はなかなか寒さが厳しいのですが、どうかゆっくりと休まれ、旨《うま》い魚をたくさん召し上がって、元気な赤子を産んでください。心配事があれば、この者たちが何なりとお世話いたしますので、どうぞご遠慮《えんりょ》なくおっしゃってください」

鼎の言葉に、瀬戸は、

「はい、かたじけのうございます」

厳しい躾《しつけ》を受けた武家の娘らしく、丁寧《ていねい》に頭を下げた。


パーシヴァル・オーズボン、二十七歳。彼は一八四二年、ロンドンに生まれた。幼少期を父の任地であるドイツのアーヘンで過ごし、初等教育をスイスで、中等教育をイギリスで受けた。幼い頃各国で暮らした経験により、英語、ドイツ語、フランス語を自由に操ることができた。

日本にやってきたのは二年前のことである。父が亡くなり、兄も渡米し、一家を支えることになったオーズボンは、母や妹を養うために、アメリカから支那《しな》経由で横浜へ渡り、日本での英語教師という稼《かせ》ぎ口《ぐち》を見付けた。

日本人の小川《おがわ》瀬戸とは、横浜で知り合ったそうだ。瀬戸は数えで十六歳。禄高《ろくだか》五百石の幕臣・大久保源太郎《おおくぼげんたろう》の家来である小川祐輔《おがわゆうすけ》の娘だったが、大政奉還《たいせいほうかん》後の混乱の中、経済的に困窮《こんきゅう》したため家計を助けて横浜で働くことになり、それが縁《えん》でオーズボンに見初められたという。ただし、日本ではまだ外国人との結婚《けっこん》が正式に認められていなかった。二人は入籍《にゅうせき》こそ済ませていなかったが、瀬戸はすでにオーズボンの子供を身籠《みご》もっており、出産は五ヵ月後に迫っていた。

家族と離れ、遠く北陸の地で初めての出産に臨まねばならない瀬戸のことを思うと、鼎はオーズボンを七尾に招聘《しょうへい》することに、少しばかりためらいも感じた。しかし、鼎が案ずるまでもなく、さらに遠い異国の地からたった一人で日本へやってきたオーズボン自身、瀬戸の不安や寂《さび》しさを誰よりも汲《く》んでいたに違いない。

七尾の港に降り立った二人の間に優しい空気が漂《ただよ》うのを感じ、鼎は安堵《あんど》していた。

明治の世になって二年目、各藩には外国語を学ぶための塾や学校が次々と作られていた。金沢藩には維新《いしん》前から「道済館《どうせいかん》」という英仏学塾所《えいふつがくじゅくじょ》があったが、その中身はというと、日本人教師による読み書き中心の語学教育で、ヒアリングや発音は二の次だった。そのため、海外留学経験のある者たちからは、『あんな発音では〝ドウセ、イカン〟』と塾の名を揶揄《やゆ》される有り様だった。

明治に改元されてから、前田慶寧を中心に金沢藩でも教育の充実に力が入れられた。鼎の進言もあり、生徒たちが正則英語、つまり本物の発音で学べるよう「致遠館」を、そして七尾軍艦所の中にも英学所を作り、金沢から特別に優秀な少年たち三十数名を選抜して入学させたのだ。

その一人、高峰譲吉は、加賀藩医《はんい》で壮猶館の師範《しはん》でもあった父、高峰精一《せいいち》の長男で、慶応元年（一八六五年）、十二歳のときには藩から選ばれて長崎に留学。長崎語学所《ながさきごがくじょ》の英語教師であった何礼之《がのりゆき》の塾で学んでいた。

その後、明治元年（一八六八年）に緒方洪庵《おがたこうあん》の開いた「適塾《てきじゅく》」や大阪医学校《おおさかいがくこう》、さらに新設された大阪舎密局《おおさかせいみきょく》でも学び、この時点で語学や科学に関しては相当の学力を身に付けていた。新規の生徒たちの牽引役《けんいんやく》という意味も込めて、譲吉は特等生として選抜されていた。

鼎は譲吉の父親と壮猶館の師範同士という関係でとくに親しく、譲吉の秀才ぶりは彼が幼いときから見抜いていた。また、譲吉にとっても鼎は、幼い頃からまだ誰も知らない異国の話を聞かせてくれる、尊敬すべき師であった。

一方、桜井錠五郎は、加賀藩馬方御用桜井甚太郎《じんたろう》の六男で、下級武士の息子だった。五歳のときに父を病気で亡くし、一家は経済的な苦境に陥《おちい》ったが、子供に教育を十分に受けさせたいという母の考えのもと、藩立の英学校である致遠館に入学。彼もまたその優秀さと際立った才が認められ、七尾語学所に移ることになったのだ。

しかし、優秀な生徒が集まっていても、肝心《かんじん》の外国人教師を探すとなると容易なことではない。ある程度は日本語が理解でき、真面目で、有能な外国人を招くことは喫緊《きっきん》の課題で、その役目を鼎が藩から命ぜられたのは、海外への渡航経験があり、外国人とも込み入った話ができることから、当然と言えば当然の流れであった。

この年の二月末、すでにデビッド・タムソンという横浜在留のアメリカ人宣教師の雇用《こよう》が内定し、七尾への着任は八月と決まっていた。ところが、能登半島は大変な僻地《へきち》とみなされたようで、上司から強硬《きょうこう》に反対されたタムソンは、明治新政府が旧幕府の昌平坂学問所《しょうへいざかがくもんじょ》や医学校などを引《ひ》き継《つ》ぐかたちで新設した初の官立教育機関「大学南校《だいがくなんこう》」に勤めることとなり、契約《けいやく》は白紙に戻されてしまったのだ。

金沢藩がこの語学所を金沢城下ではなく、離れた七尾に作ったのには、理由があった。明治の世になっても、城下にはいまだ保守的な武士たちが多く暮らす。実際にこの夏、西洋軍制を推し進めていた本多政均が、尊攘派《そんじょうは》の藩士らに暗殺されている。本多は鼎の海外での経験に、とくに大きな影響《えいきょう》を受けた一人だっただけに、壮猶館で洋学を修める者たちは、維新《いしん》後に蔓延《まんえん》した荒《すさ》んだ空気の城下で、身に危険を感じることがしばしばあった。

金沢藩では外国人への対応として、「心得違いなきよう、家来末々に至るまでいささかも不法の儀《ぎ》、なきように」と通達していたが、それでも目の前に青い目の外国人が突然現れたとなれば、どんな危険が及ぶかもしれない。

二年前、イギリス、フランス、アメリカの軍艦が相次いで七尾に入港したとき、外国人乗組員たちは上陸して自由に街中を散策した。鼎は外国船が七尾に入ってくるたびに呼び出されたが、その経験からも、七尾の人々なら外国人に奇異《きい》の目を向けたりすることなく温かく接するだろうと考えていた。

そんな鼎の目論見とは無関係に、タムソンに袖《そで》にされたからには、外国人教師を一から探さなければならなくなった。そんな折、運よく聞きつけたのが、日本語をはじめ多言語に通じるばかりか、学問的にも多彩《たさい》な才能を持つという若きイギリス人の噂《うわさ》だった。真面目で人柄《ひとがら》もよく、教育に情熱を抱《いだ》く青年だという。彼ならきっと、生徒たちに素晴らしい学びのときを与えてくれるに違いない——。そう確信した鼎は、迷うことなくオーズボンを藩に推挙したのだった。

欠員を埋《う》めるかたちで採用が決まったオーズボンだったが、この熱心な若い外国人教師の存在は、七尾語学所で学んだ少年たちのその後の人生に計りしれない影響《えいきょう》を与えることとなった。

オーズボンと瀬戸、夫妻の調理人として同行してきた源次郎《げんじろう》に続き、彼らのトランクや舟簞笥《ふなだんす》などの大荷物が降ろされる。しかし、それに続く一行を目にした者は、一様に息を呑《の》んだ。

異様ともいえる光景だった。生気の抜けた表情をした老若男女が列をなし、船のタラップをふらつきながら次々と下りてくるのだ。皆、着の身着のままという出で立ちで、髪をまともに結っている者など皆無《かいむ》だ。

「佐野先生、あの方たちはいったい……」

驚く譲吉と錠五郎に、鼎は小声で言った。

「長崎の浦上村《うらかみむら》から来たキリスト教の宗徒だ」

「えっ、キリシタンですか？」

「そう。明治の世になり鎖国《さこく》は終わった。しかし、キリスト教禁教令はいまだ解かれていない。それでもキリスト教への信仰《しんこう》を表明し続け、長崎で捕《と》らえられていたあの人たちは、新政府の政策によって日本各地の藩に配流《はいる》されることになったのだ」

「それで、我が藩にもこうして……」

「十一月、横浜港で外米を積み込んでいた猶龍丸が日本海経由で我が藩に戻ると聞きつけ、途中で長崎に寄るよう指示が出たそうだ。聞くところによると、今回、我が藩に運ばれてきた宗徒は四百名に上るらしい」

「四百人も……」

長い年月、信じる宗教が異なるだけで迫害を受け続け、家族と引《ひ》き裂《さ》かれ、ついに見知らぬ土地へ配流された人々の表情は、能登の冷たい夜の風に晒《さら》され、凍りつくかのようだった。

長崎を出港してから七尾に到着するまで、わずか四日間の航海ではあったが、この船で彼らと寝食をともにしたオーズボンは、鼎と譲吉らの会話を聞きながら沈痛《ちんつう》な表情を見せた。

彼自身もキリスト教信者である。それだけに、日本の宗徒らが受けてきた一方的な弾圧《だんあつ》には耐えられないものがあるのだろう。

「実は三日前、この船の上でベビーが生まれました」

「えっ、キリシタンの宗徒が産んだのですか？」

「はい、とても元気な男の子でした。サノさん、お願いがあります。あのベビーと、母親に、どうか温かいミルクとブランケットを与えてください」

オーズボンは真剣な目で鼎に訴《うった》えた。

瀬戸も出産を控《ひか》えているだけに、他人事《ひとごと》とは思えなかったのだろう。いや、それ以前に、この男は純粋《じゅんすい》な正義感で、人として当たり前の人道を説いている。それなのに……。

「オーズボン先生、彼《かれ》らの処遇《しょぐう》についてはは私が直接かかわることはできないのですが、藩《はん》の者にまっとうな対応をするよう伝えておきます」

「どうか、お願いします」

こうしたやり取りをしている間も、猶龍丸のタラップからは足元もおぼつかないキリシタンたちが次々と下りてくる。これだけ大勢の人間が列をなしていても、誰一人、言葉を発する者はない。あまりの寒さと疲《つか》れで、口を利く気力もないのだろう。

「これからあの方々は、どちらへ連れていかれるのですか」

鼎にそう尋ねる錠五郎は、いまにも泣き出しそうだ。

「卯辰山《うだつやま》の湯座屋《ゆざや》に収容されると聞いているが」

「そうですか、寒いだろうなあ……」

この積雪の中、彼らはこれから歩いて金沢を目指すのだ。満足な防寒着もなく、無事に辿《たど》りつくことができるのだろうか。そこにいた誰もが、心の中で彼らの行く末を案じた。

金沢藩第一号となる外国人語学教師を迎え入れたこの夜は、本来ならその到着を歓迎する、目《め》出度《でた》いものとなるはずだった。しかし、外国の宗教を信仰《しんこう》したことによって過酷《かこく》な弾圧《だんあつ》を受け続けた人々の姿は、快活な少年たちを無言にするほど、重い衝撃《しょうげき》を与えたのだった。

オーズボンによる七尾語学所での授業は、年が明けて、明治三年（一八七〇年）の一月から本格的に始まった。

ここに通う生徒は十二歳から十六歳までの成績優秀者で、その大半は桜井錠五郎と同じく下級武士の子弟であり、金沢の親元を離れて七尾で寮生活《りょうせいかつ》をしていた。そんな彼らに対して、鼎はことあるごとに、「自らの努力と能力で学問を身に付ければ、身分や家柄《いえがら》に関係なく、道を切り開くことができる」という言葉を投げかけた。

振り返れば、鼎が生まれ故郷の駿河国《するがのくに》を後にし、下曾根塾《しもそねじゅく》に入門したのは、ちょうど譲吉と同じ歳《とし》の頃だった。江戸へ出て三年間、懸命《けんめい》に学び、十九歳で塾頭《じゅくとう》に抜擢《ばってき》されたときのあの達成感は、今もときどき胸に湧《わ》き上《あ》がる。身分に関係なく、能力で評価することを徹底的《てっていてき》に貫《つらぬ》いた恩師・下曾根信敦《のぶあつ》との出会いは、その後の鼎の人生を大きく変えた。

それでも、幕臣ではないという身分の低さは常に鼎の足枷《あしかせ》となった。

長崎海軍伝習所《ながさきかいぐんでんしゅうじょ》の一期生として学んだときは、下曾根の息子の「草履取《ぞうりと》り」という身分で赴《おもむ》いたため、正式な名簿にも鼎の名は残されていない。遣欧使節としてヨーロッパに赴《おもむ》いたときは、「賄《まかな》い方《かた》」に甘《あま》んじた。それでも、目に焼き付け、体験した〝本物〟を記述し、頭に叩《たた》き込《こ》むことだけは諦《あきら》めなかった。つまり、学ぶという行為だけが鼎に平等に接してくれた。七尾語学所に集まった少年たちの真摯《しんし》な姿を見ながら、鼎は、子らが持つ無限の可能性は教育次第で引き出せるし、いくらでも伸ばすことができると確信していた。

生徒たちは寒い朝も早くから起き出し、率先して教場へ駆《か》け込《こ》むと、競うように外国語で書かれた書物を写本した。そしてオーズボンが現れると、その言葉を一言たりとも聞《き》き洩《も》らすまいと真剣に耳を傾けた。

教場の正面には、黒板が設置されていた。これは鼎がニューヨークの聾学校《ろうがっこう》を視察したときに初めて目にしたもので、早速、同じものを取り寄せて七尾語学所で使うことにしたのだ。

「とにかく生き生きとした外国の言葉を、生徒たちにふんだんに浴びせかけてほしい」

これが鼎からオーズボンへの唯一《ゆいいつ》の注文だった。二度の渡航から、外国語の中に身を置いているだけで、いつしか言葉の意味が理解できるようになることを鼎自身が体感していたからだ。

英語の授業では、アメリカで大量に買い求めた『スペリングブック』というテキストが使われた。これは「ウエブスターの青い本」とも呼ばれる英語の入門書で、鼎がウッド牧師から英語を教わったときに使ったものだった。あのときと同じく、単音からの発音を徹底的《てっていてき》にマスターする練習を繰《く》り返《かえ》した。

また、オーズボンは英文法を教えるだけではなく、あえて理科系の教科書を使い、生徒たちが身の周りの自然科学に興味を持ちながら英語を覚えられるようにするなど、授業に工夫を凝《こ》らした。ほかにも、算術や地学の初歩的な洋書を使うなど、優秀な少年たちの知識の幅を広げようと力を尽《つ》くし、生徒たちもそれに応えるように知識の吸収は止《とど》まるところを知らなかった。

「サノさん、ひとつお願いがあるのですが」

七尾語学所での授業が始まってしばらく経ったある日のこと、鼎はオーズボンから頼み事を持ち掛けられた。

「ワタシも生徒たちと同じように、キモノを着てみたいのです」

「えっ、オーズボン先生が、羽織袴《はおりはかま》を？」

「はい、ここはニッポン。ですからワタシも、外へ出るときには生徒たちや瀬戸と同じ格好をして歩きたいのです」

「ほお、なるほど……。それも一興かもしれませんな」

「ニッポンのキモノ、本当に素晴らしいです」

鼎は面白い男だと思った。思えば維新《いしん》後、洋服を着る日本人は増えたが、羽織袴を着た外国人には出会ったことがない。オーズボンが日本の着物のどこに魅《ひ》かれているのか、一度ゆっくり聞いてみたいものだと思いながら、鼎はすぐにその望みを聞き入れた。

とはいえ、六尺（約百八十センチ）を超《こ》える大男だ。彼の足に合う足袋《たび》はどこを探してもなく、型紙を取っての別注となったが、間もなく、羽二重《はぶたえ》の五《いつ》つ紋《もん》付き羽織、浅葱色《あさぎいろ》に白い縞模様《しまもよう》の袴《はかま》、白足袋《しろたび》と特大の草履《ぞうり》、そして腰にさす大刀までが誂《あつら》えられた。

オーズボンが初めての羽織袴姿で、教場に立ったときの生徒たちの驚きは想像以上だった。

「皆のものー、ごきげんいかがでござるかー?」

おどけたようにそう言いながら教場へ姿を現すと、

「オーズボン先生が袴をはいておられる」

「本当だ。本物の侍《さむらい》みたいだ!」

生徒たちは興奮して、オーズボンの周りを取り囲んだ。

「どうです? 似合ってますか?」

「髷《まげ》はないけれど、このお姿で町を歩かれたら、まことに日本人のようですね」

「ようし、今日は天気もいいので、皆、大騒ぎでしょうね」

「このお姿で町を歩かれたら、まことに日本人のようですね」

「表へ出るのですか?」

「そう、ピクニックしながら勉強です」

「ピクニック?」

「散歩しながら英語やフランス語を覚えていくのです」

こんな授業は今まで聞いたこともない。生徒たちは大喜びだ。オーズボンは実社会の中で、人の営みや自然と触《ふ》れ合《あ》いながら言葉を覚えていくことが、外国語をマスターするための一番の早道だと考えていた。自身が幼少期にさまざまな国で暮らしながら、自然のうちに外国語に親しんできた経験によるものかもしれないが、この方針は鼎の考え方とも同じだった。

七尾語学所での授業も軌道《きどう》に乗り、オーズボンはその人懐《ひとなつ》っこい性格もあって、七尾の町にすっかり馴染《なじ》んでいた。生徒のみならず、町の人々からも「青い目のおサムライさん」と呼ばれ、すっかり人気者だ。休日になると瀬戸を伴《ともな》い、袴姿《はかますがた》でよく散歩に出掛けた。どこを歩いていても身の丈《たけ》の高い青い目の侍《さむらい》と小柄《こがら》で愛らしい瀬戸の姿は注目の的だった。

英学所からほど近い長養堂《ちょうようどう》という和菓子屋《わがしや》は、二人の行きつけだった。オーズボンも瀬戸も、ここの菓子が好物だった。オーズボンお抱《かか》えの調理人、源次郎も、この店によく砂糖を買いに来ていた。西洋料理の締《し》めくくりに饗《きょう》されるデザートを作るのに、砂糖は欠かせないからだ。

オーズボンと瀬戸は、語学所の生徒たちをよく自宅に招き、源次郎の作ったパウンドケーキやクッキーを振る舞った。

「これは旨《うま》い！」

「こんな美味しいものは、生まれて初めてです」

生徒たちは七尾に居ながらにして、異国の文化を、日々体験していたのだった。

そして当然、異なる文化が混じり合う故に起こる事件もあった。ある日のこと、

「オーズボン先生、大変です！」

「牛が、牛が！」

昼休みを終え、教場に慌《あわ》てて飛び込んできたのは、桜井錠五郎と瓜生外吉《うりゅうそときち》だった。

「ジョー、ソト、いったいどうしましたか？」

オーズボンは午前中の授業で使った黒板の文字を消しながら、穏《おだ》やかな口調で尋ねた。

「奥能登《おくのと》からやってこられた農民の方が、牛を返してほしいと」

「牛を？」

「先日売った牛を返してくれと、学問所の門のところで泣いておられるんです」

「牛を返してとは？　いったい、どういうことでしょうか」

オーズボンが首を傾《かし》げると、錠五郎が息荒く説明を試みる。

「その方がおっしゃるには、この間、お役人が来て牛を買って帰ったのだけれど、あとになって、売った牛が外国人に食べられてしまうかもしれないという噂《うわさ》を聞いたそうなんです」

「ああ、あのときの牛でしたら、たしかにその通り。この間、ステーキやシチューにして、美味しくいただきました。残った肉や舌は塩漬《しおづ》けにしたり、テールはスープにしたり、無駄なく保存しています」

「えっ、牛を……」

「先生が、食べてしまわれたのですか！」

錠五郎と外吉は、青ざめた顔をして互いに向き合った。

そこへ、オーズボンの世話係をしている藩の役人が駆《か》け込《こ》んできた。

「オーズボン先生、大変申し訳ありません。実は、私がその農民に、食用にするということを言わずに牛を一頭分けていただいたのです。せいぜい乳を搾《しぼ》るために飼うのだと思い込んでいたのでしょう。ただ、食肉用だと言ってしまうと、誰も手放そうとはしないので……」

その役人にしても、オーズボン一家のために何とかして牛肉を調達しようと、七尾からさらに北の奥能登まで足を延ばしていた。

「日本では、牛を食用にしてはいけないのですか？」

オーズボンは不思議そうに尋ねた。七尾に来る前に滞在していた横浜には外国人居留地があり、明治に入ってからは牛肉を使った料理店も珍しくなかった。ただ、ここでは勝手が違うようだ。

「とにかくその農民は、可愛がって大事に育てた牛を食べられてしまうくらいなら、売った金ですぐに牛を買い戻したいとの一点張りなのです」

「でも、本当にもう、あの牛はいないのです。源次郎が上手に料理をしてくれましたから」

オーズボンも、さすがに困った様子で腕組みをする。役人はどうすることもできず、冬だというのに汗《あせ》を掻《か》き掻《か》き、農民との交渉に戻っていった。役人から真実を聞かされた農民は泣《な》き崩《くず》れ、せめて骨だけでも葬《ほうむ》ってやりたいと懇願《こんがん》するばかりだ。

そこまで言われれば仕方がない。早速、オーズボンの自宅へ駆《か》けつけ、コックの源次郎に聞いてみたところ、幸いにして骨はまだ残っているという。役人がすぐにその骨を回収して農民に渡すと、泣きながら遺骨を受け取り、これを七尾の妙観院《みょうかんいん》に運んで供養をしたいという。

この一連の騒動を生徒たちから聞いたオーズボンはすっかり落ち込み、頭を抱《かか》えてしまった。

「知らなかったのです。まさかその人が、そこまで牛に愛情を注いでいたとは……。あの牛は食べるために飼ってきたのだと思い込んでいましたから」

異文化に戸惑《とまど》い、消沈《しょうちん》した師を見るに見かねた生徒たちは、意見を出し合った。

「そうだ、オーズボン先生、その牛を供養するために墓を建ててあげたら、いかがでしょう」

外吉も錠五郎も、年長の譲吉の意見に大きく頷《うなず》きながら、

「譲吉さん、それはいい考えだ」

「牛の墓なんて聞いたことがないけれど、それなら牛の飼い主さんも、少しは気が治まるかもしれないな」

口々にそう言って、オーズボンの顔を覗《のぞ》き込《こ》んだ。

「皆さん、ありがとう。そうですね。すぐにお寺のオショウサマに牛のお墓のことを相談してみることにしましょう」

オーズボンは早速、授業が終わると、語学所からほど近い妙観院へ足を運んだ。事情を察した

住職は、通りに面した境内の一角に墓石を建てることを快諾《かいだく》し、子供の背丈《せたけ》ほどの石碑《せきひ》が設置され、石には『牛追善塔』の四文字が刻まれることとなった。

能登半島の厳しい冬が去り、束の間の春が過ぎ去ると、七尾は新緑が眩《まぶ》しい季節となった。明治三年（一八七〇年）五月十六日、爽《さわ》やかな風が吹き抜ける午後、元気な産声《うぶごえ》が響き渡った。「ジョージ」と名付けられたその子の誕生は、オーズボンと瀬戸を見守ってきた七尾の人々にも温かく祝福された。

この地での暮らしに溶《と》け込《こ》んでいたオーズボン一家だったが、ジョージが生後二ヵ月目を迎えようとする頃、金沢への転居を余儀《よぎ》なくされた。版籍奉還のあと、財政が想像以上に逼迫《ひっぱく》したこともあり、七尾語学所は生徒ともども金沢の本校である致遠館に併合《へいごう》されることになったのだ。オーズボンは金沢でも羽織袴《はおりはかま》に身を包み、熱心に生徒たちに向き合った。彼らの語学力は瞬《またた》く間《ま》に上達を遂《と》げていくのが見てとれた。

この年の二月、東京詰藩兵《とうけいづめ》の総括《そうかつ》を任せられた鼎は、家族を金沢に残してひと足先に東京へと赴《おもむ》いた。心血を注いできた七尾軍艦所の設立は、結局、計画半ばで中止となり、交渉に時間をかけて外国から買い付けた機械類の多くは兵庫製鉄所へと運ばれていった。東京に到着して間もなく、鼎は明治新政府から兵部省への出仕を命ぜられ、造兵司権正准席という役職を与えられた。

富国強兵という目標を高らかに掲《かか》げ、西洋式の軍政を推し進めている新政府にとって、西洋砲《せいようほう》術《じゅつ》や航海術の知識のみならず、二度の海外渡航経験を持つ鼎の存在は得難いものだったに違いない。翌月、駒場野《こまばの》で開催《かいさい》されることになっていた練兵天覧では、すでに鼎が総隊指令を務めることも決まっていた。

鼎が籍《せき》を置くこととなった造兵司は、その起こりはと言えば、旧幕府が鉄砲や大砲などの製造と修理を担っていた「関口製造所《せきぐちせいぞうしょ》」であった。奥州街道《おうしゅうかいどう》の関所でもあった関口（東京都文京区）が工場地として選ばれたのは、水車の設置に適していたからだ。大砲の砲身に穴を開けるには、錐鑽機《すいさんき》という大型のドリルを使用するのだが、これを動かす動力として水車の力は不可欠だった。その点、神田上水《かんだじょうすい》から神田川《かんだがわ》に分流する堰《せき》のあるこの場所は最適地だった。

幕府によって新工場の建設が開始されたのは、文久二年（一八六二年）二月。鼎が遣欧使節の一員として日本を発った直後のことである。

実はこのとき、新工場で銃砲製造の責任者に任ぜられたのは、あの小栗上野介《おぐりこうずけのすけ》だった。アメリカの製鉄所を真剣な眼差しで見学していた小栗は、ここでもその知識を生かし、砲腔《ほうこう》（砲身《ほうしん》）の内側に螺旋状《らせんじょう》の溝《みぞ》を切るための施条機《しじょうき》などの工作機械類をオランダやフランスからいち早く輸入し、翌年には操業を開始したほか、元治元年（一八六四年）には大砲製造事業の合理化を図るため、湯島《ゆしま》にあった「大小砲鋳立場《だいしょうほういたちば》」を廃止《はいし》し、関口製造所に統合した。さらに、板橋に近い滝野《たきの》川村《がわむら》（東京都北区）に、伊豆《いず》の韮山《にらやま》と同じ規模の反射炉《はんしゃろ》を建設し、慶応二年（一八六六年）にはそれを完成させていたのだ。

しかし、それからわずか二年後、関口製造所と滝野川反射炉、そしてあの巨大《きょだい》な横須賀製鉄所《よこすかせいてつしょ》、つまり日本の近代化のために小栗が黙々と整えてきた設備のすべてが、明治新政府によって接収されたのである。

新政府は小栗を斬首《ざんしゅ》し、葬《ほうむ》った。鼎は、小栗の魂《たましい》が込められた場所に、自分が新政府の官僚《かんりょう》として出仕することは、その屍《しかばね》を踏みつけるかのような無礼な振る舞いに思えてならなかった。しかし、その感情を押し殺した。幕府崩壊《ばくふほうかい》に伴《ともな》い、藩の中で多くの家臣たちが路頭に迷うなか、新政府からの出仕の要請《ようせい》を断ることなど、今の鼎には到底《とうてい》できることではなかった。


八月のある日のこと。瀬戸は乳飲み子《ちのみご》のジョージを連れて、犀川《さいがわ》に面した角場《かどば》近くにある鼎の屋敷を訪れた。ここに、春《はる》と五歳になった鉉之介《げんのすけ》、間もなく四歳になる操《みさお》、同居している宇野直作《うののなおさく》と竹《たけ》夫婦の娘である鈴《すず》、重《しげ》、筆《ふで》の三姉妹、そして、駿河から呼び寄せた父・小右衛門《こえもん》がともに暮らしている。歳《とし》の近い従姉妹同士は実の姉妹のように仲がよく、屋敷の中にはいつも賑《にぎ》やかな声が響いていた。

故郷から遠く離れ、一人でジョージを育てる瀬戸にとって、春と竹はまさに母と姉のような存在だった。この家の子供たちも瀬戸が来ると大はしゃぎで、自分たちとはどことなく髪や目の色が違う赤ん坊を、人形のように可愛がっていた。

「ジョージちゃんももう三月《みつき》ですね。本当に、日に日に大きくなって……。瀬戸さん、お乳もよく出ているようですね」

春はジョージを抱《だ》き上《あ》げながら、目を細めた。

「はい、おかげさまで。源次郎の作る西洋の料理やお菓子《かし》がとても美味しく、毎日たくさんいただいております」

瀬戸は少し恥《は》ずかしそうに微笑《ほほえ》んだ。

「今日、瀬戸さんがお土産にお持ちくださった焼き菓子も、本当に美味しゅうございますもの。子供たちも大喜びですのよ。本当にありがとうございます」

「いえ、こちらこそ、佐野先生には大変お世話になっております」

「そういえば、一度伺《うかが》ってみたいと思っていたのですが、瀬戸さんは旦那《だんな》さまとお話しになるときは英語で？　それとも日本語で？」

竹がふと、そんな質問をした。

「そうですね、両方、でしょうか。私は旦那さまが話す英語の意味が、この頃では随分《ずいぶん》理解できるようになってはきたのですが、やはりお話しするのはまだまだで、日本語と英語を交ぜながら、という具合です」

「ジョージちゃんは、両方の言葉を覚えられるからよろしいですね」

「はい。旦那さまはジョージが最初にお話しする言葉が、どちらの国の言葉だろうと、今から楽しみにしております」

　春もジョージをあやしながら、二人の会話に入ってきた。

「本当に楽しみですわ。ジョージちゃん、英語？　それとも日本語？　どちらのお国の言葉をお話しになるのかしら」

　ジョージは春の言葉に反応したのか、青い目をこちらに向けてにこりと笑う。

「実は、兄は外国語を学ぶには年齢が低ければ低いほどよいのだと再三申しておりまして、何やらお殿《との》さまとともに、男女がともに学べる英学校を作ろうとしているようなのです」

「英学校を？」

「はい。すでに、藩のほうには、我が家の子供たちを英学修行させるとの願いを出し、東京への留学許可までいただいたとか。操ちゃんはまだ四歳《さい》、私どもの三女・筆などはまだ三歳なのですが、兄の熱の入れようには、こちらが驚いてしまいます」

「そうですか、お子様たちも皆、東京へ……」

「おそらく、今年中にも家族一同、東京へ転居することになりそうです」

「私どもも十月末には金沢を発《た》ち、大坂へ参ることになっております。ジョージも連れての長旅ですので、寒さが厳しくなる前にと」

　瀬戸はふと寂《さび》しげな表情を見せた。

　武家の娘として生まれながら、維新《いしん》の混乱によって戻る家もなくなり、遠い異国からやってきたオーズボンと縁《えん》あって結ばれた瀬戸。彼女はこの後、どこで、どのように過ごしていくのだろうか。

時代の波に呑《の》まれ、波乱に富んだ瀬戸の人生を思うと、春も竹もしばし無言になった。

明治三年（一八七〇年）九月二十一日、鼎と竹の父、佐野小右衛門が病のため死去した。長男、鉉之介の誕生を機に、鼎が父を金沢に迎えて五年。父にしてみれば、生まれ故郷から遠く離れた地で生涯《しょうがい》を終えることになろうとは、想像だにしなかったであろう。最後に、ひと目だけでも、富士の山を見せたかった……。

知らせを聞いた鼎は、それだけを悔《く》やんだ。

小右衛門の亡骸《なきがら》は、宇野家の菩提寺《ぼだいじ》である金沢寺町《てらまち》の妙法寺《みょうほうじ》に埋葬《まいそう》され、四十九日の法要を終えたあと、鼎と直作、双方の家族は東京へと旅立った。

そしてこの年の十月、オーズボンもまた、生徒たちに惜《お》しまれながら、思い出深い金沢を後にした。できることなら契約《けいやく》を更新し、金沢の地で致遠館の教師を続けたいと金沢藩に懇願《こんがん》したオーズボンだったが、藩の財政事情もあって叶《かな》わなかった。

だが、ほんの短い期間ではあったが、維新の大変動期に西欧文明そのものともいえる外国人教師の教えを受けることができた多感な若者たちは、その後、新しい日本の歩むべき道を敏感《びんかん》に読み取り、世界という大舞台に飛び出していくことになる。

鼎とオーズボンがこの後、再会することはなかったが、彼との出会いは鼎に改めて教育の可能性をはっきりと示し、後の人生を捧《ささ》げる大事業への大きな後押《あとお》しとなったのである。

横浜で発行された『The Japan Weekly Mail』という英字新聞に、日本政府と金沢藩とを揺《ゆ》るがすような記事が掲載《けいさい》されたのは、鼎一家とオーズボン一家が金沢を去ってから二ヵ月後、明治四年（一八七一年）一月二十八日のことだった。

「匿名《とくめい》X」という投稿者《とうこうしゃ》による記事には、次のような内容が記されていた。

〈長崎において日本人のキリスト教信者が数千人捕《と》らえられ、日本各地の藩へ送られた。持ち物は何も持つことを許されず、蒸気船数隻《せき》に分乗の上、極めて過酷《かこく》な取《と》り扱《あつか》いをされていた。

日本政府は彼らを皆殺しにするつもりのようだ。特に北国辺りでは、宗徒らは子供も含め酷《ひど》い臭気《しゅうき》の漂《ただよ》う豚舎《とんしゃ》のような山の上の獄屋《ごくや》につめこまれ、疱瘡《ほうそう》などの伝染病も流行しているが療養《りょうよう》もさせていない。食事は南京米《ナンキンまい》の握《にぎ》り飯《めし》ひとつしか与えられず、まるで乞食《こじき》のようだ。しかし、そのような扱《あつか》いをされても改宗する者はいない……。〉

それは、配流《はいる》された浦上のキリシタンたちに対する諸藩の過酷な扱いを、極めて具体的に暴露する投稿だった。

『The Japan Weekly Mail』紙は、『The Japan Herald』『The Japan Gazette』と並んで、当時三大英字新聞のひとつと言われており、イギリス領事報告のほか日本の文化や政治、商業に関する情報を掲載。親日派の新聞としても名高かった。それだけにこの記事は衝撃的で、イギリス公使・パークスは、すぐさま日本政府に対して抗議し、現地巡検を要求した。投稿記事の中で使われた“one of the provinces on the west coast of Nippon”という言葉は、大日本外交文書では「北国辺」と翻訳されるにとどまっていたが、パークスははっきりと、「加州（金沢藩）預けの浦上キリシタン」と明記し、金沢藩に向けた遺憾の意を強く表明したのだった。

慌てた政府は金沢藩とのやり取りを行い、確認に追われた。その後、イギリスの新潟領事代理による現地視察によって、入牢《にゅうろう》させられているキリシタンたちの状況についての見聞が細かく行われ、各所での収容人数や家族数、名前、出生や死亡における人員の増減、脱走者の数などが徹底して調査された。金沢藩は思いもよらぬことで、突如、厳しい外交交渉の矢面に立たされることとなったのだ。

東京でこの記事を読んだ鼎は、直感した。

投稿者である「X」は、オーズボンに違いない……。

と同時に、鼎を苛《さいな》んだのは、深い後悔《こうかい》の念であった。

あのときオーズボンは、配流《はいる》されてきたキリシタンたちを丁重に扱《あつか》ってほしいと懇願《こんがん》した。そして、生まれたばかりの子供と母親に、ブランケットとミルクを与えてほしいと言った。

あの後、鼎は東京へ赴任《ふにん》したこともあり、金沢藩がキリシタンに対して、ここまで酷《ひど》い仕打ちを続けていたことに、迂闊《うかつ》にも気が付いていなかったのだ。

鼎の脳裏には、六年前の天狗党《てんぐとう》事件のことが蘇《よみがえ》った。

我が藩は、たとえ敵であっても、大義を貫《つらぬ》く人々を見殺しにすることはなかった――。

オーズボンは妻や子を連れて金沢の街を散策しながら、キリシタンの収容《しゅうよう》施設《しせつ》にも足を運び、彼らが虐《しいた》げられている現場を目の当たりにしたのだろう。そして、怒《いか》りを胸に押し殺していたのであろう。

生き残った宗徒たちが解放されたのは、「匿名X」による記事が掲載《けいさい》されてから三年後、明治六年（一八七三年）のことであった。

第八章　学校開設

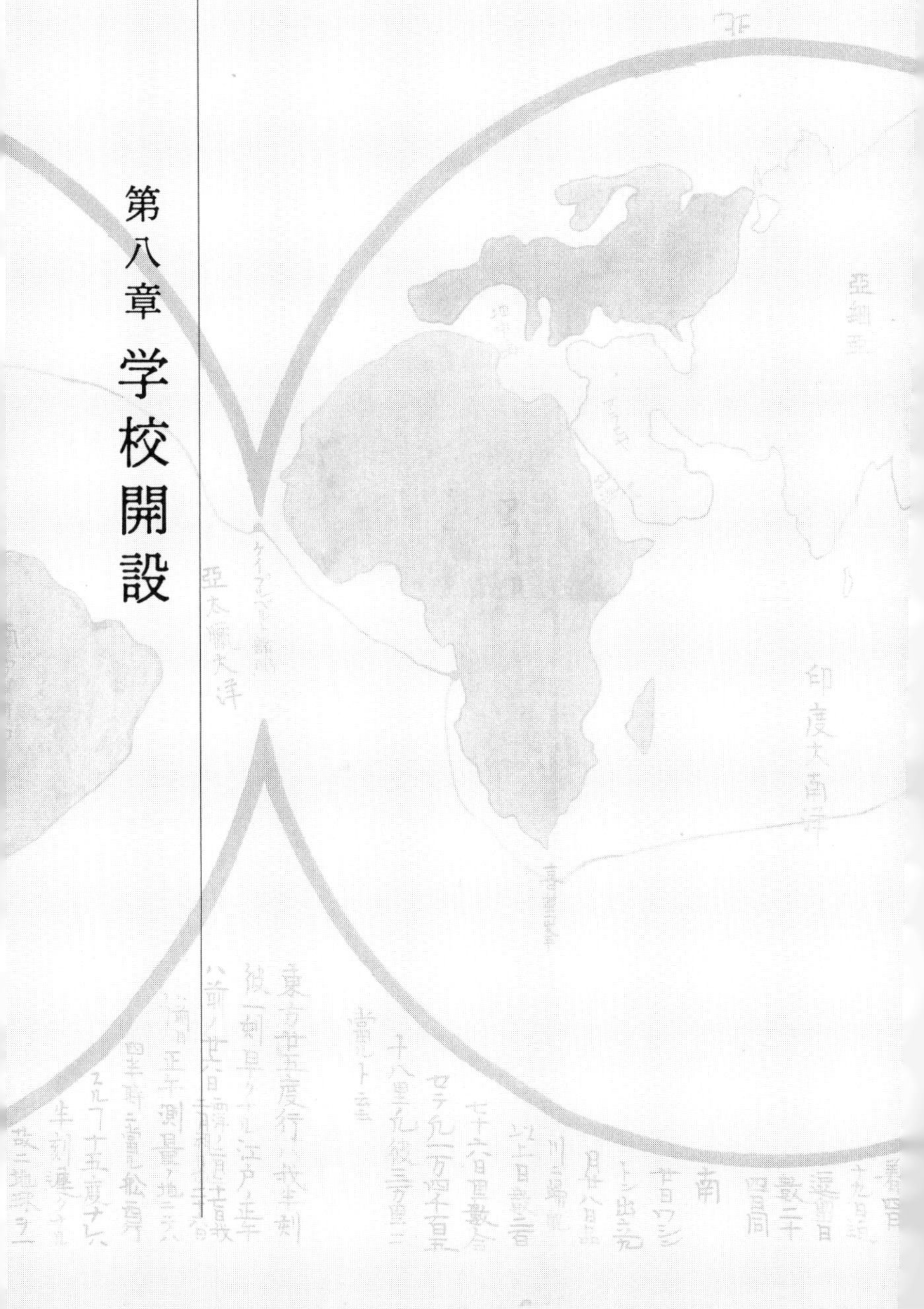

明治四年（一八七一年）の正月、鼎《かなえ》と宇野直作《うのなおさく》は相生橋《あいおいばし》（旧昌平橋《しょうへいばし》）にほど近い神田淡路町《かんだあわじちょう》を訪れていた。政府が売りに出している、いわゆる官有地を見学するためだ。

直作は坂に面した広大な更地《さらち》を見渡しながら、満足げに言う。

「鼎どの、これはよい地所です。日当たりもよいし、利便性もよい。四千坪という広さがあれば、学舎や寄宿舎を建てても十分なゆとりがあります」

「うむ、直作どのの言葉を聞いて、決心がつきました。たしかにここは学校を作るのには申し分のない立地です。校庭に勾配《こうばい》があるというのも、思えばなかなかいい。何より、ここから富士の山を望めるのが気に入りました」

鼎も久しぶりに、生き生きとした笑顔を見せる。

前年の暮れに兵部省《ひょうぶしょう》から欧制屯所築造掛という役職を命ぜられていた鼎は、ますます多忙を極めていた。それだけに二足の草鞋《わらじ》を履《は》きこなせるのか、悩みもあったが、やはり、「人を仕立てる」という思いを打ち捨てることはできなかった。

直作は、そんな鼎の苦悩を見透《みす》かしたかのように言葉をかけたのだった。

「鼎どの、やってみましょう。すでに、学校創設に賛同してくださる協力者もおられます。鼎どのが兵部省のお勤めでお忙《いそが》しいことは承知しております。実務的なことは私がお引き受けしますのでご安心くだされ」

「まことに心強い限りです。では、早速土地の手付けを打って、政府には開校の届けなどを準備せねば」

「承知しました。年末までには何とか学舎を完成させられるよう段取りをつけて参りましょう」

「これは忙しくなりそうですな」

二人は晴れ晴れしい気持ちで、くまなく澄《す》んだ冬空を仰《あお》いだ。

この土地は、もともと備後福山藩《びんごふくやまはん》（広島県）の上屋敷《かみやしき》の一部だった。しかし、一昨年の版籍奉還《はんせきほうかん》によって新政府に上納されて屋敷は取《と》り壊《こわ》され、現在は「御払下邸地《おはらいさげ》」、つまり官有地となっていた。

神田川を挟《はさ》んだ向こう側には、江戸幕府直轄《えどばくふちょっかつ》の教育・研究施設《しせつ》として長年多くの逸材《いつざい》を輩出《はいしゅつ》してきた昌平坂学問所《しょうへいざかがくもんじょ》がある。青年期を江戸で学んだ二人にとって、この界隈《かいわい》はまさに、学問の聖地ともいえる場所であった。

鼎はこの日、長年思い描いてきた夢の実現に向け、動き出したのだった。

江戸が東京《とうけい》と名を改めてから三年が経ち、街はすっかり様変わりしていた。

江戸城の周囲にあった複数の門や、漆喰《しっくい》の美しい武家屋敷は次々と取《と》り壊《こわ》され、その跡地には西洋風の建物が相次いで新築された。八月に散髪脱刀令《さんぱつだっとうれい》が出されてからは、髷《まげ》を落として散切《ざんぎ》り頭にする者が増え、最近では洋装も当たり前となった。一年前に営業が許可された人力車はここ数ヵ月で数が増え、維新《いしん》前のゆったりとしたときの流れは、今や懐《なつ》かしいものとなっていた。

　東京には英学を教える私立の学校が雨後《うご》の筍《たけのこ》のように生まれていた。学校といっても、その多くは教師が自邸《じてい》に生徒を集めて教える「私塾《しじゅく》」や「家塾《かじゅく》」と呼ばれるものがほとんどで、正式な学校として運営されているものは少なかった。なかでも、福沢諭吉《ふくざわゆきち》の「慶應義塾《けいおうぎじゅく》」と、箕作秋坪《みつくりしゅうへい》の「三叉学舎《さんさがくしゃ》」は数百名の生徒を集め、数ある私塾の中でもとくに人気が高かった。

　新政府に仕えるという道をあえて選ばなかった福沢と箕作。鼎にとってこの二人は、文久遣欧《ぶんきゅうけんおう》使節《しせつ》として世界一周の航海をともにした仲間でもある。とくに箕作とは、「英学に関しては二、三歳《さい》からの早期教育がもっとも効果的である」という考えで一致《いっち》し、そのためにもまずは、子供を生み育てる女子への教育が重要だということでも意気投合していた。

　教育という分野で彼らに後《おく》れを取っていたことは、鼎の中に小さな焦《あせ》りを感じさせていた。しかし、「私塾」ではなく、あくまでも「学校」という組織を作るという点に、譲《ゆず》れないこだわりがあった。土地の購入《こうにゅう》から校舎の新築、外国人教師の招聘《しょうへい》となれば、とても個人でできる規模の事業ではない。

　そこで鼎がとった策が、パナマで初めて鉄道を見たとき、小栗上野介《おぐりこうずけのすけ》とともに感銘《かんめい》を受けた「カンパニー」という方式だった。

実は、小栗は生前、いち早くカンパニーを立ち上げていた。明治元年（一八六八年）、築地《つきじ》で開業された「エドホテル」こと「築地ホテル」は、ワシントンのウイラード・ホテルと同様、水洗便所完備の本格的な洋風ホテルとして世間の注目を集めていた。これを建設する際、小栗は株主を募《つの》って民間資本を集め、日本初のカンパニー、つまり株式会社を作ったのだ。

その方法を耳にしていた鼎は、学校設立においても、その趣旨《しゅし》に賛同してくれる社中を募り、彼らによる出資金を元手に自身が社長となって共同経営していくという方法を模索《もさく》していた。

鼎がこの計画を自信を持って進められたのは、元加賀藩主である前田慶寧《まえだよしやす》が協力を惜《お》しまなかったことが大きい。遣米《けんべい》、遣欧《けんおう》の使節団の航海から戻《もど》り、鼎が報告を行ってからというもの、慶寧はとくに教育について高い関心を示し、人材の育成こそが「家」を豊かにし、ひいては「国」をよくすることに繋《つな》がるという考え方に共鳴していた。

無論、どの藩にも藩校はあり、これまで日本語の読み書き、国学、漢学、武芸などを教えていた。だが、慶寧がこれからの世に必要だと感じていたのは、幼少時からさらに幅広い基礎教育を授けることと、外国人にも通用するいわゆる「正則英語」だった。そこで、金沢にも新しい英学校を作ろうと考えたのだ。

しかし、構想をまとめているうちに幕府は崩壊《ほうかい》した。藩の財政は困窮《こんきゅう》し、もはや慶寧の裁量で大きな事業を完遂《かんすい》することは不可能となっていた。それでも慶寧は、鼎が貫《つらぬ》こうとしている教育への信念を実現させるため、東京での学校設立を後押《あとお》しし、旧加賀藩の蔵元である辻金五郎《つじきんごろう》や御《ご》用《よう》商人の茅野茂兵衛《かやのもへえ》に協力を呼び掛け、さらに自らも出資したのだった。

鼎の志に賛同した社中は十八名。中には、兵部省に出入りし、鼎と懇意《こんい》にしていた実業家の大《おお》倉喜八郎《くらきはちろう》や西村勝三《にしむらかつぞう》らの名前もあった。

商人の家に生まれた大倉は新潟新発田《しばた》の豪商《ごうしょう》の息子であったが、教育熱心な父の下、幼いときから四書五経などを学んだ。十八歳、ペリー来航の頃に江戸に出て鰹節屋《かつおぶしや》で修業を積むと、二十一歳で独立。その後は時代の潮流をいち早く読み取って鉄砲《てっぽう》の商いを起こし、戊辰戦争《ぼしんせんそう》では武器の売買で大きな利益を上げ、若くして一財を成した男だ。

生まれながらの身分格差を打ち破るには教育がいかに大切かを痛感していた大倉は、鼎が目指す、身分や財力、性別にとらわれぬ学校の在り方に深い感銘《かんめい》を受けていた。

一方、西村はもともと佐倉藩《さくらはん》（千葉県）の側用人《そばようにん》の家に生まれた武士で、西洋砲術《せいようほうじゅつ》を学んだ洋学者でもあった。歳《とし》は鼎より七歳下の三十六歳。若くして砲術助教を務め、かつては長崎海軍伝習所に入りたいと熱望するほど軍制に傾倒《けいとう》していた。しかし、海軍伝習生の選にもれた西村は失意の中、武士から商人へと転身し、その後、江戸で鉄砲商を開業したという異色の経歴の持ち主だ。西村はその昔、木村鉄太《きむらてった》が学び、鼎も懇意にしていた手塚律蔵《てづかりつぞう》の私塾に通っていたことがあり、鼎は当時から西村の実直な性格を知っていた。西村も、海軍伝習や遣米使節《けんべいしせつ》の経験を持つ鼎には、青年時代から憧憬《しょうけい》の念を抱《いだ》いていた。

学校の名は、『此校ハ　有志輩《ともがら》社ヲ結ビ　共立セシニヨリ』という趣旨《しゅし》から、「共立学校《きょうりゅうがっこう》」と名付けられることとなった。

鼎は兵部省に身を置き、軍の中枢《ちゅうすう》で仕事をこなしながら、理想としていた私立学校を本格的に誕生させることになったのである。

この年の夏には、大きな出来事が相次いだ。

明治四年（一八七一年）七月十四日、明治政府は全国各地の諸藩《しょはん》に対して、廃藩置県《はいはんちけん》を命じた。これによって全国の二百六十一藩はすべて消滅《しょうめつ》し、各藩が誇《ほこ》っていた美しい城郭《じょうかく》の多くが取《と》り壊《こわ》される運命を辿《たど》る。

金沢藩はこの日を境に金沢県《かなざわけん》となり、慶寧も金沢藩知事としての職を追われた。そして多くの家臣は武士という身分も禄《ろく》も奪《うば》われ、行き場を失うことになった。

同十八日には昌平坂学問所が閉鎖《へいさ》された。その跡地《あとち》である湯島聖堂《ゆしませいどう》内には明治政府によって文《もん》部省《ぶしょう》が新設され、近代日本の新しい教育制度や師範学校《しはんがっこう》の導入に向けて、本格的な取り組みが始まった。

そして、同月二十八日には鼎自身の身の上にも動きがあった。太政官《だじょうかん》から造兵正《ぞうへいのかみ》に任じられ、正七位という身分に叙任《じょにん》されたのだ。かつて下曾根《しもそね》の息子の「草履取《ぞうりと》り」として、長崎海軍伝習所に学んだことを思えば、考えられない出世を果たしたといえる。鼎は新政府の官僚《かんりょう》と新しい学校の校主として、ますます多忙な日々を送っていたのだった。

夏が終わりに近づき、共立学校の学舎建設もほぼ完成に近づいていたある日、兵部省の執務室《しつむしつ》を訪ねる者がいた。

「佐野《さの》さま、このたびは共立学校のご建設、まことにおめでとうございます」

兵部省の御用商人、大倉喜八郎と西村勝三が祝いにやってきたのだ。

「おお、これはわざわざお立ち寄りいただき、かたじけない」

鼎は久しぶりに気を許せる客の訪問に頰《ほお》を緩《ゆる》ませた。

「大倉さんと西村さんには、このたびの学校設立に当たって社中に名を連ねていただき、感謝に堪《た》えません。商売人であるあなた方に、儲《もう》けに繫《つな》がらぬ事業に協力していただき心苦しい限りですが、おかげさまで学舎の建設も着々と進んでおり、この秋にも完成の予定です」

鼎は改めて深々と一礼した。

「いえ、とんでもございません。手前どもは、佐野さまの志に心から賛同しておるのです。教育によって異国とも渡り合える優秀な人材を育て、国を栄えさせていく、そのことに少しでもお力になれるのであれば、望外の喜びというものです」

大倉は真剣な面持ちでそう言った。

「私も実に楽しみです。先日、相生橋を通りかかった折、建設中の学舎も拝見して参りました。いやあ、まさに、文明開化を象徴《しょうちょう》するような瀟洒《しょうしゃ》な建物で、もし若ければ自分もぜひ入学してみたかった」

西村もそう言って目を細めた。

「そうだ、もうひとつお祝いを申し上げなければなりません。このたびは造兵正へのご昇進《しょうしん》、まことにおめでとうございます。佐野さまのご出世は、観兵式のご成功を思えば、当然のことと存じます。あのときのことは今思い出しても身震《みぶる》いがします」

大倉は恭《うやうや》しく頭を下げた。

「私も、あの日の光景は今も目に焼き付いております。一発目の烽火《ほうか》を合図に諸藩の連合兵団をはじめ、フランス式、イギリス式、オランダ式、ドイツ式と、さまざまな国の軍隊を模した親兵隊。あの一糸乱れぬ見事な隊列や騎馬隊《きばたい》の動き。いや、あのときの佐野さまの総隊指令としての采配《さいはい》は実に素晴らしかった……」

過去に西洋砲術《せいようほうじゅつ》を学んでいた西村も目を輝かせる。二人が見たそれは、昨年の三月、天皇を招いて東京の駒場野《こまばの》で行われた初めての練兵天覧のことだ。鼎は司令官としての務めを高く評価され、兵部省から感謝状を贈られたばかりだった。

「お褒《ほ》めの言葉をいただき、有り難き幸せです。あれから省内では薩長《さっちょう》と肥前《ひぜん》の間でひと悶着《もんちゃく》ありましたが、何とか御親兵《ごしんぺい》も結成され、一息ついたところです。ところで、お二人にはその後も、軍隊用の物品の調達でいろいろお骨折りいただいているようですな」

「はい、おかげさまで昨年末、初めて西洋式軍靴《ぐんか》一万足のご注文をいただきました」

西村は軍隊用の革靴《かわぐつ》を兵部省に納めるため、築地に「伊勢勝造靴場《いせかつぞうかじょう》」という工場を作って操業を始めたばかりだった。大倉のほうは武器の取引のほか、土木関係の事業など数えきれぬほどの商いを立ち上げていた。

鼎から見たこの二人の共通項《きょうつうこう》は、国益に繋《つな》がると見込んだ事業には失敗を恐れず、また時には利益を顧《かえり》みず、果敢《かかん》に参入していく度量をもっていることだ。そんな若き実業家に接しながら、自分がいかに「金儲《かねもう》け」に縁《えん》のない人生を送ってきたかを思い知らされ、いつも苦笑いをするばかりだった。

「しかし、西洋靴というのは一朝一夕で作れるものではありません。職工の技術が未熟で、なかなか日本人の足に合うものが完成せず、難儀《なんぎ》しております」

西村が珍しく弱音を吐《は》いた。鼎はその言葉を聞きながら、初めて洋靴を買ったときのことを思い出していた。

「実は私も、遣米使節団《けんべいしせつだん》でアメリカに行った折に革靴を買ってみたのですが、なかなか自分の足に合うものがなく、苦労しました」

「そうですか、佐野さまはもう何年も前に異国で洋靴を買い求めておられたのですね」

「この先、我が国も本格的な洋式の軍隊を持つようになれば、大量の軍靴を国内生産しなければなりません。西村さんにはますますご尽力《じんりょく》いただきたいところです」

「手前どもも何とか日本人に合う靴《くつ》をと、日々、試行錯誤《しこうさくご》しておるのですが……」

そのとき、鼎はふと閃《ひらめ》いた。

「そうだ、それなら外国人技術者に教えを請《こ》えばよいのです」

「外国人に？」

大倉まで、鼎の言葉に身を乗り出した。

「横浜に腕《うで》のいい靴職人がおられますぞ。オランダ生まれのフランス育ち、レ・マルシャンという方で、たしか数年前まで土佐のほうで教師をしておられたはず。もともとはフランスで靴作りの修業を積まれ、今はその腕を生かして横浜で個人の靴店を出しておられるそうです」

「さすが、佐野さまは、外国人について お詳《くわ》しい」

「加賀藩にお仕えしているとき、外国人教師のあてを随分《ずいぶん》探したのです。どの藩に誰が雇《やと》われ、その方がどんな特技をお持ちかは、たいがい頭に入っております」

「西村さん、善は急げだ。品質の良い軍靴をお国にお納めするためにも、急がねば」

大倉も発破をかける。

「では早速、明日にでも横浜へ出向いてみます」

「さすが行動が早い。学問においても、技術においても、まずは基本を学ぶということが第一です。本場の技術を取り入れ、ぜひ日本人の足に合う靴を頼みます」

「承知いたしました。来年にも弟を欧州《おうしゅう》のほうへ出向かせ、本場の靴工場《くつこうじょう》を見学させる予定でおります」

西村は真剣な面持《おもも》ちでそう答えた。

兵部省の初代兵部大輔《ひょうぶたいふ》を務めた大村益次郎《おおむらますじろう》は、軍需品《ぐんじゅひん》はすべて国産で賄《まかな》うという方針を打ち出していた。維新《いしん》で失業した多くの士族たちに新しい職を与えるために、さまざまな殖産事業《しょくさんじぎょう》が必要だと考えていたからだ。

明治二年（一八六九年）の夏、大村は着任して間もなく西村を呼び出し、軍靴の製造を持《も》ち掛《か》けていた。ところがそれからわずか二ヵ月後の九月四日、事件が起こる。大村は京都の木屋町《きやまち》で刺客《しかく》に襲《おそ》われて重傷を負い、治療の甲斐《かい》なく十一月五日にこの世を去ったのだ。

鼎にとって大村は、不思議な因縁《いんねん》のある人物だった。かつて加賀藩が西洋砲術師範《せいようほうじゅつしはん》を他藩から招聘《しょうへい》する際、鼎とともに村田蔵六《むらたぞうろく》の名も候補として挙がっていた。後の大村益次郎である。

結局、加賀藩は佐野鼎を、その後、長州藩が大村益次郎を招聘したのだが、十年という歳月が流れたあと、奇《く》しくも互《たが》いに明治新政府で兵部省に身を置くことになったのだ。

「あのとき、大村さんとともに京で殺された安達幸之助《あだちこうのすけ》さんは、金沢の壮猶館《そうゆうかん》でともに教授を務めていた仲間でした。聞いたところによれば、安達さんはとっさに大村さんを守ろうとして、刺客の刀が急所に命中したのだとか」

「そうでしたか……」

大倉と西村は驚いたような表情を見せる。

大砲の鋳造《ちゅうぞう》などに造詣《ぞうけい》が深かった安達は、維新《いしん》後、京都に赴《おもむ》き、伏見《ふしみ》兵学校《へいがっこう》で英学や兵学を教えていた。

「ところで、大村さま亡きあと、山縣有朋《やまがたありとも》どのが兵部大輔に着任されてからは、長州藩の奇兵隊《きへいたい》時代に部下であった山城屋《やましろや》和助《わすけ》が省内に取り入り、商いを独占《どくせん》しておるようで……」

「とにかく山城屋の金遣《かねづか》いが異常だと、我々の間ではもっぱらの噂《うわさ》になっております」

西村と大倉はそう言いながら、表情を曇《くも》らせた。

「ほほう、そのような噂があるのですか……」

鼎はそう言ってはぐらかしながら、彼らの疑念が的中していることを確信していた。

現在、司法省の江《え》藤新平《とうしんぺい》（元佐賀藩士）の指示の下、秘密裏に調査中だが、山縣有朋が莫大《ばくだい》な公金を無利子で山城屋に貸し付け、山縣自身もそこから相当な利益を得ているらしい。これが事実だとすれば、過去に例をみない、規模の大きな汚職《おしょく》事件である。鼎は、金にまみれた薩長閥《さっちょうばつ》の官僚《かんりょう》組織《そしき》に身を置くことが苦痛でならなかった。

明治四年（一八七一年）十月、ついに共立学校の学舎が完成した。

建坪《たてつぼ》は約千坪、ステンドグラスがはめ込まれた正面玄関はバルコニー付きの二階建てとなっており、左右対称に伸びた学舎は木造平屋建てである。白壁《しらかべ》の洋風校舎は英学の学び舎にふさわしく、まさに文明開化を象徴《しょうちょう》するかのような設《しつら》えだ。玄関の前には西洋のつるバラに似たテリハノイバラがアーチ形に植栽《しょくさい》され、光沢《こうたく》のある常緑の葉の中で白い花を咲《さ》かせていた。

鼎は、壮猶館時代の教授陣《きょうじゅじん》の一人、深沢要橘《ふかさわようきつ》らを英語教師として迎え、翌年春の本格開校に先《さき》駆《が》け、一部の生徒を対象に授業を開始した。この頃、同時に外国人教師の招聘《しょうへい》についても、着々と準備が進められていた。


十一月十一日、この日の夕刻、鼎は春《はる》とともに神楽坂《かぐらざか》へと向かっていた。

黄色く色づいた見事な銀杏《いちょう》の木が、扇形《おうぎがた》の葉をはらはらと舞《ま》い散《ち》らせている。

「茜《あかね》は、この銀杏の葉がお気に入りだったな」

「はい、金沢のあの小道で、この黄色い落ち葉を一生懸命拾い集めておりましたね」

三歳でこの世を去った長女・茜の九回目の命日だった。

神楽坂を上り切った赤城神社《あかぎじんじゃ》にほど近い場所に、佐野家の菩提寺《ぼだいじ》である清隆寺《せいりゅうじ》がある。長年、旗本に仕えてきた分家筋の曾祖父《そうそふ》や祖父は、地元の駿河国より江戸詰《づめ》のほうが長かったこともあり、墓もこの地に作っていた。

「今日は、これをお供えしようと」

「それは?」

「木村屋《きむらや》のパンです。最近売り出され、とても評判のようでしたので、茜にもと思いまして」

「そうか……、日本でもいよいよパンが売られるようになったのだな。そういえば、茜はパンが好きであったな」

「はい、旦那《だんな》さまが長崎や横浜へご出張の折には、よくお土産に買ってきてくださいました。近頃、横浜ではアイスクリームも売り出されたようで、大変な人気だとか」

「おお、アイスクリームか」

「覚えていらっしゃいますか、旦那さまがアメリカからお戻りになったとき、あちらのホーテールで召し上がったアイスクリームがあまりにも美味しかったので、同じようなものを作りたいとおっしゃって。外国人の方にも伺《うかが》いながら真冬に氷を集めて、牛乳や砂糖を手に入れ、見よう見まねで作ったことを思い出しました。茜はあれも喜んでおりました」

春はそう言うと、わずかな思い出を愛《いと》おしむように目を細めた。

「茜は、元気であれば、今年でいくつになる?」

「数えの十二でございます……」

「そうか、どんな娘になっておったであろう。今ごろはロンドンにでも留学していたかもしれんな」

そう言いながらふと立ち止まった鼎は、突然こう切り出した。

「春よ」

「はい」

「そろそろ、二足の草鞋《わらじ》を脱《ぬ》ごうと思う」

春は驚《おどろ》いたそぶりも見せず、頷《うなず》いた。

「実は、年明けにも小石川《こいしかわ》に兵器製造工場を移し、板橋《いたばし》に火薬製造所を設けることになる」

「板橋ということは、加賀藩の下屋敷《しもやしき》に」

「ああ、あの場所は二十一万坪と広大で、敷地を流れる石神井川《しゃくじいがわ》の水を水車の動力として利用することができる。火薬製造所としては格好の条件が揃っているのだ。おそらく、屋敷の勝手を熟知している我々元加賀藩士は、政府にとっては都合の良い存在に違いない。しかし……」

鼎の心は、すでに戦《いくさ》の世界からは離れていた。最近、何のために大砲や火薬の製造に携《たずさ》わり、軍艦や兵隊を操っているのか、自分でもわからなくなることがある。

「戦で人の命が終わってしまうということは、まことに悲しいことでございますね」

春は静かな口調でそう言った。


話をしているうちに、清隆寺の境内に着いていた。

茜の眠る墓所に来ると、鼎は決まってシンガポールのあの風景を思い出す。港が一望できるフォートカニング・パーク、あの要塞《ようさい》の一角に建ち並ぶ煉瓦塀《れんがべい》に埋《う》め込《こ》まれた墓碑《ぼひ》のことを――。

十一月十一日……、新暦、旧暦の違いはあれど、今日は音吉《おときち》の娘、エミリーの命日でもあった。音吉は四年前、結局、一度も日本の土を踏むことなく、シンガポールで息を引き取っていた。

春が墓石を掃《は》き清《きよ》めながら言う。

「昨年、旦那さまが藩のほうに子供たちの英学修行願を出されましたでしょう。あのときは、まさかここまで立派な学校をお創りになるとは思っておりませんでした」

「ああ、学舎もようやく完成し、来年には本格的に開校することができそうだが、やはり教育というものは、片手間でできることではなさそうだ」

「このところ、兵部省のお勤めからお戻《もど》りになると、夜遅くまで書斎《しょさい》にこもっておられましたね」

「ああ、学範《がくはん》を起案しておったのだ」

「学範、でございますか」

「そうだ。創設者である私が、いずれこの世を去ろうとも、たとえ時代が変わろうとも、学校は永く続く。なぜこの学校を創ったのか、いわば建学の精神を、百年先の生徒たちに伝えるために」

「百年先に……」

「百年先、二百年先の日本はどうなっておるだろう。共立学校で学んだ者たちが、この先、どのような国を作り上げていくのか……。考えるだけで胸躍るではないか」

寺の境内を吹き抜ける木枯らしが、春の掻《か》き集《あつ》めた銀杏《いちょう》の葉を巻き上げた。

鼎は続けた。

「私はこれまで、日本を出て他の多くの国々をこの目で見る機会に恵まれた。中でも欧米諸国の文明が群を抜いて優れているのは、学校を興《おこ》し、人々に教養をつけさせた結果に外ならぬ。それゆえに思うのだ。日本において今必要なのは、教育を措《お》いて他にないと。男女の別なく施される教育こそが、人を仕立てることにつながると――」

懐《ふところ》に手をやる夫に春は微笑みかけ、「お読みいただけませんか」と促した。鼎は乞《こ》われるまま、自筆の草案を、嚙《か》みしめるようにゆっくりと読み上げた。

我が皇国、開化の運に帰するや、万国並みの勢をつまびらかにし、外国交際のよしみを厚うし、邦制《ほうせい》変通の機を決して、衆庶《しゅうしょ》保護の基を建てられしに在り。

今の勢欧米の文明、とくに地球上に冠絶《かんぜつ》（比較《ひかく》するものがないほど優れている）する者、けだし学校興隆《こうりゅう》にして教養の素あるによるこれ余輩《よはい》（私）の微衷《びちゅう》さらに社を結び、男女小学のため一学舎を設くるゆえんなり。

頃日《けいじつ》同社議するところの制、およそ生徒をして海内外普通の文字を学び、これを読ましめ、これを筆せしめ、かたわら算数をよくせしむるの方を設け、かつ芸業勤めたりといえども、平生履《り》行《こう》の不正を禁じ、坐作進退《ざさしんたい》（立《た》ち居振《いふ》る舞《ま》い＝行儀《ぎょうぎ》）の礼を守り、考悌忠信《こうていちゅうしん》の徳を修め、実に有徳有芸の全財たる事を旨要とし、洋学のごときは英人某を招き立てて教師となす。

さらに続く学範《がくはん》を読み終えた鼎は、ひと呼吸おくと、少し照れたように春の目を見た。

「これからは自国の言葉だけではなく、英語の読み書きや会話、そして算術の高い能力も必要となろう。そうした基礎を積んで初めて、専門的な学問が究められていくのだ。たとえば共立学校で学んだ者たちが医学を学び、新たな効能のある薬を生み出すことができれば、この先、幼くして病に散る命が救われる世になるかもしれぬ……」

相槌の言葉はなくとも、春の伏せた目から鼎は妻の心を推し量った。おそらく鼎と同じ心持ちであろう。

「だが、それだけでは足りぬ。『有徳有芸』、即ち、平生《へいぜい》の礼節や道徳が身についてこその学問だ。私は共立学校でそうした人材を仕立て上げたい。ひいては、それが国をよきものにすると考えている」

顔を上げた春には、笑みが戻っていた。

「そう……そうでございますとも。旦那さまの学校、茜もきっと喜んで、『私も入りたい』と手を挙げるはずです」

そのとき、銀杏《いちょう》の葉が夕陽に照らされながら、またどこからかはらはらと舞《ま》い降《お》りてきた。

鼎と春はしばらくの間、墓前で静かに手を合わせていた。

翌年の明治五年（一八七二年）三月、「共立学校規則」が制定され、本格的な開校となった。七月二十日、鼎は兵部省・造兵正を正式に退官した。

表向きの理由については、壮猶館時代から懇意《こんい》にしている医師の黒川良安《くろかわまさやす》が、「リウマチスの悪化」により、温泉治療が必要という内容の診断書《しんだんしょ》を作成してくれた。

鼎はこの日を境に、長年の蓄積で我がものとした〝西洋砲術《せいようほうじゅつ》の大家〟という名声も、そして下級武士だった頃には得られることを想像もしなかった官位をも捨て、教育者として生きることを決断した。

四十四歳、夏のことであった。

第九章 未来継承

「さあ、皆様、こちらをお向きになって、四角い箱の真ん中にありますこの丸いレンズをご覧ください。はい、そうです、そうです。そのままじっと動かず、まばたきせず、しばらく我慢《がまん》なさってくださいませ……」

浅草から出張してきた写真館の主は、大きな声でそう呼び掛けると、片手を大きく振りかざしながら黒い暗幕の中に頭を入れ、写真機を覗《のぞ》き込《こ》んだ。

明治六年（一八七三年）一月七日。

この日、共立学校《きょうりゅうがっこう》では、創立して初めてとなる集合写真の撮影《さつえい》が行われていた。空気はきんと冷たかったが、頭上には穏やかに晴れた空が広がっている。

白壁《しらかべ》が眩《まぶ》しい洋風の校舎を背景に、最前列には十歳までの女児と男児が行儀《ぎょうぎ》よく正座し、その後ろには十五歳までの男女生徒、そして最後列には十六歳以上の男子が少し緊張《きんちょう》気味に並んでいる。正面中央の二階にあるバルコニーには、校主である佐野鼎《さのかなえ》を中心に、この学校の社中である旧加賀藩の元十四代藩主・前田慶寧《まえだよしやす》、同蔵元・辻金五郎《つじきんごろう》、御用《ごよう》商人の茅野茂兵衛《かやのもへえ》、そしてここで教鞭《きょうべん》をとるイギリス人教官のヘンリー・フリームや、深沢要橘《ふかざわようきつ》、武田信宗《たけだのぶむね》らの姿もある。

一ヵ月ほど前に四十五歳になった鼎は、つい先日、髷《まげ》を切り、髪を短くしたばかりだったが、今日は洋装ではなく羽織袴《はおりはかま》を身に着けていた。

整列する百十五名の生徒たちの、一人の顔も隠《かく》れぬよう配置するのに少々手間取ったが、ちょうど太陽が生徒たちの顔を順光で照らし、絶好のシャッターチャンスが訪《おとず》れた。

「よろしいですか、こちらをご覧ください」

写真館の主は、この機会を逃《のが》すまいと再び大きな声を掛けた。

「では、参ります。ひい、ふう、みい、はい！」

初めて写真の撮影《さつえい》を体験する生徒たちの中には、強張った表情でレンズを凝視《ぎょうし》し、身体を硬くして息を止めている者もいた。数十秒の沈黙《ちんもく》のあと、

「はい、終わりました。お楽になさってください」

という声が聞こえると、

「ふうぅ、終わった」

「写真に写ると魂《たましい》を抜《ぬ》かれるって聞いていたけど……」

「何ともなかったなあ」

そう言って互いの無事を確認し、胸をなでおろしていた。

そんな無邪気《むじゃき》な生徒たちの姿を穏《おだ》やかな表情で見ていた鼎が、

「Everyone, Happy New Year!」

バルコニーから新年の挨拶《あいさつ》を投げかけると、声に気付いて振り向いた生徒たちは、

「Happy New Year!」

弾《はじ》けるような声で、一斉《いっせい》に返した。

「皆も知っていると思うが、今日は西洋方式の新しい暦《こよみ》が取り入れられて初めての登校日です」

鼎は生徒たちに語りかけた。

日本で千二百年以上続いた太陰暦《たいいんれき》が廃止《はいし》され、西洋と同じく一年三百六十五日の新暦《しんれき》が採用されたのは、つい七日前のことである。暮れも押し迫った時期に突然、改暦の話が飛び出し、明治五年（一八七二年）の大晦日《おおみそか》を迎えることなく十二月二日の翌日がいきなり明治六年（一八七三年）の元日になったのだから、生徒たちはもちろん、民衆が戸惑《とまど》うのも無理はなかった。とくに農民たちは長い間、旧暦に基づいた農事暦を使ってきたため、「新暦反対一揆《いっき》」なども勃発《ぼっぱつ》し、大混乱に陥《おちい》っている地域もあった。

一部では、新政府が財政難に陥り、大量に採用した官僚《かんりょう》たちに給料が払えなくなったため、こうすることで十二月分の給料を払わなくてすむよう工夫したに違いない、といった噂《うわさ》も流れ、政府に対する反発の声も高まっていた。

鼎は、日本が欧米諸国《おうべいしょこく》並みの近代的な国家として歩み出すためには、太陽暦の導入は不可欠で、むしろ明治の世になってから六年もかかったのは遅《おそ》すぎるくらいだと考えていた。国家予算を組むにも、諸外国と文書を交わすにも、海外へ渡航するにも、すべてにおいて暦《こよみ》は欧米諸国《おうべいしょこく》に合わせておく必要があったからだ。

「さあ、今日は集合写真の撮影《さつえい》も無事に終わりました。新暦の記念に紅白の饅頭《まんじゅう》を用意したので、教官の指示に従ってそれぞれの教室でいただきなさい」

それを聞いた年少の生徒たちからは、今し方までの緊張《きんちょう》が嘘《うそ》のように、賑《にぎ》やかな歓声が上がった。

共立学校が正式に開校したのは明治五年。その年の九月、敷地内に寄宿舎「共立塾《きょうりゅうじゅく》」の新築工事が完了し、十一月、東京府に対して正式に「私学開業願」を提出した。

共立学校設立の年は、新しい出来事が相次いだ年でもあった。

八月二日には、日本初の近代的学校制度を定めた学制が発布され、下等小学四年、上等小学四年の「四・四制」が敷かれた。また、鉄道の開通など、日本人の暮らしに次々と新しい波が押し寄せた。鼎は新聞広告を用いて、本格的に生徒募集《ぼしゅう》を始めた。

幕府直轄《ちょっかつ》の昌平坂学問所《しょうへいざかがくもんじょ》が閉鎖《へいさ》されてから学制が発布されるまでの間は、一見すると学校教育の空白期間にもみえた。しかし実際は、漢学、筆道、珠算《しゅざん》、英学、和漢洋の医学校など、大小さまざまな学校が創立され、明治六年までに東京府庁に提出された私立学校、私塾、家塾の開学願書は、千百八を超える勢いだった。とくに英学を学ぶ者の裾野《すその》は広がりを見せていた。

「芸者発奮して英語を学ぶ」という見出しの記事が『東京日日新聞』に載《の》って話題を集めたのは明治五年のことだ。銀座で人気を集めていた十八歳のこの芸者は、座敷で接した書生たちが英語で話すのを聞き、発奮して自分も英学塾《えいがくじゅく》に通うことにしたのだという。

そうした中、創立二年目を迎えていた共立学校は、数ある私塾とは一線を画し、英学の授業にはできるだけ外国人教師を当たらせていた。開校の前からイギリス人のヘンリー・フリームを英学教師として招き入れ、文部省《もんぶしょう》に届けを出した。外国人教師の給料の相場は百三十円で、日本人教師の十三倍という高給であったため、経営的には決して楽とは言えなかったが、本格的な正則英語を身に付けるためにはネイティブな発音での授業が必須《ひっす》という信念の下、さらに年末までに二人の外国人教師を新たに招聘《しょうへい》し、日本人教師と合わせて十名体制での授業が始まった。鼎にとって、外国人と堂々と渡り合える真の英語教育こそが悲願であった。その甲斐《かい》あって、巷《ちまた》では、「正則英語を学ぶなら、共立学校か高島学校《たかしまがっこう》」と評判で、皇族や旧大名の子息らの中にも入学を希望するものが多かった。

ちなみに、高島学校の正式名称は藍謝堂《らんしゃどう》といい、共立学校と同じ時期に実業家の高島嘉右衛門《たかしまかえもん》が私財を投じて横浜に開校した。一万坪の敷地に生徒千人を収容できる大規模校で、高島が懇意《こんい》にしていた福沢諭吉《ふくざわゆきち》を教員として招く予定だったが、それは叶《かな》わず、慶應義塾《けいおうぎじゅく》から派遣《はけん》された数名の教師と外国人教師が、英語のほか、ドイツ語、フランス語、漢学、算術などを教えていた。

「それにしても、あのように幼い女子《おなご》らまで、懸命《けんめい》に英学を修めておるとは……。いや、実に見事じゃ」

バルコニーから生徒たちの姿を眺《なが》めていた慶寧は、撮影《さつえい》が終わると、そう言って切れ長の目をさらに細めた。

「これは殿《との》、恐悦《きょうえつ》至極《しごく》に存じます」

鼎がそう言って恭《うやうや》しく頭を下げると、

「いやいや、もうその呼び方は。わしはもはや、殿では……」

そう言って苦笑し、少し咳《せ》き込《こ》んだ。

加賀藩最後の藩主という運命を背負った慶寧は、多くの領民に別れを告げ、金沢から本郷《ほんごう》の屋《や》敷《しき》に居を移していた。

かつて日本一を誇《ほこ》った大藩の藩主でありながら、廃藩《はいはん》置県《ちけん》の命が下される日すら知らされず、慶寧自身がそれを知ったのは、江戸から金沢へ向かう旅の途中であった。新政府の中枢《ちゅうすう》から遠ざけられ、事実上、政治的権力を奪われた今、時勢の流れとはいえ、その身の上はどれほど耐《た》え難《がた》いものか――そう鼎は察していた。

傍《はた》から見ても最近の慶寧は体調を崩《くず》しがちで、気力が失せているのが見てとれたが、鼎は自分が目指す新しい教育に元藩主がこうして力を貸し、期待をかけてくれていることが何より嬉《うれ》しく、有り難かった。

振り返れば、駿河国《するがのくに》に生まれた鼎が「御異風格砲術師範頭取役」として加賀藩に迎えられたのは十六年前、安政四年（一八五七年）、二十九歳のときだった。

砲術師範《ほうじゅつしはん》といえども百五十石取りの平士であった鼎と、百万石を誇《ほこ》る大藩の藩主とでは、御目見得《おめみえ》も叶《かな》わぬ身分の差である。しかし今、こうしてバルコニーに隣《とな》り合《あ》わせで座っている。鼎はしみじみと時代の変化を噛《か》みしめていた。

慶寧は澄《す》み切《き》った冬の空に目をやると、ひと呼吸おいて言った。

「兵部省《ひょうぶしょう》を退官したそうじゃな」

「はい、半年ほど前に」

「造兵正に任じられていたそうだが、よく思いきったな」

「はい。一年ばかり悩《なや》みましたが、やはり教育に注力したいと思いまして」

鼎の迷いのない言葉を聞きながら、慶寧は静かに頷《うなず》いた。

長州や薩摩出身の若手官僚《かんりょう》が中心となって、西洋流の軍備強化と徴兵制《ちょうへいせい》を推し進める中、西洋式の軍事を知《し》り尽《つ》くした鼎が、自らの意見を挟《はさ》むこともできず、どのような思いで任務にあたってきたか……。

慶寧は多くを聞こうとはしなかったが、その心労は容易に推測できた。

兵部省では昨年、かねてから噂《うわさ》になっていた兵部大輔《ひょうぶたいふ》の山縣有朋《やまがたありとも》と、御用商人《ごようしょうにん》の山城屋和助《やましろやわすけ》による一大汚職《おしょく》事件が明るみに出た。山城屋が兵部省（明治五年に廃止され、陸軍省と海軍省が新設）の長である山縣から無担保で借り出した公金の総額は、兵部省の年間予算の一割に当たる六十五万円という莫大《ばくだい》なもので、山縣もそこから不正献金《ふせいけんきん》を受け取っていた。

その後、山城屋は借りた金を元手に生糸《きいと》相場に手を出し、結果的に暴落に見舞われ失敗。それにも懲《こ》りず、さらに山縣から追加で公金を借り受け、フランスのパリで豪遊しているところを連れ戻されたという。その結果、明治五年十一月二十九日、金を返すことができなかった山城屋は、すべての関係書類を焼《や》き尽《つ》くした末に、陸軍省の中で割腹自殺を図ったのだ。

山城屋の自殺に山縣が関与したか否かは定かではない。しかし、これだけの疑獄《ぎごく》事件を起こしながら、当の山縣に何らのお咎《とが》めもなかったことは、長州閥《ちょうしゅうばつ》が組織の中で、いかに強大な力を持っていたか思い知らされる出来事だった。

「ところで佐野よ、共立学校では何名が学んでおるのだ」

「生徒の総数は百五十九名、うち女子は三十三名にございます」

「そうか。わずか一年足らずでそれほどに」

「はい。我が校では男女の別も身分の貴賤《きせん》も関係なく、生徒を募っております。束脩《そくしゅう》（入学時の謝礼や物品）もいっさい受け取らないと規則に明記いたしました。受け取るのは授業料だけです」

「なるほど、束脩を廃止《はいし》するとは、何とも佐野らしいことよ……」

慶寧は感心したように頷《うなず》く。

「学科目は、英学、漢学、筆学、算学の四科で、クラスは年齢《ねんれい》に応じて三つに分けております。まず、漢学と筆学のみを学ぶ七歳くらいまでの幼い者たちを対象にした幼年組、十五歳以下の男女がともに学ぶ幼年校、十六歳以上の男子のみが在籍《ざいせき》するのは青年校です」

「ほう、幼年組以外は英学を学んでおるのだな」

「はい。時間割りはこのようになっております」

鼎は懐《ふところ》から取り出した日課表を慶寧に見せた。

修業時間は一日六時間。朝の九時から三科目、昼は十二時から一時間半の昼食と運動の休息時間を取り、その後、夕方四時半まで三科目をこなす。休日は日曜日と天長節《てんちょうせつ》、年始、盆暮《ぼんく》れとなっており、土曜日は通常授業の半課と決められている。

進級については、学年ごとに月ごとの小試験、四季ごとの大試験を行い、その成績によって生徒の等級を一等級から十等級に分けている。一等級まで進んだ者は任意で専門の学校へ進むこともできるよう決められていた。

「なるほど。これなら生徒たちも気を抜《ぬ》くことなく、少しでも上の級を目指そうという気持ちになるであろうな」

「生徒一人ひとりの個性と能力を重視したいと思いまして」

鼎の説明に慶寧は頷《うなず》きながら、また軽く咳《せ》き込《こ》んだ。

「殿《との》、北風にあたってお風邪《かぜ》を召されたのかもしれませぬ。さあ、どうぞ暖かい部屋へお入りくださいませ」

鼎はそう言って、慶寧をバルコニーから応接室に誘《いざな》った。

一年と少し前に完成したばかりの校舎は、削《けず》りたての清々《すがすが》しい木の香《かお》りがした。アーチ形の硝子窓《ガラスまど》から差し込む太陽の光は、部屋の中央に置かれた西洋風のテーブルを照らし、柔《やわ》らかな陽だまりを作っている。

ビロード張りのソファにゆっくりと腰を下ろした慶寧は、満足そうな笑みを浮かべながら、テーブルの上に置かれている年季の入った地球儀《ちきゅうぎ》に目をやった。

「それにしても、このように幼き折から女子《おなご》までもが英学を志すようになろうとは、あの頃は考えられぬことだったが、ようやく我々の思いがかたちになってきたような気がいたすな」

慶寧は感慨深《かんがいぶか》げに頷《うなず》くと、テーブルの上の腰高饅頭《こしだかまんじゅう》を口に入れ、湯気の立つ玉露《ぎょくろ》をすすった。

「うむ、実に旨《うま》い。今日はこの饅頭を子供らに？」

「さようでございます。紅白で用意しました故、菓子屋《かしや》への注文は三百ほどに」

「そうか、紅白の腰高饅頭を三百か……。思い返せば、あの天狗党騒動《てんぐとうそうどう》の折には、佐野の進言にて千個ばかりであったか、饅頭を急ぎ用意させたのであったな」

「はい。もう十年になりますか……。ちょうどこの時期でございました」

二人の間に、しばし沈黙《ちんもく》のときが流れた。

「己《おのれ》はこの十年に起こったことが、ときどき夢か現《うつつ》かわからなくなることがある……」

慶寧がふと、遠い目をする。

武士が、武士として生き抜いた時代の終焉《しゅうえん》。多くの無念の血が流された。それらの記憶はあまりに鮮烈《せんれつ》で、時として芝居《しばい》を見ていたかのような錯覚《さっかく》に陥《おちい》ることがある。鼎の瞼《まぶた》にも、七尾《ななお》、金沢で過ごした日々が蘇《よみがえ》った。

七尾製鉄所、造船所の建設、卯辰山《うだつやま》での病院や撫育所《ぶいくしょ》の運営……。力を入れていた数々の構想や事業は完遂《かんすい》することなく藻屑《もくず》となった。

それでも鼎は、あの頃の金沢が懐《なつ》かしかった。自邸《じてい》の前を流れる犀川《さいがわ》と、その穏《おだ》やかな流れに沿って続く小道。透き通った川に、彩《いろど》り豊《ゆた》かな加賀友禅《かがゆうぜん》が、まるで錦鯉《にしきごい》のように揺《ゆ》らめく様を眺《なが》めていると、まさに心まで洗われるような気分になったものだ。

「それにしても、今思えば、あれは実にうまい語呂合《ごろあ》わせじゃったな」

「はて、語呂合わせとは？」

「ははは、道済館《どうせいかん》のことじゃ」

「なんと、覚えておいででしたか」

鼎は苦笑いを浮かべる。加賀藩がいち早く立ち上げた英仏学の学問所で行われていたのは、ヒアリングや発音は二の次、意味さえ通ればそれでよいという、いわゆる「変則英語」の教育だった。

「あのときは、『あんな発音では、〝ドウセ、イカン〟』という批判が斉泰《なりやす》様のお耳に入り、それを聞きつけた藩のお役人方が慌《あわ》てて拙者《せっしゃ》を呼び出し、すぐにでも外国人教師を探して雇《やと》い入《い》れるようにとのお達しを出されたのです」

「そうであったか」

「しかし、困ったもので、〝どうせ、いかん〟との誹《そし》りを免《まぬが》れぬ英学塾は、今もそこらじゅうにあるようです」

「ほう」

「実は先日も、ある英学塾に通っていたという者が我が校に転入したいというので、手始めにいくつかの英文を読ませてみたのですが、さかんに、オネダイ、オネダイと言うので、よもやと思い原文を確認してみたところ、oneday《ワンディ》を、オネダイと、ローマ字読みで発音しておったのです」

「なんと、英学塾に通っておった者でもそのような発音を」

「さようです。笑い話のようですが、United《ユナイテッド》 States《ステイツ》をユニテッドスタテス、unique《ユニーク》をアニキと読んでおり……」

「兄貴、と」

「はい、あれでは英米人と話をしても、一向に通じるはずがありません。結局、その塾で教えておった教師も、少しばかり英学をかじった程度とのことでございました」

洋学を学べば未来が開けるという気運が高まっていたとはいえ、英学の大半はまだ和訳偏重《わやくへんちょう》で、発音や会話、英作文の学習は後回しだった。

「殿《との》、実は先ほどの写真撮影《さつえい》の折、前列の一番端《はし》におりましたのは、六歳《さい》になる私の娘の操《みさお》、その後ろにおりましたのが八歳になる嫡男《ちゃくなん》の鉉之介《げんのすけ》にございます」

「ほほう、佐野の子らは、もうこちらで学んでおるのか」

「はい。そのすぐ横に並んでおりましたのが私の妹の娘たち、つまり姪《めい》にございます」

「ということは、宇野直作《うのなおさく》の子らか」

「さようでございます」

「宇野ももうとうに五十を過ぎておろうが、息災《そくさい》であるか」

「おかげさまで、達者にしております。本日はあいにく所用があり、写真に収まることができず残念がっておりました」

「そうであったか。で、宇野の娘たちはいくつになる」

「はい、長女の鈴《すず》が数えの十歳、次女の重《しげ》が八歳、三女の筆《ふで》が五歳にございます。学校の敷地内《しきちない》に我が家と宇野家の家を建てまして、ともに暮らしております」

「そうか、それは賑《にぎ》やかでよいのう」

「子供や姪たちについては、おかげさまで三年前、藩《はん》のほうから正式に東京での英学修行のお許しをいただき、本校に入学させることができたのでございますが、今はまだ幼い故、操と筆の二人は漢学と筆学を中心に授業を受けております」

「ほほう、女子《おなご》がそのような年少で……」

「英学の授業はまだ正式には受けておりませぬが、アメリカの子供向けの書物や科学の教科書で単語を覚え、校内では外国人教師と接するうち、挨拶《あいさつ》程度の英語は自然に話すまでになっております。もはや発音など我々より確かでございます。やはり外国語は幼いうちから学ばせるに越《こ》したことはございませぬ」

子煩悩《こぼんのう》な鼎は、少し得意げにそう答えながら頰《ほお》を緩《ゆる》ませた。

「二年前、我が嫡男《ちゃくなん》の利嗣《としつぐ》がエゲレスへ向けて出航したときは十三歳《さい》、まだ早いのではと思っておったが、佐野の言う通り、決して早すぎるということはなかったのだな」

「その通りでございます。利嗣さまと同じ船で留学された津田仙《つだせん》どののご息女、梅子《うめこ》さまなどは、まだ六歳だったと聞いております」

「なんと……。その歳で娘を異国へ送り出すとは、勇気のいることだったろうに」

慶寧は驚《おどろ》いたように言う。

岩倉具視《いわくらともみ》、木戸孝允《きどたかよし》、伊藤博文《いとうひろぶみ》、大久保利通《おおくぼとしみち》らによる「岩倉遣外使節団《いわくらけんがいしせつだん》」が横浜を出港したのは、明治四年（一八七一年）十一月のことである。このとき、金沢県からは、慶寧の嫡男である利嗣と、すでにロンドン留学の経験のある関沢孝三郎《せきざわこうざぶろう》もこの船に乗り込んでいた。後に津田塾大《つだじゅくだい》学《がく》の前身となる「女子英学塾《じょしえいがくじゅく》」を立ち上げた津田梅子は、岩倉使節団がヨーロッパに至る前にアメリカで船を下り、ワシントンD．C．の学校に留学し、英語のほか、ラテン語やフランス語を身に付けている。

鼎は、機会さえあれば、優秀な子供たちこそ、できるだけ早く留学させるべきだと主張し、何度もその橋渡しを行ってきたのだ。

「英学を修めるためには、異国の地で異人たちの自然な発音に親しむことが何よりの早道です。利嗣さまがロンドンに留学されてから早一年、おそらく驚《おどろ》くほど英語が上達しておられるでしょう」

「そうか。これも佐野の後押《あとお》しがあったおかげだ。利嗣が留学でどれほどの変化を遂《と》げておるのか、今から楽しみじゃ」

「殿《との》、我が国はこの先、予想以上の速さで西欧化《せいおうか》に突き進むことになるでしょう。西欧諸国並みの技術革新を推し進めるためには、まず、外国人と直接やり取りのできる生きた言葉、それを操れる人材が必要となります」

鼎は慶寧に相槌《あいづち》を打たせる隙も与えぬまま、さらに続けた。

「つまり、これからの生徒たちは正則英語を学び、それを基盤《きばん》として西欧諸国の科学や法学など、あらゆる知識を習得していく必要があります。まさに、国家百年の大計は人材の養成にあり、これに尽《つ》きるのです」

慶寧は、視線を逸《そ》らすことなく自説を熱く語る鼎を見ながら、この男は出会った頃のままだと感じていた。官僚《かんりょう》の職を辞してまで、この道を選んだ不器用なほどの生真面目さ。それは慶寧が藩主になる前に、無礼講で藩政の改革について意見を求めた際に鼎が見せた熱量と、いささかも変わるところがなかった。

その年の暮れにかけ、肺病を患《わずら》っていた慶寧の体調は急激に悪化した。十二月には万一のことを考え、留学先のロンドンから嫡男《ちゃくなん》の利嗣を帰国させた。

年が明け、慶寧は熱海《あたみ》の温泉地で静養を続けていたが、明治七年（一八七四年）五月十八日、治療《ちりょう》の甲斐《かい》なく息を引き取った。享年《きょうねん》四十四。

明治八年（一八七五年）の夏、共立学校は開校から三年目を迎《むか》え、とくに女子生徒の入学希望者が増えていた。

慶寧の早すぎる死に落胆《らくたん》を隠《かく》せなかった鼎だったが、共立学校に通う生徒たちの目覚ましい成長ぶりは、自身の選んだ道が決して間違《まちが》ってはいなかったことを十分に確信させるものだった。

「お父さま、今日、英学の講習で初めてビヤソン先生に教わりました。とってもお優《やさ》しい先生でよかったわ」

自邸《じてい》に戻ると、娘の操と従姉妹の筆が駆《か》け寄《よ》ってきた。

「おお、そうか、ビヤソン先生の授業を受けたのか。操も筆もたいそう英学が好きなようだな」

遠方での仕事が多く、それまで家を空けている時間のほうが長かった鼎だが、共立学校一本に絞《しぼ》ったことで、職場と家庭が近接した。家族と過ごす時間が増えたことは、何物にも代え難い喜びだった。

「伯父さま、私も英語が大好きです。筆は操ちゃんと一緒《いっしょ》に、スペリングブックも全部書写しましたのよ。早く英語のご本が読めるようになりたいわ」

従姉妹同士の操と筆は共に共立学校の幼年組で学んでいたが、今年に入って幼年校に上がり、英学を学び始めた。長男の鉉之介、そして、宇野直作と妹竹の長女・鈴と、次女・重の学力も日に日に向上し、鼎は彼らの成長に応じ、数年以内に海外留学させることも考え始めていた。

「ところで、ビヤソン先生は初めての授業でどんなお話をしてくださったのかな」

「今日は先生のお生まれになったイギリスのロンドンのことを、お写真の載《の》った本を見せながらいろいろ教えてくださったの。とても綺麗《きれい》な街なんですってね。ねえ、お父さまもロンドンに行かれたことがあるのでしょう」

「ああ、操が生まれる随分《ずいぶん》前だが、ロンドンに行って万国の博覧会を見学したぞ。世界中から集まった美しい工芸品や機械、大砲、ドレスなどそれはもういろいろなものが展示されていた」

「まあ、私も行ってみたいわ」

「私も行ってみたい！」

「そのためには英語で上手に話ができるよう、しっかり学ばねばならぬな」

「はい、明日も英語の時間があるので、操は頑張《がんば》ってお勉強します」

「ねえ伯父さま、今日ね、幼年校の男子がお昼休みに校庭の小川に落ちそうになったので、ビヤソン先生が、Have an eye！と大きな声で叫ばれたの。それがね、『アブナイ！』と聞こえて、まあ、これは日本語とそっくりねって、皆で大笑いをしたんです」

「おお、なるほど、Have an eye！　が、危ない、か……、たしかにそう聞こえるな」

無邪気《むじゃき》に語る幼い二人を見ながら、鼎は新しく採用したイギリス人教師が子供たちを引きつける授業をしてくれていることに満足していた。

「そうだ、ひとつ面白い話をしよう」

「なになに？」

「お話、聞きたいわ」

操と筆は、目を輝かせている。

「私がアメリカの軍艦に乗って、太平洋を渡っているときだ。そこにはたくさんのアメリカ人水兵が乗っておって、初めの頃は互いに話が通じぬため、英語と日本語を教え合っておったのだ。そうしたら、ある水兵がしきりに、クロコダイル、クロコダイルと言うのだ」

「crocodile といいますと……ワニのことですね？」

「お船の中に、ワニがいたのですか」

「いやいや、それが違うんだ。日本語で、ありがとうと言うと、それが英語の alligator《アリゲター》 に発音が似ている。そこに目を付けた水兵が、周りの水兵たちに、『Thank you. を日本語で言うと、ワニと同じ発音だから覚えておくように』と広めたようだ。そうしたら……」

ここまで話すと、操と筆は声を上げて笑い始めた。

「まあいやだ、それで、ありがとうはワニだと思《おも》い込《こ》んで、alligatorがいつの間にか……」

「crocodileになってしまったのね！」

そう言って喜ぶ二人の英語の発音は、外国人のそれと比べても遜色《そんしょく》のないものだった。鼎はこうした英語交じりの冗談《じょうだん》を、幼い子供たちと楽しめることが嬉《うれ》しかった。

共立学校の第一の目的は、外国人に通じる「正則英語」を学べることだ。生徒の学力の伸びは教師次第だ。そのことは、七尾語学所《ななおごがくじょ》にオーズボンを招いたときに確信できた。わずかな期間だったが、彼に学んだ生徒たちは高峰譲吉《たかみねじょうきち》や桜井錠五郎《さくらいじょうごろう》、瓜生外吉《うりゅうそときち》をはじめ、皆その能力を確実に開花させていた。

しかし、給料の高い外国人教師を何人も雇《やと》うことは不可能だ。それだけに、人選で失敗は許されず、学校運営の中ではもっとも難しい課題であった。


夏も終わりに近づいた頃、福沢諭吉が突然、共立学校を訪れた。

福沢は昨年、不惑《ふわく》を迎え、髪《かみ》には少し白いものが交じり始めていた。しかし、旺盛《おうせい》な好奇心《こうきしん》と行動力は変わらず、私塾《しじゅく》を開きながら次々に書物を出版するなど、世間から注目される存在となっていた。

「共立学校は大変な評判ですね。身分も男女の区別もなく、しかも本物の英語を平等に学べるとは、まさに理想的な学校だ」

そう切り出した福沢に、鼎は微笑《ほほえ》んで返した。

「使節団でアメリカやヨーロッパの教育現場を視察し、日本でもあのような学校をいつかは作りたいものだと思い続けてきた結果です。福沢さんの慶應義塾も、たいそうな人気だと伺《うかが》っておりますぞ」

「いやいや、塾といっても、我々が学んだ緒方洪庵《おがたこうあん》先生の適塾《てきじゅく》の足元にも及びません。ただ、私も遣欧使節《けんおうしせつ》から五年後、ようやくアメリカの東側へ渡り、フィラデルフィアにも足を運ぶことができました」

「そうですか、福沢さんもフィラデルフィアへ」

「まさに佐野さんが話しておられた通り、あの地へ行って、今後の日本における教育の在り方を、はっきりと思い描《おもいえが》くことができたような気がします。大それた言い方かもしれませんが、私もいずれはペンシルベニア大学校のようなものを日本に作りたいと考えております」

「それは素晴らしいお考えだ」

福沢は真剣な眼差しで続ける。

「佐野さんは、フィラデルフィアへ行かれた折、スチーブン・ジラードどのが創られた孤児《こじ》のための学校などもご覧になりましたか」

「はい、学校だけでなく、ジラードどのが私財を投じて創られたという孤児院や病院、不具の者の施設、海難家族救済協会などを見せていただきました。生まれつきの身分や、親と早くに死に別れたことで過酷《かこく》な人生を強いられている子供たちが、ジラード学館に学んだことによって、どれだけ人生が変わり、世の中に貢献《こうけん》したことか」

スチーブン・ジラードは、一七五〇年、フランスのボルドーの貧しい漁師の家に生まれた。幼くして実母を亡くし、義母に鞭《むち》を打たれてまともな教育は受けられず、教会でかろうじて読み書きができる程度のことを学び、その後、船乗りとなって働き、貿易などで大きな財を築き上げた男だ。また、八歳で右目を失明し、自身がハンディキャップを持っていたこともあり、莫大《ばくだい》な資産のほぼすべてを、孤児や恵まれない者たちのための施設に寄付したという。

「ところで福沢さん、徴兵令《ちょうへいれい》が告諭されてから一年半が経《た》ちましたな。私はその前年に兵部省を退官したのですが、在任中から省内で激しい議論が交わされており、国民皆兵や富国強兵という言葉に、何か危険なものを感じておりました」

「同じです。我が慶應義塾では、私学としては例外的に徴兵令免除《めんじょ》の待遇《たいぐう》を受けることになったのですが、それもいつまで続くやら」

「共立学校は生徒が二十歳以下なので在学中にその心配はないのですが、卒業の後に、どのようなことになるかと思うと……」

鼎も福沢も学校を運営する校主として、学問より戦《いくさ》が最優先される世の中になることを恐れていた。もっとも学ばなければならない大切な時期に兵役を義務付けることだけは、看過できなかったのだ。

眉間《みけん》に深い皺《しわ》を刻んで、福沢は続けた。

「武器で人を殺すことよりも、教育で人を育てていく。富国のためにはまずこれが第一であることを、政府は認識すべきなのですが」

「いかにも……」

鼎は兵部省にいる頃《ころ》から復唱していた、ベンジャミン・フランクリンの本の中の一説を思い出していた。

There never was a good war or a bad peace.
（いまだかつて、良い戦争というものはなかったし、悪い平和というものもなかった）

「福沢さんは、以前『増訂華英通語《ぞうていかえいつうご》』を翻訳された折、health《ヘルス》を〝精神〟と訳されていました。しかし、次に出された『西洋事情《せいようじじょう》』では、〝精神〟ではなく〝健康〟に変えられた。あれは非常によい訳だと感心いたしました」

「さすがは佐野さん、細かいところに気付いてくださいました。ええ、そうなのです。突《つ》き詰《つ》めれば人は、health でなければ何事も成すことができません。moral（モラル＝徳）も、intelligence（インテリジェンス＝智《ち》）も、すべては health のうえに成り立つのです」

「健康」という言葉は、もともと支那《しな》の古典『易経《えききょう》』の中にある「健体康心」を短縮した言葉で、江戸時代に医学書の一部で使われる程度であった。明治の初期、この言葉は使われることはもちろん、health の概念《がいねん》もほとんどなかった。福沢は熱っぽく続けた。

「これから先、health こそ国家として取り組んでいくべき課題だと思い、私は『学問ノス丶メ』の中でも、あえて〝健康〟という言葉を繰《く》り返《かえ》し使うべく意識しました」

「なるほど、福沢さんのおっしゃる通りです。国民の健康が充実してこそ、富国強兵、殖産興業《しょくさんこうぎょう》も実現するというものです。私も学校を運営するうえで、health の管理についてはとくに気を遣《つか》っています。我が共立学校では、駿河台の石井信義《いしいのぶよし》医師にお力添《ちからぞ》えをいただき、病に罹《かか》った生徒が出た場合はすぐに診《み》ていただくようにしております」

「それは心強い。彼は緒方先生の下で医学を学んだ聡明《そうめい》な男です。私はつい先ほども石井さんの医務院に立ち寄ってきました。彼の細君は私の縁者《えんじゃ》でもあり、家族ぐるみで親しくしております」

「そうでしたか」

アメリカやヨーロッパで見聞したことについて、遠慮《えんりょ》なく論じあえる相手はほとんどいない。それだけに、久しぶりに再会した鼎と福沢は、互いに心に蓄積《ちくせき》していたさまざまな思いや展望を語り合った。

明治九年（一八七六年）、国内情勢は平穏《へいおん》とはほど遠く、再び混乱の様相を呈《てい》していた。

政府はこの年の三月に「廃刀令《はいとうれい》」を、そして八月には「金禄公債証書発行条例《きんろくこうさいしょうしょはっこうじょうれい》」を発布して秩《ちつ》禄処分《ろくしょぶん》を断行した。江戸時代に武士として仕えていた士族らは、その拠《よ》り所《どころ》である藩だけでなく、刀と家禄《かろく》という最後の既得権《きとくけん》まで根こそぎ奪われた。

これによって困窮《こんきゅう》し没落《ぼつらく》を強いられた多くの士族は、各地で反発を強め、翌明治十年（一八七七年）二月、国内最大の士族による反乱が勃発《ぼっぱつ》する。西郷隆盛《さいごうたかもり》の挙兵による西南戦争《せいなんせんそう》が始まったのである。

明治九年に開校から四年目を迎えた共立学校では、新たにイギリス人教師のヘーアを招聘《しょうへい》し、教師陣《きょうしじん》を充実させていた。だが、国内情勢の悪化と無関係ではいられなかった。秩禄処分によって没落した階級が生まれると、開校二年目に百五十名を超《こ》えていた生徒数は、七十四名へと激減した。保護者たちの経済的な困窮が原因であった。

それでも校内は活気に満ちていた。身分にかかわらず生徒たちを平等に扱《あつか》うという共立学校の校風は徹底《てってい》され、皆、のびのびと勉学に励《はげ》んでいたのだった。


西南戦争がようやく終結を迎えようとしていた明治十年八月の末、鼎の姿は共立学校からほど近い、神田駿河台の医務院にあった。

福沢諭吉の縁者《えんじゃ》でもあるという医師の石井信義は、神妙《しんみょう》な面持ちでこう切り出した。

「佐野さん、今回のコレラには十分にお気を付けください。すでに清国《しんこく》で感染が広まっているようで、その情報を摑《つか》んだ内務省《ないむしょう》は相当焦《あせ》っているようです」

「清国で……。それは時間がありませんな」

感染症《かんせんしょう》は船舶《せんぱく》の出入りですぐに海を越《こ》え、広まってしまう。世界の海を航海してきた鼎にとって、隣の国の清国は陸続きも同然だった。

八月二十七日、内務省から「虎列刺病予防法心得《ころりびょうよぼうほうこころえ》」が公布された。コレラは極めて感染力の強い伝染病で、罹患《りかん》すると間もなく嘔吐《おうと》や下痢《げり》などの激しい脱水症状《だっすいしょうじょう》が起こり、症状が重い場合は発病してから三日ほどで死亡してしまう。市民たちの間では「三日コロリ」と呼ばれ、大変恐れられていた。

「取り急ぎ、内務省から出された予防法心得をよくお読みになり、佐野さんの学校でも感染の予防を心掛けてください。とくに、寄宿舎では厠《かわや》や下水溝《げすいこう》などの清潔を保ってください。万一、生徒にそれらしき症状が現れた場合は、ほかの生徒から隔離《かくり》しなければなりません。吐瀉物《としゃぶつ》などの始末も徹底しなければなりませんので、後ほどその対処法をご説明いたします」

「そういえば、あのときも先に清国で流行し、それがアメリカの軍艦によって持ち込まれたのがきっかけだったと聞きました。それを考えると、今回も同じルートで入ってくるのでしょう。時間がありませんな」

「はい、かなり差《さ》し迫《せま》った状況かと……」

鼎は石井の表情から、その深刻さを悟《さと》っていた。

あのとき——。十九年前の安政五年（一八五八年）、日本では同じ季節にコレラが蔓延《まんえん》し、噂《うわさ》によれば死者数は全国で十万人を超《こ》えた。短期間に多くの死者が出たため、江戸の町は棺《ひつぎ》だらけとなり、火葬場も空きのない状態だった。寺院はどこも葬儀《そうぎ》や埋葬《まいそう》を待つ人で行列ができたほどだった。

目に見えない「菌《きん》」の蔓延は、学校を運営する鼎にとって大砲や鉄砲とは比べ物にならないほどの脅威《きょうい》だった。何としても水際で集団感染を防ぎ、生徒たちをコレラから守らなければならない。まさに、health の対策を講じなければならない。

鼎は学校へと戻ると、早速、宇野直作を呼び、互いに「虎列刺病予防法心得」に目を通した。そして、消毒薬や石炭酸（フェノール）、症状緩和《しょうじょうかんわ》に多少は効果があるかもしれないと言われていたソーダ水などを用意させ、教員らにも対応を周知徹底《しゅうちてってい》させた。

懸念《けねん》した通り、コレラは日本に上陸した。

患者が出始めたのは、鼎が石井に相談してから一週間後のことだった。

九月五日、アメリカの製茶会社に雇《やと》われていた二人の日本人が横浜で発病し、十三日には千葉県、十四日には東京でも感染《かんせん》患者が現れた。また、横浜へ繋《つな》がる生糸の輸送路を伝って、九月下旬には山梨、長野、その後、福島、新潟、静岡、愛知、三重と、いっぺんに、そして多方面へと広まった。

感染源はこの製茶会社が支那の南部から輸入した品物にあったのではないかと推定されたが、とにもかくにも各県では、劇場、寄席《よせ》など人が多く集まる場所の営業や祭りの類い、また魚介類《ぎょかいるい》の売買もすべて禁止され、政府としても最初の感染者が確認されて間もなく、天皇を補佐《ほさ》する政府の長である太政大臣《だじょうだいじん》の命で、帰還《きかん》軍隊の移動を中止するなど、素早い対策に乗り出した。

共立学校の生徒たちも学校側が作った「心構え」に従って、感染《かんせん》が広がらないよう細心の注意を払ってはいたが、十月の二週目に入った頃、通学していた数名の生徒に異変が見られた。

「先生、なんだかお腹がごろごろ鳴るのですが……」

昼休み、十三歳と九歳の兄弟の生徒が揃って、鼎にこう告げてきた。

「なに？　ごろごろ鳴るのか。痛みは？」

「痛くはありませんが、何かいつもと違うような感じがいたします」

それは、医師の石井から聞いていたコレラの初期症状《しょきしょうじょう》と合致《がっち》していた。コレラの場合、腹痛や発熱はなく、逆に低体温となり、間もなく米の磨《と》ぎ汁《じる》のような下痢《げり》が始まり、身体から水分が抜《ぬ》けていく。そして、最悪、死に至る。

「よし、わかった。念のため今日のところは授業を休み、養生するとしよう。心配せずともよい。我が校には立派なお医者様がついている。安静にして滋養《じよう》のあるものを口にしていれば、すぐによくなる」

鼎はそう言うと、あらかじめ敷地の奥の方に用意しておいた退避部屋《たいひべや》に二人を移動させた。すぐに彼らの自宅に使いの者を走らせたところ、家族全員がこの日の午後からコレラを発症《はっしょう》させ、政府が臨時に開設した「避病院《ひびょういん》」へと強制的に隔離《かくり》されたという。

「うむ、間違いなく感染しておるということだな。しかも、家族も隔離されたとなれば、あの子たちは帰る場所もない」

報告を受けた鼎は困惑《こんわく》した表情で腕を組んだ。状況を把握《はあく》した直作の表情も引《ひ》き締《し》まる。

「まずは休校にし、学舎の消毒をすべきでしょうか」

直作自身、共立学校の運営者であり、ここに我が子を預ける父親でもある。その言葉には、突然の流行《はや》り病《やまい》で子供たちの命を奪われてなるものかという強い意志が込められていた。

「……そうですな。では、とりあえず今日と明日は休校にし、石井医師の指示通り、石炭酸での消毒などを行ってみましょう」

「承知しました」

「くれぐれも、生徒や職員たちに動揺《どうよう》を与えないように気を付けましょう。私はこれから、石井医師に報告と相談に行ってきます」

直作にそう告げると、鼎は再び駿河台の石井のもとへ駆《か》けつけた。

医務院はすでに多くの患者で溢《あふ》れていた。

いよいよ東京にも来たか——準備はしていたものの、鼎は言い知れぬ恐怖《きょうふ》を感じた。

「佐野さん、お待たせしました。どうぞお入りください」

しばらく待って、ようやく診察室《しんさつしつ》の石井に会うことができた。

「いよいよ東京にも来ましたな。ここ数日でかなりの患者が出ています」

「実は、我が校の生徒の中にも、初期症状《しょきしょうじょう》を訴《うった》える者が数名出ています。今のところまだ重症《じゅうしょう》ではないのですが、すでに家族が隔離《かくり》されたとのことですので時間の問題かと」

「そうでしたか。症状が軽い場合は、数回の下痢《げり》のみで、自然に回復する場合もあるのですが、万一重い場合は、早ければ一日、平均すると三日で死に至ります」

「はい……」

その言葉の意味も理屈《りくつ》もわかってはいる。しかし、生徒の死という現実が目の前に迫っているのかと思うと、居たたまれなかった。

「縁起《えんぎ》でもない話で恐縮ですが、東京警視本署は今回のコレラ蔓延《まんえん》につき、新たに布達《ふたつ》を出しました」

「それはどのような」

「コレラで死んだ者の遺体は、警察官吏《けいさつかんり》が臨検したうえで入棺《にゅうかん》させ、土葬《どそう》ではなく、必ず火葬にすること。その場合、なるべく人家の密集した道路は避《さ》けて運び、身の回りの品々や棺《ひつぎ》の中の装《そう》飾品《しょくひん》等もすべて焼却《しょうきゃく》しなければならないと……」

「承知しました」

鼎はそう答えながら、鼓動《こどう》が速くなるのを感じた。無限大の可能性を秘めた子供たちの命を、むざむざとコレラなどに取られてしまうわけにはいかない。

「いずれにせよ、佐野さんも十分にお気をつけください。コレラの原因ははっきりわかっていません。治療法《ちりょうほう》もまだ確立されていないのです。私自身、明日どうなるかわかりません」

石井も疲《つか》れを滲《にじ》ませながら言った。


東京の町はコレラ患者《かんじゃ》で溢《あふ》れかえった。患者が出た家には標識が立てられ、家の周辺は通行が禁止され、消毒のための石炭酸が大量に撒《ま》かれた。道には遺体を入れた棺《ひつぎ》が並べられ、次々と火葬場へ運ばれていく。

その光景を見ながら、鼎は先日、福沢との語らいで登場した、スチーブン・ジラードの逸話《いつわ》を思い出していた。

一七〇〇年代、アメリカのフィラデルフィアで黄熱病《おうねつびょう》が大流行し、多くの市民が感染して死亡した。遺体は一時、山積みになるほどだった。市民は恐怖《きょうふ》で混乱に陥《おちい》り、他人を助けようとする者など誰《だれ》もいなかった。

そんな中ジラードは、私財を投じて郊外《こうがい》に避病院《ひびょういん》を作り、

「恐れるな。恐怖《きょうふ》が唯一《ゆいいつ》の悪魔《あくま》だ！」

そう叫びながら荷馬車で市街を回って、病人と疫病《えきびょう》による遺体を自ら搬送《はんそう》したというのだ。

ジラード自身は黄熱病に感染することはなく、八十一歳まで、天寿《てんじゅ》を全うした。

自らの死を恐れることなく、ただ他人を救うために行動する——。

ジラードの生き様に思いを馳《は》せながら、鼎はコレラに罹患《りかん》した生徒たちを懸命《けんめい》に看病した。


それからひと月半経って、東京に蔓延《まんえん》していた感染も徐々《じょじょ》に終息の方向に向かっていった。初《しょ》期症状《きしょうじょう》が出ていた生徒たちも命を取り留めることができた。結果的に共立学校では集団感染を未然に防ぐことができ、一人の死者も出さずに済んだのだった。

鼎の身体に異変が現れたのは、そんな矢先のことだった。

十月二十三日、すでに日はとっぷりと暮れていたが、鼎は宇野直作だけにそのことを告げ、自《じ》邸《てい》からほど近い石井の医務院まで搬送《はんそう》を頼んだ。

「石井先生、夜遅くにかたじけない。診察《しんさつ》をお願いできるでしょうか」

直作に支えられながら診察室に入った鼎は、寝台に身体を横たえた。

「学校内では消毒などにも気を付けておりましたし、単なる疲《つか》れだとよいのですが……」

直作は不安げな表情を見せる。

無言のまま診察《しんさつ》を続けていた石井は、その手を止めてこう告げた。

「佐野さん、残念ですが……。感染されているようです」

最悪、数日以内に命を失うかもしれないという宣告は、あまりに過酷《かこく》なものであった。

石井の宣告を聞いた直作は、動揺《どうよう》を隠《かく》せない様子で声を震《ふる》わせる。

「まさか……。ようやく流行《はや》り病《やまい》も終わろうかという今、なぜ……」

「残念ですが病状は思わしくありません。決まりに従い、東京府知事の方に届けを出させていただきます」

石井は険しい顔つきでそう告げると、診断書に「佐野鼎　虎列刺病と診断《しんだん》　十月二十三日午後九時半」と記した。

「とにかく今から隔離病棟《かくりびょうとう》に入院していただきます。まず、脱水症状《だっすいしょうじょう》を緩和《かんわ》するために、十分水分補給をしてください。できる限りの治療《ちりょう》をさせていただきます」

「わかりました。よろしくお願いいたします」

鼎は時折襲《おそ》い来《く》る嘔吐《おうと》に苦しみながら、こう続けた。

「石井先生、直作どの、頼みがあります。明日、もし富士の山が望めたら……」

「富士は、鼎どのの故郷の山、明日、その姿を見れば、きっと元気になられるでしょう」

直作はそう言いながら、憚《はばか》ることなく目を赤くしている。

「それから、もし春《はる》や竹《たけ》、子供たちが見舞いに行きたいと言っても……どんなに頼まれても、決して私の病室の中には入れないでください」

「承知しました」

石井は、あえて淡々《たんたん》とした口調で答えた。

「そして、もしそのときがきたら、私の身の回りの品は容赦《ようしゃ》せず焼却《しょうきゃく》するようにとお伝えください」

「………………」

石井と直作は無言のまま、その場に立《た》ち尽《つ》くした。

その夜、鼎は脱水症状《だっすいしょうじょう》に襲《おそ》われながら、自身の体温がどんどん低下していくのを感じていた。目を閉じると身体が大きく揺《ゆ》らぎ、そのまま深い闇《やみ》の中に吸い込まれていくような気がした。

我が身に残された時間は、あとわずか……。そう悟《さと》ってはいたが、止めどなく悔《くや》しさがこみ上げてきた。

なぜ、志半ばですべてを断ち切られなければならないのか。

鼎には、どうしてもその答えが見つからない。

ふと、太平洋の大海原を航海しているような錯覚《さっかく》に陥《おちい》った。

懐《なつ》かしいポーハタン号の甲板《かんぱん》だ。

木村鉄太《きむらてつた》、玉虫左太夫《たまむしさだゆう》、小出千之助《こいでせんのすけ》……、若くして旅立った同志たちが、生き生きとした表情で何かを語りかけてくる。蒸気機関車を見上げる小栗《おぐり》公の姿も見える。

耳を澄《す》ますと、あの大歓声が聞こえてきた。

「……ウェルカム……ジャパニース　エンバッセイ！」

初めて上陸したワシントンのネイビーヤード、そしてニューヨークのブロードウェイを進む豪華な馬車の隊列、道の両脇《りょうわき》の建物の窓という窓から人々が身を乗り出し、ちぎれんばかりに振られる無数の日の丸の旗。

マストが林立する異国の港に、華々《はなばな》しく礼砲《れいほう》が響き渡る。

あれは夢だったのか……。

何度か大きな波を乗《の》り越《こ》え、海が凪《な》いできたとき、甲板《かんぱん》から一斉《いっせい》に歓声が上がった。

勇壮な富士の山がその姿を眼前に現した。

久しぶりに見る故郷の山だ。


「旦那《だんな》さま、旦那さま……」

遠のく意識の中で、鼎は一瞬《いっしゅん》、その声に覚醒《かくせい》した。

「旦那さま……」

その声が涙声であることに、鼎は気付いていた。

見舞《みま》いを受け付けぬように、という約束は守られているのだろう。春は病室の外から呼び掛けている。

「すまない、春……」

鼎はあの日、春が誂《あつら》えてくれた富士の根付を握《にぎ》りしめた。

『オーロラは、生者の世界と死者の世界とを結びつけてくれる……』

遣欧使節団《けんおうしせつだん》で北欧《ほくおう》を訪れたとき、そんな話を聞いたことがあった。

その茜色《あかねいろ》の光のベールの向こうに、生き生きとした、まだ見ぬ大勢の生徒たちの姿が幾重《いくえ》にも連なって見えた。

鼎はわずかに残された力を振《ふ》り絞《しぼ》った。

「春よ、どうか伝えてほしい。たとえ私がこの世を去っても、建学の魂《たましい》は、共立学校の生徒とともに未来永劫《みらいえいごう》生き続ける。そして、生徒たちの学びと志は、この国の将来をよりよいものに変えていくのだと……」

その言葉が、果たして声になったのか……。それは誰にもわからない。

ただ、鼎はその刹那《せつな》、穏《おだ》やかに微笑《ほほえ》んでいた。


明治十年（一八七七年）十月二十四日、午後十時。

コレラ感染と診断《しんだん》された翌日、佐野鼎は息を引き取った。

享年《きょうねん》四十九。

病室から故郷の富士の姿を見ることは、ついに叶《かな》わなかった。

終章

鼎《かなえ》の突然《とつぜん》の死から半月後の十一月十一日、春《はる》は一人、東京は神楽坂《かぐらざか》にある清隆寺《せいりゅうじ》に向かっていた。

今年も周囲の銀杏《いちょう》の木々が黄色く色づき、時折風が吹《ふ》くと、あの日と同じように扇形《おうぎがた》の葉が舞《ま》い降《お》りてくる。毎年、茜《あかね》の命日には、二人でここを訪れたものだ。

あまりに突然すぎる夫の死を受け入れることはまだできないでいる。十三歳《さい》と十歳、二人の子供が残され、そして、学校には多くの生徒たちがいる。

不安で押しつぶされそうになるが、鼎が全霊《ぜんれい》を込めて作り上げた共立学校《きょうりゅうがっこう》を何とか存続させたい――春はそれだけを願った。

境内に到着すると、一人の青年が佐野家《さのけ》の墓の前に佇《たたず》んでいた。

年の頃は二十代後半だろうか、仕立てのよい黒のコートに身を包み、じっと墓石を見ている。

「あの……、共立学校の生徒さんでいらっしゃいますか」

春は思いきって声を掛けてみた。

青年は驚いたように振り返ると、丁重に頭を下げながら答えた。

「いえ、そうではございません。随分《ずいぶん》前に、佐野先生にお世話になった者でございます」

幼少の頃から武家の作法が身についているのだろう。明治に入って十年経っているが、その所作《しょさ》には独特の折り目正しさが感じられ、春は何か特別な雰囲気《ふんいき》を感じ取っていた。

「実は、夫は先月、流行《はや》り病《やまい》で突然《とつぜん》……」

「はい、先生が学校を創設されたと伺《うかが》い、先に共立学校のほうを訪ねましたところ、ご訃報《ふほう》に接しました……。失礼とは存じながら墓所を教えていただき、墓参りだけでもと」

「それはわざわざ申し訳ありません。夫が存命でしたらどれほど喜んだことでしょう」

「真《まこと》に残念です。もう少し早く伺って、ご挨拶《あいさつ》をしたかった……」

青年は一瞬《いっしゅん》、言葉を詰《つ》まらせた。

「夫とはどちらでのお知り合いでいらしたのですか。駿河、それとも金沢……。ああ、異国への訪問の折でしょうか」

「いえ、ほんの通りすがりでございます」

青年はそれ以上語ろうとしなかった。しかし、春は鼎の息遣《いきづか》いをすぐ傍《そば》に感じられた気がして、ただ嬉《うれ》しかった。

「お名前を伺《うかが》ってもよろしいでしょうか」

「佐野猛《たけき》と申します」

「まあ、私どもと同じ佐野姓《せい》でいらっしゃいますのね」

「はい、先頃夫婦になりました妻の側の姓を名乗っております」

「そうでいらっしゃいましたか。それで、今はどちらに？」

「現在、埼玉《さいたま》の熊谷裁判所《くまがやさいばんしょ》で判事補をしております」

「それはご立派ですこと。そのお若さで、司法省《しほうしょう》の高等文官試験に合格なさったということですわね。よくお勉強なさったのですね」

「いえ……。ただ、佐野先生には貴重なご教示をいただき、以来、先生からいただいたお言葉を噛《か》みしめて生きて参りました。今の私があるのは、ひとえに先生のおかげだと……」

佐野猛と名乗った青年は、再び墓前で深々と礼をすると、長い間目を閉じ、手を合わせた。

ふと、青年の右手の甲《こう》に刻まれた一本の深い筋が春の目に入った。

この青年が、あの雪の日を境に、どのような境遇《きょうぐう》に置かれたのか。「時代」という理不尽に身内という身内を奪われて、たった一人、どんな思いで激変する世を生《い》き抜《ぬ》いてきたのか——。もちろん春は、知る由《よし》もない。

春はその傷跡《きずあと》から、あえて目を逸《そ》らすように空を仰《あお》ぎ見《み》ると、突然、声を上げた。

「まあ、彩雲《さいうん》が出ていますわ」

青年も思わず空を見上げた。

秋の高い空に浮かぶ雲が、不思議な虹色《にじいろ》の光を放っている。

「あのような雲のことを、英語では、iridescent cloudsと言うのだそうです」

「イラデッスント　クラウド……」

「はい、虹色《にじいろ》の雲、です。雲が太陽の近くを通るとき、ごく稀《まれ》にこのような虹色に染まるのだとか。佐野が子供たちに教えているのを聞いているうちに、私まで覚えてしまいましたの」


空気は澄み渡っていた。

遠くに、うっすらと雪を頂いた見事な富士が一望できた。

春はその姿を望みながら、唯一《ゆいいつ》、焼かれることなく残った富士の根付《ねつけ》を、両手でそっと包み込んだ。

あとがき

この書籍《しょせき》のカバーに使われた佐野鼎《さのかなえ》の肖像写真《しょうぞうしゃしん》は、一八六二年、明治維新の六年前にパリで撮《さつ》影《えい》されたものです。

大小二刀を携《たずさ》え、洋書が積まれた机に片肘《かたひじ》をのせ、ヨーロッパ風の装飾《そうしょく》が施《ほどこ》された椅子《いす》に腰《こし》を掛《か》けるその姿は、長きにわたって鎖国《さこく》を続けてきた武士の時代から文明開化の世へと変化を加速させる、大きな転換期《てんかんき》の始まりを象徴《しょうちょう》しているかのようです。

日本から遠く離《はな》れた異国の地で、カメラのレンズを見据《みす》える三十四歳《さい》の佐野鼎。鋭《するど》さの中に優しさを併《あわ》せ持った瞳《ひとみ》の奥《おく》には、いったい何が映っていたのでしょうか。

この時、既に二度の海外渡航を経験し、欧米の進んだ教育システムを目の当たりにしていた鼎は、加賀藩の友人に宛《あ》てた手紙の中で、こんな言葉を残しています。

「人材の仕立て方が肝要《かんよう》にございます」

四十九歳で急逝《きゅうせい》した佐野鼎が、教え子たちのその後の活躍《かつやく》を見ることができなかったのは残念なことでした。しかし、彼が「仕立てた」人材は、たしかに世界に羽ばたきました。

壮猶館《そうゆうかん》や七尾語学所《ななおごがくじょ》での教え子の一人である高峰譲吉《たかみねじょうきち》は、タカジアスターゼと呼ばれる消化酵《しょうかこう》素《そ》やアドレナリンなどの新薬を発明し、アメリカで巨万《きょまん》の富を築きました。また、製薬会社「三《さん》共《きょう》」（現在の第一三共《だいいちさんきょう》）を興《おこ》しました。ワシントンD．C．に日本の桜を寄贈《きぞう》する計画を立て、尽《じん》力《りょく》した人物としても知られ、ポトマック川の桜並木は世界中の人々の心を和ませています。

高峰とともに学んだ桜井錠二《さくらいじょうじ》（錠五郎《じょうごろう》）は、分子量測定法や溶液沸騰点《ようえきふっとうてん》の新測定法を考案し、後年、「理化学研究所《りかがくけんきゅうじょ》」を設立しました。「日本近代化学の父」と呼ばれています。

後に海軍大将まで上り詰めた瓜生外吉《うりゅうそときち》も、幼き日に七尾語学所で学んだ一人です。彼《かれ》は明治八年（一八七五年）にアメリカへ留学。アナポリス海軍兵学校を卒業し、帰国後は日本の多くの軍艦を艦長として率いました。大正三年（一九一四年）にはパナマ運河開通記念博覧会に日本代表として参加しています。おそらく、ではありますが、半世紀ほど前に恩師が同じ場所を蒸気機関車で横断したことに思いを馳《は》せたことでしょう。鼎は多くの少年たちに学問を授け、彼らの無限の可能性を広げるため、次々と海外留学に送り出したのです。

教育に対する鼎の思いは、同じ志を持つ人々と、藩を越えて共有されました。

遣米使節《けんべいしせつ》として、アメリカの教育事情をともに見聞した小出千之助《こいでせんのすけ》は、佐賀に戻《もど》ると英語の重要性を大隈重信《おおくましげのぶ》に説き、大隈はその後、早稲田大学《わせだだいがく》の前身となる東京専門学校《とうきょうせんもんがっこう》を創立します。大隈と共に早稲田大学の運営に尽力し、後に文部大臣としても活躍した高田早苗《たかたさなえ》は、共立学校の出身者です。また、遣欧使節《けんおうしせつ》で鼎とともにヨーロッパを視察した福沢諭吉《ふくざわゆきち》は、慶應義塾《けいおうぎじゅく》を本格的な私立大学校へと拡大しました。共立学校《きょうりゅうがっこう》に多額の出資をした大倉喜八郎《おおくらきはちろう》は、後に大倉財閥《おおくらざいばつ》を築いた人物として知られていますが、商売だけではなく教育にも関心を高く持ち、東京経済大学の前身である大倉商業学校を創立しています。

教育から少し話は逸《そ》れますが、革靴で有名な「リーガルコーポレーション」は、共立学校の社中である西村勝三《にしむらかつぞう》と大倉喜八郎が創始者です。彼らが明治新政府に軍靴《ぐんか》などの物品を納めていたことが起業のきっかけとなりました。また、鼎が七尾製鉄所《ななおせいてつじょ》に設置するために外国から取り寄せた製鉄機械類は、残念ながらその地で活かされることはありませんでしたが、後に兵庫へと移送され、「川崎重工業《かわさきじゅうこうぎょう》」の礎《いしずえ》を築きました。現代を生きる私たちにとって親しみのある企業にまでも、鼎の姿が垣間見えるのは興味深い事実です。

肝心《かんじん》の共立学校ですが、校主である鼎が亡くなった後、一時的に生徒数が激減します。しかし、後に内閣総理大臣となる高橋是清《たかはしこれきよ》が後を継ぎ、大学予備門（東京大学への予備機関）進学者のための寄宿制学校として多くの生徒が学びました。この頃から「共立」の呼び名が、「きょうりゅう」から「きょうりつ」に変更されたようです。小説『坂の上の雲』で描《えが》かれた海軍中将・秋山真之《あきやまさねゆき》や、俳人の正岡子規《まさおかしき》、民俗学者の南方熊楠《みなかたくまぐす》らもこの時期に共立学校《きょうりつ》で学んでいます。

壮猶館で鼎の教えを受けた生徒の中には、鼎の死後、共立学校の教師として招かれた者もいました。そのうちの一人、橋健三《はしけんぞう》は、十代前半で前田家《まえだけ》の当主に講義を行ったほどの秀才だったそうです。小説家の三島由紀夫《みしまゆきお》は、橋健三の孫にあたります。

学校名が「開成《かいせい》」と改められたのは、明治二十八年（一八九五年）のことです。「開成」とは、「物を開き務めを成す」という中国の『易経』からとられた言葉で、「人々の知識を開いて世の中の事業を成就させること」という意味があります。

その後、関東大震災によってお茶の水にあった学舎が全焼。学校は西日暮里に移転しました。現在、「開成中学校・高等学校」は、「ペンは剣よりも強し」というスローガンにちなんだシンボルマークとともに、日本有数の文武両道の進学校として多くの逸材《いつざい》を世に送り続けています。

二〇二一年には、学校創立百五十年という節目を迎えます。創立者の佐野鼎は、開校してわずか六年で世を去りましたが、彼が蒔《ま》いた「教育」の種は確実に根を張り、一世紀半という年月が経った今も、「人を仕立てる」思いは途切《とぎ》れることなく、無数の花を咲《さ》かせ続けているのです。


子供の頃、私は明治二十七年（一八九四年）生まれの母方の祖父から、こんな話を聞いたことがありました。

「うちのご先祖に、幕末、蘭学《らんがく》や砲術《ほうじゅつ》をやっていた人がいてね、咸臨丸《かんりんまる》で海を渡って外国へ行ったそうだよ。勝海舟《かつかいしゅう》や山岡鉄舟《やまおかてっしゅう》とも親しかったと聞いている」

この話をしてくれた佐野清《きよし》の祖父にあたる佐野吉十郎《きちじゅうろう》は、幕末、駿河で代官を務めており、分家筋の鼎とは兄弟のように親しいつきあいをしていたようです。私に伝えた話の一部は祖父の勘《かん》違《ちが》いで、実際に鼎が乗船したのは咸臨丸ではなくアメリカの軍艦・ポーハタン号でしたが、当時は、幕末に関する興味は薄《うす》く、祖父の言葉がきっかけとなって何かを調べるということもありませんでした。ただ、鼎の肖像写真《しょうぞうしゃしん》を初めて見たとき、その横顔が祖父にあまりに似ていたので、親近感を覚えたことを記憶しています。

佐野鼎の調査に本腰《ほんごし》を入れ始めたのは、ネット上の古書店で見つけた一冊の本との出会いがきっかけでした。昭和二十一年（一九四六年）、終戦の翌年に金澤文化協会《かなざわぶんかきょうかい》から発行された『佐野《さの》鼎遺稿《かなえいこう》　万延元年訪米日記《まんえんがんねんほうべいにっき》』です。そこには、当時三十二歳の鼎の筆によって、初めて見る西洋への驚きが、実に生き生きと記録されていました。

幕末、まだ、鎖国が完全に解かれておらず、攘夷派《じょういは》と開国派が激しく対立していた不安定な時代に、なぜ、下級の郷士である鼎が幕府の重鎮らと渡米《とべい》できたのか。また、洋式兵学、つまり戦《いくさ》の専門家が、なぜ突然、教育へと人生をシフトさせたのか。それについては、さまざまな史料を熟読して初めて理解できました。そして、これまで小説やドラマによって私の中に蓄積《ちくせき》された幕末についての知識が、歴史の一側面から見たものにすぎないこと、悪く言えば勝者の立場から取捨選択《しゅしゃせんたく》された事実のみが誇張《こちょう》され、時として曲げられて伝えられてきたことに気づきました。

実際、幕府の使節団が維新《いしん》より八年も前に異国の地を踏《ふ》みしめ、先進的な西洋文明に触《ふ》れていたこと自体、あまり知られていません。おそらく、万延元年遣米使節がポーハタン号というアメリカの軍艦で渡米していた史実を、歴史の教科書で学習することもなかったかと思います。崩壊《ほうかい》寸前の幕府に身を置いていた彼らは、帰国後、さまざまな理由で、口を固く閉ざさざるを得ず、日本国内に彼らの業績を正しく評価する空気も醸成されませんでした。

佐野鼎の『訪米日記』を入手したことをきっかけに、彼の足跡《そくせき》を辿《たど》る取材旅が始まりました。出生地である静岡県富士市、学びの地である長崎、そして砲術師範《ほうじゅつしはん》として活躍《かつやく》した金沢や七尾、天狗党《てんぐとう》の制圧に出向いた敦賀《つるが》、幕府の使節として訪れたアメリカ、シンガポール、スリランカ、ヨーロッパ、そして明治に入って共立学校を創設した東京……。ひとつの藩にとどまらないどころか、諸外国も含《ふく》め、これほどさまざまな土を踏《ふ》んだ侍《さむらい》は珍しいのではないでしょうか。

残念だったのは、鼎自身が残した史料がきわめて少ないことでした。伝染病であるコレラに罹《り》患《かん》したため、身の回りの品々がすべて焼却処分《しょうきゃくしょぶん》されたようで、このことは彼の足跡《そくせき》を辿《たど》るうえで、大きな〝壁〟となりました。

困難を切《き》り抜《ぬ》けるうえで、何度となく救われたのが、各地の郷土史家、歴史研究者の地道な調査の蓄積《ちくせき》でした。どの土地へ行っても、押《お》しかけるようにして教えを請《こ》う私に、惜《お》しみなく研究の成果を提供してくださったばかりか、私の手を取り、鼎や幕末の志士たちに縁《えん》のある史跡《しせき》にご案内くださいました。

また、ご紹介《しょうかい》しておきたいのは、「一般社団法人万延元年遣米使節子孫の会」（会長・村垣孝氏）の存在です。ポーハタン号に乗り込んだ七十七名のサムライたち。その子孫が集まり、情報収集や研究を重ねています。平成二十八年（二〇一六年）五月には、彼らが訪れたワシントンD.C.の海軍工廠《かいぐんこうしょう》に遣米使節の訪米を記念する碑《いしぶみ》の設立も実現し、除幕式典では、当時、日本人使節を歓迎したアメリカ海軍の高官たちの子孫と交流することもできました。

そして、開成学園OBが平成二十七年（二〇一五年）に立ち上げた「佐野鼎研究会」（代表・松平和也氏）に参加させていただいたことは、貴重な学びの場となりました。研究会に出席するたびに新事実の発見があり、何度となく加筆したり、修正したりする助けをいただきました。何より、今回の出版に際し、まだ原稿《げんこう》が一行もできていないうちから、あたたかいエールを送っていただいたことも本当に心強く、大きな励《はげ》みになりました。

ご協力いただいたすべての皆様に、この場をお借りして、心よりお礼申し上げます。

これまで、ノンフィクション作品を書いてきた私にとって、直接取材が不可能な過去の人物を小説というスタイルで描《えが》くことは、あまりにも大それた挑戦《ちょうせん》でした。しかし、歴史の隅《すみ》に埋《う》もれつつあった佐野鼎という人物の掘《ほ》り起《お》こしにつながるきっかけになれば、という思いで、極力、鼎の残した日記に忠実に、そして、史実を確かめるにあたっては、従来の歴史観にとらわれず、光の当てられていない地誌にも目配りすることに留意しました。

一例を挙げますと、遣欧使節《けんおうしせつ》で訪れたシンガポールで登場する音吉《おときち》は、実在の人物です。音吉と鼎、それぞれが幼い愛娘《まなむすめ》を亡くしていますが、彼女たちの命日が偶然《ぐうぜん》同じ日であったというエピソードも、シンガポールにある墓碑《ぼひ》と、東京・神楽坂《かぐらざか》の寺に保管されている過去帳を確認したことで明らかになった事実です。

また、天狗党《てんぐとう》の乱《らん》のくだりで登場する武田耕雲斎《たけだこううんさい》の実子、源五郎《げんごろう》も実在します。まだ少年だった彼があの雪の日、加賀藩によって匿《かくま》われ、後に判事となって明治の世を生き抜《いぬ》き、亡き父の名誉回復《よかいふく》のために尽力《じんりょく》した——その事実が記された史料に出会った時には、思わず身震《みぶる》いがしました。武士としての、最後の矜持《きょうじ》を見せられた思いがしました。

人々が旺盛《おうせい》な好奇心で貪欲に学び、自らの価値観を百八十度転換《てんかん》していった時代を映す史料は、まだまだ眠っているはずです。本書で取り上げた佐野鼎、そして次の世を見据《みす》えた人々の功《こう》績《せき》は、ほんの一部に過ぎません。さらなる新事実が発掘《はっくつ》されることを期待したいと思います。

企画《きかく》段階から四年余り、私の取材を根気よく見守り、原稿を待ち続け、そして完成まで的確にリードしてくださった講談社の片寄太一郎氏に、感謝を申し上げます。

本書が出版されたことを、佐野鼎が現在眠っている東京の青山墓地（神楽坂の清隆寺から後に改葬）に報告に行きたいと思います。

二〇一八年　秋

柳原　三佳

主要参考文献　（順不同）

◎**基礎資料**

佐野鼎『萬延元年訪米日記』（金澤文化協會、一九四六年）

『東京開成中學校校史資料』（東京開成中學校、一九三六年）

『開成学園九十年史』（開成学園、一九六一年）

『佐野鼎と共立学校　開成の黎明　開成学園創立130周年記念』（開成学園、二〇〇一年）

『ペンと剣の旗の下』（開成学園、二〇一一年）

『万延元年遣米使節史料集成1～7』（風間書房、日米修好通商百年記念行事運営会編、一九六〇～六一年）

『万延元年第一遣米使節日記復刻版』（日米協会創立六十周年記念出版、一九七七年）

大塚武松編『遣外使節日記纂輯　第三』（日本史籍協会、一九三〇年）

木村鉄太『万延元年遣米使節航米記』（青潮社、一九七四年）

◎**佐野鼎関連書簡**

『太平天国の乱・南北戦争・旅中の様子に付書状　正月晦日　セイロン島の「コール」港より　佐野鼎→三浦八郎左衛門』（寺島家文書）

『欧州通信（K2-1006）』（金沢市立図書館蔵書）

『佐野鼎ノ手簡（1）佐野鼎サントイス島より差越候紙面写一通』（奥村文庫）

『佐野鼎ノ手簡（2）佐野鼎サンフランシスコより差越候紙面写一通』（奥村文庫）

『佐野鼎書状』

『佐野鼎欧州通信等の複写製本』（金沢郷土資料館）

『客窓雑記』（横山政和、加越能文庫）

◎**書籍**

赤崎まき子『枯れて芽をふく』（ブレイン創玄、一九八一年）

安藤優一郎『幕臣たちの明治維新』（講談社現代新書、二〇〇八年）

エメェ・アンベール著／茂森唯士訳『絵で見る幕末日本』（講談社学術文庫、二〇〇四年）

石井左近『敦賀と水戸烈士の話』（私立敦賀郷土博物館、一九七一年）

石川榮吉『海を渡った侍たち　万延元年の遣米使節は何を見たか』（読売新聞社、一九九七年）
石黒敬章『幕末明治の肖像写真』（角川学芸出版、二〇〇九年）
石林文吉『石川百年史』（石川県公民館連合会、一九七二年）
磯部博平『佐野鼎と幕末・明治維新』（磯部出版、一九九七年）
磯部博平『富士出身の佐野鼎と幕末・明治維新（その1）（その2）』（磯部出版、一九九八年）
磯部博平・磯部寿恵・磯部美波『万延元年遣米使節と加藤素毛・益頭駿次郎・佐野鼎』（磯部出版、二〇〇二年）
磯部博平『米紙から見た万延元年遣米使節』（磯部出版、二〇一一年）
市川光一・村上泰賢・小板橋良平『小栗上野介』（みやま文庫、二〇〇四年）
伊藤政雄『歴史の中のろうあ者』（近代出版、一九九八年）
稲村松雄『青表紙の奇蹟　ウェブスター大辞典の誕生と歴史』（桐原書店、一九八四年）
乾隆『ジョン万次郎の英会話』（Jリサーチ出版、二〇一〇年）
井上勝生『幕末・維新　シリーズ日本近現代史①』（岩波新書、二〇〇六年）
井上雪『金沢の風習』（北國新聞社、二〇一二年）
井野辺茂雄原編／佐藤栄孝編『西村勝三の生涯　皮革産業の先覚者』（西村翁伝記編纂会、一九六八年）
今井一良『オーズボン紀行　侍の娘と結ばれた英人一家を追って』（北國新聞社、一九九四年）
岩下哲典・塚越俊志『レンズが撮らえた幕末の日本』（山川出版社、二〇一一年）
大岡敏昭『幕末下級武士の絵日記　その暮らしと住まいの風景を読む』（相模書房、二〇〇七年）
岡本綺堂『維新前後』（古今堂、一九〇八年）
尾佐竹猛著／吉良芳恵校注『幕末遣外使節物語　夷狄の国へ』（岩波文庫、二〇一六年）
小田基『玉蟲左太夫「航米日録」を読む　日本最初の世界一周日記　TUP叢書（4）』（東北大学出版会、二〇〇〇年）
落合延孝編『維新変革と民衆（幕末維新論集5）』（吉川弘文館、二〇〇〇年）
片田早苗『郷土の偉人「加藤素毛」筆「関西日記」解読誌』（下原古郷の会、二〇一四年）
片田早苗『郷土の偉人「加藤素毛」筆「航海詩文」解読誌』（下原古郷の会、二〇一五年）

片田早苗『加藤素毛筆　桃之旅集　1872年長崎吟行の旅　解読・解説誌』（下原古郷の会、二〇一七年）
勝海舟『開国起原Ⅰ～Ⅴ　勝海舟全集15～19』（講談社、一九七三～七五年）
勝海舟／江藤淳・松浦玲編『氷川清話』（講談社学術文庫、二〇〇〇年）
カッテンディーケ著／水田信利訳『長崎海軍伝習所の日々』（平凡社、一九六四年）
金井圓編訳『描かれた幕末明治』（雄松堂書店、一九七三年）
金井圓『トミーという名の日本人―日米修好史話』（文一総合出版、一九七九年）
川合彦充『日本人漂流記』（現代教養文庫、一九六七年）
川澄哲夫編・鈴木孝夫監修『英学ことはじめ（資料日本英学史1上）』（大修館書店、一九八八年）
川瀬教文『波山始末』（伊藤岩治郎、一八九九年）
神辺靖光『明治初期東京の私塾　創立者を中心として』（城右高等学校、一九六〇年）
城戸洋『歴史の森へ　高野和人聞書　ある地方出版人の記録』（西日本新聞社、一九九二年）
熊田忠雄『拙者は食えん！　サムライ洋食事始』（新潮社、二〇一一年）
熊原政男『加藤素毛略伝―万延元年の遣米使節に随行した飛驒の俳人―』（加藤素毛先生顕彰会、一九六一年）
黒田義俊『加賀藩艦船小史』（梅桜会、一九三三年）
鯉渕義文『情念の炎』上・中・下（那珂書房・鯉渕義文、二〇一〇～一二年）
アーネスト・サトウ／坂田精一訳『一外交官の見た明治維新』上・下（岩波文庫、一九六〇年）
佐賀医学史研究会編『佐賀医人伝　佐賀の先人たちから未来への贈り物』（佐賀新聞社、二〇一七年）
佐藤明子『幕末外交事始　文久遣欧使節竹内保徳』（宮帯出版社、二〇一〇年）
佐野真由子『オールコックの江戸　初代英国公使が見た幕末日本』（中公新書、二〇〇三年）
柴崎新一『赤松小三郎先生　現代語訳版』（赤松小三郎顕彰会、二〇一六年）
柴田純『江戸武士の日常生活　素顔・行動・精神』（講談社選書メチエ、二〇〇〇年）
篠田鉱造『増補　幕末百話』（岩波文庫、一九九六年）
ハインリッヒ・シュリーマン著／石井和子訳『シュリーマン旅行記　清国・日本』（講談社学術文庫、

一九九八年）
治郎丸憲三『箕作秋坪とその周辺』（箕作秋坪伝記刊行会、一九七〇年）
末岡暁美『大隈重信と江副廉蔵　忘れられた明治たばこ輸入王（改訂増補）』（洋学堂書店、二〇一一年）
杉谷昭『江藤新平』（吉川弘文館、一九六二年）
鈴木棠三・小池章太郎編『近世庶民生活史料　藤岡屋日記　第一巻』（三一書房、一九八七年）
砂川幸雄『大倉喜八郎の豪快なる生涯』（草思社文庫、二〇一二年）
関良基『赤松小三郎ともう一つの明治維新　テロに葬られた立憲主義の夢』（作品社、二〇一六年）
惣郷正明『日本英学のあけぼの　幕末・明治の英語学』（創拓社、一九九〇年）
園田英弘『西洋化の構造　黒船・武士・国家』（思文閣出版、一九九三年）
高木彬光『「横浜」をつくった男―易聖・高島嘉右衛門の生涯』（光文社文庫、二〇〇九年）
高梨健吉『文明開化の英語』（中公文庫、一九八五年）
高野和人編訳『現代語訳万延元年遣米使節航米記　肥後藩士木村鉄太の世界一周記』（熊日出版、二〇〇五年）
立川昭二『近世病草紙　江戸時代の病気と医療』（平凡社選書、一九七九年）
俵正市『矢立』（京都書院、一九九七年）
津下健哉『岡山の蘭学者・島村鼎甫と石井信義　幕末・明治初年の日本医学を支えた蘭医たち』（吉備人出版、二〇一六年）
寺西啓一『金沢から伊丹へ　―福吉祖父たちの生きた軌跡―』（二〇一一年）
徳田寿秋『海を渡ったサムライたち　加賀藩海外渡航者群像』（北國新聞社、二〇一一年）
徳田寿秋『前田慶寧と幕末維新　最後の加賀藩主の「正義」』（北國新聞社、二〇〇七年）
徳田寿秋『軍艦発機丸と加賀藩の俊傑たち』（北國新聞社、二〇一五年）
徳田寿秋『加賀藩における幕末維新期の動向』（徳田寿秋、二〇〇二年）
殿田良作『アーネスト・サトウと七尾』（能登の文化財、一九六九年）
富田仁『金沢のフランス留学生たち』（明治村東京事務所、明治村通信、一九八八年）
中島清・日下部格編『加藤素毛世界一周の記録』（加藤素毛記念館、二〇〇八年）
仲田正之『江川坦庵』（吉川弘文館、一九八五年）
長野和郎『トミーと呼ばれた少年通訳』（シズオカ

文化クラブ、二〇一一年）
沼田次郎・松沢弘陽校注『西洋見聞集』（岩波書店、一九七四年）
萩原延壽『遠い崖　アーネスト・サトウ日記抄』1〜14（朝日文庫、二〇〇七〜二〇〇八年）
橋本敬之『勝海舟が絶賛し、福沢諭吉も憧れた　幕末の知られざる巨人江川英龍』（角川ＳＳＣ新書、二〇一四年）
服部逸郎『77人の侍アメリカへ行く　万延元年遣米使節の記録』（講談社、一九六八年）
春名徹『にっぽん音吉漂流記』（晶文社、一九七九年）
日置謙校訂『水戸浪士西上録』（石川県図書館協会、一九三四年）
半澤周三『大島高任　日本産業の礎を築いた「近代製鉄の父」』（ＰＨＰ研究所、二〇一一年）
樋口雄彦『幕臣たちは明治維新をどう生きたのか』（洋泉社、二〇一六年）
樋口雄彦『幕末の農兵』（現代書館、二〇一七年）
姫野順一『古写真に見る幕末明治の長崎』（明石書店、二〇一四年）
平田稔『熊本藩士木村鉄太と侍ネット』（たまきな出版舎、二〇〇九年）
平田稔『幕末熊本の軍制と鉄砲』（たまきな出版舎、二〇一二年）
平田稔『池部啓太春常　幕末熊本の科学者・洋式砲術家』（たまきな出版舎、二〇一五年）
広瀬隆『文明開化は長崎から　上』（集英社、二〇一四年）
ロバート・フォーチュン著／三宅馨訳『幕末日本探訪記　江戸と北京』（講談社学術文庫、一九九七年）
藤野恒三郎監修『緒方洪庵と適塾』（適塾記念館、一九八〇年）
福沢諭吉『新女大学』（青空文庫、一八九九年）
福沢諭吉著／昆野和七校訂『新版　福翁自伝』（角川ソフィア文庫、二〇〇八年）
福沢諭吉著／松沢弘陽校注『文明論之概略』（岩波文庫、一九九五年）
福沢諭吉著／佐藤きむ訳『福翁百話　現代語訳』（角川ソフィア文庫、二〇一〇年）
福澤諭吉著／マリオン・ソシエ・西川俊作編『西洋事情』（慶應義塾大学出版会、二〇〇九年）
藤井哲博『長崎海軍伝習所　十九世紀東西文化の接点』（中公新書、一九九一年）
Ｍ・Ｃ・ペリー著／Ｆ・Ｌ・ホークス編纂／宮崎壽子監訳『ペリー提督日本遠征記（下）』（角川ソフィア文庫、二〇一四年）

堀内永人『江川太郎左衛門の生涯　日本の国防に一生を捧げた韮山代官』（栄光出版社、二〇一三年）
ホイットマン／酒本雅之訳『草の葉（中）』（岩波文庫、一九九八年）
ハーバート・G・ポンティング著／長岡祥三訳『英国人写真家の見た明治日本』（講談社学術文庫、二〇〇五年）
松田章一（原作）・濱田麻衣子（漫画）『これからだ、譲吉！　高峰譲吉博士物語　少年編』（NPO法人高峰譲吉博士研究会、二〇一六年）
松平和也『国家の情報参謀』（インテリジェンス出版、二〇一六年）
松本英治『近世後期の対外政策と軍事・情報』（吉川弘文館、二〇一六年）
松本慎一・西川正身訳『フランクリン自伝』（岩波文庫、一九五七年）
松山好徳『亜墨利加合州国航海記　万延元庚申年』（南総郷土文化研究会双書　第八巻、一九六八年）
アルジャーノン・B・ミットフォード／長岡祥三訳『英国外交官の見た幕末維新　リーズデイル卿回想録』（講談社学術文庫、一九九八年）
宮永孝『文久二年のヨーロッパ報告』（新潮選書、一九八九年）
宮永孝『万延元年のアメリカ報告』（新潮選書、一九九〇年）
宮永孝『万延元年の遣米使節団』（講談社学術文庫、二〇〇五年）
宮本常一『イザベラ・バードの「日本奥地紀行」を読む』（平凡社、二〇〇二年）
マサオミヨシ著／佳知晃子監訳『我ら見しままに万延元年遣米使節の旅路』（平凡社、一九八四年）
村垣淡路守範正／吉田常吉編『航海日記』（時事通信社、一九五九年）
村上泰賢編著『幕末遣米使節小栗忠順従者の記録』（東善寺、二〇〇一年）
村上泰賢『小栗上野介　忘れられた悲劇の幕臣』（平凡社新書、二〇一〇年）
毛利敏彦『江藤新平　急進的改革者の悲劇』（中公新書、一九八七年）
毛利敏彦『幕末維新と佐賀藩　日本西洋化の原点』（中公新書、二〇〇八年）
森永種夫『幕末の長崎―長崎代官の記録』（岩波新書、一九六六年）
守部喜雅『聖書を読んだサムライたち』（いのちのことば社フォレストブックス、二〇一〇年）
ファン・ダヴィ・モルガン著／中川晋訳『黄金の馬

パナマ地峡鉄道　―大西洋と太平洋を結んだ男たちの物語―』（三冬社、二〇一四年）
安池尋幸『日本近世の地域社会と海域』（巌南堂書店、一九九四年）
保田晴男『ある文人代官の幕末日記　林鶴梁の日常』（吉川弘文館、二〇〇九年）
八隅蘆菴『現代訳　旅行用心集』（八坂書房、桜井正信監訳、二〇〇一年）
山川菊栄『武家の女性』（岩波文庫、一九八三年）
山川菊栄『覚書幕末の水戸藩』（岩波書店、一九七四年）
山崎有信『幕末血涙史下曾根信敦傳』（日本書院、一九二八年）
山嶋哲盛『日本科学の先駆者　高峰譲吉　アドレナリン発見物語』（岩波ジュニア新書、二〇〇一年）
山田廸生『日本の船　汽船編』（日本海事科学振興財団船の科学館、一九九七年）
横山源之助『日本の下層社会』（岩波文庫、一九八五年）
Jay Hoster『Early Wall Street: 1830-1940 (Images of America)』（二〇一四年）
Leong Foke Meng 著／竹内康雄・田中幸子訳『音吉　John M.Ottoson –Later Career of Otokichi-』（シンガポール日本人会、二〇一一年）
Richard Wallace Carr and Marie Pinak Carr『The Willard Hotel An Illustrated History』（一九八六年）
Rod R.Butterworth and Mickey Flodin『The Pocket Dictionary of Signing』（一九九一年）
『江戸の数学』（国立国会図書館和算資料ライブラリー、二〇一一年）
『咸臨丸子孫の会　20年の歩み』（咸臨丸子孫の会、二〇一四年）
『講座日本風俗史第9巻』（雄山閣出版、一九五九年）
『さが維新前夜』（佐賀新聞社、二〇一八年）
『サムライ化学者　高峰博士』（時鐘舎新書、北國新聞社編集局編、二〇一一年）
『時代に挑んだ科学者たち　19世紀加賀藩の技術文化』（北國新聞社、19世紀加賀藩「技術文化」研究会編、二〇〇九年）
『世界ノンフィクション全集14』（筑摩書房、一九六一年）
『東京の特殊教育』（東京都、一九六七年）
『日本の写真家　近代写真史を彩った人と伝記・作品集目録』（日外アソシエーツ、東京都写真美術館

監修、二〇〇五年）
『ふるさと石川の歴史』（北國新聞社、二〇一四年）
『兵器技術教育百年史』（工華会、一九七二年）
『米紙から見た万延元年遣米使節～「万延元年遣米使節史料集成・第6巻（万延元年遣米使節関係外国新聞記事）」（英文）の抄訳～』（静岡県立静岡高等学校郷土研究部、一九九九年）
『歴代顕官録』（原書房、一九六七年）

◎**地誌関係**

『石川縣史　第貳編』（石川県図書館協会、一九七四年）
前田育徳会編『加賀藩史料　藩末篇上巻』（広瀬豊作、一九五八年）
『金澤市史　學事編第二』（金沢市役所、一九七三年）
『金沢市史　資料編15　学芸』（金沢市、二〇〇一年）
『金澤大學五十年史　通史編』（金沢大学創立50周年記念事業後援会、二〇〇一年）
『金沢大学資料館資料叢書2　加賀藩旧蔵洋書総合目録』（金沢大学資料館、二〇〇六年）
堀井美里『幕末維新期の七尾』（新修七尾市史15　通史編Ⅱ　近世、二〇一二年）
『富士市史』上巻・下巻（富士市、富士市史編纂委員会編纂、一九六六～六九年）
『沼津市史　通史編　近世』（沼津市、二〇〇六年）
『沼津藩の人材』（沼津市明治史料館編、一九八九年）
『静岡県歴史人物事典』（静岡新聞社、一九九一年）
『続通信全覧（影印本）』（沼津市明治史料館編）
『水戸市史　中巻（五）』（水戸市史編さん委員会、一九九〇年）
『東京府開学明細書　第4巻』（東京都、一九六三年）

◎**博物館・図書館資料**

『壮猶館蔵書目録　分類』（小幡家文書457）
『1867年パリ万博と佐賀藩の挑戦』（佐賀県立佐賀城本丸歴史館、二〇一七年）
『江川英竜門人名簿・諸藩別門人名簿』
『梅香』（敦賀水戸烈士百五十年祭記念事業実行委員会、二〇一五年）
稲松孝思・宮本孝一制作『ようこそ養育院・渋沢記念コーナーへ』（東京都健康長寿医療センター、二〇一六年）
『日米交流のあけぼの　黒船きたる』（東京都江戸東京博物館、一九九九年）
『幕末へのいざない第1部　黒船・開国・激動の幕末』（外務省外交史料館、二〇一六年）

『幕末へのいざない第2部　西洋との出会い～幕末うぉーく～』（外務省外交史料館、二〇一六年）
菊地勝広『すべては製鉄所から始まった―Made in Japan の原点―』（横須賀市自然・人文博物館、二〇一五年）
『黒船来航』（日本海事科学振興財団船の科学館、二〇〇三年）
『19世紀の日本と亜米利加　―技術革新と近代外交の日々―』（横須賀市自然・人文博物館、二〇一〇年）
『赤松小三郎　松平忠厚　維新変革前後　異才二人の生涯』（上田市立博物館、二〇〇〇年）
『山本覚馬建白（管見）―同志社を新島襄と結社・設立した人物の明治新国家像　赤松小三郎建言との対比―』（竹内力雄、二〇一四年）
『高島秋帆と澤太郎左衛門　―板橋の工業事始―』（板橋区立郷土資料館、一九九〇年）
『高島平蘭学事始』（板橋区立郷土資料館、二〇一二年）
井桜直美『幕末・明治の肖像写真　海を渡った侍たち』（JCⅡフォトサロン、二〇一六年）
清水成晃『加藤素毛の生涯とその時代』（岐阜県博物館、一九九二年）
末岡暁美・南里早智子「世界を見ていた佐賀の人、佐賀に縁ある女たち」（南里邸、二〇一八年）

◎雑誌

水谷仁「学問の歩きオロジー　共立学校・開成学園創立者　佐野鼎『坂の上の雲』をみつめる人々を育てた人」1～3（『Newton』、二〇一〇年九月～十一月号）
『座談会　幕末、明治維新と開成誕生～佐野鼎と高橋是清を語る』（『開成会会報』第116号、二〇一四年）
『素毛の大いなる航海　初めて世界周航に臨んだ岐阜県人、加藤素毛の足跡をたどる』（『岐阜人』、一九九六年）
「日本一の東大進学校を創った加賀藩士」（『北國文華』2017年冬　第70号、二〇一六年）

◎論文

秋葉輝夫「客窓雑記・翻刻」（二〇一七年）
浅野敏彦「見聞記『航米日録』に見える「行頭」をめぐって　幕末武士の近代語」（2012年度萌芽的プロジェクト研究B1　西洋見聞集研究会研究報告　近代言語文化期前夜の様相、二〇一四年）

石附実「明治初期の中学校観」
石原千里「1858年長崎におけるヘンリー・ウッドの英語教育　The New York Journal of Commerceの記事から」（『英学史研究』第33号、二〇〇〇年）
石原千里「1860年パウアタン号上におけるヘンリー・ウッドの英語教育」（『日本英学史学会東日本支部紀要』第16号、二〇一七年）
石原千里「『福翁自伝』の英学史関連記述について幕末英学者たちの研究から」（『英学史研究』第27号、一九九四年）
石原千里「ヘンリー・ウッドの英語教育　その日本英学史およびプロテスタント史における意義」（『英学史研究』第19号、一九八六年）
板垣英治「加賀藩の火薬（4）」（『日本海域研究』第41号、二〇一〇年）
板垣英治「翻刻　壮猶館蔵書目録」（『北陸史學』第五十八号、二〇一一年）
伊原沢周「東洋人の西洋世界への開眼」（『東洋文化学科年報』第3号、一九八八年）
今井一良「佐野鼎の英学と「Tommy・立石斧次郎のこと」（『英学史研究』第15号、一九八二年）
今井一良「パーシバル・オズボンと七尾語学所における教え子たち」（『英学史研究』第16号、一九八三年）
稲松孝思「『佐野鼎』―加賀藩近代化の知恵袋、開成学園創始」（『十全同窓会会報』、二〇一六年）
岩崎鐵志「下曾根信敦の書簡―田原藩村上範致へ―」（『日本歴史』258号、一九六九年）
上野益雄「欧米聾唖史のキーポイント」（『手話コミュニケーション研究』第47号、二〇〇三年）
上野益雄「19世紀のアメリカろう教育における手話の位置づけ―1853年の第3回アメリカろう教育者会議より―」（『特殊教育学研究』第17巻　第4号、一九八〇年）
上野秀治「香川敬三と「水戸歴世譚」」（『皇學館大學史料編纂所報』、一九八五年）
上野秀治「香川敬三と茨城（上）」（『水戸史学』第78号、二〇一三年）
上野秀治「香川敬三と茨城（下）」（『水戸史学』第79号、二〇一三年）
遠藤明子「日本における障害児教育の導入　佐野鼎と福沢諭吉を中心として」（『人間研究』第12号、一九七六年）
小川亜弥子「幕末期幕府と諸藩の洋学振興政策　軍事科学的洋学の受容・展開過程を中心に」（『福岡教育大学紀要　社会科編』第51号、二〇〇二年）

岡林伸夫「万延遣米使節におけるアメリカ体験の諸相（一）　文化接触と対応の構造」（『同志社法学』38巻3号、一九八七年）
岡林伸夫「万延遣米使節におけるアメリカ体験の諸相（二）　文化接触と対応の構造」（『同志社法学』38巻6号、一九八七年）
小曾根淳「幕末来航英国船測量と石黒信基について―英国船作成『七尾港図』と関連して―」（『数理解析研究所講究録』、二〇一〇年）
加藤豊明「加賀藩における蘭方医の活躍と蘭方医育のはじめ、壮猶館」（金沢大学医学部創立百年記念会『金沢大学医学部百年史』、一九七一年）
神辺靖光「学校をめぐる逸話と風景（5）　共立学校創立」（1880年代教育史研究会　News letter Vol. 31、二〇一〇年）
金蓮玉「長崎『海軍』伝習再考　幕府伝習生の人選を中心に」（『日本歴史』第814号、二〇一六年）
北野与一「私立金沢盲唖院に関する一考察　設立者松村精一郎を中心に」（『特殊教育学研究』第17巻第2号、一九七九年）
楠元町子「1862年第2回ロンドン万国博覧会における『日本』」（『愛知淑徳大学論集』第40号、二〇一五年）
蔵原清人「金沢における洋学の展開と壮猶館　西洋流砲術の受容を中心に」（『工学院大学共通課程研究論叢』第37号、二〇〇〇年）
後藤純郎「万延元年遣米使節と博物館、図書館の見聞」（『教育学雑誌』第24号、一九九〇年）
財部香枝「幕末における西洋自然史博物館の受容　万延元年（1860年）遣米使節団とスミソニアン・インスティテューション」（『博物館学雑誌』第24巻第2号、一九九九年）
酒井豊「兵部省軍医寮設置と大学東校」（『東京大学史紀要』第5号、一九八六年）
坂本保富「佐久間象山の洋学研究とその教育的展開―幕末期における軍事科学を媒介とした洋学の普及現象―」（『教職研究』第4号、二〇一一年）
坂本保富「下曾根信敦の西洋砲術門人の析出　高知市民図書館蔵『徳弘家資料』を中心として」（『日本歴史』第582号、一九九六年）
坂本保富「土佐藩『徳弘家資料』から見た幕末期の日本　軍事科学を媒介とした洋学の普及拡大過程」（『研究報告書4』、二〇〇五年）
佐々木正勇「金沢藩兵庫製鉄所」（『日本大学史学科五十周年記念歴史論文集』、一九七八年）
篠田泰之「すべては音吉から始まった」（『知多半島

郷土史往来』第5号、二〇一七年）
杉山謙二郎「明治の企業家杉山徳三郎の研究　創成期の大津造船所と兵庫製鉄所について　徳三郎史料による史談会資料の検証」（『千葉商大論叢』第41号第1・2合併号、二〇〇三年）
砂田憲吾「富士川雁堤を活かす」（『建設業界』Vol.50　No.8、二〇〇一年）
関口直佑「明治初期における東京の私塾　同人社を中心として」（『社学研論集』第12号、二〇〇八年）
高瀬正仁「関口開と石川県加賀の数学」（『数学通信』第18巻　第1号、二〇一三年）
高田國義「佐野鼎の出生地」（二〇〇三年）
高田國義「佐野鼎の先祖由緒書」（二〇〇四年）
高田國義「佐野鼎の先祖由緒書Ⅱ　なぜ、鼎は江戸へ上ったか」（『駿河』第71号、二〇一七年）
谷川章雄「江戸の墓制　葬制の考古学的研究」（二〇一〇年）
田村芳昭「『1860年ニューヨーク』佐野鼎を探して」（『開成会会報』118号、二〇一四年）
田村芳昭「ニューヨーク滞在中の遣米使節一行の足跡と『桜田門外の変』の情報入手日時の特定」（第五回佐野鼎研究会、二〇一六年）
田村寿「今の人よりえらかった　佐野鼎先生」（『弘道』第78巻第810号、一九六九年）
田村寿「全米に広報された　佐野鼎先生と開成」（開成會會報復刊第6号、開成会、一九六〇年）
津田進三「卯辰山養生所について」（『日本醫史學雑誌』第18巻第3号、一九七二年）
手塚竜麿「築地居留地と東京の英学」（『日本英学史研究会研究報告』第5号、一九六四年）
徳田寿秋「佐野鼎　幕末に太平洋を渡った加賀藩士」（『石川自治と教育』、615号、二〇〇七年）
徳田寿秋「加賀藩主前田慶寧論　幕末維新期における藩政動向再考」（『石川県立歴史博物館紀要』第17号、二〇〇五年）
徳田寿秋「長野桂次郎―藩政末期の金沢で英語教育の発展に貢献した俊傑―」（『石川自治と教育』第685号、二〇一四年）
徳田寿秋「『客窓雑記』の翻刻と二・三の私見（仮説）」（『石川郷土史学会々誌』第50号、二〇一七年）
内藤淳「和算の研究」（『イプシロン』第21巻、一九七九年）
内藤徹雄「日本の近代水道の創設」（『アジア社会と水～アジアが抱える現代の水問題～』文眞堂、二〇一八年）
内藤徹雄「佐野鼎遺稿『万延元年訪米日記』を読

む」（開成・社会科研究部ＯＢ会誌「しょう跡Sr.」第14～16号、二〇一四～二〇一六年）
内藤徹雄「加賀藩校・明倫堂と壮猶館」（『東武かわら版　歴史を歩く』第39話、二〇一五年）
内藤徹雄「共立学校（開成高校の前身）を創設した佐野鼎」（『歴史研究』第６５３号、二〇一七年）
並松信久「明治期における津田仙の啓蒙活動」（二〇一三年）
西川泰夫「千葉県郷土史：近現代史の一断面：幕末から開明期における佐倉藩士と洋学『西国の心学、心理学』との接点」（『放送大学研究年報』第26号、二〇〇八年）
布施田哲也「『米国で初披露された将棋』について　１８６０年６月15日　フィラデルフィア」（『遊戯史研究』第23号、二〇一一年）
フラーシェム・N・良子「明治三年金沢藩女子英学生の系譜」（『石川郷土史学会々誌』第14号、一九八一年』
フラーシェム・N・良子「金沢藩女子英学生添書」（『石川郷土史学会々誌』第15号、一九八二年）
フラーシェム・N・良子「卯辰山養生所設立起源についての異論　―佐野鼎の『日記』と福沢諭吉の『西洋事情』から―」（『石川郷土史学会々誌』第41号、二〇〇八年）
フラーシェム・N・良子「新史料による陸蒸気器械をめぐる諸動向」（『石川郷土史学会々誌』第43号、二〇一〇年）
松沢弘陽「西洋『探索』と中国（1）」（『北大法学論集』第29号、一九七九年）
松島秀太郎「佐野鼎と長崎海軍伝習所」（『石川郷土史学会々誌』第27号、一九九四年）
松田章一「幕末、訪米した加賀藩士・佐野鼎　加賀を近代化へ導いた功労者」（『北國文華』２０１５年夏　第64号、二〇一五年）
松本英治「加賀藩における様式兵学者の招聘と佐野鼎の出仕」（『洋学史研究』第22号、二〇〇五年）
松本英治「文化期における幕府の戦時国際慣習への関心」（『海事史研究』第65号、二〇〇八年）
松本英治「大槻玄沢『捕影問答』とフェートン号事件」（『洋学史研究』第28号、二〇一一年）
松本英治「加賀藩士帰山仙之助のこと」（『洋学史研究』第25号、二〇〇八年）
松本英治「共立学校の創立経緯」（第９回佐野鼎研究会、二〇一七年）
松本英治「佐野鼎の『学範』と『共立学校規則』について」（開成学園紀要『研究論集』第25号、二〇

〇四年）
松本英治「文化期における幕府の洋式軍艦導入計画」（『日本歴史』第729号、二〇〇九年）
松本英治「万延元年遣米使節における佐野鼎の帰山仙之助宛書簡」（開成学園紀要『研究論集』第27号、二〇〇七年）
丸山宏「黎明期の公園観」（『キリスト教社会問題研究』第37号、一九八九年）
水上一久「万延訪米の加賀藩士佐野鼎について　サー・アーネスト・サトウと加賀藩」（『北陸史學』第一号、一九五三年）
宮永孝「幕末・明治の英学」（『社会志林』第46巻第2号、一九九九年）
宮原誠「内務省東京衛生試験所第5代所長後藤新平の時代」（『国立医薬品食品研究所小史』第5号、二〇一二年）
茂住實男「『東西異聞』の「前文」翻刻」（『東日本英学史研究』第14号、二〇一五年）
本康宏史「加賀の技術文化と地域蘭学」（『国立歴史民俗博物館研究報告』第116集、二〇〇四年）
森山誠一「加越における浦上キリシタン流配事件の史実」（『金沢星稜大学論集』、二〇〇三年）
山森専吉『加賀藩の英学』（一九六六年）
湯浅彩央「『航米日録』に見る玉虫の表現意識　外国地名表現からの一考察」（『立命館言語文化研究』25巻3号、二〇一四年）
吉村侑久代「アメリカで味わった初めての西洋料理—万延元年遣米使節団随員、加藤素毛の持ち帰った西洋料理メニューより」（『東日本英学史研究』第8号、二〇〇九年）
若林淳之「幕藩制社会崩壊期の旗本領—旗本秋山安房守の場合—」（『静岡大学教育学部研究報告人文・社会科学篇』第14号、一九六三年）
渡辺金雄「佐野鼎の『訪米日記』と兼六園一般開放について」（『石川郷土史学会々誌』第38号、二〇〇五年）

以上

柳原三佳（やなぎはら　みか）

1963年、京都市生まれ。ノンフィクション作家。交通事故、司法問題をテーマに執筆、講演を行う。主な著書に、『自動車保険の落とし穴』（朝日新書）、『家族のもとへ、あなたを帰す　東日本大震災犠牲者約1万9000名、歯科医師たちの身元究明』（WAVE出版）、『遺品　あなたを失った代わりに』（晶文社）などがある。また、児童向けノンフィクションに、『柴犬マイちゃんへの手紙』、『泥だらけのカルテ』（ともに講談社）がある。なお、『示談交渉人 裏ファイル』（共著、角川文庫）はTBS系でドラマシリーズ化、『巻子の言霊　愛と命を紡いだ、ある夫婦の物語』（講談社）はNHKでドラマ化された。

開成《かいせい》をつくった男《おとこ》、佐野《さの》鼎《かなえ》

2018年12月11日　第1刷発行

著　者……………柳原《やなぎはら》三佳《みか》
装　幀……………岡　孝治
発行者……………渡瀬昌彦
発行所……………株式会社講談社
〒112-8001
東京都文京区音羽2-12-21
電話　編集　03-5395-3535
　　　販売　03-5395-3625
　　　業務　03-5395-3615
印刷所……………慶昌堂印刷株式会社
製本所……………株式会社若林製本工場
本文データ制作……講談社デジタル製作

N.D.C. 913　367p　20cm　ISBN978-4-06-513584-6

本書は、書きおろしです。